Ullstein Kriminalroman

ÜBER DAS BUCH:

Wer treibt sich schon gerne an Weihnachten in New York herum? Der in Florida lebende Orangenzüchter Michael Barnes jedenfalls möchte das Fest eigentlich mit seiner Mutter verbringen. Doch erst bezichtigt ihn eine blonde Dame in einer Bar des Diebstahls, und dann stiehlt ihm ein Polizist die Papiere. Als seine Brieftasche auch noch neben einem Ermordeten gefunden wird, steckt Barnes wirklich in der Klemme. Aber noch gibt es da die nette kleine Chinesin, die ihm aus der Patsche helfen will.

DER AUTOR:

Ed McBain, 1926 in New York City geboren, zählt seit über 35 Jahren zur Elite der amerikanischen Kriminalschriftsteller. Die Mystery Writers of America ehrten ihn dafür mit dem *Grandmaster Award,* dem höchsten Preis, den der amerikanische Kriminalschriftstellerverband zu vergeben hat. Das renommierte Nachrichtenmagazin *Newsweek* wählte seinen Roman KALT BIS ANS HERZ zu den zehn besten Krimis des 20. Jahrhunderts.

Ed McBain

Schöne Bescherung

Aus dem Amerikanischen von
Iris Spychalski und Lothar Fremy

Ullstein Kriminalroman

Ullstein Kriminalroman
Ullstein Buch Nr. 10718
im Verlag Ullstein GmbH,
Frankfurt/M – Berlin
Titel der amerikanischen
Originalausgabe:
Downtown

Ungekürzte Ausgabe

Umschlaggestaltung:
Theodor Bayer-Eynck
Umschlagbild:
Stefan Wolf

Printed in Germany 1992
Druck und Verarbeitung:
Ebner Ulm
ISBN 3 548 10718 4

September 1992
Gedruckt auf Papier
mit chlorfrei
gebleichtem Zellstoff

Vom selben Autor
in der Reihe
der Ullstein Bücher:

Clifford dankt Ihnen (10183)
Schnapp-Schuß (10218)
Heißer Sonntagmorgen (10284)
Polizisten leben gefährlich (10412)
Der Pusher (10389)
Späte Mädchen sterben früher (10461)
Acht schwarze Pferde (10498)
Alarm in Chinatown (10517)
Neugier macht Mörder (10521)
Die zehn Gesichter der Annie Boone (10545)
Killers Lohn (10575)
Ausgetrickst (10610)
Selbstmord kommt vor dem Fall (10640)
Kings Lösegeld (10657)
Stirb, Kindchen, stirb (10646)
Schüsse im Regen (10669)
Priester, Tod und Teufel (10695)

Die Deutsche Bibliothek –
CIP-Einheitsaufnahme

MacBain, Ed:
Schöne Bescherung / Ed McBain. Aus
dem Amerikan. von Iris Spychalski und
Lothar Fremy. – Ungekürzte Ausg. –
Frankfurt/M; Berlin: Ullstein, 1992
(Ullstein-Buch; Nr. 10718:
Ullstein-Kriminalroman)
ISBN 3-548-10718-4
NE: GT

Für Jan und Roy Dean

1

Michael erklärte der Blondine, er sei zum ersten Mal in diesem Teil der Stadt. Tatsächlich war er erst zweimal in New York gewesen und hatte sich kein einziges Mal aus Midtown herausgetraut.

»Aber nun sind Sie hier«, sagte die Blondine und lächelte. »Mitten in Downtown. Sie haben's geschafft.«

Sie trug ein raffiniert geschnittenes graues Kostüm, eine weiße Seidenbluse und ein Halstuch. Auf dem leeren Hocker rechts neben ihr stand ein Aktenkoffer. Er vermutete, daß sie an der Wall Street arbeitete. Nach einer langen Geschäftsbesprechung – es war jetzt neunzehn Uhr – war sie auf dem Nachhauseweg noch in die Bar gegangen. Genau das dachte er.

Sie trank Corona mit Limone.

Er trank Scotch mit Soda.

Die Bar sah aus wie ein altmodischer Salon, auch wenn sie es wahrscheinlich nicht war. Geschliffene Spiegel, lackiertes Mahagoni und poliertes Messing, über der Theke grün getönte Lampen, kleinere Ausführungen davon auf jedem Tisch. Die Atmosphäre des Raumes war warm und wohlig, das Stimmengewirr anheimelnd. Durch das große Spiegelglasfenster zur Straße konnte er den Schnee rieseln sehen. Es war Heiligabend, ein Samstagabend. Es würde weiße Weihnachten geben.

»Was verschlägt Sie diesmal nach New York?« fragte die Blondine.

»Genau das, was mich die letzten beiden Male auch hierher verschlagen hat«, antwortete er.

»Und was ist das?«

»Meine Werbeagentur ist hier.«

»Sie machen in Werbung, stimmt das?«

»Nein, ich mache in Orangen.«

Die Blondine nickte.

»Golden Oranges?« sagte Michael und sah sie erwartungsvoll an.

»Aha«, sagte sie.

»Schon mal gehört?«

»Nein«, sagte sie.

»Das ist meine Firma. Golden Oranges.«

»Tut mir leid, kenn' ich nicht.«

»Aber Sie kennen Sunkist, nicht wahr?«

»Klar.«

»Na ja, ich bin bloß ein kleiner Selbständiger, der groß zu werden versucht. Deshalb hab' ich eine Agentur in New York, die sich um meine Werbung kümmert.«

Die Blondine nickte wieder.

»Und was machen Sie genau?« fragte sie. »*Bauen* Sie die Orangen an und so weiter?«

»Genau. Anbauen und so weiter.«

»Wo?«

»In Florida.«

»Dumme Frage«, sagte sie, lächelte und streckte die Hand aus. »Ich heiße Helen Parrish«, sagte sie.

»Michael Barnes«, sagte er und gab ihr die Hand. »Freut mich, Sie kennenzulernen.«

»Wann fahren Sie wieder nach Florida?« fragte sie.

»Na ja, eigentlich nicht vor dem Sechsundzwanzigsten. Montag morgen. Ich fliege heute nacht nach Boston und verbringe Weihnachten bei meiner Mutter.«

»Ihre Mutter wohnt in Boston, hm?«

»Ja. Wird guttun, sie wiederzusehen.«

»Alle Geschäfte hier erledigt?«

»Bin heute nachmittag damit fertig geworden.«

Ihm wurde bewußt, daß ihre Hand noch immer in seiner lag. Auf jemanden, der zufällig vorbeikam, mußten sie den Eindruck machen, als hielten sie Händchen. Eine gutaussehende Blondine mit leuchtendblauen Augen, ein braungebrannter Mann mit rahmenloser Brille, dunkelbraunem Haar und braunen Augen. Durchschnittliche Größe, schätzte er. Na ja, er nahm an, einsfünfundsiebzig war heutzutage der Durchschnitt. Bei der Army war er sich klein vorgekommen. Die Army hatte Mittel und Wege, daß man sich klein vorkam. Wenn er es bedachte, kam er sich heute noch klein vor. Jenny hatte ihm das angetan. Sie hatte dafür gesorgt, daß er sich wieder ganz klein vorkam.

»Arbeiten Sie hier in der Gegend?« fragte er.

»Ja«, sagte sie.

Sie hielt noch immer seine Hand.

»Ich habe vermutet, daß Sie bei einem Börsenmakler arbeiten«, sagte er.

»Nein, ich bin Rechtsanwältin.«

»Wirklich? Für welches Gebiet?«

»Strafrecht.«

»Im Ernst?«

»Jeder sagt das. Im Ernst oder Wahnsinn, oder echt, oder ist das möglich, oder so was Ähnliches.«

»Weil es so ungewöhnlich ist. Als Frau, meine ich. Eine Anwältin für Strafrecht.«

»Tatsächlich sind wir zu dritt in unserer Kanzlei.«

»So viele.«

»Ja.«

»Anwälte für Strafrecht. Frauen.«

»Ja, Strafverteidiger, um genau zu sein.«

»Dann sind Sie also Strafverteidigerin.«

»Ja.«

»Gefällt Ihnen die Arbeit?«

»Oh, gewiß.«

Sanft zog sie ihre Hand zurück, leerte ihr Glas, schaute auf die Uhr über der Bar, lächelte und sagte: »Nun, ich glaube, ich . . .«

»Nein, gehen Sie noch nicht«, sagte er.

Sie sah ihn an.

»Nehmen Sie noch einen Drink«, sagte er. »Danach könnten wir vielleicht irgendwo zusammen essen gehen«, sagte er. »Draußen steht mein Mietwagen, wir können fahren, wohin Sie möchten. Vor halb zehn muß ich nicht zum Flughafen. Es sei denn, Sie haben andere Pläne.«

»Ich habe keine anderen Pläne, aber . . .«

»Also, warum dann die Eile?«

»Na ja, dann nehme ich noch einen Drink, aber . . .«

»Gut«, sagte er und winkte dem Barkeeper für eine weitere Runde. Der Barkeeper nickte.

»Das heißt aber nicht, daß wir zusammen essen gehen«, sagte sie. »Ich kenne Sie ja kaum.«

»Fragen Sie mich was«, sagte er.
»Nun . . . sind Sie verheiratet?«
»Geschieden.«
»Wie lange?«
»Neun Monate. Mehr oder weniger.«
»Und einsam und verlassen in der großen, bösen Stadt, hm?«
»Na ja, mein Flugzeug geht um fünf nach elf. Es ist das letzte heute nacht. Ich hatte Glück, *überhaupt* noch eins zu kriegen. Sie wissen ja, es ist Heiligabend.«
»Ja, ich weiß«, sagte sie. Sie schaute ihn jetzt unverwandt an. Ein durchdringender Blick aus blauen Augen. »Wie lange waren Sie verheiratet?« fragte sie.
»Dreizehn Jahre.«
»Unglückszahl.«
»Ja.«
»Haben Sie Kinder?«
»Nein.«
»Wie alt sind Sie?«
»Achtunddreißig«, sagte er. »Wie alt sind Sie?«
»Zweiunddreißig«, sagte sie sofort.
Das gefiel ihm. Kein zimperliches Gequatsche wie: Gott, eine Frau sollte ihr Alter nicht verraten. Einfach gerade heraus zweiunddreißig.
»Sind *Sie* verheiratet?« fragte er.
»Corona mit Limone, Dewar's mit Soda«, sagte der Barkeeper und stellte die Drinks vor sie hin. »Soll ich's aufschreiben?«
»Bitte«, sagte Michael.
Er erhob sein Glas, sie ihres.
»Auf einen netten gemeinsamen Abend«, sagte er. »Bis zum Abflug.«
Sie schien durch ihn hindurch oder zumindest an ihm vorbei zum anderen Ende der Bar zu blicken, beinahe träumerisch. Schließlich nickte sie, als wolle sie einer heimlichen Entscheidung zustimmen, die sie getroffen hatte, lächelte und sagte: »Das klingt einigermaßen sicher«, stieß mit ihm an und nippte an ihrem Bier.
»Sie haben meine Frage nicht beantwortet«, sagte er.
»Welche Frage?« sagte sie.

»Sind *Sie* verheiratet?«
»Würde das etwas ausmachen?«
»Ja.«
Sie wedelte mit den Fingern der linken Hand.
»Sehen Sie einen Ehering?«
»Das bedeutet gar nichts.«
»Ich bin nicht verheiratet«, sagte sie.
»Geschieden?« fragte er.
»Nee. Einfach Single.«
»Eine schöne Frau wie Sie?«
»Ha.«
»Ich meine das ehrlich.«
»Danke.«
»Also, was ich gern machen würde«, sagte er, »Sie müssen 'ne Menge guter Restaurants kennen . . .«
»Nun mal langsam«, sagte sie lächelnd. »Sie haben mich nicht gefragt, ob ich verlobt oder mit irgendwem zusammen bin oder . . .«
»Sind Sie's?«
»Nein, aber . . .«
»Gut. Essen Sie gern italienisch?«
»Mhm«, sagte sie, stellte ihr Glas ab, zog die Handtasche zu sich heran und holte ein Päckchen Zigaretten heraus.
»Na ja, wenn Sie ein gutes italienisches Restaurant kennen, würde ich gerne . . .«
»In Ordnung«, sagte sie unverhofft und unterkühlt und ziemlich barsch, »geben Sie ihn mir zurück?«
Er schaute sie an.
Ihr Blick war hart geworden, und sie lächelte nicht mehr.
»Den Ring«, sagte sie.
Sie flüsterte jetzt.
»Geben Sie ihn mir einfach wieder, okay?«
Sie streckte die rechte Hand aus. Kein Ring an den Fingern.
»Den Ring«, sagte sie. »Bitte, ich möchte keinen Ärger.«
»Welchen Ring?« sagte er.
»Den Ring, der genau an diesem Finger steckte, bevor wir Händchen hielten. Ein Saphirring, ein Geschenk meines Vaters. Ich will ihn zurück, Mister. Jetzt sofort.«

»Aber ich hab' ihn nicht«, sagte er. Ihm wurde bewußt, daß er dämlich grinste. So, als würde sie gerade einen Witz erzählen und er in Erwartung der Pointe lächeln.

Sie schaute ihn an. Mit Augen so blau und so hart wie der Saphir, den zu vermissen sie behauptete. Aber auch irgendwie skeptisch. Sie hatte ihm erzählt, sie sei Anwältin, *Strafverteidigerin,* nicht weniger. War er so blöde, ihren Ring zu stehlen? Das besagte ihr Blick.

»Hören Sie«, sagte sie jetzt lauter, »geben Sie mir ganz einfach den Ring zurück, und wir vergessen ...«

»Ich *habe* ihn nicht ...«

»Was ist hier los?«

Michael drehte sich um.

Direkt hinter ihnen stand ein großer, untersetzter Typ. Tweedmantel. Um die Schultern sah er feucht aus. Sein kurzgeschorenes Haar ebenfalls. Als sei er gerade von draußen hereingekommen. Bartstoppeln im Gesicht. Harte blaue Augen. Das war die Nacht der harten blauen Augen. Wenn man heute abend braune Augen hatte, hatte man kein Glück.

»Detective Daniel Cahill«, sagte er, öffnete ein kleines Lederetui und ließ eine blau emaillierte Goldplakette aufblitzen. Er klappte das Etui zu. »Belästigt Sie dieser Mann?« fragte er Helen.

»Es ist alles in Ordnung, Officer«, sagte sie.

»Ich möchte wissen, was hier los ist«, entgegnete Cahill.

»Ich will ihm keinen Ärger machen«, sagte sie.

»Warum? Was hat er getan?«

Michael hatte den Eindruck, daß sie über ihn sprachen, als sei er nicht mehr anwesend. Es klang irgendwie bedrohlich.

»Wenn er ihn mir einfach zurückgibt«, sagte Helen.

»*Was* zurückgibt, Miss?«

»Sehen Sie, Officer«, sagte Michael.

»Halten Sie bitte den Mund«, sagte Cahill. »*Was* zurückgibt?«

»Den Ring.«

»Welchen Ring?«

»Officer ...«

»Ich habe Sie gebeten, den Mund zu halten«, sagte Cahill und sah sich plötzlich um, als werde ihm zum ersten Mal bewußt, daß sich noch mehr Leute in der Bar aufhielten. »Gehen wir einen Moment raus«, sagte er. »Sie auch, Miss.«

»Ich will ihm wirklich keinen Ärger machen«, sagte Helen.

»Bitte«, entgegnete Cahill, schob das Kinn ein wenig vor, zog die Augenbrauen hoch und schien damit andeuten zu wollen, daß er Verständnis für den Besitzer der Bar hatte und auch ihm keinen Ärger bereiten wollte. Michael hielt es für ein gutes Zeichen. Helen stand auf, zog ihren Mantel an und nahm ihren Aktenkoffer. Michael folgte ihnen bis zu der Garderobe links der Eingangstür, wo sein Mantel hing. Er wühlte im Haufen anderer Mäntel nach seinem, als Cahill sagte: »Sie werden ihn nicht brauchen, es dauert nur einen Moment.«

Die drei gingen gemeinsam hinaus, zuerst Helen, dann Michael und dann Cahill. Es schneite noch immer. Die Flocken waren jetzt größer und fielen sanft und träge vom Himmel. Die Temperatur lag bei zwei Grad unter Null, schätzte Michael, vielleicht auch bei vier Grad. Er hoffte, die kleine Besprechung draußen vor der Bar dauerte nicht lange.

»Okay, also was ist los?« fragte Cahill.

»Er hat meinen Ring«, sagte Helen.

Auch das klang sehr vernünftig.

»Officer«, sagte Michael, »ich hab' ihn nicht mal *gesehen* . . .«

»Hier rüber«, entgegnete Cahill und deutete auf die Backsteinwand rechts neben dem Spiegelglasfenster der Bar. »Hände flach an die Wand, stützen Sie sich drauf«, sagte Cahill.

»He, hör'n Sie«, sagte Michael.

»Nein, *Sie* hören«, sagte Cahill. »Die Dame sagt, Sie haben ihren Ring . . . was für einen Ring, Madam?«

»Einen Saphir.«

»Also, Sie legen einfach die Hände an die Wand, stützen sich drauf und spreizen die Beine, und wenn Sie ihren Ring nicht haben, haben Sie nichts zu befürchten.«

»Sie haben kein Recht . . .«

»Sie möchten also lieber mit aufs Revier kommen? Na schön, geh'n wir aufs Revier und unterhalten uns dort. Geh'n wir, mein Wagen steht weiter oben an der Straße.«

»Warum geben Sie mir nicht einfach den Ring, mein Herr?« fragte Helen. »Sie ersparen sich 'ne Menge Ärger.«

»Ich *habe* ihn nicht, Ihren verdammten ...«

»Na schön, geh'n wir aufs Revier«, sagte Cahill.

»In Ordnung, in *Ordnung*«, entgegnete Michael *wütend* und stützte sich mit gespreizten Armen, Beinen und Fingern an der Wand ab, »bringen wir's hinter uns, okay? Ich habe den Ring nicht, Sie können mich durchsuchen von oben bis ...«

»Gut, wir werden einfach *nachsehen*, was Sie haben«, sagte Cahill.

Michael wollte ihn auf der Stelle angreifen; das hatte man ihm bei der Army beigebracht. Man hatte ihm aber auch beigebracht, keinen Streit mit einem aufgebrachten Militärpolizisten anzufangen. Wütend ertrug er die Durchsuchung. Cahill tastete Michaels Beine von oben bis unten ab, schob seine Jacke hoch, griff ihm in die rechte Gesäßtasche und zog seine Brieftasche heraus. Michael konnte hören, wie er hinter ihm in der Brieftasche herumwühlte.

»Sind Sie das?« fragte Cahill. »Michael Barnes?«

»Ja.«

»Ihr Führerschein?«

»Ja.«

»Aus Florida?«

»Ja.«

»Ihre Kreditkarten?«

»Ja, alles in der Brieftasche gehört mir.«

»Na schön, in Ordnung«, sagte Cahill, steckte die Brieftasche wieder in Michaels Gesäßtasche und begann, seine Jackentaschen abzuklopfen.

»Falls Sie es nicht bemerkt haben«, sagte Michael, »es ist verdammt kalt hier draußen. Ich wünschte, Sie würden ...«

»Na, na, na«, entgegnete Cahill und bewegte die Hand nicht mehr. Michael empfand eine plötzliche Kälte, die nichts mit dem Wetter zu tun hatte. Cahill griff in Michaels rechte Jackentasche.

»Was haben wir denn da?« fragte Cahill.

Michael hielt den Atem an.

»An die Wand«, sagte Cahill, »*ran* da und umdrehen!«

Michael drängte sich an die Wand. Er drehte sich um. Cahill hielt einen Saphirring zwischen Daumen und Zeigefinger der rechten Hand.

»Ist das Ihr Ring, Miss?« fragte er Helen.
»Ja«, antwortete sie.
»Officer«, sagte Michael, »ich weiß nicht, wie er in meine Tasche gekommen ist, aber . . .«
»Geh'n wir«, sagte Cahill, »wir drei haben was auf dem Revier zu erledigen.«
»Könnte ich bitte meinen Ring haben?« sagte Helen.
»Das ist Beweismaterial, Miss«, entgegnete Cahill.
»Nein, er ist *kein* Beweismaterial, er ist ein Geschenk meines Vaters, und ich hätte ihn gern zurück. Bitte.«
»Miss, wenn wir auf dem Revier sind . . .«
»Ich *gehe* nicht aufs Revier . . .«
»Miss . . .«
». . . oder *ins* Revier, oder *ums* . . .«
»Miss, dieses Individuum hat Ihren Ring gestohlen . . .«
»Ja, aber jetzt haben wir ihn wieder. Also geben Sie ihn mir.«
»Miss . . .«
»Ich habe Ihnen gesagt, daß ich ihm keinen Ärger machen will.«
»Dieses Individuum ist ein *Dieb,* Miss.«
»Es ist mir egal, was er ist, geben Sie mir einfach den Ring«, sagte Helen.
Cahill sah sie an.
»Ich möchte auf keinen Fall Anzeige erstatten, in Ordnung?« fragte sie. »Verstehen Sie das?«
»So schaffen es die Verbrecher immer wieder, frei in der Stadt herumzulaufen«, sagte Cahill. »Weil die Leute Angst haben . . .«
»Geben Sie mir einfach den verdammten *Ring*!« entgegnete Helen.
»Hier ist der verdammte Ring«, sagte Cahill ärgerlich und gab ihn ihr.
»Danke.«
Sie steckte den Ring an den Finger.
»Guten Abend«, sagte sie und ging weg.
»Für einen Dieb haben Sie ziemlich viel Glück«, sagte Cahill und verschwand in die entgegengesetzte Richtung.
»Ich bin kein *Dieb,* verdammt!« schrie Michael ins Leere.
Die Worte entströmten seinem Mund, wurden vom Wind

fortgetragen und lösten sich im trägen Wirbel der Schneeflocken in Luft auf. Sein dunkelbraunes Haar und die Schultern seiner braunen Jacke waren schneebedeckt. Er hatte seit ziemlich langer Zeit keinen Schneesturm mehr erlebt – seitdem seine Mutter den Eisenwarenladen verkauft und ihm das Geld für die Plantage in Florida geliehen hatte. Doch jetzt steckte er bis zum Arsch im Schnee. Na ja, nicht ganz. Noch nicht. Bis jetzt bloß bis zum Spann. Plötzlich bemerkte er, daß er fror. Er stieß die Tür zur Bar auf.

Mahagoni, Messing, grün getönte Lampen, angenehmes *Klirren* von Eis in Gläsern, Stimmengewirr, heiteres Gelächter. Alles genau so, wie es war, bevor die Blondine ihn verdächtigt hatte, ihren Ring gestohlen zu haben. Kopfschüttelnd und noch immer erstaunt über das, was geschehen war, ging er wieder an die Theke, wo er sein Glas stehengelassen hatte. Er kippte den Rest Scotch in zwei Schlucken hinunter und signalisierte dem Barkeeper, ihm noch einen zu bringen.

Der Barkeeper häufte Eis in ein Glas und schenkte Dewar's ein.

»Was sollte das?« fragte er.

»Fragen Sie mich nicht«, antwortete Michael.

»War dieser Typ ein Cop?«

»Jawoll.«

»Was war los? Hat das Mädchen Sie angemacht?«

»Wie kommen Sie drauf?«

»War er von der Sitte?«

»Nein, nein, nichts dergleichen.«

»Ich dachte, sie wäre vielleicht 'ne Nutte . . .«

»Nein, sie ist Anwältin.«

»Also, was war's dann?«

»Sie sagte, ich hätte sie bestohlen . . . wissen Sie, ich möchte nicht drüber reden«, sagte Michael. »Es ist vorbei und abgehakt, ich möchte nicht mal mehr dran *denken.*«

Kopfschüttelnd erhob er das neue Glas und nahm einen kräftigen Schluck.

Ein Mann, der drei Stühle entfernt an der Bar saß, sagte: »Ich hab' die ganze Sache beobachtet.«

»Mit der Nutte, meinen Sie?« fragte der Barmann und drehte sich zu ihm um.

»Sie war Anwältin«, sagte Michael.

»Was haben Sie, Nutten geben sich oft als Anwältinnen, Banker oder Professorinnen aus«, erwiderte der Mann an der Bar. Er war groß und hager, hatte ein Gesicht wie Lincoln, ein ausgeprägtes Grübchen am Kinn, und seine dichte weiße Haarpracht war von einem Wirbel aus zurückgekämmt. Michael schätzte ihn auf Anfang oder Mitte Fünfzig. Er trug einen dunkelgrauen Anzug mit einem schwarzroten Seidenschal. Braune Augen. Hände mit langen Fingern. Eine tiefe Stentorstimme. »Ich bin von Nutten vollgequatscht worden, die behauptet haben, sie wären Anlageberaterinnen, Architektinnen, UNO-Delegierte und sogar Kinderbuchautorinnen. Nichtsdestotrotz sind sie alle Nutten.«

»Heutzutage ist es schwierig, eine Nutte zu erkennen«, sagte der Barkeeper und nickte zustimmend.

»Bis sie ihren Preis nennen«, sagte der große, dünne Mann, stand auf und näherte sich Michaels Platz an der Bar. Er setzte sich auf den Hocker, den die Blondine geräumt hatte, sagte: »Arthur Crandall«, und nahm eine Visitenkarte aus sehr dünnem schwarzen Plastik aus seiner Westentasche. Auf der Karte stand in weißer Schrift:

CRANDALL FILMS LTD.
Arthur Crandall, Regisseur

In der unteren linken Ecke der Karte standen eine New Yorker Adresse und Telefonnummer, in der unteren rechten Ecke eine Adresse und Telefonnummer in Beverly Hills. Die Karte sah aus und fühlte sich an wie ein Filmstreifen, was auch beabsichtigt war, wie Michael feststellte.

»Michael Barnes«, sagte er, nahm ein schmales ledernes Visitenkartenetui aus seiner rechten Jackentasche, zog eine Karte heraus und reichte sie Crandall. Auf der Karte war ein Orangenbaum abgebildet, der von der unteren rechten Ecke aus in die Höhe wuchs und dessen Zweige und Blätter sich nach links bis zum oberen Rand ausbreiteten. Orangen hingen über dem grünen Schriftzug, der lautete:

GOLDEN ORANGE PLANTAGE
16554 Fruitville Road
Sarasota, FL 34240

In der unteren rechten Ecke stand Michaels Name, dann folgte das Wort »Direktor« und darunter stand seine Telefonnummer.

»Freut mich, Sie kennenzulernen«, sagte Crandall. »Wie ich sehe, züchten Sie Orangen.«

»Genau das mache ich«, entgegnete Michael.

»Ich züchte sozusagen Ideen«, sagte Crandall. »Ein Autor kommt mit einer Idee zu mir, und ich baue sie so weit aus, bis wir, *voilà, un film* haben!«

»Kenne ich vielleicht einen Ihrer Filme?« fragte Michael.

»*Krieg und Einsamkeit*?« fragte Crandall und sah ihn erwartungsvoll an.

»Aha«, sagte Michael.

»Haben Sie davon gehört?«

»Nein.«

»Das war mein letzter Film. *Krieg und Einsamkeit.*«

»Bedaure, aber ich kenne ihn nicht«, sagte Michael. »Ich glaube, ich habe so ziemlich jeden Film gesehen, der je . . .«

»Verstehe«, sagte Crandall.

»Entweder im Kino oder im Kabelfernsehen oder auf Video . . .«

»Verstehe«, sagte Crandall erneut.

». . . aber bei *Krieg und Einsamkeit* klingelt's nicht . . .«

»Aber Sie kennen *Platoon,* richtig?«

»Oh, sicher.«

»In *Krieg und Einsamkeit* geht es um die amerikanische Intervention von 1926 in Nicaragua.«

»Aha«, sagte Michael.

»Er wurde überwiegend in Off-Kinos gezeigt«, sagte Crandall.

»Deshalb hab' ich ihn wahrscheinlich verpaßt«, sagte Michael. »In Sarasota gibt's nicht allzu viele Off-Kinos.«

»Er sollte eine Art Parabel sein«, sagte Crandall. »Der Film. Aber natürlich hat *Platoon* die ganzen Lorbeeren geerntet.«

»Ich fand, es war ein ziemlich realistischer Film«, entgegnete Michael. »*Platoon.* Ich war bloß kurze Zeit drüben, aber . . .«

»Vietnam?«

»Ja. Aber ich fand . . .«

»An der Front?«

»Ja. Ich fand, er hat die Atmosphäre genau eingefangen. So, wie es da war.«

»Sie sollten *meinen* Film sehen«, sagte Crandall. »Sie wollen die Kriegsatmosphäre . . .«

»Ich werde drauf achten. Vielleicht zeigt man ihn eines Tages in Sarasota.«

»Das bezweifle ich«, erwiderte Crandall.

»Na ja, man weiß ja nie.«

»Nun, *ich* weiß es aber ganz bestimmt«, sagte Crandall beinahe hitzig. »Seit der Film vor acht Jahren gedreht wurde und nicht eine müde Mark eingespielt hat, ist es so gut wie bombensicher, daß er *jetzt*, nachdem *Platoon* mit Auszeichnungen überhäuft worden ist, nicht wieder, aufgeführt wird. Übrigens, war ich von der Unterhaltung zwischen Ihnen und dem Mädchen so fasziniert, weil sie sich wie aus einem Drehbuch anhörte. Eine klassische Nutten-Freier-Szene. Bis sie Sie beschuldigt hat, ihren Ring gestohlen zu haben. Das hat mich umgehauen. Ich habe mich gefragt: Wenn diese Nutte versucht, den Typ *an Land zu ziehen*, warum beschuldigt sie ihn dann plötzlich, ihren Ring gestohlen zu haben?«

»Tja . . .«

»Sehr rätselhaft«, sagte Crandall.

»Auf jeden Fall hat sie ihren Ring zurück. Ich nehme also an . . .«

»Was heißt das?«

»Er war in meiner Tasche.«

»Er war?«

»Jawoll!«

»Wie kam er in Ihre Tasche?«

»Ich schätze, sie hat ihn mir zugesteckt. Zumindest hab' ich's geglaubt, bis sie sich weigerte, mich anzuzeigen.«

»Warum hat sie ihn dann überhaupt in Ihre Tasche gesteckt?«

»Genau das ist es. Hören Sie, wen zum Teufel interessiert das schon? Sie hat ihren Ring zurück, der Cop ließ mich laufen . . .«

»Na ja, sind Sie denn nicht neugierig?«

»Nein.«

»Das ist wohl der Grund, warum Sie Orangen anbauen und ich Filme mache«, sagte Crandall.

»Tut mir leid, die Diskussion zu unterbrechen«, sagte der Barkeeper, »aber soll ich Ihre Rechnung noch offenlassen?«

»Nein, ich mach' mich lieber auf den Weg«, antwortete Michael. »Was schulde ich Ihnen?«

Der Barkeeper gab ihm die Rechnung.

Michael warf einen kurzen Blick darauf, zückte seine Brieftasche, öffnete sie und griff in das Geldscheinfach.

Es war kein Geld in dem Fach.

Es waren keine Kreditkarten in den verschiedenen kleinen Schlitzen auf beiden Seiten der Brieftasche.

Sein Führerschein war auch weg.

Ebenso sein Ausweis für die öffentliche Bibliothek in Sarasota.

»Mist«, sagte er.

2

»Sei's, wie es ist«, sagte der Barkeeper, »aber wer zahlt die Drinks?«

»*Ich* bezahle die Drinks«, antwortete Crandall ein wenig gereizt. »Können Sie nur dran denken, wer die Drinks bezahlen wird? Dem Mann wurden gerade sein Geld und seine Kreditkarten gestohlen, und Sie können nur dran denken . . .«

»Schon gut, schon gut«, sagte der Barkeeper.

»Ist es ein Wunder, daß diese Stadt als unbarmherzig gilt? Diesem Mann, einem Besucher aus Florida, wird ausgerechnet am Heiligabend . . .«

»Schon gut, schon gut . . .«

»Ihm wurden seine Kreditkarten, sein Geld und sein Führerschein gestohlen, und *Sie* können nur dran denken . . .«

»Ich sagte doch: Schon *gut*!«

»Das muß ich der Polizei melden«, sagte Crandall, nahm seine Brieftasche heraus, schaute auf die Rechnung und legte dann einen Zwanzigdollarschein auf die Theke. »Welches Polizeirevier ist hier zuständig?«

»Das Erste«, antwortete der Barkeeper.

»Wo ist das?«

»Am Ericsson Place.«

»*Wo?*«

»Ericsson Place. Da müssen Sie von hier bis zur West Side fahren. Der Platz ist gleich an der Varick, Ecke Canal Street.«

»Wissen Sie, wie man da hinkommt?« fragte Crandall Michael.

»Nein«, antwortete Michael. »Ich bin das erste Mal in diesem Teil der Stadt.«

»Ich wette, auch das letzte Mal«, sagte der Barkeeper.

»Ich zeige Ihnen den Weg«, sagte Crandall.

»Na ja, sehen Sie, ich muß den Flug um fünf nach elf nach Boston kriegen. Ich hatte vor . . .«

»Dann haben Sie über drei Stunden Zeit«, sagte Crandall.

»Na ja, ich hatte vor, die Stadt zu verlassen, und zwar mit . . .«

»Na, wenn schon. Wollen Sie diese Leute nicht . . .«

»Ich dachte, ich rufe von Boston aus an, melde es . . .«

»Nein, nein, das können Sie nicht machen«, sagte Crandall. »Sie müssen persönlich zur Polizei gehen. Nur so hat es Sinn. Andernfalls wird nichts unternommen. Machen Sie sich keine Sorgen, ich komme mit. Ich habe ein fotografisches Gedächtnis, ich kann denen 'ne gute Beschreibung von diesem falschen Cop geben.«

»Na ja, danke, aber . . .«

»Wo steht Ihr Wagen?«

»Verstehen Sie doch, ich dachte, es wäre einfacher . . .«

»Na los, es dauert doch bloß einen Augenblick«, sagte Crandall. »Es ist Ihre Bürgerpflicht.«

»Er hat recht«, sagte der Barkeeper.

Michael schaute ihn an.

»Wirklich«, sagte der Barkeeper.

»Na ja, in Ordnung«, entgegnete Michael und nickte.

»Also, wo steht Ihr Wagen?« fragte Crandall.

»Gleich um die Ecke.«

»Ist wahrscheinlich 'n Strafzettel dran«, sagte der Barkeeper.

Crandall warf ihm einen Blick zu.

»Tut mir leid«, sagte er und ging zur Kasse.

»Erinnern Sie sich an seinen Namen?« fragte Crandall.

»Ja. Detective Daniel Cahill.«

»Gut. Auch wenn der Name vermutlich genauso falsch war wie er selbst.«

»Hier ist Ihr Wechselgeld«, sagte der Barkeeper.

»Danke«, sagte Crandall. Er schaute erneut auf die Rechnung, legte ein Trinkgeld auf die Theke und sagte dann: »Gehen wir.«

Sie verließen die Bar und gerieten in einen tobenden Schneesturm.

Was vorher eine Art Schneegestöber wie aus Charles Dickens' *Eine Weihnachtsgeschichte* gewesen war – dicke, weiche Flocken, die in der Luft hüpften und tanzten, duftige weiße Häubchen auf Straßenlaternen, Leute, die mit langen, wehenden Wollschals vorübereilten, und deren Fußabdrücke langsam von den Gehwegen verschwanden, Straßen, die mit pulverfeinem Weiß bedeckt waren –, hatte sich jetzt in einen tobenden Sturm mit winzigen, stechenden Schneeflocken verwandelt, die in jede Ritze eindrangen und die ganze Stadt mit einer feinen, schimmernden und rutschigen Schneeschicht überzogen, die bereits zweieinhalb Zentimeter dick war.

»Das können wir nun wirklich nicht brauchen«, sagte Crandall. »Wo war doch gleich Ihr Wagen?«

»Um die Ecke«, antwortete Michael.

Der Wind trieb ihnen die messerscharfen Flocken entgegen. Sie liefen mit eingezogenen Köpfen bis zur Ecke, bogen rechts ab und gingen dann bis zur Straßenmitte, wo der Mietwagen unter einer Laterne geparkt war. Michael öffnete auf der Fahrerseite, stieg ein und ließ den Wagen an.

»Wenn Sie den Kofferraum aufmachen«, sagte Crandall, »seh' ich nach, ob es einen Eiskratzer gibt.«

Michael griff im Fußraum nach dem Hebel zum Öffnen des Kofferraums und zog daran.

»Das war's«, sagte Crandall.

»Ist was drin?« rief Michael.

»Bloß ein Koffer.«

»Ja, das ist meiner.«

»Nichts, was wir brauchen können«, sagte Crandall, knallte den Kofferraum zu, ging um das Auto herum zu Michael, der am Steuer saß. Die Tür war geöffnet.

»Eine dieser Nächte, hm?« sagte er.

»Zumindest funktioniert die Enteisungsanlage«, sagte Michael.

»Gut, daß ich Handschuhe anhabe«, sagte Crandall, ging zum Heck des Wagens zurück und fing an, die Heckscheibe mit der Hand zu bearbeiten. Sie brauchten fünf Minuten, um Windschutzscheibe, Seitenfenster und Heckscheibe freizumachen. Bis dahin war der Wagen gut aufgewärmt. Michael nahm seine Brille ab, putzte die beschlagenen Gläser und setzte sie wieder auf.

»Sie haben doch nicht vor zu fahren, oder?« fragte Crandall.

»Was meinen Sie damit?«

»Na ja . . . er hat Ihren Führerschein gestohlen, oder nicht?«

Michael sagte nichts.

Er saß da, die Hände auf dem Lenkrad, starrte verzweifelt durch die Windschutzscheibe und nickte.

Schließlich seufzte er und sagte: »Können Sie fahren?«
»Ja, sicher.«
»Haben Sie einen Führerschein?«
»Klar, aber . . .«
»Würden Sie bitte fahren?«
»Wenn Sie wollen, selbstverständlich.«
»Ich wäre Ihnen sehr dankbar«, sagte Michael.
»Ich komm' rüber«, sagte Crandall.
Beide Männer stiegen aus und liefen durch den Schnee vorn ums Auto herum, um die Plätze zu tauschen. Crandall saß nun am Steuer und machte sich mit den Instrumenten am Armaturenbrett vertraut . . .
»Ist das der Schalter für die Scheinwerfer?«
»Nein, der da drüber.«
. . . und dem Schaltknüppel . . .
»Automatik, hm?«
»Ja.«
. . . und dem Brems- und Gaspedal.
»Soll ich mal Gas geben?« fragte er.
»Wenn Sie soweit sind, kann's losgehen.«
»Ich lass' es langsam angehen«, sagte Crandall, »damit wir auf keinen Fall einen Unfall bauen.«
Er manövrierte den Wagen vom Parkplatz auf die Straße. Die Digitaluhr im Armaturenbrett zeigte 20 Uhr 01, noch immer ziemlich früh für einen Samstagabend. Aber es war Heiligabend und nicht viel Verkehr auf den Straßen. Außerdem hatte die Nachricht von dem bevorstehenden Unwetter wahrscheinlich jedermann noch früher als sonst nach Hause getrieben.
»Wie fährt es sich auf der Straße?« fragte Michael.
»Nicht allzu übel.«
Crandall steuerte kundig durch die engen, verwinkelten Straßen von Manhattans City, für Michael ein unergründliches Labyrinth, fuhr im Schrittempo, bis sie schließlich zur Canal Street kamen, wo er an einer roten Ampel hielt und dann links abbog.
»Normalerweise werden die Hauptstraßen zuerst freigemacht«, sagte er. »Da kommt gerade ein Schneepflug. Bis zur Varick Street müßten wir also ziemlich freie Fahrt haben.

Warum schalten Sie nicht einfach das Radio ein? Vielleicht erwischen wir irgendwo einen Wetterbericht.«

Michael fummelte am Radio herum.

»Zehn-zehn bringt rund um die Uhr Nachrichten«, sagte Crandall.

Er fuhr noch immer langsam, obwohl man die Straße vom Schnee geräumt hatte. Sie war naß, aber sauber.

». . . die arabischen Führer erklärten, daß die geplante Erhöhung der Ölpreise mehr als angemessen sei . . .«

»Die arabischen Führer geh'n mir wirklich auf den Sack«, sagte Crandall.

». . . aufgrund der neuesten . . .«

»Was zum Teufel ist *das*?« fragte Crandall.

». . . Entwicklungen im Persischen Golf. Sollte die OPEC beschließen . . .«

»Schalten Sie's aus«, sagte Crandall.

Michael schaltete das Radio aus.

»Spüren Sie das?« fragte Crandall.

»Nein, was?«

»Hören Sie.«

Michael lauschte.

»Ich glaube, wir haben einen Platten«, sagte Crandall.

»Machen Sie 'n Witz?«

»Ich wünschte, ich würde, mein Freund.«

Er schaute kurz in den Rückspiegel, drehte das Seitenfenster herunter und signalisierte mit der Hand, daß er an den Bordstein fahren wollte. Er hielt in zweiter Reihe neben einem Wäschereitransporter, schaute erneut in den Rückspiegel und seufzte tief. »Es ist wie in einem Horrorfilm, nicht wahr?« sagte er kopfschüttelnd. »Wollen Sie den rechten Hinterreifen kontrollieren?«

Michael öffnete die Tür auf der Beifahrerseite, und mit einem Mal war er mitten in *Nanuk, der Eskimo.* Er schloß die Tür hinter sich und ging zwischen dem Transporter und dem Auto nach hinten, sein Mantel flatterte ihm um die Knie, das Haar tanzte wild auf seinem Kopf, und auf seiner Brille begannen sich Schneeklümpchen zu bilden. Er blieb vor dem rechten Hinterreifen stehen, trat flüchtig dagegen und kniete sich hin, um ihn genauer zu untersuchen, als der Wagen losfuhr.

Er warf sich gegen den Transporter, weil er für den Bruchteil einer Sekunde glaubte, Crandall habe versehentlich aufs Gaspedal getreten. Im nächsten Augenblick wurde ihm klar, daß Crandall, verdammt noch mal, keinen Fehler gemacht hatte. Der Wagen raste davon, geriet ins Schleudern, als er auf der nassen Straße Bodenhaftung suchte, und schoß dann davon wie ein –

»He!« schrie er.

Das Auto raste weiter davon.

»Du Miststück!« rief er und rannte hinter dem Auto her.

Er lief mitten auf der Canal Street, ruderte mit den Armen und schrie, sein Mantel flatterte im Wind, Hupen ertönten hinter ihm, Scheinwerfer blendeten ihn aus der Gegenrichtung. Plötzlich ertönte das furchteinflößende Fauchen hydraulischer Bremsen durch den Schneesturm, und er sprang sofort beiseite, dann ein neuerliches Hupen, und jemand schrie: »Verdammter Idiot!« Dann brauste der Lkw an ihm vorbei wie eine Lokomotive auf dem Weg nach Albuquerque, wo immer das auch war, und dann war der Laster ebenso verschwunden wie Crandall mit dem Mietwagen.

Michael lehnte sich keuchend an einen roten Cadillac, der am Bordstein geparkt war, und schnappte nach Luft. Das Fenster auf der Fahrerseite glitt plötzlich herunter. Er machte einen Satz nach vorn, drehte sich um und erblickte auf dem Beifahrersitz ein Mädchen mit weit geöffneter Bluse, dessen Brüste aus dem BH quollen, und daneben auf dem Fahrersitz einen puertoricanischen Teenager mit schmalem Schnurrbart und Lippenstiftspuren im Gesicht.

»Würden Se sich bitte nich so an 'n Wagen lehnen?« sagte der Junge.

An der Wand hinter dem Empfangspult hing ein Schild in Spanisch, das Michael auf seine Rechte hinwies. Rechts daneben hing dasselbe Schild in Englisch – das war auch angebracht, dachte Michael. Der Sergeant, der am Schreibtisch vor den beiden Schildern saß, war sehr fett und trug einen langärmeligen Pullover über dem blauen Uniformhemd. Er blickte auf und sagte: »Kann ich helfen, Sir?«

»Ich möchte ein paar Straftaten melden«, sagte Michael.

»Lassen Sie hören«, sagte der Sergeant.

»Ein falscher Detective hat mein Geld gestohlen und meinen . . .«

»Woher wissen Sie, daß es ein *falscher* Detective war?« fragte der Sergeant.

»Na ja, wenn er mich *ausgeraubt* hat, muß ich ja wohl annehmen . . .«

»O ja, richtig«, sagte der Sergeant. »Was hat er Ihnen abgenommen?« fragte er und nahm den Telefonhörer ab.

»Mein Geld, meine Kreditkarten und meinen Führerschein.«

Ins Telefon sagte der Sergeant: »Tony, hab' hier jemand, dem sein Geld, seine Kreditkarten und sein Führerschein von einem falschen Detective gestohlen wurden.«

»Und mein Auto«, sagte Michael.

»Und sein Auto«, sagte der Sergeant. »Willst du mit ihm reden?«

»Von jemand anders«, sagte Michael. »Das Auto.«

»Okay, ich schick' ihn rauf«, sagte der Sergeant und legte auf. »Sir«, sagte er, »wenn Sie dahinten die Treppe bis zum ersten Stock raufgehen und dem Hinweis folgen, auf dem *Detectives* steht. Fragen Sie nach Detective Anthony Orso, was auf italienisch ›Bär‹ bedeutet. Er wird sich um Sie kümmern.«

»Danke«, sagte Michael.

»Keine Ursache«, sagte der Sergeant und nahm den Hörer vom klingelnden Telefon. »Erstes Revier, Mulready«, sagte er.

Michael ging die eisenbeschlagenen Stufen bis zum ersten Stock hinauf, folgte den Hinweisschildern, die mit dem Wort DETECTIVES und einem Richtungspfeil versehen waren, und gelangte schließlich vor eine blaue Tür, deren obere Hälfte verglast war. Auf der Glasscheibe war die Vergrößerung einer blauemaillierten, goldfarbenen Plakette gemalt, wie Cahill sie in der Bar gezückt hatte. Darunter befand sich ein Schild, auf dem stand:

1. REVIER
Detectives
Zimmer Nr. 210

Michael vermutete, daß es das Dienstzimmer der Detectives war. Er öffnete die Tür und trat ein. Zunächst sah er einen kleinen Mann, der auf einem blauen Stuhl hinter einem der Schreibtische saß. Er hatte eine Rasur nötig und sah aus wie ein Penner.

»Detective Orso?« fragte Michael.

»Tony der Bär, das bin ich«, sagte Orso. »Sie sind der, den Gallagher ausgenommen hat?«

Michael stutzte.

»Kommen Sie rein, kommen Sie rein«, sagte Orso, stand auf und geleitete Michael hinein. Der Dienstraum war klein, doch frisch gestrichen – in dem gleichen Blau wie die Tür. Auf den Schreibtischen standen elektrische IBM-Schreibmaschinen. Im Raum befanden sich fünf oder sechs Schreibtische, ohne daß er jedoch überfüllt wirkte. Ein WEGEN MORDES GESUCHT-Poster mit zwölf Fotos war über einem halbhohen Schrank an der Wand angebracht, auf dem sich ein Set für Fingerabdrücke befand. An der Wand neben dem Schrank hing eine Meßlatte. Auf einem anderen blauen Stuhl neben Orsos Schreibtisch saß ein kleiner Mann, der erstaunlicherweise wie Orsos Zwillingsbruder aussah, abgesehen davon, daß seine rechte Hand an der Armlehne des Sessels festgekettet war.

»Wir haben keine Arrestzelle«, erklärte Orso.

»Was für 'n mieses Loch«, sagte der andere Mann.

»Sie halten das Maul!« sagte Orso und zeigte mit dem Finger auf ihn.

»Ich kenne meine Rechte«, sagte der Mann.

»Sie kennen alle ihre Rechte«, sagte Orso sauer und bot Michael einen Stuhl an. »Bitte, Sir«, sagte er.

Von dort, wo Michael saß, konnte er Orso und sein Pendant auf dem anderen Stuhl sehen. Die Ähnlichkeit war unheimlich. Michael fragte sich, ob Orso sich bewußt war, daß der andere Mann genau wie er aussah. Und umgekehrt.

»Also«, sagte Orso. »Erzählen Sie, was passiert ist.«

Michael erzählte ihm, was passiert war. Orso hörte zu. Sein Zwillingsbruder ebenso.

»Klar, das ist Gallagher«, sagte Orso.

»Nein, er hieß Cahill«, sagte Michael. »Detective Daniel Cahill.«

»Sind Sie sicher? Hat er mit einer Rothaarigen zusammengearbeitet, die sich Nikki Copper, Mickey Hooper oder auch Dorothy Callahan nennt?«

»Das reimt sich nicht«, sagte der andere Mann.

»Wer hat Sie gefragt?« sagte Orso.

»Dorothy Callahan reimt sich nicht auf die andern beiden, das ist alles.«

»Ich *weiß*, daß es sich nicht reimt«, sagte Orso. »Wer sagt, daß es sich reimen muß?«

»Sie sucht sich zwei Namen aus, die sich reimen, also denkt man, der dritte müßte sich auch reimen. Tut er aber nicht.«

»Reimen sich *Ihre* Namen?« fragte Orso.

»Ich hab' auch drei Namen, und die reimen sich alle«, sagte der andere beinahe beleidigt. »Charlie Bonano, Louie Romano und Nicky Napolitano.«

»Welchen haben Sie heute nacht bei dem Überfall auf den Schnapsladen benutzt?« fragte Orso.

»Charlie Bonano, und ich hab' keinen Schnapsladen überfallen.«

»Nein? Wer hat dann die Waffe auf den Besitzer gerichtet?« fragte Orso. »Muß wohl einer von den beiden *andern* Jungs gewesen sein, hm? Romano oder Napolitano.«

»Was nicht der springende Punkt ist«, sagte Bonano. »Der springende Punkt ist, wenn sich jemand Namen aussucht, die sich reimen, dann sollten sie sich auch reimen. Man wirft nicht einfach eine Dorothy Calabrese dazwischen.«

»Callahan.«

»Was auch immer.«

»Wir haben einen Shakespeare im Zimmer«, sagte Orso. »Macht sich über ein jambisches Versmaß Gedanken.«

»Der springende Punkt ist . . .«

»Der springende Punkt ist, halten Sie's Maul. Der springende Punkt ist, daß wir einen falschen Cop haben, der sich Gallagher nennt und sich im ganzen Revier rumtreibt und mit 'ner Rothaarigen zusammenarbeitet und ehrliche Bürger wie diesen Gentleman hier ausnimmt. Und wenn Sie's genau wissen wollen, Bonano, es ist so, als würde man einen Italiener Itaker nennen.«

»*Drei* üble Namen«, sagte Bonano.

»Und außerdem sind Sie häßlich«, sagte Orso.

»Genau wie Sie«, sagte Bonano.

»Mag sein, aber ich gehe nicht in den Knast«, sagte Orso und drehte sich zu Michael um. »Wir müssen einige Formulare ausfüllen, Sir«, sagte er, »aber ich kann Ihnen gleich sagen, daß wir nicht die geringste Chance haben, das Geld wiederzukriegen, und daß wir froh sein können, wenn Gallagher morgen nicht Tiffany's mit Ihren Kreditkarten leerkauft. Am besten informieren Sie zuerst sämtliche Kreditkarteninstitute, daß man Ihre Kreditkarten gestohlen hat – kennen Sie die Kartennummern?«

»Keiner kennt die Kartennummern«, sagte Bonano.

»Wer hat Sie gefragt?«

»*Sie* haben *ihn* gefragt.«

»Aber niemand hat Sie gefragt, oder?«

»Was soll das, dem Mann eine Frage zu stellen, die er unmöglich beantworten kann? Entschuldigen Sie, Sir, aber kennen Sie die Nummern Ihrer Kreditkarten?«

»Nein«, sagte Michael.

»Da haben wir's«, sagte Bonano.

»Das *kommt vor*«, entgegnete Orso, »ich *weiß* genau, daß niemand seine Kreditkartennummern kennt. Aber es kann nichts schaden zu fragen, denn die Möglichkeit ist eins zu eine Million, daß es doch jemand weiß. Es spielt *übrigens* keine Rolle, ob es jemand weiß oder nicht, weil die Kreditkarteninstitute den ganzen Mist im Computer haben, und Sie müssen bloß eines machen, Sir«, sagte er und drehte sich wieder zu Michael um, »denen Ihren Namen und Ihre Adresse geben und ihnen erzählen, daß Ihre Karten gestohlen wurden, und die werden dafür sorgen, daß alles klargeht. Ansonsten wird Gallagher sich ein Ticket für die Concorde nach Paris kaufen und Ihre MasterCard damit belasten.«

»*Zwei* Tickets«, sagte Bonano. »Eins für seine Freundin Dotty.«

»Sie müssen Ihre sämtlichen Kreditkarteninstitute informieren«, sagte Orso ernst. »Nun, Sir«, sagte er und spannte einige Formulare samt Kohlepapier in die Schreibmaschine. »Würden Sie mir bitte Ihren Namen sagen?«

»Michael J. Barnes.«

»Wofür steht das J, Sir?«

»Einfach J. Einfach der Buchstabe J.«

»Gut, Sir, und Ihre Adresse, Sir? Falls wir Gallagher innerhalb der nächsten Stunde oder so schnappen.«

»Ha!« sagte Bonano.

Orso warf ihm einen Blick zu. Bonano zuckte die Achseln.

»Ich *habe* im Hilton gewohnt«, sagte Michael. »Aber ich habe mich schon abgemeldet. Deswegen war mein Koffer im . . .«

»An der Fünfundvierzigsten Straße, Ecke Sechste Avenue?«

»Ja.«

»Ich hab' auch mal im Hilton gewohnt«, sagte Bonano.

»Was ist los mit Ihnen, hä?« fragte Orso. »Wissen Sie nicht, wie man den Mund hält?«

»Es ist ein sehr schönes Hotel, Sir«, sagte Bonano, als wolle er dem Eigentümer ein Kompliment machen.

Orso verdrehte die Augen. »Ihr Wohnsitz, bitte«, sagte er.

»Fruitville Road Nummer 16554«, sagte Michael. »Sarasota, Florida.«

»Aha«, sagte Orso. »Irgend etwas sagte mir, daß Sie aus Florida sind.«

»Vielleicht seine Bräune«, sagte Bonano. »Wohnen Sie beim Hollywood Park? Ich fahr' wegen der Rennen zum Hollywood Park.«

»Das ist an der Ostküste«, entgegnete Michael.

»Also«, sagte Orso, »der Sergeant am Empfang sagte mir, daß Gallagher nicht nur Ihr Geld, Ihre Kreditkarten und Ihren Führerschein gestohlen hat, sondern auch Ihr Auto. Was für ein . . .«

»Nein, es war nicht Cahill, der den Wagen gestohlen hat«, sagte Michael.

»Sie meinen, Gallagher.«

»Den auch nicht.«

»Wer war es dann?«

»Arthur Crandall.«

»Wer?« fragte Bonano.

»Arthur Crandall«, antwortete Michael. »Ein Regisseur. Hier ist seine Karte.«

»Er hat Ihren Wagen gestohlen und Ihnen seine *Karte* gegeben?« fragte Orso erstaunt.

»Das ist *vielleicht* 'n prima Dieb«, sagte Bonano.

Orso betrachtete die Karte.

»Sieht wie 'n Filmschnipsel aus«, sagte er.

»Das ist seine Visitenkarte«, sagte Michael.

»Ich kann's nicht fassen. Ein Typ stiehlt Ihren Wagen und gibt Ihnen seine Karte.«

»Er gab mir zuerst die Karte«, sagte Michael.

»Und hat *dann* Ihr Auto gestohlen?« fragte Bonano.

»Eins weiß ich bestimmt«, sagte Orso, »ein Kerl, der vorhat, Ihren Wagen zu stehlen, gibt Ihnen eine Visitenkarte mit Namen und zwei Adressen, die falsch sind.«

»Das ist sicher.«

»Was wir hier also haben«, sagte Orso, »sind zwei verschiedene Fälle. Wir haben einen falschen Cop und seine Freundin, die Redakteurin ist . . . hat sie Ihnen erzählt, sie wäre Redakteurin?«

»Nein, Anwältin.«

»Nicht Redakteurin?«

»Strafverteidigerin.«

»Hmm«, sagte Orso kopfschüttelnd. »Na ja, nichtsdestoweniger haben wir dieses falsche Pärchen, das Ihr Geld, Ihre Kreditkarten und Ihren Führerschein gestohlen hat . . .«

»Und meinen Büchereiausweis«, sagte Michael.

»Lesen Sie viel?« fragte Bonano.

»Ja«, antwortete Michael.

»Ich auch. Das hab' ich mir im Knast angewöhnt.«

»Sir, hören Sie mir zu?« fragte Orso.

»Ja, entschuldigen Sie«, sagte Michael.

»Das ist völlig in Ordnung, Sir. Also, wir haben außerdem diesen falschen Regisseur, der Ihr Auto gestohlen hat . . .«

»Es war ein Mietwagen«, sagte Michael.

»Glück gehabt«, sagte Bonano.

»Was keineswegs den Tatbestand eines Autodiebstahls ausschließt«, sagte Orso. »Der springende Punkt ist, daß wir nicht einen sondern *zwei* Fälle haben. Das macht es jetzt *doppelt* so schwierig.« Er seufzte tief und sagte dann: »Wann haben Sie vor, die Stadt zu verlassen, Sir? Für den Fall, daß wir etwas herausbekommen.«

»Ich nehme den Flug um fünf nach elf ab Kennedy«, sagte Michael und schaute auf seine Uhr.

»Haben Sie Ihr Flugticket schon?«

»Ja, hab' ich.«

»Alles bezahlt und so weiter?«

»Ja.«

»Das ist ausgezeichnet, Sir. Wie hatten Sie vor, zum Flughafen zu kommen, Sir?«

»Na ja, darüber hab' ich mir bisher noch gar keine Gedanken gemacht.«

»Weil doch Ihr ganzes Geld gestohlen wurde, verstehen Sie.«

»Ja, das ist wahr.«

»Wie hatten Sie denn nun vor, zur Chambers Street zu kommen, Sir?«

»Warum sollte ich zur Chambers Street?« fragte Michael.

»Weil Sie von dort einen Expreß nach Kennedy nehmen können.«

»Oh.«

»Kennen Sie sich mit unserem U-Bahnnetz aus, Sir?«

»Nein.«

»Ich werd' Ihnen einen U-Bahnplan geben, auf dem sämtliche Linien verzeichnet sind, Sir.«

»Wie soll er die U-Bahn benutzen, wenn er kein Geld hat?« fragte Bonano.

»Na ja, ich hab' noch ein bißchen Kleingeld«, sagte Michael und griff in die rechte Tasche. »Was kostet die Fahrt, ungefähr 'n Vierteldollar?«

»'n Vierteldollar!« sagte Orso.

»'n Vierteldollar!« sagte Bonano.

Beide Männer brachen in Gelächter aus.

»Die Fahrt hat keinen Vierteldollar mehr gekostet, seit die *Holländer* hier waren!« sagte Orso lachend.

»Die *Indianer*!« sagte Bonano lachend.

»Nun, ich habe . . .« Michael zählte schnell die Münzen in seiner Hand. »Sechzig Cents«, sagte er.

»Sechzig Cents!« sagte Orso und brach erneut in schallendes Gelächter aus.

»Sechzig Cents!« sagte Bonano. »Ich mach' mir in die Hose!«

»Sir«, sagte Orso, »schon als Hektor 'n Hosenscheißer war, kostete die Fahrt einen Dollar, Sir. Das ist der U-Bahntarif in New York City. Bis *jetzt* jedenfalls.«

»Wie hoch ist er in Sarasota?« fragte Bonano.

»Wir haben keine U-Bahn«, sagte Michael und betrachtete abermals die Münzen in seiner Hand. »Mr. Orso«, sagte er, »denken Sie, ich könnte . . .«

»Nein, bitte nicht, Sir«, sagte Orso.

Michael schaute ihn an.

»Bitte, Sir.«

Michael schaute ihn weiterhin an.

»Bitten Sie mich nicht um ein Darlehen, Sir. Bitte. Ich weiß, daß Sie bloß vierzig Cents brauchen, um die Differenz zwischen dem U-Bahnpreis und dem, was Sie haben, auszugleichen. Aber, Sir, Sie wissen vielleicht nicht, wie viele Opfer ständig zu uns kommen. Tag und Nacht, diese Stadt schläft nie, Sir. Opfer, die man bis auf den letzten Pfennig ausgeraubt hat, und die einen U-Bahn- oder Busfahrschein brauchen, um wieder nach Hause zu kommen. Ich kann Ihnen versichern, Sir, wenn ich jedem dieser Opfer vierzig, fünfundzwanzig oder bloß fünf Cents geben würde, bloß fünf müde Cents, Sir, hätte ich mein ganzes Gehalt an diese Leute verschenkt und nichts übrig, um meine Kinder zu kleiden und ihre Mäuler zu stopfen. Also, bitte, Sir. So gern ich auch möchte . . .«

»Sie brechen mir das Herz«, sagte Bonano und griff mit der freien Hand in seine Tasche. »Hier sind zehn Dollar«, sagte er zu Michael und zog mit einiger Mühe zwei Fünfdollarscheine aus seiner Brieftasche. »Damit kommen Sie bis zum Flughafen.«

»Das ist wahrscheinlich schmutziges Geld, Sir«, sagte Orso. »Aber machen Sie's so, wie Sie's für richtig halten.«

Michael betrachtete die Geldscheine.

»Geld aus Prostitution oder Drogen«, sagte Orso. »Aber lassen Sie Ihr Gewissen entscheiden.«

Michael nahm das Geld.

»Danke«, sagte er zu Bonano. »Ich werd's Ihnen zurückzahlen.«

»Sie können Ihren Scheck nach Sing-Sing schicken«, sagte Orso.

»Zum Glück komm' ich nach Attica«, sagte Bonano.

»Stellen Sie ihn auf einen seiner Namen aus«, sagte Orso. »Und noch was, Sir, ich hoffe, Sie nehmen's mir nicht übel. Denn wenn ich mal anfange, Geld zu verleihen . . .«

»Wo sind die Geigen?« fragte Bonano.

»Eigentlich«, sagte Michael, »wollte ich nicht um ein Darlehen bitten.«

»Sie wollten nicht?« fragte Orso.

»Sie haben die ganze Rede umsonst gehalten«, sagte Bonano.

»Ich wollte bloß die Toilette benutzen.«

»Oh. Na ja, Sie müssen einfach den Flur entlang.«

»Danke.«

»Am Flughafen gibt es aber sehr schöne Toiletten«, sagte Bonano.

»Möchten Sie meinen U-Bahnplan nicht?« fragte Orso und klang beleidigt.

»*Doch*«, antwortete Michael. »Danke, daß Sie mich dran erinnert haben.«

»Sie machen's am besten so«, sagte Orso und faltete den Plan auseinander. »Sie gehen raus, und sobald Sie unten an der Treppe sind, gehen Sie sofort nach rechts. Die erste Straße, auf die Sie treffen, ist die Varick. Okay, Sie biegen rechts in die Varick ein und überqueren die Moore Street. An der Ecke ist ein Laden, der Walker's heißt. Die nächste Querstraße ist die Franklin. Aber sie müssen nicht ganz bis zur Franklin gehen . . .«

»Muß ich nicht?«

»Nein, denn kurz vor der Franklin werden Sie die U-Bahnstation sehen, das ist genau diese hier«, sagte er und tippte mit dem Finger auf die Karte. »Okay, Sie gehen runter, kaufen sich 'nen Fahrschein für einen Dollar und gehen zum Hauptgleis. Vergewissern Sie sich, daß es das *Hauptgleis* ist, und nehmen Sie den A-Zug. Die erste Station nach der Franklin ist die Chambers Street, das ist genau hier«, sagte er und tippte erneut mit dem Finger auf die Karte. »An der Chambers steigen Sie aus und warten auf den sogenannten JFK-Expreß, der bis zum Flughafen fünfeinhalb Dollar kostet. Wenn Sie aussteigen, werden Sie überall Wegweiser sehen«, sagte Orso, nickte schließlich, faltete die Karte zusammen und gab sie Michael.

»Danke«, sagte Michael.

»Ich hoffe, Sie verstehen die Sache mit dem Geld und so. Aber bei all den Opfern in der Stadt . . .«

»Einsatz für das philharmonische Orchester!« sagte Bonano.

»Werden Sie mich benachrichtigen, wenn Sie etwas hören?«

»Die hören *nie* was«, sagte Bonano. »Man wird alt und grau, ehe die den falschen Cop und sein Mädchen schnappen. Oder den falschen Filmfritzen.«

»Wir haben *Sie* geschnappt, oder etwa nicht?«

»Aber nur, weil meine Hose runtergerutscht ist, als ich die Waffe zog«, sagte Bonano.

»Mit runtergelassener Hose sind Sie noch häßlicher«, sagte Orso, und beide Männer brachen in Gelächter aus.

Als Michael das Dienstzimmer verließ, lachten sie immer noch.

Er ging den Flur entlang, um die Toilette zu benutzen. Danach ging er die Eisentreppe hinunter und winkte zum Abschied einem heraufkommenden Uniformierten mit dem U-Bahnplan. Er öffnete eine der blauen Holztüren, die zur Straße führten, und lief hinaus, mitten in *Fang – Sohn der Todesklaue* hinein. Der Wind fegte ihn beinahe von den Eingangsstufen der Polizeiwache. Es schneite jetzt noch heftiger, die Flocken tanzten wild um die kugelförmigen grünen Laternen am Eingang der Polizeiwache, die ein gespenstisches Licht auf die dicke Schneedecke auf den Stufen und dem Bürgersteig warfen. Er zog den Mantelkragen hoch, lief bis zur Ecke, bog rechts in die Varick ein, überquerte die Moore und näherte sich der beleuchteten U-Bahnstation, als ein riesiger Mann, der Blue Jeans, Lederjacke, schwarze Handschuhe und eine Skimaske trug, aus dem Eingang trat und ihm eine Knarre unter die Nase hielt.

3

Etwas Gutes hatte Michael in Vietnam gelernt: Eine üble Lage kann sich nur noch verschlimmern. Entweder reagierte man sofort, oder man hatte nicht die geringste Chance, überhaupt noch zu reagieren. Aus dem Mund des Mannes kamen nur drei Worte, die den Wind und den erbarmungslosen Schnee übertönten, doch diese Worte bedeuteten Ärger. »Hände hoch, Mann!« Augenblicklich packte Michael die Hand mit der Waffe, stieß dem Kerl das Knie in die Leiste und schnellte mit dem Kopf hoch, um ihm einen Stoß unters Kinn zu versetzen, während der Mann sich vor Schmerz krümmte. Man hörte das Krachen aufeinanderschlagender Zähne. Der Mann taumelte und fuchtelte mit den Händen in der Luft herum, als er sich ein wenig von Michael wegdrehte, der nach dem Kragen der Lederjacke griff, ihn erwischte und daran zerrte.

Es war wieder wie im Dschungel, dies könnte wieder Vietnam sein. Doch der Boden war mit Schnee bedeckt, nicht mit feuchten, faulenden Pflanzen. Der Mann trug schwarzes Leder statt eines schwarzen Kampfanzuges, und er war auch kein kleiner, schmächtiger Asiate, den man mit bloßen Händen mitten durchbrechen zu können glaubte. Er war ein Riese, ungefähr einen Meter achtundachtzig groß und neunzig Kilo schwer, und ließ sich nicht so einfach das Rückgrat von jemandem brechen, der zehn Zentimeter kleiner und dreizehn Kilo leichter war. Auf diese Weise hatte sich Michael schon lange nicht mehr betätigt. Man wurde fett, wenn man in Florida lebte, Orangen aß und den Sonnenuntergang beobachtete. Man vergaß, daß es Menschen gab, die einem weh tun wollten. Man vergaß, daß man manchmal sogar umgebracht werden konnte.

Damals hätte er ein Messer in der Hand gehabt und wäre ihm an die Kehle gegangen. Doch das war damals, und dies war heute. Michael mühte sich und atmete schwer, als sich der Mann umdrehte, gleichzeitig mit der Waffe ausholte und den Griff an Michaels Schläfe schlug. Der U-Bahnplan fiel ihm aus der Hand, und er ging zu Boden. Er rollte sich sofort im Schnee ab, denn der

Dschungelkrieg hatte ihn noch etwas anderes gelehrt: Wenn ein Mann, der eine Waffe trägt, nicht schießt, obwohl der andere am Boden liegt, dann ist die Waffe leer und ein Tritt folgt.

Michael wußte nicht, ob die Waffe leer war, denn bislang war kein einziger Schuß gefallen, doch der Tritt kam genau wie vorhergesehen und zielte auf die Stelle am Kopf, wo die Waffe ihn schon getroffen hatte. Immerhin war sein Kopf nicht mehr dort – er war etwa fünfzehn Zentimeter von der Stelle entfernt, wo der Fuß niedersauste, jetzt sogar zwanzig, da er weiterrollte, jetzt dreißig. Er rollte weiter und weiter, rappelte sich auf die Knie und stützte sich ab, denn der Mann stürzte sich abermals auf ihn. Er brüllte vor Wut, was anscheinend echt war, obwohl Michael eigentlich gar nichts gemacht hatte, außer, daß er ihm in die Eier getreten und ihm einen Stoß unters Kinn verpaßt hatte.

»Halt! Stehenbleiben!« rief eine Frauenstimme, aber niemand blieb stehen. Michael versuchte sich vielmehr aufzurichten, weil es ungünstig war, auf den Knien zu liegen, wenn man weiter von einem brüllenden Gorilla traktiert wurde, der nicht schoß, was Michael wiederum darin bestärkte, daß die Waffe leer war.

»Halt, habe ich gesagt, *Polizei*!« schrie die Frau erneut, was sie keineswegs zuerst gesagt hatte, aber diesmal bewirkte, daß der Gorilla den Bruchteil einer Sekunde zögerte. Mehr Zeit brauchte Michael nicht. Er täuschte eine rechte Gerade zum Kopf des Maskierten vor, trat ihm seitlich kräftig gegen die Knöchel und hoffte, der Schnee werde sein Manöver unterstützen, was er auch tat. Die Füße des Mannes rutschten weg, und er stürzte in entgegengesetzter Richtung zu Boden, wobei ihm die Waffe aus der Hand flog. Diesmal war Michael blitzschnell auf ihm, umklammerte ihn mit den Beinen und schlug mit der Hand dahin, wo er das Nasenbein unter der Maske vermutete. Der Mann schrie. Michael hoffte, ihm die Nase gebrochen zu haben. Die Frau schrie auch.

»Polizei, Polizei, *auseinander*, verdammt noch mal!«

Sie stand oben an der Treppe zur U-Bahn.

Sie glich keinem der Cops, die Michael je gesehen hatte.

Sie war ziemlich fett, und er schätzte sie auf Ende Dreißig. Sie trug eine kurze schwarze Webpelzjacke, darunter einen roten Strapsgürtel, ein rotes Höschen, rot schimmernde Seidenstrümpfe und hochhackige rote Stiefel.

Zuerst glaubte Michael, sie sei eine Fata Morgana.

So, wie sie aus der U-Bahn kam, halbnackt im Schneesturm.

Flammendrotes Haar, das zu ihrer Unterwäsche und den Stiefeln paßte. Funkelnde grüne Augen, einen Meter zweiundsechzig groß und mindestens achtundsechzig Kilo schwer.

Michael hob die Waffe auf und richtete sie auf den Mann im Schnee.

»Hoch!« sagte er. »Aufstehen!«

»Lassen Sie die Waffe fallen«, sagte die fette Rothaarige.

Michael hatte nicht die Absicht, die Waffe fallenzulassen. Nicht, solange der Mann im Schnee noch atmete.

»Sie haben mir weh getan«, sagte der Mann.

Eine hohe, ängstliche Fistelstimme.

»Im Ernst?« fragte Michael und griff nach unten, um ihm die Skimaske vom Kopf zu ziehen, denn er wollte sehen, wie *sehr* er ihm weh getan hatte.

Der Mann war ein Chinese.

Oder ein Japaner.

Oder, soweit Michael erkennen konnte, ein Vietnamese.

Plötzlich schien alles wie ein Traum. Er war wieder im Dschungel, wo jeder Schlitzaugen hatte, und wo er Tag und Nacht von nackten, rothaarigen Frauen träumte, die im Nebel Gestalt annahmen, auch wenn sie nicht so klein oder so fett waren wie diese hier. Sie waren sehr schlank, doch alle trugen sie Handgranaten unter der Achsel. Die bösen Buben waren auch schlank. Und sehr klein. Dieser böse Bube war sehr groß.

»Du Hundesohn«, sagte er.

In korrektem Englisch.

»Nette Unterhaltung«, sagte die fette Rothaarige. »Sie«, sagte sie zu Michael. »Ich habe Ihnen gesagt, Sie sollen die Waffe fallenlassen.«

»Wo ist Ihre Dienstmarke?« fragte Michael.

»Hier ist meine Dienstmarke«, sagte sie und entnahm ihrer Handtasche eine Plakette, die ziemlich genauso aussah wie die, die Cahill in der Bar gezückt hatte. Gold mit blauer Emaille. »Detective O'Brien«, sagte sie, »Erstes Revier.«

»Officer«, sagte der Asiat plötzlich, »dieser Mensch hat mir die Nase gebrochen.«

»Nein, das glaub' ich nicht«, sagte Michael.

»Steh'n Sie auf«, sagte Detective O'Brien.

»Ich glaube, er hat mir auch ein paar *Zähne* ausgeschlagen.«

Er war aufgestanden, suchte mit der Zunge seine Zähne nach Splittern ab und rieb sich gleichzeitig mit der Hand die Nase. Michael wußte, daß die Nase nicht gebrochen war. Schon bei der sanftesten Berührung wäre er an die Decke gesprungen. Die Zähne waren eine andere Sache. Er hatte dem Mann einen ziemlich kräftigen Stoß versetzt.

»Was soll das, die Leute zu überfallen?« fragte er.

Er war davon überzeugt, daß Chinesen – falls er Chinese war – nicht herumliefen und Leute überfielen. Japaner auch nicht. Bei Vietnamesen war er sich nicht so sicher.

»Was machen *Sie* denn, versuchen Sie die Leute *umzubringen?*« fragte der Mann.

»Ich habe mich bloß verteidigt«, sagte Michael.

»Wogegen? Gegen eine unechte Waffe?«

Michael betrachtete die Waffe in seiner Hand. Sie hatte das Gewicht und den Griff wie eine echte Waffe, dennoch war sie aus Plastik. Der Mann hatte sich jetzt entschieden, daß nichts gebrochen war. Zähne in Ordnung, Nase noch heil. Das brachte Michael in eine gefährliche Lage, da die Waffe aus Plastik war, und der Mann, der vor ihm stand, jede Minute größer und größer wurde. Nie zuvor hatte Michael so einen großen Asiaten gesehen. Er fragte sich, ob der Mann vielleicht genauso ein falscher Asiat war wie Cahill ein falscher Detective und die Plastikpistole eine falsche Automatik vom Kaliber .45.

Die Waffe, die Detective O'Brien aus ihrer Handtasche zog, wirkte sehr echt. »Wenn sich einer von euch Wichsern bewegt, wird er abgeknallt«, sagte sie.

Der Polizistenjargon klang auch echt.

»Sie«, sagte sie. »Wie heißen Sie?«

»Charlie Wong.«

»Chinese, hä?« fragte sie.

»Nein, Jude«, antwortete Wong sarkastisch, was Michael für den falschen Ton hielt, wenn eine fette Lady, die nichts als ihre Unterwäsche und eine Webpelzjacke trug, mit einer Pistole in der Hand in der eisigen Kälte stand.

»Und Sie?« sagte sie zu Michael.

»Presbyterianer«, sagte er.

»Ihr *Name*«, sagte sie ungeduldig und richtete die Waffe auf ihn.

»Ein Cop«, sagte Wong kopfschüttelnd, »ich kann's nicht glauben. Ich dachte, Sie wär'n 'ne Nutte.«

»Danke, warum?« sagte Detective O'Brien.

»Weil Nutten hier so rumlaufen«, erklärte Wong Michael. »Sogar bei so 'ner Kälte wie jetzt. Eigentlich das ganze Jahr über.«

»Wenn die beiden *Gentlemen* nichts dagegen haben«, sagte Detective O'Brien und klang dabei genauso sarkastisch wie Wong, »marschieren wir jetzt zum Polizeirevier, denn ehrlich gesagt, schätze ich ungebührliches Verhalten nicht . . .«

Wong versetzte Michael einen Stoß, der daraufhin das Gleichgewicht verlor und gegen Detective O'Brien prallte, die nach hinten kippte und auf ihr halbnacktes Hinterteil fiel, wobei ihre seidenbestrumpften Beine in die Luft flogen und sich ein Schuß aus der Waffe löste. Michael überlegte, daß er es hier mit einer fetten Lady zu tun hatte, die ein echter Cop mit echter Dienstmarke und echter Pistole war, und die glaubte, er sei ein mieser Querulant und kein armes Opfer. Er beschloß, daß er keine Lust hatte, den Rest der Nacht zu erklären, Wong habe versucht, ihn zu überfallen. Zumal Detective O'Brien sich auf die schneebedeckte Treppe zur U-Bahn gesetzt hatte, die Ellbogen auf die Knie gestützt, die Pistole in beiden Händen und genau auf ihn gerichtet.

Er hatte noch etwas in Vietnam gelernt.

»Aiiii-iiiiii!« schrie er gellend.

Wenn man das im Dschungel hörte, gefror einem das Blut in den Adern.

Es funktionierte auch in Manhattan.

Detective O'Brien kreischte voller Entsetzen und schoß wild um sich. Michael raste hinter Wong her, rannte in Richtung Moore Street und sah beim Überqueren der Straße, daß Wong mindestens hundert Sachen drauf hatte.

Michael warf einen kurzen Blick auf seine Uhr.

20 Uhr 45.

Sein Flugzeug startete in zwei Stunden und zwanzig Minuten. Er konnte nicht in die U-Bahn runter, um den A-Zug bis zur

Chambers zu nehmen, da Detective O'Brien hinter ihm war, sie saß zwischen ihm und seinem Beförderungsmittel. Ein Taxi war nirgends in Sicht, und außerdem reichten die zehn Dollar, die Bonano ihm geliehen hatte, nicht für ein Taxi bis zum Kennedy Airport. Er kannte diese gottverdammte Stadt nicht, in der offenbar jeder entweder ein Cop oder ein Gauner war und jeder völlig irre zu sein schien. Er wußte nicht, wo sich die *nächste* U-Bahnstation befand, um von dort aus mit einem Expreßzug bis zum Flughafen zu fahren, da seine Karte irgendwo auf dem Bürgersteig zwischen O'Brien und ihm lag. Er wußte bloß, wenn man sich im Dschungel verirrt hatte, folgte man einem angeborenen Instinkt.

Hinter ihm schoß Detective O'Brien. Hoffentlich in die Luft, dachte er.

Er rannte wie der Teufel hinter Wong her.

Es kam ihm vor, als würden sie meilenweit rennen.

Wong war ein guter Läufer. Michael hatte keine Kondition mehr und war außer Atem. Seine Schuhe waren durchgeweicht, seine Socken naß, seine Füße kalt, und auf seinen Brillengläsern blieben Schneeflocken haften, die er immer wieder wegwischte, während er Wong folgte. Beide stapften lautlos über weiße Flächen, der Bordstein war verschwunden, kein Unterschied mehr zwischen Gehweg und Straße, ein weißer Straßenzug folgte dem nächsten – in einem Viertel, das ihm völlig fremd war. Als er um eine Ecke lief, sah er gerade noch, wie Wong sich in einen Hauseingang drängte, über dem chinesische Schriftzeichen angebracht waren. Michael schaute erneut auf seine Uhr. 20 Uhr 57. Wong verschwand im Hauseingang. Michael folgte ihm.

Er putzte seine Brille und setzte sie wieder auf.

Er befand sich in einer chinesischen Glücksplätzchenbäckerei.

Ein Chinese, der eine weiße Hose, ein weißes Hemd, eine lange weiße Schürze und eine weiße Chefkochmütze trug, stand hinter einer Theke aus rostfreiem Edelstahl und stopfte kleine Papierschnipsel in Glücksplätzchen.

»Wo ist er lang?« fragte Michael.

»Wahre Verzückung ist eine goldene Harfe in einer purpurnen Nacht«, sagte der Glücksplätzchenstopfer.

In der hintersten Ecke des Raumes befand sich eine Tür. Michael zeigte darauf.

»Ist er da rein?« fragte er.

»Wer sich über sein Schicksal beklagt, beklagt sich über bellende Hunde«, sagte der Mann und stopfte das nächste Plätzchen.

»Danke«, sagte Michael und lief sofort auf die Tür zu.

Hinter ihm sagte der Glücksplätzchenstopfer: »Tänzer haben Flügel, aber Schweine können nicht fliegen.«

Michael öffnete die Tür.

Plötzlich befand er sich in einer Spielhölle wie in Saigon.

In Saigon konnte man nur drei Dinge tun: sich betrinken, mit jemandem ins Bett gehen oder sein Glück versuchen. In den überfüllten Seitenstraßen Saigons gab es jede Menge Spielhöllen, und er hatte in fast allen gespielt und in keiner Glück gehabt. Er hatte dort auch niemanden gesehen, der Russisches Roulette spielte. Das gab es bloß im Film. Er hatte Arthur Crandall – oder wie er auch immer hieß – erzählt, daß *Platoon* ein ziemlich realistischer Film sei, wobei die Betonung auf dem Wort »Film« lag. Denn wie realistisch dieser Film auch sein mochte, er war nichts als ein Film, und jeder im Kino wußte, daß er sich laufende Bilder auf einer Leinwand ansah, und daß die Schüsse und das Blut nicht echt waren. Im Dschungel waren die Schüsse und das Blut echt.

Das *Gefühl,* wenn einem das heiße Blut eines Freundes, den ein Granatsplitter getroffen hatte, über die Hände rann, konnte man in keinem Film darstellen. Niemals. Selbst in einem noch so realistischen Kriegsfilm ließ sich nicht darstellen, warum man sich in die Hose geschissen hatte, während man auf dem Bauch im Schlamm des Dschungels lag und zwei Meter entfernt eine Wergranate explodierte. In Kriegsfilmen schiß sich niemand in die Hose. Man konnte niemals den Ekel und das Entsetzen darstellen, die man empfand, wenn man zum ersten Mal einen toten Soldaten sah, dem man die abgeschnittenen Genitalien in den Mund gesteckt hatte. In Kriegsfilmen kompensierten die Typen ihren Ekel und ihr Entsetzen dadurch, daß sie Russisches Roulette in den Spielhöllen von Saigon spielten. Im wirklichen Leben setzte man in Saigons Spielhöllen auf Würfel, Karten oder

– gelegentlich – auf Mut und Geschick eines Hahns. In Saigon waren Hahnenkämpfe so weit verbreitet wie abgeschnittene Schwänze im Dschungel, doch nie fanden Hahnenkämpfe in dem gleichen Gebäude statt, in dem man würfelte oder pokerte.

Doch hier und jetzt, in diesem Teil der Glücksplätzchenbäckerei, gab es keine Hahnenkämpfe. Es gab Öfen aus rostfreiem Edelstahl, an einer Wand zwei Würfeltische, außerdem zwei Poker- und einen Mah-Jongg-Tisch. Der Mah-Jongg-Tisch war völlig von Chinesen in Beschlag genommen, die so aussahen, als seien sie direkt der Ming-Dynastie entsprungen. Dies war bei weitem der lauteste Tisch. Die Chinesen warfen die Spielsteine auf den Tisch und riefen dabei etwas, das sich wie ein Befehl zu einer Enthauptung anhörte. Die umstehenden Männer feuerten sie entweder lautstark an oder machten sich über sie lustig, das war schwer zu sagen. Dort, wo man würfelte, war es nicht ganz so laut, und Asiaten spielten mit Weißen, Schwarzen und Latinos – genau wie es in Saigon gewesen war. Ein Fernseher, der sich oben auf einem Wandregal befand, war auf volle Lautstärke gedreht, und Andy Williams war gerade in einer Weihnachtssendung zu sehen, die noch gewaltig zu dem ohrenbetäubenden Lärm beitrug. Im Gegensatz zu der Jubelfeier im Fernsehen benahmen sich die Pokerspieler wirklich feierlich. Eine Rauchwolke schwebte über dem Zimmer. Charlie Wong war nirgends zu sehen.

Michael schaute auf seine Uhr. 21 Uhr 05. Er mußte hier raus und irgendwie mit der U-Bahn zum Kennedy Airport kommen. Sein Flug ging in genau zwei Stunden, der letzte heute nacht nach Boston. Er lief zu einem der Würfeltische, da er einen der Spieler fragen wollte, wo eine U-Bahn zum Kennedy Airport abfuhr. Ein kleiner Latino – der dem jungen Mann erstaunlich ähnlich sah, der ihn aufgefordert hatte, sich nicht an seinen Wagen zu lehnen – nahm die Würfel, spuckte darauf und sagte: »*Mama necesita un par de zapatos nuevos!*« und warf prompt zwei Einsen. »*Mierda!*« schrie er und entfernte sich augenblicklich vom Würfeltisch. Im Fernsehen sang Andy Williams »Jingle Bells«.

Michael nahm den Platz ein, den der kleine Latino geräumt hatte.

Geld fürs Taxi wäre nicht schlecht, dachte er.

Fünf Spieler standen am Tisch: zwei Schwarze, zwei Chinesen und ein Weißer. Einer der Schwarzen hieß Harry. Michael hatte es aufgeschnappt, als einer der Chinesen ihm die Würfel gegeben und gesagt hatte: »Los, Hally, mach sie niedel.« Er klang wie der Koch in einem alten Goldrausch-Film. Am Mah-Jongg-Tisch schrie ein Chinese etwas, das sich wild und kriegerisch anhörte, doch jeder am Tisch lachte. Auch Harry lachte. Michael nahm nicht an, daß er lachte, weil er Chinesisch sprach oder verstand, sondern weil er jetzt an der Reihe war zu würfeln, und ein Mann mit Würfeln hat – jedenfalls für einen Moment – auch sein Schicksal in der Hand.

Harry wirkte tatsächlich wie ein Mann, der alles unter Kontrolle hatte. Groß, drahtig und schokoladenfarben. Neben seinem guten Aussehen besaß er ein dreckiges Eddie-Murphy-Lachen, ein boshaftes Bill-Cosby-Zwinkern und die ruhige, zuversichtliche Aura eines Mannes, der im Begriff war, sein Glück zu machen. Michael hätte sämtliche Orangen an den Bäumen seiner Plantage auf den Wurf gesetzt, den dieser Mann in der Hand hielt. Doch er hatte bloß die zehn Dollar, die Charlie Bonano ihm geliehen hatte.

»Setze Hundert«, sagte Harry und legte fünf Zwanzigdollarscheine auf den Tisch. In weniger als dreißig Sekunden wurden Hundert dagegen gesetzt; anscheinend hatte die meisten Spieler Harrys ersten Wurf gesehen, denn seine zuversichtliche Ausstrahlung beeindruckte sie nicht im geringsten. Der einzige am Tisch, der anscheinend an ihn glaubte, war der Chinese, der ihn vorher gedrängt hatte, sie niederzumachen. Jetzt sagte er: »Swanzig auf Hally.«

»Zehn gegen ihn«, sagte der andere Schwarze am Tisch.

»Ich auch zehn gegen«, sagte der andere Chinese, der wie ein Heizer auf einem amerikanischen Kanonenboot während des Boxeraufstandes klang.

»Noch zehn auf ihn«, sagte Michael und warf sein gesamtes Vermögen auf den Tisch.

Der Weiße – ein stämmiger Typ, der einen blauen Pullover und ein blaues Matrosenkäppi trug und aussah wie ein Seemann von einem Frachter auf Landgang – sagte: »Zehn gegen ihn«, und warf das Geld auf den Tisch.

Im Fernsehen jaulten Andy Williams und anscheinend der gesamte Mormonen-Tabernakel-Chor »Gott macht Sie froh, Gentlemen.«

»Los, ihr Süßen«, flüsterte Harry, schüttelte sanft die Würfel, und ließ sie schwungvoll von der rosa Handfläche auf den Tisch gleiten. Die Würfel rollten und rollten weiter, trafen die Wand, prallten ab, einer flog nach links und blieb mit der Sechs nach oben liegen, der andere flog nach rechts und blieb mit der Fünf nach oben liegen. Zusammen also Elf, was den Sieg bedeutete.

Jetzt hatte Michael zwanzig Dollar.

Reichten zwanzig für ein Taxi bis zum Kennedy?

Er schaute auf seine Uhr.

21 Uhr 15.

Ihm blieb beinahe das Herz stehen.

Das Mädchen, das zum Tisch kam, war groß.

Einsfünfundsiebzig, schätzte er.

Viel größer als die Mädchen, die in den Bars von Saigon arbeiteten.

Doch ebenso schön. Die vietnamesischen Mädchen waren so schön, daß es weh tat. Mädchen, ja, einige von ihnen waren höchstens zwanzig. Dieses lange, glänzend schwarze Haar, die schrägstehenden lehmfarbenen Augen und der Teint, blaß wie ein Sahnehäubchen mit einer schwachen Tönung. Allerdings nicht gelb. Man konnte keinen Asiaten einen Gelben nennen, also konnte man auch niemanden als Schwarzen, Roten oder Weißen bezeichnen. Es war sinnlos, Menschen nach Farben einzustufen, denn die Farben paßten einfach nicht. Und jetzt glitt sie anmutig aus dem Rauch und Getöse – mit diesem unvergleichlich geschmeidigen Gleiten der Asiaten. Sie trug ein grünes Seidenkleid mit einem langen Schlitz am rechten Oberschenkel, eine rote Rose im schwarzen Haar und hochhackige grüne Satinpumps. Weihnachtsfarben, und Andy Williams sang fa-la-la-la-la. Michael fragte sich, in wie viele Nutten in Saigon er sich wohl verliebt hatte. Und später ihre Schwestern im Dschungel ungebracht hatte.

»Hallo, Harry«, sagte sie, »hast du 'ne Glückssträhne?«

»Hab' bloß 'ne Elf gewürfelt«, sagte Harry.

Michael lächelte sie an. Sie lächelte nicht zurück.

Eine Stunde und fünfzig Minuten bis zum Abflug.

»Die Zwanzig kommt«, sagte er, und ihm wurde klar, daß er sich vor ihr aufspielte und den großen Macker markierte, der ohne mit der Wimper zu zucken sein ganzes Geld setzt.

Harry nahm die Würfel, blinzelte ihnen zu und sagte: »Klar, wer gewinnt. Setz' zwei Hunnis.«

»Ich halte dagegen«, sagte der andere Schwarze.

»Du beschwörs' das Unglück rauf, Slam«, sagte Harry zu ihm und lachte sein dreckiges Eddie-Murphy-Lachen.

»Ich schwör', 'n Mann hat nur einmal Glück«, sagte Slam.

»O Mann, o Mann«, sagte Harry zu den Würfeln, »hört ihr seine große Klappe?«

»Wer will noch fünsig?« fragte der erste Chinese.

»Ich übernehm' dreißig davon«, sagte der Seemann mit dem Matrosenkäppi.

»Ich nehm' swansig«, sagte der zweite Chinese.

Harry hob die Würfel dicht an den Mund.

»Ihr Süßen«, flüsterte er, »wir woll'n doch unsere Freunde nich' enttäuschen, kann's losgeh'n?«

Er sprach mit den Würfeln, als rede er einer Frau gut zu. Wie könnten sie einen Mann im Stich lassen, der so zärtlich und überzeugend spricht? dachte Michael und bemerkte, daß er lächelte. Das Mädchen dachte, er lächle es an. Vielleicht tat er das. Doch sie lächelte immer noch nicht zurück. Na schön, dachte er.

»Ihr wißt ja, was wir brauch'n«, sagte Harry zu den Würfeln, »also überlass' ich euch die Sache.« Sanft schüttelte er die Würfel, öffnete erneut die Hand und ließ die Würfel rollen, die über das Filztuch tänzelten, die Wand berührten, daran abprallten und liegenblieben. Er hatte eine Fünf und eine Sechs gewürfelt, zusammen also wieder elf, was erneut den Sieg bedeutete.

Michael hatte jetzt vierzig Dollar, bestimmt genug, um mit dem Taxi zum Kennedy Airport zu fahren.

»Was sagst du dazu, James?« fragte Harry.

»Gut«, antwortete der erste Chinese freudestrahlend.

»*Nich'* gut«, sagte der zweite Chinese sauer.

»Setze die Vierhundert«, sagte Harry.

Michael schaute das Mädchen ein letztes Mal an. Sie schien ihn nicht wahrzunehmen. Er steckte die vierzig Dollar in die Tasche und schickte sich an zu gehen.

»Geh nich', Mann«, sagte Harry sanft.

Michael schaute ihn an.

»Du bringst mir Glück, Mann.«

In Vietnam – oh, Gott – hatten zu viele junge Männer diese Worte zu allzu vielen anderen jungen Männern gesagt. Dort brauchte man noch etwas anderes als den Glauben an sich selbst. Man brauchte einen Glücksbringer, eine Hasenpfote, einen Kumpel, der einem zur Seite stand, der einem Glück brachte, wenn es so aussah, als würde sich das Glück jeden Moment abwenden.

Michael blickte auf die Uhr.

21 Uhr 30.

Wenn er in ungefähr einer halben Stunde die Stadt verließ, würde es reichen. Die Straßen zum Kennedy Airport waren dann bestimmt schneefrei, das Taxi konnte schnell fahren, er würde direkt und – dank Crandall – ohne Gepäck zum Schalter laufen, und weg wäre er.

»Bist du dabei oder nicht?« fragte Harry.

Sein Blick hatte beinahe etwas Verzweifeltes. »Meine Vierzig sprechen dafür, daß du gut bist«, sagte Michael, warf das Geld auf das Filztuch und lächelte dem Mädchen zu. Diesmal erwiderte sie sein Lächeln.

»Wie heißt du?« fragte sie.

»Michael«, antwortete er.

»Wie geht's?« fragte sie.

»Würfeln wir?« fragte Slam, »oder quatschen wir Miss Shanghai voll?«

»Du meinst, Miss Mott Street«, sagte der Seemann mit dem Matrosenkäppi.

»Miss China Doll«, sagte der zweite Chinese.

»Bist du das tatsächlich alles?« fragte Michael.

»Nein, ich bin Connie«, sagte sie.

»Willste se endlich *rollen* lassen?« fragte Slam.

Harry grinste von einem Ohr zum anderen, als er die Würfel nahm.

Der Wurf war gut, die nächsten drei auch, Michaels zehn Dollar hatten sich bis dahin auf sechshundertundvierzig Dollar erhöht. Er blickte abermals auf die Uhr – 21 Uhr 45 – und beschloß, alles auf Harrys phänomentales Glück zu setzen. Er fragte sich, ob er das Geld nur riskierte, um an Connies Seite bleiben zu können. Auf einmal war das Flugzeug nach Boston nicht mehr so wichtig. Den Flug nach Boston zu verpassen bedeutete nicht das Ende der Welt. Im Fernsehen fing Andy Williams an, »Stille Nacht« zu singen.

Harry würfelte eine Zehn, ein ziemlich guter Wurf.

Dann würfelte er eine Vier ...

Und eine Neun ...

Und eine Sechs ...

Und eine Acht ...

Michael fragte sich, wie oft er noch würfeln konnte, bevor eine Sieben kam und sie rauswarf. Michael hatte keinen Pfennig in diesen Spielhöllen in Saigon gewonnen, dennoch spielte er draußen im Dschungel immer weiter, setzte niemals aus, während um ihn herum tapfere, gute Freunde starben.

»Guter Wurf«, sagte er.

»Ziemlich«, sagte Connie und lächelte.

Er lächelte zurück.

Harry beschwor erneut die Würfel.

Diemal geht's ums Ganze, dachte Michael.

»Ihr Süßen, jetzt brauchen wir 'ne Sechs und 'ne Vier«, flüsterte Harry.

Es war fast zehn.

Im Fernsehen wünschte Andy Williams jedem eine gute Nacht und ganz Amerika frohe Weihnachten. Michael achtete nicht auf ihn. Sein Blick hing an Connie, und seine sechshundertundvierzig Dollar lagen auf dem Filztuch.

»Zwei Fünfen, ihr Schätzchen«, flüsterte Harry den Würfeln zu, schüttelte sie sanft in der geschlossenen Hand, öffnete die Hand und sagte: »Zehn müssen's werden, ihr Süßen«, und ließ die Würfel in Richtung Wand rollen.

Im Fernsehen fingen die Nachrichten an. Thema des Tages war ein Bombenattentat in Dublin, aber keiner hörte zu.

Einer der Würfel prallte von der Wand ab.

Eine Drei.

Der zweite Würfel traf die Wand.

Prallte von ihr ab.

Eine Vier.

Scheiße, dachte Michael, aus ist's mit dem Taxi.

»Heute abend wurde in der Innenstadt von Manhatten«, sagte der Nachrichtensprecher, »der Filmregisseur Arthur Crandall . . .«

Michael blickte zum Fernseher.

». . . erschossen in einem Mietwagen aufgefunden. Wie die Polizei berichtete, wurde eine Brieftasche im Wagen gefunden, die Crandalls Mörder möglicherweise dort verloren hat. Sie enthielt . . .«

Jeder am Tisch blickte nun zum Fernseher.

». . . dreiundsechzig Dollar in bar, mehrere Kreditkarten und einen Führerschein auf den Namen . . .«

»Gute Nacht«, sagte Michael, »danke«, und ging auf den Ausgang zu.

». . . Michael Barnes, der nach Informationen der Hertz-Autovermietung am Montag den Wagen am Kennedy Airport gemie . . .«

Michael schloß die Tür hinter sich.

Hinter dem Tisch aus rostfreiem Edelstahl stand noch immer der gleiche Mann und stopfte Glücksplätzchen.

»Schöne Feiertage«, sagte Michael.

»Die Daunen weißer Gänse sollen über deinen Träumen schweben«, sagte der Mann.

Die Tür öffnete sich wieder.

»Warte auf mich«, sagte Connie.

4

Es hatte aufgehört zu schneien.

Über dem grünen Kleid trug sie einen kurzen schwarzen Mantel. Die rote Rose war noch immer in ihrem Haar. Schwarzer Mantel, schwarzes Haar, grünes Kleid und grüne Schuhe, eine rote Rose – alles vor einem völlig weißen Hintergrund. Die stille Nacht, die Andy Williams versprochen hatte. Still und weiß, bis auf das tiefe Schwarz, das schimmernde Grün und das schreiende Rot in ihrem Haar.

»Du hast Ärger, hm?« sagte sie.

Er überlegte, ob er lügen sollte.

»Ja«, sagte er, »ich habe Ärger.«

Man konnte ihren Atem in der eiskalten Luft sehen.

»Los«, sagte sie, »mein Wagen steht um die Ecke.«

Er dachte, das trifft sich gut – ein reiches chinesisches Mädchen mit Limousine und einem Chauffeur, der sie kreuz und quer durch die Stadt fährt. Er wollte nirgendwohin, nur noch *raus* aus dieser Stadt. Direkt zum Kennedy, wo er seine Maschine nach Boston und zu Mama nehmen wollte, oder versuchen, einen Flug nach Florida zu bekommen. So schnell wie möglich raus aus dieser maroden Stadt und gleich nach der Landung seinen Anwalt anrufen. Dave, die behaupten, ich habe jemand in New York umgebracht, Dave. Was soll ich tun?

Lautlose Schritte im frischen Schnee.

Alles sah so verdammt schön aus.

Doch sie behaupteten, er habe jemanden umgebracht.

Die Limousine war vor einem chinesischen Restaurant an der Elizabeth Street geparkt. Lang, schwarz und gepflegt, wirkte sie wie ein russisches U-Boot, das irgendwo im arktischen Eis auftauchte. An beiden Fenstern des Restaurants hing roter und grüner und silbrig schimmernder Weihnachtsschmuck. Das Gebäude weiter oben an der Straße war anscheinend auch weihnachtlich geschmückt: mit kugelförmigen grünen Lampen, die neben –

»He«, sagte Michael, »das ist ein . . .«

»Ich weiß«, sagte Connie, »das Fünfte Revier. Denk nicht dran. Steig einfach hinten ins Auto, sobald ich aufgeschlossen habe.«

Sie eilte auf dem Bürgersteig vor ihm her, kämpfte sich in ihren hochhackigen Pumps durch den tiefen Schnee, während weiter oben an der Straße eine Band der Heilsarmee »Adeste Fideles« spielte und ein Mann mit Mikrofon die Vorübergehenden bat, großzügig zu sein. Auf Michaels Uhr war es Viertel nach zehn, doch die Straßen in Chinatown waren noch voll mit Leuten, die ihre Weihnachtseinkäufe erledigen mußten. Er sah Connie zu, wie sie vom Bürgersteig auf die Straße trat, um das Auto herum zur Fahrertür ging und den Schlüssel ins Schloß steckte. Sie öffnete die Tür, nickte ihm zu und stieg sofort ins Auto. Er eilte die Straße entlang, blieb vor der Hintertür am Bordstein stehen und öffnete sie. Er stieg sofort ein, schloß die Tür hinter sich und fragte: »Wo ist der Chauffeur?«

»Ich bin der Chauffeur«, sagte sie.

»Ist das dein Auto?«

»Nein, das Auto gehört China Doll.« Sie drehte sich um und schaute ihn an. »China Doll Executive Limousine Service«, erklärte sie. »Ich bin eine der Fahrerinnen.« Um das zu unterstreichen, setzte sie eine kleine Schirmmütze auf. Die Rose wirkte plötzlich deplaziert. Sie gab ihm eine Visitenkarte. Jeder in dieser Stadt hatte eine Visitenkarte. Auf der Karte stand:

CHINA DOLL
EXECUTIVE LIMOUSINE SERVICE
Charles Wong, Geschäftsführer

»Charlie Wong!« sagte er.

»Kennst du ihn?«

»Er hat versucht, mich zu überfallen!«

»Charlie? Nein. Er ist ein angesehener Geschäftsmann. Er besitzt zwölf Limousinen.«

»Das ist mir egal, und wenn er *hundert* Limousinen hat. Er hat mir eine Pistole unter die Nase gehalten.«

»Charlie?«

»Na ja, eine Spielzeugpistole. Ja, *Charlie!* Ein großer Chinese mit . . .«

»Nein, du mußt einen anderen Charlie Wong meinen. Wong ist ein sehr häufiger Name. Zweiundsechzig Prozent aller Chinesen heißen Wong.«

»Ist das wahr?«

»Ich glaube schon. Mein Name kommt nicht so oft vor. Kee. Das ist mein Nachname. Connie ist mein Vorname.«

»Das ist ein sehr schöner Name«, sagte er. »Connie Kee.«

»Ja, er ist illiterat.«

»Alliterat.«

»Ja. Obwohl er eigentlich Kee Connie lautet. Genauso wie es eigentlich Wong Charlie heißt. In China stellt man den Nachnamen voran.«

»Wie soll ich dich also nennen?«

»Connie Kee. Denn wir sind nicht in China, weißt du. Wir sind in Amerika, weißt du.«

»Momentan wär' ich lieber in China«, sagte er. »Würdest du mich zum Kennedy Airport fahren?«

»Wenn du nach China willst, brauchst du ein Visum«, sagte sie.

»Wenn das so ist, flieg' ich nach Boston.«

»Ich war noch nie in Boston, also kann ich nichts dazu sagen. Ich weiß nur, als mein Onkel Benny nach Hongkong reiste – nicht mal aufs chinesische Festland –, brauchte er ein Visum. Auf jeden Fall solltest du nicht zum Kennedy fahren«, sagte sie kopfschüttelnd.

»Wie wär's mit La Guardia?«

»Auch nicht gut. Sie werden alle Busbahnhöfe, Bahnhöfe und Flughäfen überwachen.«

»Wie wäre es dann, wenn du mich nach Sarasota fährst?« fragte er.

»Würd' ich gern machen«, sagte sie, »aber ich muß um halb eins jemand abholen. Warum hast du diesen Regisseur umgebracht?«

»Ich habe keinen verdammten Regisseur umgebracht«, sagte er.

»Aber die Polizei glaubt es.«

»Die Polizei liegt falsch.«

»Richtig oder falsch, jeder in dieser Stadt weiß, wie du aussiehst.«

»Woher wissen sie, wie ich . . .?«

»Weil sie dein Foto im Fernsehen gezeigt haben.«
»Mein *Foto?* Wo haben . . .?«
»Direkt im Fernsehen, als du rausgelaufen bist.«
»Woher haben sie . . .?«
»Aus deinem Führerschein. Wunderschöne Großaufnahme von deinem Gesicht.«
»Oh, Scheiße.«
»Eigentlich war es gar kein *so* schlechtes Foto.«
»Dann *werden* sie die Flughäfen überwachen.«
»Das sagte ich doch.«
»Denn wenn sie meinen Führerschein haben . . .«
»Oh, den haben sie längst.«
»Dann wissen sie, daß ich aus Florida . . .«
»Oh, das wissen sie längst.«
»Und sie werden sich überlegen, daß ich dort hin will.«
»Das würde sich jeder überlegen.«
»Also kann ich *nicht* dorthin.«
»Nicht, wenn du diesen Randall umgebracht hast.«
»Crandall«, sagte Michael.
»Ich bin sicher, daß sie Randall sagten.«
»Es war Arthur *Crandall*«, sagte Michael.
»Na ja, ich will nicht mit dir streiten. Du wirst schon wissen, wen du umgebracht hast.«
»Ich hab' ihn *nicht* umgebracht. Und es war *Crandall*, verdammt, hier, ich hab' seine Visitenkarte.«
Er griff in seine Jackentasche.
»Siehst du?« sagte er und zeigte ihr die Visitenkarte, die wie ein Filmstreifen aussah. »Arthur Crandall, da steht sein Name schwarz auf weiß.«
»Da steht auch seine Adresse«, sagte Connie.

In der oberen Hälfte der Eingangstür des Gebäudes an der Bowery befand sich eine Spiegelglasscheibe, auf der in schwarzen Großbuchstaben CRANDALL FILMS, LTD. stand. Michael fragte sich, welche Art Filmgesellschaft wohl in diesem heruntergekommenen Stadtteil ihr New Yorker Büro hatte; er vermutete, daß *Krieg und Einsamkeit* ein größerer Flop gewesen war, als Crandall es dargestellt hatte. Er drehte am Türknauf. Die Tür war verschlossen. Im Dämmerlicht sah er eine steil nach oben führende, verwinkelte Treppe. Rechts neben der Tür war ein Geschäft für Installationsbedarf. Auf der linken Seite war ein Hotel, das sich *Bowery Palace* nannte. Michael trat einen Schritt von der Tür zurück. Er sah zu den Fenstern im ersten Stock hinauf, wo der Name von Crandalls Gesellschaft in noch größeren Buchstaben angebracht war. Es brannte kein Licht. Offensichtlich war die Polizei noch nicht dagewesen. Entweder das, oder sie waren schon dagewesen und wieder weg.

An der Ecke stand eine Ampel, und mehrere geschäftstüchtige Unternehmer machten dort ihr Geschäft mit Eimern und Fensterledern und stürzten sich auf die Windschutzscheiben der Autos, die das Pech hatten, an der roten Ampel halten zu müssen. Der Verkehr hatte eher noch abgenommen; der Sturm hatte alle bis auf einige verwegene Abenteurer verschreckt, und die anderen waren schon zu Hause, da Weihnachten war. Die Fensterputzer an der Ecke hielten auf der Straße nach neuen Kunden Ausschau. In der Zwischenzeit reichten sie eine Flasche mit etwas herum, das sehr dunkel und sehr giftig aussah. Als einer von ihnen die schwarze Limousine erblickte, lief er sofort darauf zu, den Eimer in der linken, das Fensterleder in der rechten Hand. Connie winkte ab. Er kam trotzdem.

»Meine Windschutzscheibe ist sauber«, sagte sie.

»Ich bin Freddie«, sagte er. »Windschutzscheibe putzen?«

»Ich hab' dir gerade gesagt, sie ist sauber.«

»Scheibe putzen für 'nen Dollar?«

»Ein Dollar!« sagte Connie. »Das ist unerhört!«

»Sagen wir also 'nen halben Dollar«, sagte Freddie achselzukkend.

»Das ist ein Angebot«, sagte Connie, und Freddie tauchte das Fensterleder in den Eimer und klatschte es auf die Windschutzscheibe. Sofort bildete sich ein schmieriger Eisfilm auf der Scheibe.

»Ausgezeichnet«, sagte Connie sauer.

»Ich will mal seh'n, ob es einen Hinterhof gibt«, flüsterte Michael.

»Warum?« fragte Connie.

»Nachschau'n, ob es eine Feuerleiter gibt.«

»Ich komme mit«, sagte sie.

»Sind Sie ein Filmstar?« fragte Freddie Michael.

»Nein.«

»Sie kommen mir nämlich so bekannt vor«, sagte er. »Sie haben nicht zufällig einen Eiskratzer, oder?« fragte er Connie.

»Im Kofferraum«, sagte Connie und ging nach hinten ums Auto herum.

»Hab' ich Sie nicht im Fernsehen gesehen?« fragte Freddie.

»Nein«, sagte Michael.

»In einer Serie über Florida?«

»Nein.«

»Sie kommen mir wirklich bekannt vor.«

»Ich hab' ein ziemliches Allerweltsgesicht«, sagte Michael.

»Ah, danke«, sagte Freddie und nahm den Eiskratzer von Connie in Empfang. »Jetzt werden wir die Sache schaukeln.«

Sie trug nicht mehr die hochhackigen grünen Pumps, die sie noch vor ein paar Minuten anhatte, sondern schwarze Galoschen mit offenen Schnallen. Sie erinnerte Michael an Teenager in Filmen aus den zwanziger Jahren, abgesehen davon, daß sie Chinesin war. Sie bemerkte, daß er auf ihre Galoschen blickte.

»Ich habe meine Schuhe gewechselt«, sagte sie.

Er schaute ihr ins Gesicht. So verdammt schön.

»Die hab' ich in einem Second-Hand-Laden gekauft«, sagte sie, »und bewahre sie im Kofferraum auf. Für schlechtes Wetter.« Aus ihrem Mund klang das Wort »schlecht« chinesisch. Sie zuckte die Achseln und drehte sich zu Freddie um, der an der Windschutzscheibe kratzte. »Willst du auf den Wagen aufpassen?« fragte sie.

»Nein, Ma'am, ich wasch' bloß die Autos«, sagte er, »ich putze bloß Windschutzscheiben.«

»Du behältst den Wagen im Auge, und ich gebe dir den Dollar, den du verlangt hast.«

»Sagen wir, zwei Dollar.«

»Zwei Dollar, okay«, sagte sie, schloß den Wagen ab, ging zu Michael zurück und sagte: »Gehen wir.«

Michael blickte auf das *Bowery Palace Hotel.* Er nickte und ging zur Eingangstür. Connie folgte ihm auf dem Fuß.

»Fragen Sie nach Zimmer fünfhundertfünf«, rief Freddie ihnen hinterher. »Es hat 'ne Matratze.«

Die Hotellobby war quasi Beiruter Postmoderne. Putz bröckelte von den Wänden, Steckdosen hingen schlaff an baumelnden Leitungen, die Decke war vermutlich durch Wasserschäden aufgequollen, das hölzerne Gebälk befand sich anscheinend kurz vor dem Zusammenbruch, die Tapete löste sich, gerahmte Drucke mit ländlichen Motiven hingen schief, und aus den alten Polstermöbeln ragten Sprungfedern und Füllung. Alles in allem hatte man den Eindruck, als hätten hier kürzlich Terroristen einen Anschlag verübt. Der Portier an der zerkratzen und wackeligen Rezeption sah aus wie ein ergrauter, runzeliger Oliver North, der gerade seinen letzten geheimen Deal mit den Iranern abgeschlossen hatte.

»Guten Abend, fröhliche Weihnachten«, sagte Michael zum Portier, ging am Empfangsschalter vorbei, dann an einer zischenden, rasselnden Heizung, die anscheinend kurz davor war zu explodieren, und danach an zwei Männern in langen Mänteln, die Karten gegen einen Messingspucknapf schnippten, der an der abblätternden Wand stand. Michael brauchte einen Moment, ehe ihm klar war, daß der Spucknapf nicht leer war. Hinter sich hörte er Connies klappernde Galoschen. »Frohe Weihnachten«, sagte sie zum Portier, und der antwortete ein wenig verblüfft: »Frohe Weihnachten«, und dann – als Michael sich der Tür mit dem rotweißen Schild AUSGANG näherte –: »Entschuldigen Sie, Sir, darf ich fragen, was Sie . . .?«

»Bauaufsicht«, sagte Michael grimmig und hatte seinen Führerschein oder sonstwas gezückt, wenn er ihn noch gehabt hätte.

»Frohe Weihnachten«, sagte der Portier sofort, »ich bin sicher, Sie finden alles zu Ihrer vollsten Zufriedenheit vor.«

»Werden wir sehen«, sagte Michael, öffnete die Tür und betrat den Hinterhof. Telefonmasten ragten aus dem schneebedeckten Boden, die lose hängenden Leitungen wirkten wie dünne weiße Fäden. Schneebedeckte Zäune erstreckten sich nach Norden, Süden, Osten und Westen. Wo sich in der sternenklaren Nacht Häuser abzeichneten, waren Wäscheleinen mit gefrorener Kleidung gespannt. Jetzt wehte kein Lüftchen. Mondlicht tauchte den Hinterhof in ein sanftes, silbriges Weiß.

»Es ist wunderschön«, sagte Connie neben ihm.

»Ja«, sagte er.

Dann seufzte er und musterte die Rückseite des Hotels, um sich zu orientieren. Danach richtete er seinen prüfenden Blick auf das Gebäude zu seiner Linken. Eine Feuerleiter wand sich an der roten Ziegelmauer empor, die mit einem Hauch von Schnee bedeckt war.

»Du wartest besser hier auf mich«, sagte er.

»Ich komme mit«, sagte Connie.

Er schaute sie an.

»Es gibt keine Belohnung, weißt du«, sagte er und bedauerte augenblicklich seine Worte.

»Denkst du das wirklich?« fragte sie.

»Ich weiß nicht, was ich . . .«

»Ich meine, denkst du *das* wirklich?«

»Ich weiß bloß, daß ein wunderschönes Mädchen . . .«

»Ja, ich weiß.«

». . . einen Fremden aufgegabelt hat . . .«

»Ja.«

». . . von dem sie glaubt, er hätte jemand *umgebracht,* was ich übrigens *nicht* getan habe. Jedenfalls nicht heute abend.«

»Wann denn?« fragte sie sofort.

»Vor langer Zeit. Ich hab' ein ziemlich ruhiges Leben geführt, seitdem ich . . .«

»Bist du verheiratet?« fragte sie.

»Geschieden.«

»Was ist dann falsch daran, daß ich dich aufgegabelt habe?«

»Ich finde es sonderbar, das ist alles.«

»Du hast eine ziemlich schlechte Meinung von dir, nicht wahr?«

»Nein, tatsächlich hatte ich mal ein ziemlich gesundes Selbstbewußtsein.«

»Was ist passiert? Haben die deinen Willen im Gefängnis gebrochen?«

»Gefängnis? Warum sollte ich . . .?«

»Weil du jemand umgebracht hast.«

»Es war meine *Aufgabe,* diese Leute umzubringen.«

»Mehr als einen?« fragte sie erstaunt.

»Ja, aber . . .«
»Wie viele?«
»Elf oder zwölf.«
»Bitte? Ich meine, wenn du einen Auftrag hattest, solltest du doch wissen, ob es sich um elf oder . . .«
»Einen Auftrag? Was für 'nen Auf . . .«
»Für die elf, zwölf, vierzehn oder wie viele auch immer du umgebracht hast.«
»Es waren ganz sicher keine vierzehn.«
»Wie viele dann?«
»Die Zahl war strittig.«
»Wer hat sie in Frage gestellt? Der Staatsanwalt?«
»Nein, der FdK.«
»Der was?«
»Der Funker der Kompanie. Er behauptete, *er* wäre derjenige, welcher . . .«
»Hör mal, hast du 'ne Tätowierung?« fragte sie.
»Nein, ich . . .«
»Weil nämlich dreiundvierzig Prozent aller Strafgefangenen Tätowierungen haben, weißt du.«
»Ich bin kein Strafgefangener.«
»Na ja, ein *Ex*-Knacki.«
»Ich war noch nie im Gefängnis.«
»Du bist der Strafe entgangen, hm?«
»Welcher Strafe? Ich war im . . .«
»Hör zu, wenn die Geschworenen dich für unschuldig gehalten haben, reicht mir das völlig.«
»Connie, ich war nie . . .«
»Hast du Kinder?«
»Nein.«
»Meinst du, unsere Lippen würden zusammenfrieren, wenn du mich küßt?«
Er schaute sie abermals an.
»Ich weiß, daß du niemand umgebracht hast«, sagte sie.
Er ließ den Blick nicht von ihr.
»Ich weiß es schon lange«, sagte sie. »Denn du hast zu Harry gehalten. Ein Mann, der jemand umgebracht hat, hängt nicht einfach so rum, um irgendwem Glück zu bringen. Jemand, der

das tut, ist freundlich und gut und kein Mörder. Jedenfalls mag ich dein kleines, niedliches Gesicht«, sagte sie, hob die Arme, legte sie ihm um den Hals und trat näher an ihn heran. »Also, versuchen wir's«, sagte sie.

Und küßte ihn.

So hatte er seit der Scheidung niemanden mehr geküßt. Das war vor genau neun Monaten und sechs Tagen gewesen, am achtzehnten März, einem stürmischen Freitag in Sarasota, Florida. Er wußte es so genau, da er, gleich nachdem die Papiere unterschrieben waren, mit dem Boot aufs Meer hinausgesegelt war, hinein in die meterhohen Wellen. Dort hatte er sich bis zur Bewußtlosigkeit betrunken, wie er es in Vietnam oft gemacht hatte. Es war ein Wunder, daß er die Küste noch lebend erreicht hatte. Seit Jenny hatte er niemanden mehr so geküßt – na ja, nein, das stimmte nicht.

Der einzig wahre Grund für die Scheidung war der, daß Jenny *nicht* mehr so geküßt worden war, oder *ihn* zumindest nicht mehr so geküßt hatte. Es stellte sich heraus, daß sie den Filialleiter der Bank, in der sie als Kassiererin arbeitete, geküßt hatte. Tatsächlich küßte sie ihn ziemlich oft und vögelte auch ziemlich oft mit ihm. Erzählte Michael, sie sei wahnsinnig verliebt in den Mann – der James Owington hieß und ein fetter Mistkerl war –, heiratete ihn einen Monat nach der Scheidung und machte sich endlich ein prima Leben, klar?

Nein, dachte Michael, im Gefängnis hat man mir den Willen nicht gebrochen.

Das erledigte der Vietcong in Vietnam ziemlich gut, später tat Jenny ihr übriges.

Er war den Tränen nahe, während er Connie Kee küßte. Nicht den bitteren Tränen, die er in Vietnam vergossen hatte, als sein engster Freund Andrew in seinen Armen starb, auch nicht denen, die er damals auf dem Boot vor Wut vergossen hatte, während die Wellen an die Planken schlugen. Er wußte nicht, ob es Tränen gab, die das auszudrücken vermochten, was er bei der Umarmung dieses schönen Mädchens empfand. Weinte er tatsächlich vor Glück? Er hatte viel darüber gelesen, doch hatte er niemals solche Tränen vergossen. Während er Connie Kee küßte, wußte er nur, daß er sich wünschte, ihre Lippen *würden* in der Kälte und der Dunkelheit zusammenfrieren. Er wollte Connie Kee bis in alle Ewigkeit weiterküssen. Oder auch Kee Connie.

Er rief sich jedoch ins Gedächtnis, daß die Polizei dieser Stadt, die sich in ein winterliches Wunderland verwandelt hatte, glaubte, er habe Arthur Crandall umgebracht. Er zog in Betracht, seinen alten Freund Tony Orso, dem Bären vom Ersten Revier, einen Besuch abzustatten, ihm zu erklären, daß der Mann, der den Wagen gestohlen hatte, tot darin aufgefunden worden war – erinnerst du dich, wir haben drüber gesprochen, Tony, alter Freund, erinnerst du dich, ich hab' dir seine Visitenkarte gezeigt? Arthur Crandall, erinnerst du dich? Du hast gesagt, sie sieht wie ein Filmstreifen aus, erinnerst du dich? Seine Karte. Nun, das ist der Mann, den man tot aufgefunden hat. Er hat meinen Wagen gestohlen. Also, Tony, verstehst du, ich kann ihn nicht umgebracht haben. Er hat meinen Wagen gestohlen, verstehst du? Und die andern – dieser falsche Cop und seine falsche Anwaltsfreundin – haben meine Kreditkarten und meinen Führerschein gestohlen. Vielleicht haben sie Arthur Crandall umgebracht. Denn ich war's nicht, ich kann es gar nicht gewesen sein. Wahrscheinlich saß ich sogar grade hier und hab' mit dir geplaudert, während Crandall sich selbst umgebracht hat. Das ist die einzige Möglichkeit, und vielleicht möchtest du das überprüfen. Währenddessen fahre ich nach Sarasota zurück. Ruf mich an, Tony, wenn du den Fall geknackt hast, ich werde dir 'ne Kiste Orangen schicken.

Ja, vielleicht sollte er einen Abstecher ins Erste machen, schließlich hatte nicht jeder in dieser Stadt gute Beziehungen zur Polizei. Wenn er andererseits Tony den Bären nicht davon überzeugen konnte, daß er rein gar nichts mit dem Mord an Arthur Crandall zu tun hatte, könnte es sein, daß er sich eine Zelle mit Charlie Bonano teilen müßte – warum hießen so viele in dieser Stadt Charlie? In Sarasota kannte er keinen einzigen Charlie, außer Charlies News, und das war ein Laden, in dem Bücher, Zeitschriften, Karten und Zeitungen verkauft wurden. Nebenbei gesagt, hatte er in ganz *Florida* keinen anderen Charlie kennengelernt, in New York jedoch an einem Abend drei, von denen zwei Charlie *Wong* hießen. Erstaunlich. An einem einzigen Abend. Zwei Charlie Wongs. Er fragte sich, ob der Name Charlie genauso häufig vorkam wie Wong, und dachte daran, Connie zu fragen – sobald die Küsserei beendet war –, wie eine Statistik über das Auftreten von Charlies an beliebigen Orten aussehen könnte. Nichts deutete jedoch darauf hin, daß sie mit dem Küssen aufhören wollte, bis über ihnen ein Licht angeknipst wurde und jemand rief: »He! Was zum Teufel macht ihr da unten?«

Sofort ließen sie voneinander ab und blickten himmelwärts, denn es klang wie die Frage eines rachsüchtigen Gottes und nicht wie das Rufen von jemandem aus einem Fenster im dritten Stock des Mietshauses rechts vom Hotel – jetzt hatten sie entdeckt, daß der Schrei von dort kam: Ein Licht erhellte das Fenster im dritten Stock und ließ die Person erkennen, die so herumschrie.

»Ich ruf' die Polizei!« schrie die Person – schwer zu sagen, ob Mann oder Frau.

»Nein, tun Sie das nicht!« schrie Michael gellend, zog Connie aus dem hellen Mondlicht und rannte durch den Schnee in den Schatten, den die Rückseite des Crandall-Gebäudes warf. Beide lauschten. Sie konnten die Person spüren, jedoch nicht sehen, die sich anstrengte, um sie in der Dunkelheit ausfindig zu machen.

»Ich weiß, daß ihr noch da seid!« schrie die Stimme.

Sie sagten nichts.

Ein Fenster wurde zugeschlagen.

Sie warteten.

Stille.

Oben wurde das Licht ausgemacht. Der Hinterhof war wieder still und dunkel. Sie grinste ihn an. Er grinste zurück.

Und dann schnellte er wie Superman nach der Feuerleiter in die Höhe, erwischte die unterste Stufe beim ersten Versuch und zog sie herunter.

Auf einem der Aktenschränke stand ein kleiner Weihnachtsbaum, der mit Weihnachtsschmuck und elektrischen Kerzen verziert war. Michael schaltete die Kerzen an, um den Raum, der durch die Straßenlaternen nur schwach erhellt wurde, besser zu beleuchten. Die Kerzen blinkten in regelmäßigen Abständen – an, aus, gelb, grün, rot und blau. Michael und Connie schauten sich im Büro um.

So wie es hier aussah, mußte es eine Wahnsinns-Party gewesen sein. Jemand hatte in dem großen Raum kreuz und quer und von einer Wand zur anderen rote und grüne Girlanden gespannt, genau wie die Stacheldrahtumzäunung rund um das Basislager in Cu Chi. An den Girlanden baumelten Scherenschnitte vom Weihnachtsmann, Rudolph, dem rotnasigen Rentier, und Frosty, dem Schneemann. An sie alle – wie auch an den Osterhasen, den großen Kürbis und die Herzen zum Valentinstag, vor allem die Herzen zum Valentinstag – glaubte Michael seit der Tet-Offensive im Februar 1968 in Vietnam nicht mehr, als Jenny (damals noch) Aldershot vergessen hatte, ihm einen Valentinsgruß zu schicken. Damals, als ihm die Kugeln um die Ohren flogen, begann er auch daran zu zweifeln, ob er jemals zu Jenny oder irgendwem in der Heimat zurückkehren würde. Er hätte damals schon wissen sollen, daß sie eines Tages mit diesem fetten Mistkerl von Bankfilialleiter etwas anfangen würde, na ja, leben und lernen.

Außer den Girlanden und den baumelnden Erinnerungsstükken des vergangenen Weihnachtsfestes hing ein riesiger Kranz im Fenster, den Michael nicht bemerkt hatte, als er von der Straße zu den Fenstern aufgeschaut hatte. Jede Menge Aschenbecher mit Zigarettenstummeln und jede Menge Plastikbecher mit Schnapsresten standen herum, und auf einem Klapptisch mit einer roten Papiertischdecke lagen die traurigen Überreste von gekochtem Schinken, einer Käseplatte, einer Leberpastete in einer Keramikschüssel, einer orangen Kaviarcreme in einer Terrine, zerbröselten Crackern in einem Korb, einige leere Flaschen Gin, Scotch, Wodka und Bourbon und ein Rebhuhn auf einer Platte. Oder etwas, das zumindest so aussah wie ein Rebhuhn auf einer Platte. In Wirklichkeit handelte es sich jedoch um die zerpflückten Reste eines gegrillten Truthahns auf einer Holzplatte, neben der ein Tranchiermesser und eine Gabel lagen. Offensichtlich war jede freie Fläche zum Abstellen von grünen Papptellern, roten Papierservietten und weißen Plastikmessern und -gabeln benutzt worden. Auf einer großen Schreibtischplatte lag zwischen den Tellern und dem ganzen anderen Zeug etwas, das auf den ersten Blick wie eine rote Serviette aussah – die Lichter des Weihnachtsbaums gingen an und aus –, aber in Wirklichkeit ein rotes Seidenhöschen war, das jemand nachlässig liegengelassen hatte. Es mußte wirklich eine Wahnsinns-Party gewesen sein.

»Hast du's mal auf einem Schreibtisch gemacht?« flüsterte Connie.

»Nie«, flüsterte Michael zurück.

Er fragte sich, ob er es als Anregung auffassen sollte.

Er überlegte sich auch, ob sie ein rotes Seidenhöschen unter ihrem grünen Seidenkleid trug.

»Was suchen wir?« flüsterte sie.

»Ich weiß nicht«, sagte er.

Er wußte tatsächlich nicht, was sie, verdammt noch mal, suchten. Ihm gefiel es ganz und gar nicht, des Mordes bezichtigt zu werden, ihm gefiel diese Art Gastfreundschaft nicht, die New York City einem Besucher aus dem Süden zukommen ließ, ihm gefiel nichts von dem, was ihm heute abend passiert war, außer Connie Kee. Er wußte nur mit Sicherheit – oder besser, er *spürte* es –, wenn er zur Polizei ginge, würde er tiefer in der Tinte sitzen als ohnehin schon. Das nahm er ihnen übel. Er war ein gottverdammter Steuerzahler, und die Polizei sollte *für* statt *gegen* ihn arbeiten. Warum sollte er *ihren* verdammten Job machen? Na ja, zumindest ein Steuerzahler aus Sarasota.

Er vermutete, daß er lernen mußte, wie man ihren Job machte.

Er hatte auch nicht lernen wollen, wie man die Tigerfallen auf dem Dschungelpfad umging, doch er hatte es gelernt, denn wenn man auf ein angespitztes Bambusrohr trat, bohrte es sich durch die Stiefelsohle, und wenn Charlie die Rohre in seine Exkremente getunkt hatte –

Charlie.

Sogar in Vietnam war es Charlie.

Für den Vietcong.

Der VC.

Victor Charlie.

Und dann einfach Charlie.

Guter alter Charlie.

Der ihm beigebracht hatte, auf Dschungelpfaden leichtfüßig den Fandango zu tanzen, leben und lernen. Oder besser, lernen und leben. So wie er jetzt lernen mußte. Hier in New York, hier in dieser heruntergekommenen Stadt war ein Toter sein Problem.

Arthur Crandall. Und das war das Büro des Toten, so gut wie jeder andere Ort, den Michael sich vorstellen konnte, um mit dem Lernen anzufangen.

»Cahill und Parrish«, flüsterte er Connie zu.

»Wer?«

»Wir suchen etwas, was sie mit Crandall in Verbindung bringt.«

»Wer sind sie?« fragte Connie, die sich auf die Tischkante setzte und ihre langen Beine übereinanderschlug.

Er erklärte ihr, wer sie waren.

Sie hörte aufmerksam zu.

Sie sah so verdammt gut aus.

Er fragte sich immer noch, ob sie ein rotes Seidenhöschen trug.

Oder überhaupt ein Höschen.

Sie fingen an zu suchen. Das erste, was sie in diesem unordentlich hinterlassenen Büro, in diesem zweitklassigen Showbusineß-Büro, in dem es aussah wie Sodom und Gomorrha, fanden, war ein gerahmter Zeitungsartikel an der Wand neben dem Weihnachtsbaum mit den blinkenden Lichtern.

Der Artikel war in Französisch geschrieben.

»Sprichst du Französisch?« flüsterte er.

»Chinesisch«, flüsterte sie zurück. »Und natürlich Englisch. Kantonesischer Dialekt. Das Chinesisch. Sprichst *du* Französisch?«

»Ein bißchen. Die Vietnamesen sprachen Französisch. Und meine Mutter auch ab und zu.«

Der Artikel stammte aus einer Zeitung namens *Nice Matin*. Übersetzt lautete die Schlagzeile:

REGISSEUR ZEIGT KRIEGSFILM

Es war ein Bericht über die Aufführung des Films *Krieg und Einsamkeit* bei den Internationalen Filmfestspielen in Cannes, und er enthielt auch eine Zusammenfassung der Kritiken, die anscheinend sehr positiv ausgefallen waren. Tatsächlich war jeder der Meinung, daß *Krieg und Einsamkeit* der Preisträger sein könnte. Plötzlich fragte sich Michael, ob Oliver Stone, der Regisseur von *Platoon*, Crandall umgebracht und ihn in seinem Wagen zurückgelassen hatte. Der Artikel war im Mai vor acht Jahren erschienen. Irgend jemand, wahrscheinlich Crandall selbst, hatte das Datum am rechten Zeitungsrand mit Tinte bespritzt. Der Text unter dem Begleitfoto lautete: *Arthur Crandall gestern nachmittag vor der Aufführung seines Films* Krieg und Einsamkeit.

Der Mann auf dem Foto war nicht Arthur Crandall.

Oder zumindest nicht der Arthur Crandall, der sich Michael gegenüber so hilfsbereit gezeigt hatte, bevor er dessen Wagen stahl.

Dieser Arthur Crandall – der auf dem Foto – hatte ein kleines, rundes Schweinsgesicht mit einer Knollennase und kleinen Pausbacken. Er war klein und dick und ähnelte mehr Oliver Hardy als Abraham Lincoln.

»Das ist nicht Arthur Crandall«, sagte Michael. »Ich meine, hier *steht,* das wäre Arthur Crandall, aber das ist nicht der Mann, den ich heute kennengelernt habe.«

»Der sich später selbst umgebracht hat.«

»Das ist nicht der Mann.«

»Wer ist er dann?«

»Ich weiß nicht, wer er ist.«

»Sehen wir nach, was in seinem Schreibtisch liegt.«

Zusammen durchkämmten sie die Schreibtischschubladen. Sie waren nicht mal dreißig Zentimeter von dem roten Seidenhöschen entfernt, das wie das herabgefallene Blatt eines Weihnachtssterns aussah. Er bemerkte, daß Connie nach Oolong-Tee und Seife roch, und überlegte, ob sie wußte, daß sie einen so exotischen und verführerischen Duft verströmte.

»Ich glaube, wir sollten das Foto mitnehmen«, sagte sie. »Falls wir es später brauchen. Wer er auch sein mag. Denn Seeleute, die Gezeiten messen, segeln mit der Weisheit der Propheten, weißt du.«

Er schaute sie an.

»Hast du mal Glücksplätzchen gestopft?« fragte er.

»Nein. Warum fragst du?«

»Nur so. Du duftest nach Oolong-Tee und Seife, weißt du das?«

»Wußtest du, daß das Wort ›Oolong‹ von *Wu'lung* kommt, was auf mandarin-chinesisch schwarzer Drache bedeutet?«

»Nein, das wußte ich nicht«, sagte Michael.
»Ja«, sagte sie. »Weil der Oolong-Tee so dunkel ist.«
»Ich verstehe.«
»Ja.«
Ihr Duft machte ihn schwindelig.
»Hier ist sein Terminkalender«, sagte Connie, während sie ihn aus der obersten Schublade von Crandalls Schreibtisch nahm.
»Meinst du, wir können das Licht anmachen?« fragte Michael und schaltete die geschwungene Schreibtischlampe an. Connie saß auf dem Drehstuhl hinter dem Schreibtisch, er zog noch einen Stuhl heran und setzte sich neben sie. Ihre Knie berührten sich. Der Kalender war sehr übersichtlich. Sie schlug die Seite mit Samstag, 24. Dezember, auf und blickte dann auf ihre Uhr.
»*Noch immer* der Vierundzwanzigste«, sagte sie.
»Zehn Minuten vor Mitternacht«, sagte er.
»Zehn Minuten vor Weihnachten«, sagte sie.
Ein paar handgeschriebene Notizen standen auf der Seite:
Mama anrufen
»Braver Sohn«, sagte Michael.
Albetha Rosen schicken
»Wer ist Albetha?« fragte er.
»Wer weiß?« antwortete Connie.
Mama bei Benny's
20 Uhr
»Schon wieder Mama«, sagte Michael. »Aber wer ist Benny?«
»Wer weiß?« sagte Connie und blätterte in dem Kalender, bis sie die Seite mit Freitag, 23. Dezember, hatte.
An diesem Tag gab es drei Einträge:
Bank um 14 Uhr 30
»Einzahlung?« fragte Connie. »Auszahlung?«
Charlie um 15 Uhr 30
»Noch ein Charlie«, sagte Michael.
»Hä?« sagte Connie.
»In dieser Stadt gibt's 'ne Menge Charlies.«
»Ja«, sagte Connie. »Jetzt, wo du's sagst.«
»Aber ich wette, nicht allzu viele Albethas.«
Weihnachtsparty
16 – 19 Uhr

»Finden wir raus, warum er zur Bank gegangen ist«, sagte Connie.

»Wie?«

»Durch sein Scheckheft. Falls wir es finden.«

Erneut durchsuchten sie die Schreibtischschubladen. In der untersten Schublade fand Michael zwei Scheckhefte, ein blaues und schwarzes. Im blauen Scheckheft befanden sich gelbe Schecks. Auf jedem Scheck standen die Namen ALBETHA UND ARTHUR CRANDALL und eine Adresse in der West Tenth Street.

»Da ist Albetha«, sagte Connie.

»Seine Frau.«

»Die Rosen.«

»Nett.«

»Ja.«

»Ich frage mich, ob sie weiß, daß er tot ist.«

Im schwarzen Scheckheft waren rosa Schecks. Jeder Scheck trug die Überschrift: CRANDALL PRODUCTIONS, LTD. und die Adresse hier an der Bowery. Michael blätterte das Firmenscheckheft durch und entdeckte die Kontrollabschnitte der letzten Schecks, die alle am 23. Dezember ausgestellt worden waren. Ein Scheck über 200 Dollar Weihnachtsprämie ging an Sylvia Horowitz . . .

»Seine Sekretärin?« fragte Connie.

»Könnte sein.«

Und ein Scheck über 1217,21 Dollar an die Firma Celebrity Catering . . .

»Muß für die Party gewesen sein«, sagte Michael.

»Was für 'ne Party!« sagte Connie.

Und ein Scheck über 314,78 Dollar an die Firma Mission Liquors.

»'ne feuchtfröhliche Party«, sagte Connie.

»Was für 'ne Party«, sagte Michael.

Keine Schecks nach dem Dreiundzwanzigsten.

Sie blätterten die Kontrollabschnitte zurück. Die letzten Schecks waren am 16. Dezember, die davor am 2. Dezember für Gehaltszahlungen ausgestellt worden. Die Firma bezahlte ihre Angestellten – anscheinend nur Crandall und die Frau namens Sylvia Horowitz – im Zwei-Wochen-Rythmus.

»Versuchen wir's mit dem privaten Scheckheft«, sagte Connie.

Sie fanden darin nur den Kontrollabschnitt eines Schecks, ausgestellt am Freitag, 23. Dezember.

Es war ein Barscheck.

Über 9000 Dollar.

Beide schwiegen.

Man hörte nur den Wind draußen pfeifen. Schnee fiel von den Telefonleitungen geräuschlos in den Hinterhof.

»Es ist fast Weihnachten, weißt du«, flüsterte Connie.

Michael blickte auf die Uhr.

»Zwei Minuten bis Weihnachten«, flüsterte Connie.

Seine Digitaluhr zeigte durch das rhythmische Aufleuchten der Sekundenanzeige an, wie die Zeit verstrich.

»Ich möchte dir etwas schenken«, flüsterte sie.

Es war eine Minute und zweiundzwanzig Sekunden vor Weihnachten.

»Weil du wirklich ein ziemlich hübsches Gesicht hast«, flüsterte sie. »Außerdem küsse ich dich gerne.« Sie nahm sein Gesicht in ihre Hände. »Du hast nichts Ansteckendes, oder?« fragte sie.

»Nein, ich . . .«

»Ich meine nicht so was wie eine gewöhnliche Erkältung«, sagte sie. »Ich meine etwas, wovor man Angst haben muß.«

»Gar nichts, wovor man Angst haben muß.«

»Gut«, sagte sie.

Er sagte sich, wenn das alles aus und vorbei wäre, falls es je aus und vorbei wäre, würde er sich an diese letzten Minuten vor Weihnachten intensiver erinnern als an irgend etwas, was noch geschehen würde. Denn in diesem Moment verlief alles wie in Zeitlupe. Connie küßte ihn und murmelte: »Frohe Weihnachten, Michael«, und schmiegte sich so eng an ihn, daß er ihren Herzschlag spüren konnte oder zumindest seinen, und dann hörte er Glocken läuten und dachte, er sei gestorben und schon im Himmel, bis ihm klar wurde, daß es bloß das Telefon war.

5

Das Klingeln des Telefons schrillte durch die Stille des Raums. Michael nahm den Hörer ab.

»Crandall Productions Limited«, sagte er.

»Arthur?« sagte eine Frauenstimme.

»Wer ist da?« fragte er.

»Bist du's Arthur?« fragte die Frau.

»Aha«, sagte er.

»Arthur?«

»Hhm.«

»Arthur, deine Kinder warten auf den Weihnachtsmann, was machst du im Büro? Es ist Weihnachten, weißt du das? Wir haben seit fünf Minuten Weihnachten, weißt du das? Also, wann gedenkst du nach Hause zu kommen, Arthur?«

Michael kam zu dem Schluß, daß sie nichts von seinem Tod wußte.

»Hast du die Rosen bekommen?« fragte er.

»Ja, ich habe die Rosen bekommen«, sagte sie. »Vielen Dank für die Rosen, Arthur, aber ich warte *noch immer* auf die Scheidung.«

»Ja doch, Albetha«, sagte er.

»Arthur, ich will nur aus einem einzigen Grund, daß du heute abend herkommst: Es ist Weihnachten, und die Kinder erwarten dich, das ist der einzige Grund. Morgen werd' ich ihnen erklären, was für 'n nichtsnutziger Schürzenjäger ihr Daddy ist, doch jetzt haben wir Weihnachten, und du kommst besser nach Hause, ziehst dein Weihnachtsmannkostüm an und spielst für deine Kinder den Kekse essenden und Milch trinkenden Weihnachtsmann, hörst du?«

»Ja, ich höre«, sagte er.

»Oder ist *sie* bei dir?« fragte Albetha.

»Ist wer hier?« sagte er.

»Jessica«, sagte sie.

»Ich weiß nicht, wer das ist«, sagte er.

»Dein blondes Flittchen mit dem roten Höschen«, sagte sie.

»Oh, die«, sagte Michael.

»Komm nach Hause zu deinen Kindern, du *Laus!*« sagte Albetha und legte auf.

»Albetha?« fragte er. Er tippte wiederholt auf die Telefongabel. »Albetha?«

»Seine Frau, hm?« fragte Connie.

»Vielleicht sollte ich zurückrufen«, sagte Michael.

»Nein, ich denke, wir machen, daß wir hier rauskommen«, sagte Connie. »Ich glaube nämlich, ich habe 'ne Polizeisirene gehört.« Michael lauschte.

»Ich höre gar nichts«, sagte er.

»Jetzt nicht«, sagte sie. »Während des Küssens. Ich dachte, es wäre 'ne Sirene, aber vielleicht war es bloß eine Katze.«

Beide lauschten.

Nichts.

»Wahrscheinlich war es bloß eine Katze«, sagte sie.

»Sehen wir nach, ob er ein Adreßbuch hat«, sagte Michael, ging zum Schreibtisch und begann wieder, die Schubladen zu durchwühlen. »Ich will zurückrufen.«

»Obwohl es eher wie 'ne Sirene klang«, sagte Connie.

»Da haben wir's. Glaubst du, seine Privatnummer könnte drinstehen?«

»Ich kenne niemand, der seine eigene Nummer in sein Adreßbuch einträgt. Hast du grade das Licht im Hinterhof gesehen?«

»Nein.«

»Ich dachte, ich hätte Licht gesehen«, sagte Connie und ging zum Fenster. »Ja«, sagte sie, »da unten bewegt sich ein Licht hin und her. Weißt du was? Ich glaube, das *war* 'ne Sirene, was ich gehört habe. Denn da unten sind zwei Cops mit einer Taschenlampe.«

Michael ging ans Fenster.

»Scheiße«, sagte er.

»Ja«, sagte sie. »Sie kommen auf die Feuerleiter zu.«

»Verdammt, machen wir, daß wir hier rauskommen«, sagte Michael.

»Vergiß Crandalls Foto nicht.«

»Ich hab's.«

»... und sein Adreßbuch«, sagte sie, »der Große kommt die Leiter rauf.«

Er zog sie vom Fenster weg, und beide rannten auf die Eingangstür zu. Er drückte auf die Verriegelung am Türgriff, drehte ihn herum, öffnete die Tür und folgte ihr die steile Treppe hinunter bis zur Tür, die zur Straße führte. Durch den dicken Spiegelglaseinsatz in der Tür konnten sie einen Polizeiwagen sehen, der mit blinkendem Blaulicht am Bordstein vor der Limousine geparkt war. Freddie saß auf dem Kotflügel der Limousine und blickte unschuldig drein. Die Haustür war durch ein Sicherheitsschloß verriegelt. Unmöglich, es von irgendeiner Seite ohne Schlüssel aufzubekommen. Michael trat einen Schritt zurück, hob das Bein –

»Schneide dich nicht!« warnte Connie.

– und trat kräftig gegen die Glasscheibe.

Ein Schwall von Glassplittern und Scherben ergoß sich über den Bürgersteig. Erschreckt sprang Freddie vom Kotflügel des Wagens. Oben aus dem Büro schrie einer der Cops gellend: »Unten, Sam!«

Michael war damit beschäftigt, die restlichen Scherben aus dem Rahmen zu treten.

Kalte Luft strömte durch die Fensteröffnung.

Er half Connie beim Durchklettern, für einen Augenblick waren ihre langen Beine zu sehen, ein grünes Höschen stach ihm kurz in die Augen, als sie heruntersprang. Er kletterte nach ihr durch und rannte auf die Limousine zu. Connie drückte Freddie einen Fünfdollarschein in die Hand, rannte vorn um die Limousine zur Fahrertür, die sie dann aufschloß. Michael hörte einen Cop hinter sich schreien: »Sie! He, *Sie*! Sofort stehenbleiben!« Die Türverriegelung an der Beifahrerseite schnappte auf. Er riß die Tür auf, sprang hinein und schlug die Tür zu, während Connie die Kupplung durchtrat. Jetzt hörte man Schüsse. Instinktiv zog er den Kopf zwischen die Schultern, doch die Cops schossen bloß auf das Sicherheitsschloß an der Tür von Crandall Productions, Ltd. Der Motor sprang in dem Moment an, als sie die Tür auftraten und aus dem Gebäude gerannt kamen.

»Polizei!« brüllte einer von ihnen. »Halt!«

Connie rammte den Fuß aufs Gaspedal. Die Reifen drehten

auf dem Eis durch, das Heck rutschte auf den Bordstein zu, doch dann fingen die Reifen an zu qualmen, und plötzlich fanden sie Halt auf dem Asphalt, und der Wagen schlitterte quietschend vom Bordstein in die Nacht.

Freddie stand hinter den Cops und sagte: »Windschutzscheibe putzen, Officers?«

Das Haus an der West Tenth Street, Ecke Fifth Avenue, war dreistöckig und hatte eine braune Sandsteinfassade. Die Adresse stimmte mit der auf Crandalls Privatschecks überein. Wahrscheinlich teilte er sich das Haus mit Albetha und den Kindern.

»Im ganzen Haus brennt Licht«, sagte Connie. »Die Lady wartet dort oben auf dich.«

»Auf Crandall.«

»Zu schade, daß er tot ist«, sagte Connie und schaute auf ihre Uhr. »Meine Verabredung um halb eins ist im Village«, sagte sie. »Hier hast du eine China-Doll-Karte, ruf mich an, wenn du hier fertig bist. Falls ich frei habe, hol' ich dich ab. Außerdem geb' ich dir meine Adresse und zwanzig Dollar.«

»Ich nehme kein Geld von dir an«, sagte er.

»Wie willst du dann irgendwo hinkommen? Falls ich dich nicht abholen kann? Nimm es.«

»Wirklich, Connie . . .«

»Es ist ein Darlehen«, sagte sie.

Er nickte, nahm die Karte und das Geld und steckte beides in seine Brieftasche. Jetzt schuldete er Charlie Bonano zehn Dollar und Connie Kee zwanzig. Er machte einen Haufen Schulden in dieser Stadt.

»Bist du sicher, daß du diese Lady besuchen willst?« fragte Connie. »Wer weiß, vielleicht sind die Cops da.«

»Ich sehe keinen Streifenwagen, und du?«

»Detectives fahren Zivilwagen.«

Michael zuckte mit den Achseln.

»Ganz schön mutig auf einmal«, sagte Connie.

Michael glaubte, gewisse Dinge könne man spüren. Man konnte den Feind riechen, die Fährte wittern, und man wußte, ob die Luft rein war oder nicht. Er glaubte nicht daran, auch nur einen Polizisten in Crandalls Haus vorzufinden. Falls er sich irrte –

Erneut zuckte er mit den Achseln.

»Wir seh'n uns später«, sagte er.

»Ja«, sagte sie und wartete, bis er die vordere Treppe des Gebäudes erreicht hatte und die Stufen hochstieg, ehe sie losfuhr. Er sah, wie die Rücklichter den Schnee rot färbten. Eine plötzliche Stille erfüllte die Nacht. Er blickte zum Himmel, als erwarte er, im Osten einen Stern zu entdecken. Enttäuscht schaute er statt dessen auf seine Uhr. Zwanzig nach zwölf. Er drückte auf den Klingelknopf.

Die Frau, die die Tür öffnete, war etwa vierunddreißig Jahre als. Sie war fast genauso groß wie Michael, hatte braune Augen, volle Lippen und eine Frisur wie Bo Derek in dem Film *Die Traumfrau* – was bei dieser Frau jedoch schöner und natürlicher wirkte, da ihre Hautfarbe an Zartbitterschokolade erinnerte.

»Ja?« sagte sie.

»Ist Mrs. Crandall zu Hause?« fragte er.

»Ich bin Mrs. Crandall«, antwortete sie.

»Oh«, sagte er und versuchte, sein Erstaunen zu verbergen. Auf dem Zeitungsfoto war Arthur Crandall ein Weißer.

»Ja?« sagte sie.

»Tja, . . . wir haben vorhin telefoniert«, sagte er. »Sie sagten mir . . .«

»Nein, haben wir nicht«, sagte sie und wollte die Tür schließen.

»Mrs. Crandall«, sagte er schnell, »Sie haben Ihren Mann im Büro angerufen . . .«

Sie blickte ihn an.

»Ich war am Telefon . . .«

Sie blickte ihn weiterhin an.

»Sie haben mir erzählt, Ihre Kinder warten auf den Weihnachtsmann . . .«

»Was haben Sie dort gemacht, im . . .«

»Lange Geschichte«, sagte er.

Hinter ihr erklang ein aufgeregtes Stimmchen: »Mami, komm schnell! Daddy ist im Fernsehen.«

»Wer bist du?« fragte sie Michael.

»Ich heiße Michael Barnes«, sagte er.

»Mami, mach *schnell*!«

Eine andere Stimme. Beide kamen aus dem Eingangsflur, und dann noch eine dritte Stimme von irgendwo im Haus.

»Annie? *Hast* du sie *soweit*?«

Albetha Crandall musterte ihn von oben bis unten. Versuchte die Fährte aufzunehmen. Versuchte Anzeichen einer Gefahr zu entdecken. Sie beschloß, daß er ungefährlich war.

»Kommen Sie rein«, sagte sie.

Zwei kleine Mädchen in Oma-Nachthemden rannten bereits durch den Flur vor ihr her. Sie hieß Michael eintreten, machte die Tür hinter ihm zu, schloß ab und sagte dann: »Sie sind kein Axtmörder, oder?« und ihr Lächeln stand in solch herrlichem Widerspruch dazu, daß er nur eine Antwort geben konnte.

»Doch, bin ich«, sagte er.

Albetha lachte.

»Mammmmmmi! Um Hiiiiiimmels willen, *komm!*«

Er folgte ihr. Ihm fiel ein, daß die Polizei im Fernsehen bestimmt Bilder von dem Toten zeigte. Arthur Crandall. Seine Töchter sahen Fotos ihres toten Vaters. Und bald würde Albetha die gleichen Fotos sehen. Und diesen würde zweifellos das Führerscheinfoto des Mannes folgen, der ihn angeblich ermordet hatte, Michael Barnes, der berüchtigte Axtmörder.

Auf der Couch gegenüber dem Fernseher saß ein achtjähriges Mädchen im Oma-Nachthemd. Die beiden anderen Mädchen – Michael schätzte sie auf sechs und vier – hatten gerade das Zimmer betreten, standen wie angewurzelt im Türrahmen und starrten auf den Bildschirm. Es war eine Nachrichten-Sondersendung. Die Worte liefen ununterbrochen über den unteren Teil des Bildschirms. NACHRICHTEN-SONDERSENDUNG – NACHRICHTEN-SONDERSENDUNG – NACHRICHTEN-SONDERSENDUNG. Ein sehr blonder Nachrichtensprecher redete mit dem Mann, dessen Foto an der Wand in Crandalls Büro gehangen hatte. Er war klein, untersetzt, beinahe glatzköpfig und trug einen dreiteiligen Anzug. Über der Weste hing ein Phi-Beta-Kappa-Schlüssel an einem Goldkettchen. Er machte einen ziemlich lebendigen Eindruck.

»Wie Sie wohl sehen, bin ich ziemlich lebendig«, sagte er zu dem Blonden.

»Ja, das sehe ich«, sagte der Blonde.

»Was meint er damit?« fragte die Achtjährige auf der Couch.

»*Natürlich* ist er lebendig«, sagte die Sechsjährige.

»Mann, o Mann«, sagte die Vierjährige.

Sie wirkten wie unterschiedlich große Ausgaben des kleinen Mädchens, das im Fernsehen Bill Cosbys jüngste Tochter spielte.

Albetha starrte mit ungeheuer verwirrtem Gesichtsausdruck auf den Bildschirm.

»Und was halten Sie von der ganzen Sache, Mr. Crandall?« fragte der Blonde.

»Na ja, wenn es nicht tatsächlich einen Toten *gäbe* . . .«

»In der Tat, es gibt einen«, sagte der Blonde und setzte seine kummervoll ernste Nachrichtensprechermiene auf.

»Ja. Aber wenn es nicht so wäre, würde ich sagen, es war eine Art Scherz.«

»Ah, ja. Aber es *gibt* eine Leiche, Mr. Crandall. Und die Polizei fand Ihren Ausweis bei ihr.«

»Ja.«

»Ja.«

»Sehr merkwürdig.«

»Genau. Und was halten Sie davon?«

»Ich kann mir nur vorstellen, daß dieser gewisse Michael J. Barnes dafür verantwortlich ist.«

Albetha warf Michael einen strengen Blick zu.

»Ja, der Mann, in dessen Wagen . . .«

»Ja, die Leiche . . .«

»Gefunden . . .«

»Ja.«

»Für diejenigen von Ihnen, die unsere Nachrichtensendung am frühen Abend verpaßt haben, sollte ich hinzufügen, daß die Leiche eines Mannes mit Mr. Crandalls Ausweis . . .«

»Ja.«

». . . in einem Wagen gefunden wurde, den ein New-York-Besucher gemietet hatte . . .«

»Ist das eine Serie?« fragte die Vierjährige.

»Nein, Glory, das ist eine Nachrichten-Sondersendung«, sagte Albetha.

». . . ein Mann namens Michael Barnes, dessen Brieftasche auch gefunden wurde . . .«

»Ja«, sagte Crandall.

»Im Fahrzeug.«

»Ja.«

»Es ist also durchaus *möglich,* daß der Mann, nach dem die Polizei jetzt fieberhaft fahndet . . .«

»Bist du *sicher,* daß es keine Serie ist?« fragte Glory mißtrauisch.

»Ganz sicher«, sagte Albetha und warf Michael erneut einen strengen Blick zu.

». . . tatsächlich für den Mord verantwortlich *ist.* Doch *warum* – das ist die große Frage, nicht wahr, Mr. Crandall –, warum sollte er *Ihren* Ausweis in die Tasche des Toten gesteckt haben?«

»Ich habe keine Ahnung«, sagte Crandall.

»So wie zur Zeit auch sonst niemand«, sagte der Blonde hastig, denn offensichtlich mußte er die Sendezeit einhalten. »Doch eines kann ich Ihnen versichern, wir sind froh, daß einer der höchsttalentierten Regisseure noch unter uns weilt. Mr. Crandall. . .«

Er setzte eine ehrliche, feierliche und tiefbewegte Miene auf, senkte seine Stimme . . .

»Ich danke Ihnen so sehr, . . . *ohne zu übertreiben* . . . daß Sie heute abend bei uns waren.«

»Nach den Falschmeldungen von meinem Tod«, sagte Crandall lächelnd, »bin ich froh, daß ich bei Ihnen sein *konnte.*«

»Der ist so saublöd«, murrte Albetha.

»Was?« fragte die Achtjährige.

»Ich habe gesagt, es wird noch 'ne Weile dauern, bis Daddy nach Hause kommt. Deshalb möchte ich, daß ihr jetzt alle zu Bett geht. Wenn der Weihnachtsmann kommt, um die Milch zu trinken und die Kekse zu essen, die ihr am Baum für ihn bereitgestellt habt, werd' ich euch wecken. Doch ihr dürft ihn nicht erschrecken, sonst läßt er keine Geschenke da. Alles klar?«

»Wer ist das?« fragte die Vierjährige und schaute Michael an.

»Einer von Daddys Freunden«, sagte Albetha. »Ganz bestimmt.«

Michael lächelte.

»Wie heißt du?« fragte die Sechsjährige.

»Michael«, sagte er.

»Los, Kinder, ins Bett«, sagte Albetha und scheuchte sie über den Flur.

Michael blickte ihnen nach, als sie verschwanden.

Er überlegte, ob er sich aus dem Staub machen sollte.

Er entschied sich dagegen.

Als Albetha fünf Minuten später zurückkam, sagte sie: »Sie sind noch hier? Ich dachte, sie wären auf dem Weg nach Alaska.«

»Nein«, sagte er.

»Eine List, richtig? Der Mörder bleibt einfach da, die Dame des Hauses denkt: Himmel, er kann nicht der Mörder sein.«

»Nein, keine List.«

»Werden Sie meine Kinder in ihren Bettchen abschlachten?«

»Nein, Ma'am.«

»Das lassen Sie auch lieber. Und nennen Sie mich nicht Ma'am. Ich bin mindestens fünf Jahre jünger als Sie. Welche Anzuggröße haben Sie?«

»Achtunddreißig, extra lang.«

»Arthur hat sechsundvierzig, normal. Kommen Sie mit.«

»Wo gehen wir hin?«

»Ich zieh' Ihnen ein Weihnachtsmannkostüm an.«

Er folgte ihr die Treppe hinauf.

»Warum glauben die, Sie hätten jemanden umgebracht?« fragte sie.

»Weiß ich nicht.«

»Aber Sie waren's nicht, hm?«

»Ich war's nicht. Es war nicht mal meine Brieftasche. Das einzige, was sie mir gestohlen haben, waren meine Kreditkarten und mein Führerschein. Und mein Büchereiausweis.«

Sie befanden sich jetzt im Elternschlafzimmer. Ein Himmelbett mit einem Baldachin aus Tüll. In einer Ecke die Imitation einer Tiffany-Lampe. Ein Lehnsessel mit plüschigem Samtbezug. Eine antike Frisierkommode aus Mahagoni.

»Was machen Sie hier?« fragte Albetha.

»Ich dachte, Sie könnten mir vielleicht helfen.«

»Wie?«

»Das war, bevor ich erfuhr, daß Ihr Mann noch lebt.«

»Ja, nun, das ist wirklich schade«, sagte sie. »Daß er noch lebt.«

»Sie lassen sich von ihm scheiden, stimmt's?« sagte Michael.

»Stimmt.«

»Wegen Jessica.«

»Stimmt.«

»Jessica wer?«

»Hier, ziehen Sie das an«, sagte sie und gab ihm ein Weihnachtsmannkostüm auf einem Kleiderbügel. »Ich hol' ein paar Kissen.

»Jessica wer?« fragte er abermals.

Albetha ging zum Wandschrank. Er begann, seine Hose auszuziehen.

»Wales«, sagte sie. »Warum wollen Sie das wissen?«

»Wie sieht sie aus?«

»Sie sieht aus wie ein Flittchen«, sagte Albetha. Sie hatte Michael den Rücken zugekehrt. Sie griff nach ein paar Kissen oben auf der Ablage im Schrank. Die Hose war ihm viel zu groß. Er vermutete, daß sie ihm sogar mit den Kissen noch zu groß wäre.

»Welche Haarfarbe hat sie?«

»Genau die Farbe, die *alle* Flittchen haben«, sagte Albetha. »Blond. Selbst *schwarze* Flittchen haben blonde Haare.«

»Sie ist also eine Schwarze?«

»Nein«, sagte Albetha. »Hier. Stopfen Sie die in Ihre Hose.«

Er nahm die Kissen.

»Ist sie eine Weiße?«

»Ja. Weiß wie Schnee.«

»Ich brauche etwas, um die Kissen festzuschnallen«, sagte er.

»Ich hol' einen von Arthurs Gürteln.«

Sie ging wieder zum Schrank.

»Hat sie blaue Augen?« fragte er.

»Nein. Braune.«

Was die Frau in der Bar ausschloß, deren Saphirring er nicht gestohlen hatte, und die sich Helen Parrish genannt hatte.

»Wie gut kennt Ihr Mann sie?« fragte er.

»Zu gut«, sagte Albetha und kam mit einem sehr langen braunen Gürtel zurück.

Er nahm den Gürtel, wickelte ihn um die Kissen und schloß die Schnalle. Er knöpfte die Hose an der Taille zu. Sie kam ihm jetzt passend und bequem vor.

»Woher wissen Sie, daß sie rote Höschen trägt?« fragte er.

»Fragen Sie mich nicht nach ihren gottverdammten roten Höschen. Dieses gottverdammte blonde Flittchen mit dem roten Höschen. Gott weiß, was ich mir vielleicht alles von ihrem Höschen geholt habe.«

»Was meinen Sie damit?«

»Ich hatte mal ihr Höschen an.«

»Wie ist das passiert?«

»Es lag in der Schublade meiner Kommode. Können Sie sich das vorstellen? Er versteckt das Höschen seines Flittchens in meiner Kommode zwischen meinen Slips. Ich will also einen roten Slip anziehen und ziehe statt dessen *ihr* Höschen an. Als ich meinen Irrtum bemerkte, hab' ich's sofort ausgezogen. Aber wer weiß, was ich mir vielleicht dadurch geholt habe?«

»Na ja, aber Sie haben's doch bloß eine Sekunde angehabt.«

»Na und. Genau deswegen kann man Slips in Kaufhäusern nicht umtauschen, wissen Sie. Ich wollte sie anrufen und fragen, mit wem sie in letzter Zeit intim gewesen ist. Außer mit meinem Mann. Man kann ja schon Trichinose bekommen, wenn man bloß Bratenfett ißt.«

»Kann man?«

»Klar, vom Schweinefleisch. Also erzählen Sie mir nichts von einer Sekunde. Wer *weiß,* was in ihrem Höschen war?«

»Nun, es gibt keinen Grund, sich jetzt deswegen Sorgen zu machen«, sagte Michael.

»Klar, *Sie* müssen sich keine Sorgen machen, Sie hatten ja nicht ihr Höschen an. Glauben Sie, ich könnte es untersuchen lassen? Es in eine Papiertüte stecken, zu einem Labor bringen und es dort untersuchen lassen?«

»Weswegen?«

»Um rauszukriegen, was sie vielleicht hat. Ich möchte sie wirklich gern anrufen, ganz ehrlich. He, Jessie, wie geht's? Hör mal, erinnerst du dich an dieses rote Seidenhöschen, das Arthur in meiner Kommode vergessen hat? Es wimmelt darin nur so vor Leben, mit wem bist du in letzter Zeit zusammengewesen, Jess?«

»Ich bin sicher, sie würde einer völlig Unbekannten nicht erzählen, mit wem . . .«

»Ich bin keine völlig Unbekannte. Ich hatte ihren Slip an. Und sie ist für meinen Mann keine Unbekannte, glauben Sie mir.«

»Arbeitet sie für ihn oder so?«

»Sie ist Schauspielerin«, sagte Albetha. »Sie spielt in seinem neuen Film mit.«

»Ich wußte gar nicht, daß es einen neuen Film *gibt.*«

»Woher sollen Sie wissen, daß es *überhaupt* einen Film gab?« fragte Albetha und schaute ihn mißtrauisch an.

»Jemand, der behauptete, ihr Mann zu sein, hat mir alles über *Krieg und Einsamkeit* erzählt.«

»Wann war das?«

»Am frühen Abend. In einer Bar. Bevor er meinen Wagen gestohlen hat«, sagte Michael und zog die Jacke des Weihnachtsmannkostüms an.

»War dieser Jemand etwa einszweiundsiebzig groß, dick und hatte eine Halbglatze, braune Augen, einen dicken Wanst und einen Phi-Beta-Kappa-Schlüssel von der Wisconsin-Uni an der Weste?«

»Nein, er war . . .«

»Dann war es nicht Arthur.«

»Ich weiß, daß er's nicht war. *Jetzt* weiß ich's. Aber der andere war ziemlich glaubwürdig. Hat mir alles über die Arbeit Ihres Mannes erzählt, hat mir seine Visitenkarte gegeben . . .«

»Arthurs Visitenkarte?«

»Ja.«

»Na ja, die konnte jeder bekommen. Arthur verteilt sie überall.«

»Sagt Ihnen der Name Helen Parrish etwas?«

»Nein.«

»Sie ist keine Schauspielerin oder . . .?«

»Nein.«

»Oder eine, die mit Ihrem Mann zusammengearbeitet haben könnte?«

»Mein Mann hat in all den Jahren mit 'ner Menge Frauen zusammengearbeitet, doch ich erinnere mich an keine namens Helen Parrish. Er war im Fernsehen, bevor er *Sollys Krieg* gemacht hat, und im Fernsehen . . .«

»Entschuldigung, aber was war das?«

»Wir nannten ihn *Sollys Krieg*, weil der Mann, der das ganze finanziert hat, Solomon Gruber hieß und sich immer über die Geld- und Zeitverschwendung beklagte. ›Arthur, du verschwendest Zeit‹, war sein Lieblingsspruch. Arthur hat ihn gehaßt.«

»Wie sieht *er* aus?«

»Gruber? Wie ein orthodoxer Rabbi.«

»Er ist nicht zufällig ein großer, massiger Typ mit Bürstenschnitt und Bartstoppeln und harten blauen Augen, oder?«

»Nein, er ist groß und schlank und behaart.«

»Solomon Gruber.«

»Ja.«

»Er hat *Krieg und Einsamkeit* finanziert?«

»Ja. Und sein ganzes Geld verloren. Oder fast alles.«

»Was schätzen Sie, wieviel?«

»Der Film gekostet hat? Für heutige Verhältnisse war er billig, sogar für damalige. Er wurde vor neun Jahren gedreht.«

»Wieviel?«

»Zwölf Millionen.«

»Das ist billig?«

»Hier ist der Bart«, sagte Albetha.

Er befestigte den Bart.

»Und die Mütze«, sagte sie.

Er setzte die Mütze auf.

Sie betrachtete ihn eingehend.

»Die Kinder glauben, *Arthur* wäre der Weihnachtsmann, doch das müssen Sie übernehmen«, sagte sie. »Kommen Sie mit nach unten, trinken Sie Ihre Milch und essen Sie Ihre Kekse. Wenn Sie ihnen den Rücken zuwenden . . .«

»Erzählen Sie mir von dem neuen Film Ihres Mannes.«

»Total kommerziell«, sagte sie. »*Hofft* Solly zumindest. Den hat er nämlich auch finanziert.«

»Wie heißt er?«

»*Eiseskälte*. Es ist ein Schocker. Die Briten nennen so was Thriller.«

»Ich glaube nicht, daß ich ihn gesehen habe.«

»Er läuft erst am Fünften an.«

»Hier in New York?«

»*Überall.* In der Branche nennt man das Massenstart, da der Film gleichzeitig in Tausenden von Kinos anläuft und nicht nur in zwei oder drei Dutzend. Die Anzeigen sollen in den Dienstagsausgaben der Zeitungen erscheinen. Arthur gibt dem Film neun Tage Anlaufzeit. Er hofft, einen Volltreffer zu landen, verstehen Sie. Vielleicht kann man es auf diese Weise schaffen, wer weiß?«

Albetha zuckte mit den Achseln.

»Sein letzter Film hatte Niveau. Dieser ist Schund. Aber vielleicht will das Publikum Schund. Ich finde, das ist die reinste Ironie. Beim Fernsehen hat Arthur Schund produziert. Er hat beim Fernsehen aufgehört, um einen wirklich phantastischen Film zu drehen, der keinen Pfennig eingebracht hat. Jetzt ist er wieder da, wo er angefangen hat, und produziert Schund.«

Er blickte sie einen Moment lang an. Sie schien in seinem Blick nach einer Antwort zu suchen, doch er hatte keine.

»Wie finde ich die Mutter Ihres Mannes?« fragte er.

»Sie werden sie nicht finden«, sagte sie.

»Er sollte sie gestern anrufen. Wenn ich in Erfahrung bringen könnte, worüber sie gesprochen haben . . .«

»Er hat sie gestern nicht angerufen.«

»Es stand in seinem Terminkalender. Mama anrufen.«

»Seine Mutter ist seit sieben Jahren tot.«

»Oh.«

»Sie ruhe in Frieden, die alte Hexe.«

»Haben Sie Jessica Wales Adresse?«

»Ja. Wozu brauchen Sie die?«

»Ich möchte mit ihr reden.«

»Wie kommen Sie drauf, daß ich nicht die Polizei rufe, sobald Sie weg sind?«

»Ich glaube nicht, daß Sie's tun werden.«

»Warum nicht? Sie werden wegen Mordes gesucht.«

»Ja, aber ich bin der Weihnachtsmann«, sagte er und lächelte hinter dem Bart.

Albetha lächelte auch.

»Haben Sie schon mal den Weihnachtsmann gespielt?« fragte sie.

»Nein. Aber vor langer Zeit war ich der Joseph. In der Grundschule von Boston.«

»Als die Welt noch rein und unschuldig war«, sagte Albetha.

Er schaute sie an.

Plötzlich standen Tränen in ihren Augen.

»Komm«, sagte sie sanft. »Spiel den Weihnachtsmann für meine kleinen Mädchen.«

6

Es war bitterkalt, als er das Haus der Crandalls verließ. Er hatte das Weihnachtsmannkostüm wieder gegen die Kleidung getauscht, die er getragen hatte, als er nach Bos ... o Gott, er hatte seine Mutter noch nicht angerufen!

Mittlerweile rechnete sie wahrscheinlich mit dem Schlimmsten. Flugzeugabsturz über Hartford, Connecticut, er in einem Trümmerhaufen. Ihr Weihnachtsgeschenk schmorte neben ihm. Wie er seine Mutter kannte, würde sie sich mehr Sorgen um ihr schmorendes Geschenk als um seinen schmorenden Körper machen. Als er aus dem Krieg zurückgekommen war, schien sie unglaublich erstaunt darüber, ihn zu sehen. Als habe sie ihn bereits aus ihrem Leben gestrichen. Später, als die Alpträume begannen, erklärte ihm ein Psychiater, dies sei wahrscheinlich auf einen Verdrängungsmechanismus seiner Mutter zurückzuführen. Sich einzureden, er sei schon tot, so daß sie vorbereitet gewesen wäre, wenn sich herausgestellt hätte, daß er tatsächlich tot *war.*

»Aber ich *war* nicht tot«, erklärte Michael dem Seelenklempner. »Ich kam lebendig nach Hause.«

»Ja, aber das wußte sie nicht.«

»Aber ich war doch da. Hi, Mom, *ich* bin's.«

»Sie wird ziemlich überrascht gewesen sein.«

»Genau das versuche ich Ihnen klarzumachen.«

»Sie können von Glück sagen, daß sie keinen Herzinfarkt bekam.«

»Sie hat meine sämtliche Kleidung weggegeben, während ich weg war. Meine Zivilkleidung.«

»Ja, ihr Verdrängungsmechanismus.«

»Mein blaue Jacke«, sagte Michael.

»Was?«

»Mein gute blaue Jacke.«

»Arme Frau«, sagte der Psychiater.

Nun, vielleicht war's ja so. Die arme Frau hatte nach dem Tod seines Vaters jahrelang getrauert. Die arme Frau hatte den Eisenwarenladen verkauft und Michael Geld geliehen, damit der die

Plantage in Florida kaufen konnte. Ein *Darlehen,* hatte sie gesagt, und das Wort besonders betont. Er hatte ihr jeden Pfennig zurückgezahlt, plus Zinsen. Er hatte sie gebeten, mit ihm nach Florida zu ziehen, sie hatte gesagt, nein, sie wolle weiter in Boston leben, selbst wenn die Nachbarschaft vor die Hunde ginge. Sie wollte damit sagen, daß immer mehr Schwarze zuzogen. Michaels bester Freund in Vietnam war ein Schwarzer gewesen. Andrew. Er starb in seinen Armen. Michael hatte ihn an sich gedrückt. Das erste und einzige Mal, daß er in Vietnam geweint hatte. Später fragte er sich, ob Andrews Mutter *seine* Kleidung weggegeben hatte, während er weg war. Er fragte sich, ob Andrews Mutter sich eingeredet hatte, er sei tot, um auf das Telegramm vom Verteidigungsministerium vorbereitet zu sein, das ihre schlimmsten Befürchtungen bestätigen würde. Michael wünschte, er könnte seiner Mutter den überraschten Blick verzeihen, als er vor ihr gestanden hatte. Überrascht und vielleicht eine Spur enttäuscht. Er wünschte, er könnte der armen Frau verzeihen, daß sie seine blaue Jacke weggegeben hatte.

Er schlug den Mantelkragen hoch.

Er hatte zwanzig Dollar in der Tasche, das Geld, das Connie ihm gegeben hatte.

»Ein Darlehen«, hatte sie gesagt.

Albetha Crandall hatte ihm Jessica Wales' Adresse gegeben, doch er kannte sich im öffentlichen Verkehrssystem nicht aus, und anscheinend waren keine Taxis unterwegs. Ihm kam halb eins für einen Weihnachtsabend nicht sehr spät vor – um diese Zeit waren wahrscheinlich sogar in *Sarasota* noch Taxis unterwegs. Er machte sich auf den Weg. Er wußte, daß die Adresse, die Albetha ihm gegeben hatte, in Downtown war, weil sie es erwähnt hatte. Nachdem er nur einen Häuserblock weit gegangen war, wußte er, daß er den richtigen Weg eingeschlagen hatte, denn die Straßen waren noch mit Nummern gekennzeichnet, und auf die West Tenth folgte die West Ninth. Er sagte sich, nach dieser Nacht würde er in dieser Stadt nie wieder nach Downtown gehen, vielleicht in einer anderen Stadt, aber hier würde er immer in *Uptown* bleiben, wo es sicher und gut beleuchtet war und pflichtbewußte Polizisten auf Fußstreife gingen. Trotzdem mußte er jetzt zu Jessica Wales' Apartment, denn er mußte dort einige Dinge herausfinden. Zum Beispiel, warum Crandall jetzt behauptete, Michael sei für den Mord an jemandem verantwortlich, der *nicht* Crandall war.

Immerhin hatte Crandall dem blonden Nachrichtensprecher im Fernsehen erklärt: »Ich kann mir nur vorstellen, daß dieser Michael J. Barnes dafür verantwortlich ist.«

Genau das hatte er gesagt.

Los, prüf's nach.

Spul das Band zurück, Blondie.

Michael J. Barnes.

Seine liebe Mutter in Boston hatte ihm als zweiten Vornamen Jellicle gegeben. Nach den Jellicle-Katzen in T. S. Eliots *Old Possums Katzenbuch,* das sie gelesen hatte, lange bevor die Engländer auch nur im Traum an Andrew Lloyd Webber dachten. Michael Jellicle Barnes, ein Name, den seine Klassenkameraden überaus amüsant fanden, und wenn sie ihn verprügelten, riefen sie immer wieder: »Jellicle mit dem gelben Bauch, Jellicle mit dem gelben Bauch.« Er hätte seine Mutter umbringen können. Erfolglos hatte er versucht, den Namen vor den Mädchen zu verheimlichen, die er in der High-School und später auf dem College kennenlernte, doch die hatten es natürlich sofort und immer wieder herausgefunden. In der Army wurde daraus »Jellicle Gelbarsch«, wegen des kleinen Mißgeschicks, das er während des ersten Gefechts hatte, jeder nannte ihn so . . . außer Andrew.

Lieber, toter Andrew.

So schnell kann's gehen, stimmt's?

Als er die Army verließ, wurde er einfach wieder der alte Michael J. Barnes; das war der Name, den er für seinen Führerschein und seinen Büchereiausweis in Florida benutzte. Und später für seine Kreditkarten. Michael J. Barnes. Keinen zweiten Namen, nur den Anfangsbuchstaben. Und seitdem war er Michael J. Barnes, kein Jellicle, einfach bloß der alte Michael J. Barnes.

Dieser Michael J. Barnes.

Das hatte Crandall gesagt.

Dieser Michael J. Barnes ist verantwortlich.

Für den Mord.

Plötzlich fühlte er sich verloren.

Verloren in Gedanken, als habe er sich in Vietnam im Unterholz verheddert. Verloren in der Zeit, weil Jellicle der Vergangenheit angehörte und die Gegenwart aus einem Unbekannten bestand, den er nicht getötet hatte. Verloren auch im Raum, da die Straßen jetzt nicht mehr mit Ziffern, sondern mit Namen bezeichnet wurden, und er ums Verrecken nicht wußte, wo er war. Warum befand er sich plötzlich an der Bleecker Street, dann an der Houston und dann an der King, Ecke Charlton und . . . wo zum Teufel war er? Er schaute auf den Papierfetzen, auf den Albetha die Adresse gekritzelt hatte.

Er blickte zum Straßenschild an der Ecke.

Er befand sich an der Vandam, Ecke Avenue of the Americas.

Wo also war der St. Luke's Place?

In Downtown, hatte Albetha gesagt. Zwischen Hudson und Seventh. Doch wo war der Hudson? Oder die Seventh? Er sah sich die Straße vor ihm genau an, so genau, wie er sich einen unbekannten Pfad ansehen würde, blickte nach rechts, dann nach links und entschloß sich, in Richtung Osten zu gehen – die Chancen standen sechs zu eins gegen ihn –, ohne zu bemerken, daß der St. Luke's Place im Nordwesten lag.

Ihm kam es so vor, als lege er Meilen zurück.

Wo man auch hinsah in diesem Stadtlabyrinth: nur Straßen mit Namensbezeichnungen. Sullivan, West Broadway, Wooster, Greene, Mercer und jetzt auch noch der Broadway, der ohne den Schnee nicht viel hergemacht hätte. Er lief weiter in Richtung Osten, obwohl er keinen Kompaß hatte und eigentlich nicht *wußte,* daß er nach Osten ging. Keine Sonne am Himmel Nur ein kalter, toter Mond und Sterne, die ihm nichts sagten. Er bog um Ecken, schien manchmal auf seine eigene Spur zu stoßen, kam immer wieder zu den gleichen Straßenschildern und hatte sich jetzt völlig verlaufen. Er betrachtete das Schild an der Ecke. Mulberry, Ecke Grand. Er schaute die Mulberry entlang. Sie war festlich mit Weihnachtsbeleuchtung geschmückt, die einladend aufleuchtete. Sicher gab es irgendwo in dieser schön geschmückten Straße ein Telefon.

Er lief weiter.

Italienische Restaurants, die alle bereits wegen Weihnachten geschlossen hatten. In einigen Fenstern hingen handgemalte Schilder, die darauf hinwiesen, daß man erst am vierten Januar wieder öffnete; das war übrigens der Tag, an dem Michael nach Sarasota hatte zurückfahren wollen. Falls er es jemals bis Boston schaffen würde. Er beschloß, sobald er ein geöffnetes Restaurant oder ein geöffnetes *Was-auch-immer* fände, wollte er zuerst seine Mutter anrufen und ihr mitteilen, daß er nicht tot war, auch wenn sie keine Kleidungsstücke mehr von ihm besaß, die sie voreilig weggeben konnte. Danach wollte er bei China-Doll-Limousinen anrufen, um festzustellen, ob Connie Kee bereits frei hatte und ihn zum St. Luke's Place bringen könnte, wo immer zum Teufel *das* auch war.

Auf der Markise über dem Restaurant stand:

RISTORANTE BLUE MADONNA

Auf dem Schild an der Tür stand:

GESCHLOSSEN

Doch es war hell erleuchtet und Musik ertönte – die Supremes sangen »Stop in the Name of Love«. Die frühen Sechziger kehrten plötzlich zurück. Boston, bevor er eingezogen worden war. Die sechzehnjährige Jenny Aldershot auf einer Mauer mit Blick auf den Charles River, ihr blondes Haar im Wind. Er versuchte dic Tür zu öffnen. Sie war unverschlossen. Er drückte sie einen Spalt auf. Jetzt war die Musik lauter. Er öffnete die Tür ganz, trat ein und wäre beinahe gleich wieder rausgerannt, weil der Laden voller Polizisten war!

Schöne junge Frauen trugen Strapse, Höschen, schimmernde Seidenstrümpfe und hochhackige Schuhe – genau das, was Detective O'Brien heute abend angehabt hatte. Sie tanzten mit Männern in Anzügen. Als er zur Tür zurückgehen wollte, legte ihm jemand die Hand auf die Schulter. Er drehte sich um und erblickte einen kleinen, pummeligen Mann, der Tony Orso, dem Bären, und Charlie Bonano ziemlich ähnlich sah.

»Kann ich helfen?« fragte der Mann.

»Ich suche ein Telefon«, antwortete Michael.

»Das ist eine Privatparty«, sagte der Mann.

»Tut mir leid«, sagte Michael. »Ich dachte, es wär' ein Restaurant.«

»Es *ist* ein Restaurant, aber es ist auch 'ne Privatparty. Ham Se das Schild an der Tür nich' geseh'n? Auf dem Schild steht ›Geschlossen‹.«

»Tut mir leid, ich hab's nicht gesehen.«

»Da steht ›Geschlossen‹, ob Sie's nun geseh'n haben oder nicht.«

»Ich möchte bloß mal telefonieren, es dauert nicht mal . . .«

»Sind Sie ein Cop?« fragte der Mann.

»Nein«, sagte Michael.

Der Mann schaute ihn an.

»Was sind Sie dann?«

»Orangenzüchter.«

»Mein Großvater hat Trauben angebaut«, sagte der Mann. »Ich bin Frankie Zeppelin.« Er streckte Michael die Hand entgegen. »Wie heißen Sie?«

»Donald Trump«, sagte Michael.

»Schön, Sie kennenzulernen, Mr. Trump«, sagte Frankie und schüttelte ihm die Hand. »Los, kommen Sie, ich besorg' Ihnen 'nen Drink. Was trinken Sie, Mr. Trump?«

»Sie können mich Don nennen«, sagte Michael.

»Na, das ist sehr nett von Ihnen, Don. Und Sie können mich Mr. Zepparino nennen. Was trinken Sie, Don?«

»Wenn Sie einen kleinen Scotch hätten . . .«

»Wir haben ein kleines bißchen von allem«, sagte Frankie und grinste, als habe er einen geistreichen Witz gemacht. Er legte den Arm um Michaels Schulter und führte ihn zur Bar. »Sie kommen mir bekannt vor«, sagte er. »Kenn' ich Sie?«

»Ich glaube nicht.«

»Sind Sie aus der Gegend?«

»Ich komme aus Minnesota«, sagte Michael sofort, nur für den Fall, daß Frankie die Nachrichtensendung gesehen hatte.

»Viele dieser Mädchen kommen aus Minnesota«, sagte Frankie. »Diese besonders blöden, blauäugigen Blondinen, die müssen jede Menge Milch in Minnesota trinken.«

»Ja, es wird das Land der Seen genannt«, sagte Michael.

»Das hab' ich mir gedacht«, sagte Frankie. »Junge«, sagte er zum Barkeeper, »gieß Donny 'nen Scotch ein.«

Der Barkeeper nahm eine Flasche Dewar's Black Label und schenkte großzügig in ein hohes Glas ein.

»Was dazu?« fragte er.

»Nur etwas Soda«, sagte Michael.

»Hallo?« kam eine Stimme über Lautsprecher. »Hallo? Können Sie mich hören? Hallo? Eins, zwei, drei, Test, können Sie mich hören? Hallo, hallo, hallo, hal . . .«

»Wir *hören* dich bereits!« rief Frankie.

Michael schaute zu einem Mann hin, der braune Schuhe und offenbar einen blauen Konfirmationsanzug trug und hinter einem Mikrofon stand, das neben einer großen, kupfernen Espressomaschine aufgebaut war.

»Meine Damen und Herren«, sagte er, »zuerst möchte ich jedem von Ihnen fröhliche . . . ist dieses Ding an?«

»Ist schon *an*!« schrie Frankie.

»Hallo?« sagte der Mann am Mikro. »Können Sie mich hören?« Er klopfte mit dem Finger auf das Mikrofon. »Hallo? Wenn Sie mich hören können, heben Sie bitte die Hände. Hallo? Können Sie mich hören?« Frankie riß beide Hände hoch. Überall im Saal hoben Leute die Hände. »Sieht aus wie bei 'ner Razzia«, sagte der Mann am Mikrofon, was nicht allzu viele Leute lustig fanden. Michael inbegriffen.

Eine Rothaarige, die ein schwarzes Negligé über einem schwarzen Bodystocking, dazu schwarze Strapse, schwarze Seidenstrümpfe und schwarze Lacklederschuhe trug, kam zur Bar und sagte: »Hallo, Frankie«, und hielt dem Barkeeper ihr Glas hin. »Nur Wodka«, sagte sie.

»Ich glaube, ich kann auf dieser, unserer alljährlichen Weihnachtsfeier feststellen«, sagte der Mann am Mikrofon, »daß dieses Jahr besser war als jedes vorangegangene. Und ich glaube, ich kann, ohne Widerspruch befürchten zu müssen, behaupten, daß das nächste Jahr sogar noch besser werden wird!«

Es gab Rufe wie »Erzähl uns alles, Al!« und »Laß nichts aus, Al!« und »Laß die Zahlen hören, Al!«

»Hallo«, sagte die Rothaarige. »Ich heiße Hannah.«

»Wie geht's?« sagte Michael.

»Sie kommen mir bekannt vor«, sagte sie. »Hab' ich Sie mal im Fernsehen geseh'n?«

»Nein«, sagte er sofort.

»Sind Sie nicht der, der die Carvel-Werbung macht?«

»Ja«, sagte er, »gar nicht so verkehrt.«

»Im Ernst? Ich *liebe* Eistörtchen.«

»So konnten wir zum Beispiel«, sagte Al, »allein bei den Hotels in Midtown-Manhattan unsere Einnahmen aus Schutzgeldern um insgesamt sieben Prozent im Vergleich zum Vorjahr erhöhen . . .«

»Wer ist das?« sagte ein Stimme hinter Michael.

Er drehte sich um. Er erblickte einen sehr großen Mann, der einen braunen Tweedanzug, ein gelbes Hemd und einen grünen Schlips trug und ziemlich finster dreinschaute.

»Jimmy, das ist der Mann, der die Carvel-Eiskrem-Werbung macht«, sagte Hannah.

»Im Ernst?« sagte Jimmy. Er nahm Michaels Hand und drückte sie energisch. »Ich liebe Ihre Schwarzbärtörtchen«, sagte er. »Ich bin Jimmy Fingers.«

»Wie geht's Ihnen, Mr. Fingers?« sagte Michael.

»Eigentlich heiße ich Finnegan. Aber das geht in Ordnung, jeder kennt mich als Jimmy Fingers.«

»Besonders die Cops«, sagte Hannah.

»Yeah, *die* vor allem«, sagte Jimmy.

»Schutzgelder aus dem Transportwesen«, sagte Al ins Mikrofon, »und dabei beziehe ich mich nur auf Personenwagen und nicht auf Lastwagen und Pickups – und, wohlgemerkt, darin sind nicht mal die Zahlen für den Holland Tunnel oder die George Washington Bridge enthalten – lagen um volle fünfzehn Prozent über denen des Vorjahres.«

»Das ist ziemlich gut«, sagte Jimmy beeindruckt.

»Gut? Das ist sensationell«, sagte Frankie.

»Aber es kann einem Kopfschmerzen bereiten«, sagte Hannah.

»Weiß jemand, wo's hier ein Telefon gibt?« fragte Michael.

»Wozu brauchen Sie ein Telefon?« sagte Frankie.

»Ich möchte eine Freundin anrufen. Vielleicht kann sie mich zum St. Luke's Place bringen.«

»Warum woll'n Sie zum St. Luke's? Was gefällt Ihnen hier nicht?«

»Es ist sehr nett hier, aber . . .«

». . . jetzt spreche ich für alle«, sagte Al ins Mikrofon, »wenn ich unserem tadellosen Bürgermeister und unserem hervorragenden Polizeichef und auch dem lieben Herrn über uns unseren aufrichtigen Dank ausspreche. Dank euch allen!«

»Hört, hört«, sagte Jimmy Fingers.

»Und jetzt, meine Damen und Herren, fordere ich Sie auf, das Essen, die Getränke und die Musik zu genießen und so lange zu bleiben, wie Sie wollen, auch wenn einige von uns vielleicht schon andere Verabredungen haben. Euch allen, denen aus der Verwaltung und denen, die in vorderster Front kämpfen, wünsche ich ein frohes Weihnachtsfest und ein neues Jahr, das finanziell und geistig noch zufriedenstellender verläuft als dieses. Amüsiert euch!« rief er, breitete die Arme aus und spreizte die Finger zum V, was einst Richard Nixon berühmt gemacht hatte.

»Sie woll'n zum St. Luke's, dann bring' ich Sie zum St. Luke's«, sagte Frankie. »Es ist Weihnachten, ich komm' mir vor wie der Weihnachtsmann. Außerdem liegt's auf meinem Heimweg.«

»Na, vielen Dank, das ist sehr freundlich von Ihnen«, sagte Michael.

»Mein Wagen steht vor der Tür«, sagte Frankie.

Am Mikrofon stimmten vier Frauen ein Lied an. »Schmückt die Huren mit heiligen Zweigen, fa-la-la-la-la, la-la-la-la. Auf mit euch zum Ringel-Reigen, fa-la-la . . .«

Kaum saßen sie in Frankies rotem Buick Regal, als er sich Michael zuwandte und sagte: »Die suchen Sie also wegen Mordes, hm?«

Michael griff instinktiv zum Türgriff.

»Immer mit der Ruhe, vielleicht kann ich Ihnen helfen.«

»Ich glaube, Sie sind auf dem falschen Dampfer«, sagte Michael.

»Ich hab' Sie im Fernsehn geseh'n, ich bin nicht auf dem falschen Dampfer. Immer mit der Ruhe.«

»Es liegt an meinem Gesicht, ich werde fälschlicherweise oft für ...«

»Immer mit der Ruhe, ja? Ich versuch' ja bloß, Ihnen zu helfen.«

»Gut, danke, aber wie könnten Sie mir ...?«

»Ich kann Sie 'n paar Tage verstecken«, sagte Frankie.

»Aber ich habe niemand umgebracht«, sagte Michael.

»Na ja, *natürlich* nicht, keiner hat *je* irgendwen umgebracht. Aber mir können Sie nichts vormachen.«

»Na ja, ...«

»Wollen Sie also untertauchen oder nicht?« fragte Frankie. »Irgendwann nächste Woche tauchen Sie dann auf, und die Cops haben vergessen, daß Sie überhaupt existieren.«

»Bedaure«, sagte Michael, »aber ich glaube nicht, daß das richtig ist.«

»Was *ist* denn richtig?« sagte Frankie und klang ein wenig irritiert. »Ich mein's nicht böse, aber Sie sind doch der Scheißkerl, der jemand umgebracht hat, und nicht ich.«

»Ich denke, ich sollte herausfinden, wer umgebracht worden ist.«

»Umgebracht worden ist dieser Crandall.«

»Nein, es war nicht Crandall.«

»Die im Fernsehen sagen, er wär' der Tote, und *Sie* haben ihn umgebracht. Ach ja, und Ihr Name ist nicht Donald Trump.«

»Ist er nicht, das stimmt.«

»Ich meine, niemand auf dieser beschissenen *Welt* könnte Donald *Trump* heißen. Ich meine, wenn Sie sich schon einen falschen Namen aussuchen ...«

»Mein Name ist Michael Barnes«, sagte Michael.

»Klingt auch falsch. Ich versuch' Ihnen zu helfen, und Sie erzählen mir weiterhin Bockmist. Vertrauen Sie mir etwa nicht? Ich meine, ich hab' mein ganzes Leben in diesem verdammten Bezirk verbracht, hab' versucht, ihm einen guten und vertrauenswürdigen Ruf zu verschaffen. Also, eins können Sie ganz bestimmt tun: mir vertrauen.«

»Ich vertraue Ihnen«, sagte Michael.

»Gut«, sagte Frankie, zog eine Knarre aus einem Halfter unter seiner Jacke und hielt sie Michael unter die Nase.

»Wissen Sie, was das ist?« fragte er.

Michael wußte, was das war. Es war ein Revolver vom Kaliber .45 Automatik. In der Army hatte er viele davon in der Hand gehabt.

»Ja«, sagte er, »Ich weiß, was das ist.«

»Gut«, sagte Frankie. »Wissen Sie, wie man damit umgeht?«

»Ja.«

»Gut. Denn ich will, daß Sie ihn benutzen.«

Michael schaute ihn an.

»Ich möchte, daß Sie jemand umbringen«, sagte Frankie.

Michael schaute ihn weiterhin an.

»Weil ich weiß, daß Sie ziemlich gut sind«, sagte Frankie.

In dieser Stadt ist jeder verrückt, dachte Michael.

»Sie haben doch schon diesen Filmfritzen umgebracht«, sagte Frankie, »also . . .«

»Nein, ich hab' ihn nicht umge . . .«

»He«, sagte Frankie, »*hör'n Sie zu,* okay?« und richtete die Waffe auf sein Ohr, als sei sie ein Finger. »*Ich* bin's, verstanden?« sagte er und zwinkerte. »Erzählen Sie jemand anders, was Sie wollen, aber nicht mir. Wenn Sie sowieso schon jemand umgebracht haben und die Cops Sie suchen . . .«

Michael seufzte.

». . . dann ist's auch egal, wenn Sie noch einen umlegen, weil die Cops Sie *immer noch* suchen, hab' ich recht?«

»Nein, haben Sie nicht«, sagte Michael. »Denn es ist bedeutend schlimmer, *zwei* Personen umzubringen als nur *eine.*«

»Na ja, Sie müssen's ja wissen«, sagte Frankie.

»Und außerdem habe ich *niemanden* . . . passen Sie auf, tun Sie mir einen Gefallen, okay? Es war wirklich nett, Sie kennengelernt zu haben, und auf Ihrem Gewerkschaftstreffen hat es mir auch gut gefallen . . .«

»Wir sind keine Gewerkschaft«, sagte Frankie. »Wir sind ein Freizeit- und Sportclub.«

»Was auch immer, es war sehr nett. Ich bin froh, daß die Geschäfte so gut gelaufen sind, ich freue mich wirklich für Sie. Und ich schätze Ihr Angebot, mich zum St. Luke's Place zu fahren . . .«

»Dann nehmen Sie gefälligst die Waffe und helfen mir da

raus«, sagte Frankie. »Ich finde, das ist ja wohl das *mindeste,* was Sie tun können.«

»Das klingt so, als wäre ich Ihnen was *schuldig*«, sagte Michael.

»Ich verpfeif' Sie doch nicht, oder?«

»Verdammt noch mal, ich habe niemand *umgebracht*!«

»Sie wissen doch: Ist die Haft zu hart, begehe keine Missetat«, sagte Frankie.

»Mr. Zepparino«, sagte Michael, »ich werde jetzt aus diesem Auto aussteigen.«

»Nehmen Sie bitte den Revolver«, sagte Frankie, »oder ich blas' Ihnen Ihr verdammtes Hirn raus.«

»Okay, geben Sie mir die Knarre«, sagte Michael.

»Endlich werden Sie vernünftig«, sagte Frankie und gab ihm den Revolver.

»Danke«, sagte Michael und richtete die Waffe auf ihn. »Und jetzt werde ich Ihnen ein nettes Angebot machen . . .«

»Das führt zu nichts«, sagte Frankie.

Michael blickte ihn an.

»Der Revolver ist nicht geladen«, sagte er.

»Was?«

»Die Kugeln sind in meiner Tasche.«

»Was? Was?«

»Also, wenn Sie jemand ganz nett bittet, irgendwen für ihn umzubringen, warum *tun* Sie's dann nicht einfach?«

»Weil ich . . .«

»Anstatt denjenigen mit 'ner leeren Pistole zu bedrohen?«

Zuerst Charlie Wong mit seiner unechten Waffe, jetzt Frankie Zeppelin mit der leeren, dachte Michael. Er mußte raus aus dieser Stadt. Er mußte hier raus, bevor er selbst verrückt wurde.

»Ich will, daß Sie Isadore Onions umbringen«, sagte Frankie.

»Ich denke nicht daran, Mr. Onions oder sonstwen umzubringen«, sagte Michael.

»In der Greenwich Avenue gibt's 'nen Imbiß«, sagte Frankie, »wo er dauernd rumhängt. Er müßte jetzt da sein. Ist ja noch ziemlich früh am Tag für Isadore, auch wenn Weihnachten ist. Und ich, ich fahr' zu diesem Imbiß, der Mazeltovs Vierundzwanzig-Stunden-Deli heißt. Wenn wir dort sind, Donny, geb' ich Ihnen . . .«

»Michael«, sagte Michael.

»Sicher, Michael«, sagte Frankie und verdrehte die Augen. »Also, wenn wir dort sind, *Michael*, geb' ich Ihnen die Kugeln, mit der Sie die Knarre laden, und dann will ich, daß Sie da reingeh'n und ihn umnieten. Geht's Ihnen besser, Michael, wenn ich Sie *Michael* nenne?«

»Ich werde niemand umbringen«, sagte Michael.

»Ich bewundere Männer, die eine eigene Meinung haben«, sagte Frankie, »aber Sie versteh'n nicht. Isadore Onions *muß* getötet werden.«

»Aber nicht von mir«, sagte Michael.

»Von wem dann?« fragte Frankie. »Von mir? Dann krieg' *ich* Ärger mit dem Gesetz, richtig? Wo Sie doch *schon* Ärger mit dem Gesetz *haben*. Ergibt das einen Sinn? Versuchen Sie einen Sinn drin zu sehen, bitte, ja?«

»Mr. Zepparino, haben Sie je . . .«

»Isadore Onions ist ein ziemlich fetter Mann mit einem Hitlerbärtchen«, sagte Frankie. »Er trägt normalerweise ziemlich konservative Kleidung, bis auf die roten Socken. Wenn Sie auf den Schnurrbart zielen, werden Sie ihn wahrscheinlich umbringen.«

»Wahrscheinlich, aber . . .«

»Lassen Sie sich bloß nicht durch die roten Socken ablenken.«

»Sehen Sie, Mr. Zepparino . . .«

»Sie können mich Frankie nennen. Jetzt, wo wir gemeinsam Geschäfte machen. Hab' ich eigentlich erwähnt, daß fünf Scheine für Sie dabei rausspringen? Wenn Sie gute Arbeit leisten? Fünf Riesen, Donny.«

»Mr. Zepparino, haben Sie schon mal was von einem Patt gehört?«

»Nein, was ist ein Patt?«

»Bei einem Patt habe *ich* die leere Waffe, und *Sie* haben die passende Kugel, und keiner von uns kann den andern zwingen, irgendein gottverdammtes Ding zu drehen. Das ist ein Patt.«

»Haben Sie schon mal was von einem Konter gehört?« fragte Frankie. »Beim Konter haben *Sie* die leere Waffe, und *ich* habe die passende Kugel, aber ich hab' auch das noch, *das* hier«, sagte er und zog noch eine Waffe aus seinem Mantel. »Das ist ein .38 Kaliber Detective Special, und der ist geladen. Was bedeutet, daß

Sie vor Mazeltovs Vierundzwanzig-Stunden-Deli in der Greenwich Avenue aus diesem Wagen aussteigen, reingehen und auf Isadore Onions Schnurrbart schießen, oder ich erschieß' Sie statt dessen und schmeiß' Sie in einer ziemlich kalten Nacht auf die Straße.«

Plötzlich war es ganz still im Wagen.

»Und dafür, daß ich einen kaltblütigen Mörder zur Strecke gebracht habe, werden die mir wahrscheinlich 'nen Orden verleihen«, sagte Frankie.

»Wo ist die Greenwich Avenue?« fragte Michael.

7

Was Sergeant Mendelsohnn ihm in Vietnam so ziemlich zuallererst eingeschärft hatte, war: »Wenn's knifflig wird, muß man den Arsch zusammenkneifen.« Das bedeutete nicht, daß man nach Hause gehen oder sich zurückziehen konnte. Es bedeutete, daß man vorzurücken hatte. Angreifen. Den ganzen verdammten Dschungel in die Luft sprengen, während man sich auf den Feind *zubewegte*. Herumfliegende Blätter, explodierende Erdhügel, umstürzende Bäume, als pflüge man die ganze Gegend um, rat-tat-tat, pow, huii, bumm, bäng, genau wie Rambo, nur daß man keine glänzenden Muskelpakete hatte, die man in einem Bodybuilding-Studio in Hollywood erworben hatte.

Man war ein mageres, irgendwie schmuddelig aussehendes neunzehnjähriges Bürschchen aus Boston, trug eine Brille, und man wünschte sich nur, daß die Brillengläser in all dem Getöse und Durcheinander nicht zu Bruch gingen, während man die Umgebung niedermachte, um vielleicht einen der Bösewichte zu erwischen. Doch man weigerte sich nicht vorzurücken. Und man zog sich nicht zurück, es sei denn, man bekam den Befehl dazu. Das hatte nichts mit Patriotismus zu tun. Es hatte damit zu tun, daß Mendelsohnn oder jemand von höherem Rang einem in den Rücken geschossen hätte, wenn man sich in einer brenzligen Situation weigerte vorzurücken, oder sich aus dem Staub machte, um sich in Sicherheit zu bringen.

Als Michael an der Greenwich Avenue aus dem roten Buick stieg, wußte er, daß Frankie Zeppelin mit einem .38 Detective Special auf seinen Rücken zielte, und er wußte, wenn er nicht wie befohlen in den durchgehend geöffneten Mazeltovschen Imbiß vorrückte, würde ihm in den Rücken geschossen. *Plus ça change, plus c'est la même chose,* wie seine Mutter daheim in Boston zu sagen pflegte, wenn der Winter Einzug hielt. Die Vorfahren seiner Mutter waren Franzosen. Die seines Vaters Engländer. Ein ungleiches Pärchen, wenn man bedachte, daß die Engländer und Franzosen schon vor Agincourt seit Generationen verfeindet waren. Manchmal erinnerte ihr Haus an ein Schlachtfeld. Na ja, nicht wirklich. Denn nur ein Schlachtfeld kann einen an ein Schlachtfeld erinnern. Auch diese leere, windige, bitterkalte Straße war kein Schlachtfeld, selbst wenn Michael eine Schußwaffe in der Manteltasche hatte, eine andere auf seinen Rücken gerichtet war und dort drinnen ein Mann saß, den er umbringen sollte.

Wie zum Spaß.

Hier war kein Schlachtfeld, und Frankie Zeppelin war kein Sergeant.

Michael öffnete die Tür zum Imbiß.

Für kurz nach zwei Uhr am Weihnachtsmorgen herrschte ein ziemliches Gedränge in dem Laden. Männer in Anzügen, Sakkos oder Smokings, Frauen in weiten Hosen, Kleidern oder Abendgarderobe. Die Heizkörper dampften. Holztische ohne Tischdekken, Halter für Papierservietten, Salz- und Pfefferstreuer. Kellner in schwarzen Jacken und Hosen, die nicht dazu paßten, weißen Hemden ohne Krawatte rannten zwischen den Gästen und einer Theke, hinter der eine große Warmhalteplatte stand, die den Raum noch zusätzlich aufheizte, wie aufgescheucht hin und her. Der plötzliche Essensgeruch erinnerte Michael daran, daß er seit dem Mittagessen mit Jonah nichts zu sich genommen hatte – eigentlich gestern, obwohl ihm seine innere Uhr sagte, daß es noch der gleiche Tag war. Egal, *wie* spät es tatsächlich war.

Jonah Hillerman von der Hillerman-Ruggiero-Werbeagentur. Der das Konzept für die geplante Golden-Oranges-Fernsehkampagne gemacht hatte. Eine gutaussehende, sonnengebräunte Blondine tritt in dem Werbespot auf, okay? Trägt nichts außer einem Bikini. Die Sonne scheint. In der ersten Szene ißt sie eine Orange, der Saft läuft ihr übers Kinn. »Saug sie«, flüstert sie und wischt sich mit dem Handrücken den Saft weg. In der nächsten Szene preßt sie eine Orange aus. Dickflüssiger, schäumender Saft schwappt über den Rand des Glases.

»Quetsch sie«, flüstert sie. »Mmmh, gut«, flüstert sie. »Mmmh, süß. Mmmmh, Golden. Mmmmh, *Orangen!*«

»Unterschwelliger Sex«, sagte Jonah. »Der Zuschauer denkt, wir fordern ihn auf, die Muschi der Blondine auszusaugen, ihre Titten zu quetschen. Wir machen ihm weis, die Blondine ist gut, sie ist süß, sie ist reif. Saug sie, quetsch sie! Was denken Sie?«

»Was ist mit den Frauen?« fragte Michael. »Sie sind diejenigen, die die Orangen kaufen.«

»Das ist eine sexistische Haltung«, sagte Jonah.

Michael wurde fast ohnmächtig vor Hunger. Er ging zur Theke und bestellte zwei Hotdogs mit Sauerkraut und Senf, eine Portion Pommes frites, eine Coca-Cola und ein Stück Schokoladenkuchen. Isadore Onions – er trug einen schwarzen Anzug, rote Socken, hatte einen Hitlerschnäuzer und das schlechteste Toupet, das Michael je gesehen hatte – saß mit einer Blondine an einem Tisch, die einen sehr engen, flauschigen weißen Pullover und einen engen schwarzen Lederminirock trug. Michael nahm an, sie könnte ein Vermögen mit Werbung für Orangensaft verdienen. Oder sogar für Frankie Zeppelin arbeiten.

»Zwei Hotdogs«, sagte der Mann hinter der Theke. »Pommes, 'ne Cola und einmal Schokoladenkuchen. An der Kasse zahlen.«

Michael nahm das Tablett und ging zur Kasse.

Die Kassiererin tippte die Preise ein.

»Sieben Dollar vierzig«, sagte sie.

Michael griff in die Tasche, um seine Brieftasche rauszuholen.

Seine Brieftasche war weg.

Nicht schon wieder, dachte er.

Er klopfte alle anderen Taschen ab. Keine Brieftasche. Er überlegte, ob Frankie Zeppelin seine Brieftasche gestohlen hatte. Die Kassiererin schaute ihn an.

»Sieben vierzig«, sagte sie.

»Einen Moment«, sagte Michael.

Er ließ das Tablett an der Kasse stehen, ging zu Isadore Onions Tisch, zog einen Stuhl hervor, setzte sich und sagte: »Mr. Onions?«

»Mr. Ornstein«, sagte der Mann. »Nicht verwandt.«

»Mit wem, Süßer?« fragte die Blondine.

»Mit Nick Ornstein. Der Gangster, mit dem Funny Brice verheiratet war.«

»Das war Nick *Arn*stein«, sagte die Blondine.

»Genau«, sagte Ornstein. »Und wer sind *Sie?*« fragte er Michael.

»Mr. Ornstein«, sagte Michael, »man hat einen Killer auf Sie angesetzt.«

»Danke für die Information«, sagte Ornstein, »aber was gibt's sonst noch Neues?«

»Neu ist, daß ich derjenige bin, der Sie erschießen soll«, sagte Michael.

»Sie bringen mich zum Lachen«, sagte Ornstein.

»Aber Sie müssen sich darüber keine Sorgen machen, wenn Sie mir sieben Dollar und vierzig Cent geben, damit ich mein Essen drüben bezahlen kann.«

»Wer ist dieser Mensch?« fragte Ornstein die Blondine.

»Michael Barnes, Sir.«

»Sie kommen mir bekannt vor«, sagte die Blondine.

»Sie haben mich wahrscheinlich im Fernsehen gesehen«, sagte Michael. »Man sucht mich bereits wegen eines Mordes, den ich heute am frühen Abend begangen habe. Also würde noch einer für mich auch nichts mehr ändern. Ich arbeite billig, Mr. Ornstein. Das einzige, was ich will, sind sieben Dollar und vierzig Cents, und die ganze Sache hat sich erledigt.«

»Verschwinden Sie«, sagte Ornstein.

»Mr. Ornstein, ich bin ein verzweifelter Mann.«

»Wer nicht?«

»Ich sterbe fast vor Hunger . . .«

»Dann verhungern Sie doch.«

»Wenn ich nicht bald was zu essen bekomme, kipp' ich gleich um.«

»Dann kippen Sie doch um.«

»Ich finde, es war nett von ihm, dir alles zu erzählen«, sagte die Blondine achselzuckend.

»Sicher, sehr nett«, sagte Ornstein. »Er kommt rein, setzt sich hin und erzählt mir, er hat den Auftrag, mich zu erschießen. Ist das nett, jemand so was zu sagen? Und denjenigen auch noch um ein Darlehen zu bitten? Findest du das nett?«

»Er hat bloß um sieben Dollar gebeten«, sagte die Blondine.

»Und nicht zu vergessen, um vierzig Cents«, sagte Ornstein. »In meinem Viertel wachsen sieben Dollar und vierzig Cents nicht auf Bäumen.«

»Los, Izzie, es ist Weihnachten.«

»Zu schade, daß ich Jude bin.«

»Wenn dieser Mann hier umkippt . . .«

»Laß ihn doch, wen stört's?«

»Wenn es einen Tumult gibt, werden die Cops reinkommen.«

»Ich hoffe, nicht«, sagte Michael.

»Ich auch nicht«, sagte Ornstein. »Hier«, sagte er, zückte seine Brieftasche, griff hinein und gab Michael einen Zehndollarschein. »Verschwinden Sie.«

»Danke, Mr. Ornstein«, sagte Michael, »vielen Dank, Sir.« Er stand sofort auf und ging zur Kasse, um zu bezahlen und das Tablett mitzunehmen. Er sah sich im Raum um. Der einzige freie Stuhl befand sich an Ornsteins Tisch. Er ging hin, sagte: »Nochmals, hallo«, setzte sich und begann zu essen.

»Ich dachte, ich hätte Sie aufgefordert zu verschwinden«, sagte Ornstein.

»Nein, es ist besser so«, sagte die Blondine.

»Warum?«

»Weil er uns jetzt erzählen kann, wer den Killer auf dich angesetzt hat.«

»Ja, wer?« fragte Ornstein Michael.

Michael war mit dem Essen beschäftigt.

»So einen verfressenen Typen hab' ich in meinem ganzen Leben noch nicht geseh'n«, sagte Ornstein.

»Er ist niedlich, wenn er ißt«, sagte die Blondine und lächelte ihm zu.

Michael hatte das untrügliche Gefühl, daß sie ihm gerade die Hand aufs Knie gelegt hatte.

»Wer hat Sie beauftragt, mich umzubringen?« fragte Ornstein.

Bei der Army hatte man Michael beigebracht, nur den Namen, den Rang und die Registriernummer zu verraten, falls man in die Hände des Feindes geriet. Er sollte nicht verraten, wo die fünfte Division war, oder die zwölfte oder die neunte. Er sollte ihnen nicht mal verraten, wo sich die nächste Latrine befand.

»Frankie Zeppelin«, sagte er.

»Natürlich«, sagte Ornstein und nickte der Blondine zu.

»Natürlich«, sagte sie und ließ die Hand an Michaels Oberschenkel entlanggleiten.

»Entschuldigen Sie«, sagte er, »aber ich glaube nicht, daß wir uns kennen.«

»Irene«, sagte sie und lächelte.

»Wissen Sie, warum er mich umbringen will?« fragte Ornstein Michael.

»Nein, warum?«

»Wegen *ihr*«, sagte Ornstein.

»Tatsächlich?« sagte Michael.

»Er ist krankhaft eifersüchtig«, sagte Ornstein. »Genau wie ich.«

»Ich glaube, ich gehe lieber«, sagte Michael. »Wenn Sie mir Ihren Namen und Ihre Adresse geben, werde ich . . .«

»Essen Sie auf«, sagte Irene und lächelte wieder.

Ihre Hand lag immer noch auf seinem Oberschenkel.

»Was ich sagen wollte . . .«

»Ja?« sagte Irene.

». . . ich werde Mr. Ornstein einen Scheck schicken. Sobald ich nach Hause komme.«

»Frankie Zeppelin bringt jeden um, der sein Mädchen bloß *anschaut*«, sagte Ornstein.

»Das stimmt«, sagte Irene und lächelte Michael erneut zu. Michael war sehr darauf bedacht, sie nicht anzusehen.

»Sie können sich wohl vorstellen, was er davon hält, daß wir miteinander schlafen«, sagte Ornstein.

»Ich kann's mir vorstellen«, sagte Michael.

»Aber wer kann ihm das übelnehmen?«

»Ich nicht«, sagte Irene.

»Ich auch nicht«, sagte Ornstein und rülpste. Sein Toupet fiel ihm beinahe vom Kopf. Er rückte es mit beiden Händen zurecht, schaute zu Michael, als frage er sich, ob der den Rülpser oder die abenteuerliche Perücke bemerkt habe, und sagte dann: »Ich persönlich würde auch jeden umbringen, der sich mir ihr amüsiert hat.«

»Meine Güte!« sagte Irene.

»Würde ich«, sagte Ornstein.

Michael aß weiter. Er überlegte, ob Ornstein wußte, daß er eine schreckliche Perücke trug. Er überlegte, ob Ornstein wußte, daß Irenes Hand auf seinem Oberschenkel lag. Er überlegte, ob Frankie Zeppelin immer noch draußen im Buick saß, das Geld in Michaels Brieftasche zählte und darauf wartete, ihn zu erschießen. Mittlerweile glaubte er, die Wahrscheinlichkeit, in dieser

Stadt getötet zu werden, sei größer, als sie in Vietnam je gewesen war.

»Also, Michael«, sagte Ornstein, »das ist es ... *Michael*, nicht wahr?«

»Ja.«

»Ich wußte es doch – was für ein dämlicher Name. Michael, ich will, daß Sie zu diesem Ganeff zurückgehen ...«

»Das bedeutet Gauner«, sagte Irene und lächelte.

»... und ihm sagen, falls er je wieder *irgend jemand* auf mich ansetzt ...«

»Meine Güte!« sagte Irene.

»... kann er sich einen Sarg bestellen«, sagte Ornstein. »Glauben Sie, Sie können sich das merken, Michael?«

»Ich glaube, das kann ich mir merken«, sagte Michael.

»Also, geh'n Sie und erzählen Sie's ihm.«

Michael stand auf und wickelte sich den Mantel wie einen Umhang um.

»Danke«, sagte er.

»Nicht der Rede wert«, sagte Irene.

»Für das Darlehen«, sagte er.

»*Natürlich*, für das Darlehen«, sagte Ornstein. »Was sonst?«

Er wäre beinahe zur Eingangstür gegangen, doch er erinnerte sich gerade noch rechtzeitig daran, daß Frankie Zeppelin mit einem .38 Detective Special in der Hand da draußen in dem roten Buick saß. Er drehte sich abrupt um, hätte fast eine Frau mit einem Tablett umgerannt, auf dem vier Suppentassen standen, zog sich ihren Haß zu und mußte sich etwas fragen lassen, was seiner Meinung nach wohl typisch für New York war: »Wasisslos, Tomaten auf 'n Augen?«

Die Herrentoilette befand sich an der Rückseite des Imbisses in einem Gang, an dessen Ende eine Tür als NOTAUSGANG gekennzeichnet war. Auf einem Warnschild stand, daß sie nur im Notfall benutzt werden sollte, und es wurde darauf hingewiesen, daß eine Alarmglocke ertöne, falls jemand die Tür öffnete. Michael betrat die Herrentoilette, wusch sich die Hände an einem Waschbecken, versuchte das Fenster über der Kloschüssel zu öffnen, stellte fest, daß es durch den Anstrich verklebt war, und ging dann wieder auf den Gang hinaus.

Das Schild hing immer noch an der Tür.

Ein Bügel zum Entriegeln war in Hüfthöhe angebracht.

Michael las die Warnung noch einmal.

Dann drückte er den Bügel herunter.

Die Tür flog auf.

Sergeant Mendelsohnn hatte ihm erzählt, der Krieg in Vietnam sei im Vergleich zu dem in Korea nur ein Kinderspiel. Er war stolz, in diesem edlen Krieg gedient zu haben, denn dort habe man seine Männlichkeit *tatsächlich* unter Beweis stellen müssen. In Vietnam schaffte es Charlie, daß man sich vor Angst in die Hose schiß, da er in seinem schwarzen Kampfanzug durch den Dschungel schlich, und man ihn nie *sehen* konnte. Da draußen hatte man es mit einer Phantomarmee zu tun. Deshalb war es so entsetzlich. Man *stellte* sich Charlie viel schlimmer *vor*, als er in Wirklichkeit war. Doch in Korea . . . ah, Korea. Mendelsohnn schmolz völlig dahin. In Korea beleuchteten die Chinesen das ganze Schlachtfeld bei Nacht! Kannst du dir das vorstellen? Man rückt in der Dunkelheit vor, und *whappu*, plötzlich erhellen diese Flutlichter den ganzen Schauplatz. Es war, als würde man bei vollem Tageslicht den nackten Arsch zum Fenster rausstrecken. Und *außerdem* – Mann, was für ein Krieg war das gewesen – in Korea gab es chinesische Kavalleristen! Kannst du dir *das* vorstellen? Kavalleristen! Mit Signalhorn und Gong! Nicht so wie diese Schlitzaugen in Vietnam; die in Korea machten so viel Lärm wie möglich. Durch diesen Lärm jagten sie einem Angst ein. Man wollte allein schon wegen des Lärms sterben.

So wie jetzt.

In dem Augenblick, als Michael die Tür aufschob, in der Sekunde, als sich die Tür nur einen klitzekleinen Spalt öffnete, ging die Alarmglocke los. Nicht *eine* Glocke, wie das Warnschild versprach: *Eine Glocke ertönt.* Das waren *Glocken.* Glocken, in der Mehrzahl, eine Unmenge Glocken. Glocken, die selbst den Glöckner von Notre Dame taub gemacht hätten, und die gesamte amerikanische Armee in Korea dazu gebracht hätten, mit oder ohne Gong, Pferde oder Flutlichter, in Angst und Schrecken die Flucht zu ergreifen. Hätte Hitler sie statt der Sirenen an seine Stukas montiert, wäre sein Bild jetzt auf den amerikanischen Hundertdollarscheinen.

Michael zuckte zurück, als habe ihm jemand mit einem Hammer ins Gesicht geschlagen.

Und dann erinnerte er sich an etwas: Wenn's kniffelig wird, muß man den Arsch zusammenkneifen. Er schob die Tür weiter auf, stürzte in die Nacht hinaus, die kalte Luft vermischte sich mit den Alarmglocken zu einer unerträglichen Kakophonie, die ihm unaufhörlich in die Ohren drang, während er hinter dem Lokal durch den Schnee lief. Die Glocken wollten nicht aufhören. Oder vielleicht hatten sie aufgehört, und er hörte nur noch ihr Echo. Vielleicht –

Und plötzlich gingen Scheinwerfer an!

Und Sirenen!

Die gottverdammten Chinesen kamen!

Das hier war Korea, und jetzt wurde seine Männlichkeit auf die Probe gestellt!

Während Michael in dem gleißenden Licht erstarrte, die Gongschläge ihm noch in den Ohren widerhallten, und die Sirenen heulten, wußte er, sie kämen auf ihren mongolischen Ponys aus der Nacht geritten und würden ihn mit ihren Säbeln in Streifen schlitzen. Und dann ...

O Gott ...

Der erste chinesische Soldat trat aus dem grellen Licht und bewegte sich langsam wie in Trance auf ihn zu. Auf dem Boden lag weißer Schnee, Weiß beherrschte die Welt, Weiß und Grün und langes schwarzes Haar und ...

»Michael!« rief sie.

»Connie!« schrie er.

»Hier entlang! Schnell!«

Sie packte seine Hand, und gemeinsam stolperten sie durch die blendenden Scheinwerferkegel der Limousine. Dichter Schnee auf dem Boden. Durchweichte Schuhe. Nasse Strümpfe. Sie erreichten das Auto. Sie lief zur Fahrerseite. Er öffnete die Beifahrertür. Keine Alarmglocke ging los. Doch die Glocken läuteten immer noch in seinem Kopf. Er stieg ein.

»Bist du in Ordnung?« fragte sie. »Ich hab' dich überall gesucht.«

»Ja«, sagte er.

Ihre Stimme hallte in seinem Kopf wider.

Er schlug die Tür zu. Der gute, solide Klang der Tür einer Luxuslimousine, die weich und sicher ins Schloß fiel. Und dann das kurze Klicken einer teuren Zentralverriegelung, das wie durch ein Wunder seine Ohren von dem Schrillen befreite.

Hinter ihnen hörte er jemanden schreien.

Er wußte nicht, wer, und ihn interessierte nicht, warum.

»Wohin jetzt?« fragte Connie und steuerte die Limousine wieder in die Nacht hinaus.

St. Luke's Place war mit Bäumen bepflanzt und hatte einen Stadtpark auf der einen und eine Reihe brauner Gebäude mit Sandsteinfassaden auf der anderen Seite.

Er war genau einen Häuserblock lang, eine kleine Oase zwischen den großen Hauptverkehrsstraßen, die parallel dazu verliefen. Das einzige Haus, in dem um drei Uhr morgens Licht brannte, lag in der Mitte des Blocks. Michael blickte zum Fenster im zweiten Stock hinauf, entdeckte den Namen Wales am Klingelbrett neben der Tür, klingelte, gab sich als der Mann aus, der vor etwa fünf Minuten angerufen hatte, worauf sofort der Summer ertönte und er eintrat.

Die Frau, die die Tür des Apartments im zweiten Stock öffnete, war etwa dreiunddreißig Jahre alt, ein Marilyn-Monroe-Verschnitt mit Carly-Simon-Mund. Sie hatte kurzes blondes Haar (»Die Haarfarbe, die *alle* Flittchen haben«), große braune Augen, trug hochhackige Silberpantöffelchen und ein langes, silbernes Kleid mit einem Gürtel um die Taille. Michael vermutete, daß weder das Kleid noch die Pantöffelchen aus *echtem* Silber waren, auch wenn es ganz danach aussah. So wie die Waffe in Detective O'Briens Hand echt ausgesehen hatte. Es kam ihm vor, als liege das Jahre zurück. War es noch immer Weihnachtsmorgen? Waren erst drei Stunden vergangen, seit er von Albetha Crandall am Telefon erfahren hatte, daß es im Leben ihres Mannes ein Flittchen mit roten Seidenhöschen gab? Er fragte sich, ob Jessica Wales jetzt ein rotes Seidenhöschen trug.

»Bitte, treten Sie ein«, sagte sie.

Atemloses Marilyn-Monroe-Stimmchen.

Carly-Simon-Lächeln.

Sie trat einen Schritt von der Tür zurück, das Kleid teilte sich über sehr langen, wohlgeformten Beinen, wie Cher sie hatte. Plötzlich kam Michael der Gedanke, daß Jessica Wales kein rotes Seidenhöschen oder ähnliches unter diesem Kleid trug. Darunter befand sich nichts und niemand als Jessica Wales. Da steh' ich nun mit einer berühmten Filmdiva, die unter ihrem Kleid rein gar nichts trägt, dachte er.

In einer Ecke des geräumigen Wohnzimmers stand ein festlich geschmückter Weihnachtsbaum mit einer Dekoration, die nach kostspieliger deutscher Originalware aussah, kleinen weißen Kerzen und spiralförmig gesponnenem Engelshaar, das in eine lang zurückliegende Kindheit zu reichen schien, wo lockende Elfen in jedermanns Kopf herumschwirrten. Päckchen verschiedener Größen und Farben, in Weihnachtspapier eingewickelt, lagen verstreut unterm Baum, und ein Paar ausgebeulte rote Strümpfe mit weißen Bündchen hingen über einem Kamin, in dem ein Holzkohlenfeuer brannte. Vom Plattenspieler oder aus dem Radio – das konnte Michael nicht feststellen – ertönte Musik, die nach alten englischen Weihnachtsmelodien klang. Er trat an Jessica vorbei, der Duft von Poison umhüllte sie, und er hörte das Klicken der Tür, die hinter ihm geschlossen wurde. Sie schloß ab und legte die Sicherheitskette vor.

»Also«, sagte sie, »was kann ich für Sie tun?«

»Na ja, wie ich Ihnen schon am Telefon sagte . . .«

»Ja. Aber ich weiß nicht, wo er ist.«

»Ich dachte, er wäre vielleicht hier.«

»Nein. Bis Sie anriefen, war ich überzeugt, er wäre tot.«

»Nein, er lebt.«

»Sind Sie sicher?«

»Ja. Ich hab' ihn im Fernsehen gesehen.«

»Ich freue mich so, das zu hören«, sagte sie, »möchten Sie was trinken?«

»Nein, danke, Miss Wales, es ist absolut wichtig, daß ich Mr. Crandall finde.«

»Ja, das sagten Sie mir. Sind Sie sicher? Einen kleinen Cognac vielleicht?«

»Na ja, bloß einen kleinen, danke.«

Jessica bewegte sich wie geschmolzenes Silber auf eine in der

Wand eingebaute Bar zu, neben der eine Anlage, bestehend aus Fernseher, Videorecorder, Plattenspieler, Verstärker, Kassettenrecorder und CD-Player, stand. Michael wußte noch immer nicht, ob er einer Platte oder dem Radio zuhörte. Er schaute sich um, als Jessica den Cognac eingoß. Das Wohn- und Eßzimmer grenzten aneinander, dazwischen befand sich eine Schwingtür. Hinter dem Eßzimmer konnte er nur einen Teil einer Küche mit sandfarbenen Schränken erkennen. Auf der anderen Seite des Zimmers befand sich eine geöffnete Tür, hinter der sich eine kleine Bibliothek verbarg, und eine geschlossene Tür führte wohl ins Schlafzimmer, wie Michael annahm. Die Wohnung war luxuriös eingerichtet. Er fragte sich, wie lange Jessica schon ein berühmter Filmstar war, da er nie von ihr gehört hatte.

Im Radio – es war das Radio, wie er jetzt feststellte – erzählte ein Moderator der ganzen Welt oder zumindest dem Dreistaateneck, daß der Sender WQXR gleich nach den Drei-Uhr-Nachrichten sein Programm ohne weitere Unterbrechung mit Weihnachtsliedern fortsetzen werde. Michael rückte näher an einen der Lautsprecher heran. Jessica gab ihm einen halbvollen Cognacschwenker.

»Schwenken Sie ihn in der Hand«, sagte sie. »Genau so.«

Sie hielt ihren Schwenker in beiden Händen dicht vor ihre fülligen Brüste und drehte ihn sanft zwischen den Handflächen. Michael fühlte sich plötzlich an den Werbespot erinnert, den Jonah Hillerman ihm gestern beim Mittagessen ausgiebig geschildert hatte: Saug sie. Quetsch sie. Mmmmh, gut. Mmmmh, süß.

»Damit sich das Bouquet entfalten kann«, sagte Jessica.

Im Radio brachte der Nachrichtensprecher die neuesten Meldungen über den anhaltenden Nahostkonflikt.

Jessica drehte den Schwenker noch immer in den Händen.

Der Nachrichtensprecher berichtete, daß ein großes amerikanisches Unternehmen für eine Milliarde Dollar einen Anteil an die Japaner verkauft habe.

»Mmmmh, gut«, sagte Jessica und hielt sich den Schwenker unter die Nase.

Der Nachrichtensprecher sagte, daß ein Senator der amerikanischen Regierung unter Anklage gestellt worden sei wegen Verstoßes gegen das Gesetz ...

Jessica schnupperte am Bouquet.

... sagte, in einer Pressekonferenz, die im Fernsehen übertragen wurde, die Vorwürfe würden sich als unhaltbar erweisen, sobald die wahre und vollständige Geschichte ans ...

»Mmmh, süß«, sagte Jessica.

Der Nachrichtensprecher sagte, der Dollar habe gegenüber fast allen wichtigen Währungen im US-Außenhandel an Wert verloren.

»Probieren Sie«, sagte Jessica.

Der Nachrichtensprecher sagte, eine neue Kältefront nahe von den kanadischen Rocky Mountains.

Michael kam es vor, als könnte er dieselben Nachrichten bereits gestern, vor zwei Wochen oder vor zwei Monaten gehört haben. Irgendwelche amerikanischen Unternehmen verkauften immer irgend etwas an die Japaner, gewählte Senatoren wurden dauernd wegen Übertretung dieses oder jenes Gesetztes angeklagt und versicherten dann dem Volk, ihre Unschuld werde sich erweisen, sobald die wahren Tatsachen bekannt würden. Immer war der amerikanische Dollar gegenüber fast allen wichtigen Währungen schwächer, immer nahte eine Kaltfront von den kanadischen Rocky Mountains, sogar im Sommer. Und immer und ewig gab es einen anhaltenden Nahostkonflikt. Selbst Weihnachten. Friede auf Erden, hatte der Mann gesagt, doch wo war er? Währenddessen nippte Jessica an ihrem Cognac.

Der Nachrichtensprecher begann, die Wettervorhersage für New York und Umgebung vorzulesen. Weiterhin kalt ...

»Mmmmh«, sagte Jessica.

... Temperaturen unter Null ...

»Das ist soooo gut«, sagte sie.

... bis zum Morgen wahrscheinlich weiterer Schneefall.

»Ausgezeichnet«, sagte Michael.

»Aber Sie haben ihn doch noch gar nicht probiert«, sagte sie.

»Ich sprach vom Wetter.«

Der Nachrichtensprecher forderte die Hörer auf, den Sender weiterhin eingeschaltet zu lassen, da nun ununterbrochen Weihnachtsmelodien gespielt würden. Kein Wort über die Leiche, die man im Mietwagen gefunden hatte. Kein Wort über Michael Barnes, den gesuchten Desperado. Eine andere Stimme ertönte und kündigte an, daß bis zu den nächsten Nachrichten um vier Uhr ununterbrochen Musik laufen werde. Irgendwas Vorsintflutliches drang aus den Lautsprechern.

Michael trank einen Schluck Cognac.

»Ja«, sagte er, »köstlich. Wer ist Mama?«

»Mama?«

»In Crandalls Terminkalender stand: ›Mama anrufen‹. Und er war gestern abend um acht Uhr mit ihr verabredet. Also, wer ist Mama?«

»Arthurs Mama ist tot.«

»Ich weiß. Wessen Mama hat er also angerufen und getroffen?«

»Vielleicht Albethas.«

»Nein, sie verstehen sich nicht.«

»Nun, auf jeden Fall nicht *meine* Mama. Sie macht Ferien in London, England.«

»Wessen dann?«

»Ich habe keine Ahnung. Wie kamen Sie an Arthurs Kalen . . .?«

»Wissen Sie, warum er Freitag zur Bank gegangen ist?«

»Ich glaube, er geht jeden Freitag zur Bank«, sagte Jessica achselzuckend.

»Er ist nicht zufällig hingegangen, um einen Scheck einzulösen, oder?«

»Woher soll ich das wissen?«

»Über neuntausend Dollar?«

»Das weiß ich wirklich nicht.«

»Das sind genau tausend Dollar weniger als der Betrag, den man der Bankaufsichtsbehörde melden muß.«

»Tatsächlich? Himmel.«

»Wer war noch auf der Weihnachtsfeier?«

»Auf welcher Weihnachtsfeier? Woher wissen Sie von der Weihnachtsfeier?«

»Ich war heut' abend in Crandalls Büro. Kennen Sie jemand, der ein rotes Seidenhöschen verloren hat?«

»Himmel«, sagte sie, »nein«.«

»Okay, wer ist Charlie?«

»Welcher Charlie? In dieser Stadt gibt's 'ne Menge Charlies, wissen Sie.«

»Ja, ich weiß. Welchen Charlie kannte *Crandall*?«

»Na ja, es gibt Charlie Nichols, der allerdings nicht mit dem großen Filmstar Jack Nichols verwandt ist.«

»Sie meinen Jack Nicholson, nicht wahr?«

»Genau. Charlie Nichols war vor Jahren bei *Mister Ed* dabei. Arthur brauchte seine Stimme für *Eiseskälte*.«

»Die Stimme eines Pferdes?«

»Nein, die Stimme eines Gespenstes. Im Film tauchen 'ne Menge Gespenster auf. Oder zumindest soll ich in der Rolle, die ich spiele, *glauben*, es wären Gespenster. Sie glaubt, es wären Gespenster, die versuchen, sie um den Verstand zu bringen, verstehen Sie. In der Rolle, die ich spiele.«

»Wie Ingrid Bergman in *Das Haus der Lady Alquist*?«

»Nein!« entgegnete sie barsch. »*Keineswegs* wie *Das Haus der Lady Alquist*. Sprechen Sie die Worte *Das Haus der Lady Alquist* nicht mal *aus*. Dieser Film macht wirklich angst.«

»*Das Haus der Lady Alquist* auch.«

»Hören Sie jetzt bitte *damit auf*? Dieser Film ist viel besser als *Das Haus der Lady Alquist*. Warten Sie nur, bis er anläuft.«

»Wann wird das sein?«

»Am Fünften. Das ist ein Donnerstag. Falls eine Kritik in der *Wochenendausgabe* der *Times* erscheint. Denn dort werden alle neuen Filme besprochen. In der Freitagsausgabe.«

»Wie sieht Charlie Nichols aus?«

»Wo ist der Unterschied? Er ist bloß eine Stimme.«

»Ja, aber wie sieht er aus?«

»Ich hab' nie mit ihm zu tun gehabt. Ich hab' Ihnen doch gerade gesagt, daß er eine Stimme ist.«

»Haben Sie mit irgendeinem Charlie zu tun gehabt, der nicht *nur* aus einer Stimme besteht?«

»Jeder hat mit einem Charlie zu tun gehabt, der nicht nur aus einer Stimme besteht.«

»Ich meine einen Charlie, den auch Crandall kennt.«

»Mir fällt kein anderer Charlie ein, den er kennt.«

»Sie sagten, er kennt 'ne *Menge* Charlies.«

»Nein, ich sagte, es gibt 'ne Menge Charlies in dieser *Stadt*, das hab' ich gesagt.«

»Und Charlie Nichols ist der einzige Charlie, den Crandall kennt.«

»Er ist der einzige Charlie, von dem ich weiß, daß Arthur ihn kennt. Soweit ich weiß, dürfte Arthur *hundert*, vielleicht sogar *tausend* Charlies kennen, denn in dieser Stadt gibt es wahrscheinlich *Millionen* von Charlies. Ich sage nur, daß Charles R. Nichols der einzige Charlie ist . . .«

»Okay, ich hab's verstanden. Wissen Sie, wo er wohnt?«

»Nein.«

»Aber ich weiß es.«

Die Stimme kam aus dem Hintergrund.

Eine Männerstimme.

Er drehte sich sofort um.

Arthur Crandall stand in der Schlafzimmertür. Klein, fett und glatzköpfig. Er trug den gleichen dreiteiligen Anzug, den er im Fernsehen angehabt hatte, ein Phi-Beta-Kappa-Schlüssel hing quer über der Weste an einem Goldkettchen.

»Frohe Weihnachten, Mr. Barnes«, sagte er.

»Wer ist der Tote?« fragte Michael. »Und warum laufen Sie überall in der Stadt herum und erzählen den Leuten, *ich* hätte ihn umgebracht?«

»Was Sie natürlich nicht getan haben«, sagte Crandall und blickte auf seine Uhr.

»Und warum schauen Sie auf die Uhr?« fragte Michael.

»Ich habe überlegt, wann die Polizei wohl da sein wird«, sagte Crandall. »Die hab' ich nämlich gleich nach Ihrer Ankunft benachrichtigt. Sie müßte . . .«

»Danke für den Wink«, sagte Michael und lief zur Tür. »War nett, Sie beide kennengelernt zu haben. Es gibt sicherlich 'n paar reizende und charmante Leute in Downtown New . . .«

»Nein«, sagte Crandall und griff in seine Tasche.

Er zog die Hand zusammen mit einer Waffe wieder heraus.

In dieser Stadt hat jeder eine Waffe, dachte Michael.

Und trat einen Schritt auf ihn zu.

»Nein, bitte nicht«, sagte Crandall. »Das ist eine Knarre, wissen Sie.«

»Das auch«, sagte Michael.

8

Normalerweise erkannte man in Bruchteilen von Sekunden, ob der andere es ernst meinte.

In Vietnam mußten viele Typen beweisen, daß sie absolute Mordskerle waren, mußten sich das immer wieder einreden, denn andernfalls wären sie jedesmal vor Angst gestorben, wenn bloß ein Blatt im Dschungel raschelte. Eine Art, das zu beweisen, bestand darin, daß man sich mit jedem anlegte, von dem man glaubte, er gäbe klein bei. Vielleicht war das der Grund für dieses ewige Russische Roulett in *Die durch die Hölle gehen.* Denn während dieser Kraftproben da draußen waren oftmals Knarren im Spiel.

Wenn man sich also mit jemandem anlegte, war es normalerweise besser, sich keinen Typ auszusuchen, der 136 Kilo wog und gebaut war wie Euphrat und Tigris zusammen. Denn dieser Mann würde sowohl dich *als auch* dein Gewehr fressen und danach Eisennägel ausspucken. So einem sollte man also nicht dumm kommen oder mit der Waffe vor seinem Gesicht rumfuchteln, es sei denn, man hielt es für patriotisch, von einem amerikanischen Kameraden statt von einem Schlitzauge umgebracht zu werden.

Wenn man sich also Mut machen und als absoluter Mordskerl fühlen wollte, versuchte man, sich jemanden herauszupicken, der eine Brille trug, schmächtig wirkte und dessen zweiter Vorname Jellicle war – genau das versuchte man. Man hielt *ihm* das Gewehr unter die Nase. Mal sehen, ob man *ihn* dazu brachte, klein beizugeben. Und normalerweise wußte man im ersten Bruchteil einer Sekunde, ob man es schaffte oder nicht.

Und wenn man umgekehrt selbst derjenige war, der in den Gewehrlauf blickte – was Michael oft passiert war –, wußte man sofort, ob der Typ, der einen bedrohte, den Dschungel wirklich mit Blut tränken würde, wenn man nicht klein beigab, und zwar *toot sweet,* wie sie in ihrem verballhornten Französisch sagten, das sie von den Schlitzaugen gelernt hatten.

Michael hatte nie klein beigegeben.

Nicht mal, wenn ihm klar war, daß der andere es todernst meinte.

Diejenigen, die nur blufften und sich aufspielten, wurde man los, indem man abwinkte, ihnen selbstbewußt den Rücken zukehrte und zum Lager zurückging, um einen Joint zu rauchen.

Doch die mit den blutunterlaufenen Augen . . .

Diejenigen, die die Nase vom Dschungel voll hatten und nicht mehr in der Lage waren, zwischen Freund und Feind zu unterscheiden . . .

Diejenigen, denen Mord im Gesicht geschrieben stand . . .

Bei denen war es wichtig, daß man ihnen fest in die Augen blickte.

Denn wenn man klein beigab, wenn man sich durch den Anblick eines Automatikgewehrs verunsichern ließ, warum sollten sie einen dann eines Tages nicht einfach abknallen, wenn sie einen sahen. Das nächste Mal ohne Vorwarnung. Mitten im Getümmel machte es einfach *Peng*, in den Rücken, ins Gesicht, in die Brust, darauf kam es nicht an. Sie wußten, daß du bloß ein Stück Dreck warst und sie dich umlegen konnten, wann immer sie wollten. Dich umzulegen würde ihnen magische Kraft verleihen, und die brauchten sie, um die Schlitzaugen im Dschungel umzulegen. Es war, als würden sie nach guter Indianersitte nach dem Skalpieren deine Hoden, dein Herz oder irgendwas anderes von dir essen – das hatte Long Foot Howell ihm erzählt.

Da konnte man nur eines machen – man sagte: »Verpiß dich, okay?«

Und wenn er sich nicht dazu entschließen konnte, ging man einfach hin und stieß das Gewehr mit der Hand beiseite.

Und wenn es sich nicht wegstoßen ließ, und wenn die kleinen roten Schweinsaugen des Mannes dir sagten, daß er dich umlegen würde, bevor du bis drei zählen konntest, dann mußte man ihm genauso in die Eier treten, wie Michael es wenige Stunden zuvor bei Charlie Wong gemacht hatte. Und während der Mann sich vor Schmerz auf dem Boden wand, trat man ihm hart ins Gesicht, was Michael vermutlich auch bei Charlie Wong getan hätte, wenn Detective O'Brien der Kälte und allem zum Trotz nicht in ihrer Reizwäsche aufgetaucht wäre. Und wenn man soweit war, daß der Mann sein Gesicht verloren hatte, konnte man sich umdrehen und beruhigt auf einen kleinen Joint ins Lager zurückschlendern. Wenn man sich großmütig zeigen wollte, fragte man ihn vielleicht, ob er Lust habe mitzukommen. Vielleicht schoß er eines schönen Tages trotzdem auf einen, doch vieles sprach dagegen.

Die Situation hier entsprach genau den Kraftproben, die er in Vietnam überlebt hatte, wo es ihm manchmal lieber gewesen wäre, einem Haufen Schlitzaugen gegenüberzustehen als noch einem Amerikaner mit blutunterlaufenen Augen, der vorgab, keine Angst zu haben. Crandall konnte seine Angst nicht so gut verbergen. Michael vermutete, daß der Mann vorher noch nie eine Knarre in der Hand gehalten hatte, und daß der Anblick der größeren Waffe in Michaels Hand ihn dazu veranlaßte, ein zweites Mal darüber nachzudenken, ob er Michael zwingen sollte, auf die Polizei zu warten. Panik stand in seinen Augen. Er wollte auf keinen Fall eine Schießerei wie weiland im alten OK-Corral.

Also tat Michael genau das, was er in Vietnam getan hätte, wenn ihm jemand etwas vormachte. Er winkte einfach ab, ließ Crandall stehen, drehte ihm den Rücken zu und ging zur Tür.

Was normalerweise funktioniert hätte.

Doch diesmal nicht.

Denn offensichtlich hatte Michael eine Lektion nicht gelernt, die er schon vor vielen, vielen Jahren hätte lernen sollen: *Achte auf die kleine, harmlos aussehende Vietnamesin mit dem sanften Lächeln und den unschuldigen Augen, denn sie ist gefährlicher als eine Armee knallharter Männer.*

Es war Jessica Wales, die ihn niederschlug.

Auf dem Weg zur Eingangstür schlug sie ihm mit einem sehr harten Gegenstand so auf den Hinterkopf, daß er weiter in die gleiche Richtung taumelte. Er wußte, es war besser, die Pistole nicht fallenzulassen. Er wußte auch, daß er sich wegrollen mußte, so wie er sich im Schnee weggerollt hatte, als Charlie Wong versucht hatte, sein Gehirn bis zum Nordpol zu treten. Diesmal war es ein Riemchenschuh mit Pfennigabsatz, der wie Silber oder rostfreier Edelstahl wirkte, als er auf ihn niedersauste –

Die Frau versuchte ihn kaputtzutreten.

In Vietnam hatte er viele schwarze Soldaten andere Soldaten

kaputttreten sehen. Das hatten sie in den Gettos drüben in den USA gelernt, in denen sie aufgewachsen waren. Wo die süße Jessica es gelernt hatte, war die große Frage. Doch zweifellos versuchte sie ihn kaputtzutreten.

Nicht treten.

Ihn kaputttreten.

Treten und kaputttreten waren zwei verschiedene Dinge, obwohl sie oft in einen Topf geworfen wurden. Wenn man jemandem einen Tritt versetzte, war es, als versuche man seinen Kopf zwischen den Torpfosten durchzuschießen, wenn man jemanden kaputttrat, versuchte man seinen Kopf wie eine Melone zu spalten, ihn auf dem Asphalt zu zerquetschen. Der Druck beim Kaputttreten wurde durch den Absatz erzeugt. In Vietnam war es ein flacher Absatz unter einem Kampfstiefel. In Jessica Wales' Wohnzimmer war er zehn Zentimeter lang und verjüngte sich nach unten. Wenn dieser Absatz mit seinem Kopf zusammentraf –

Michael rollte sich weiter.

Immer wieder sah er die Umrisse langer Beine und weißer Oberschenkel aufblitzen, das silberne Kleid öffnete und schloß sich, während Jessica ihn auf dem Boden verfolgte und nach einer Möglichkeit suchte, ihn richtig gut zu treffen. Er rollte und rollte und rollte blindlings gegen die Wand, wo es zu seinem Entsetzen nicht mehr weiter ging, rappelte sich auf, als er sah, wie Jessica das rechte Bein anwinkelte und nach ihrem Schuh griff. Nachdem sie es leid war, zu treten und zu stampfen, hatte sie sich zweifellos dazu entschlossen, den Schuh jetzt als Hammer zu benutzen. Und nun war sie dabei, den Schuh auszuziehen und in ihre kleine, heiße Hand zu nehmen.

Fasziniert beobachtete er ihren Balanceakt.

Die blonde Jessica stand auf einem Bein, das andere war nach hinten angewinkelt, mit der rechten Hand am Absatz zog sie den Schuh vom Fuß –

Die Gelegenheit hätte nicht günstiger sein können.

Er machte einen Sprung nach vorn, rammte die Schulter gegen ihr Standbein und brachte sie aus dem Gleichgewicht. Der Schuh flog ihr vom Fuß und aus der Hand. Als sie mit gespreizten Beinen nach hinten kippte, öffnete sich das Kleid schließlich über einem Dreieck sehr schwarzer Haare.

Michael sprang auf.

»Ich habe Sie gewarnt!« schrie Crandall.

Und schoß.

Zuerst dachte Michael, er habe einen schrecklichen und vielleicht fatalen Fehler gemacht. Habe zum ersten Mal im Leben einen echten Schützen fälschlich für einen Aufschneider gehalten. Doch dann sah er, daß Crandall auf die rauchende Waffe blickte, als habe die sich selbständig gemacht. Dieses Ding in seiner Hand war wirklich losgegangen! Das besagte sein erstauntes Gesicht. Er hatte auf den Abzug gedrückt, das Ding war in seiner Hand losgegangen, eine Kugel kam heraus, flog pfeifend durch den Raum und zertrümmerte einen Spiegel an der Wand, wo Jessica in einem Gewirr aus Beinen, offenem Kleid, Venushügel und einem silbernen Schuh dabei war aufzustehen.

Michael überlegte, ob er zu Crandall hingehen, den Pistolenlauf beiseite stoßen, ihm sagen, er solle sich verpissen, und dann auf einen Joint ins Lager zurückkehren sollte. Er vermutete, es könnte funktionieren. Während er an all das dachte, vergaß er Jessica zum zweiten Mal in dieser Nacht, und ihm fiel zu spät ein, daß es ein Fehler war, jemanden einmal zu übersehen, beim zweiten Mal jedoch Dummheit.

Es fiel ihm erst ein, als Jessica ihm den gleichen Gegenstand wie zuvor erneut auf den Kopf schlug. Er erkannte, daß es eine Art Metalltablett war, das ihn diesmal noch härter traf und ihn beinahe in Crandalls Arme taumeln ließ. Crandall wich zurück, als werde er angegriffen. Sicherlich wollte er nicht, daß dieses Ding in seiner Hand abermals losging, und er wollte Michael auch nicht mit den Armen auffangen, was er hätte tun müssen, falls dieser weiterhin auf ihn zutaumelte. Doch plötzlich riß sich Michael zusammen, denn trotz seines Dämmerzustandes hatte er letztendlich erkannt, daß Jessica und nicht Crandall die eigentliche Gefahr darstellte.

Wo? dachte er.

Drehte sich um und hoffte, man werde ihm nicht noch in den Rücken schießen, denn es wäre das erste Mal. Und dann auch noch am Weihnachtstag. Was jedoch keine besonders große Überraschung wäre, da er offenbar im festlichen New York sehr viele erste Male erlebte, wie zum Beispiel jetzt, da er von einem wildgewordenen Filmstar angegriffen wurde, der nicht mehr wie Marilyn Monroe aussah, sondern wie die Lady – wie immer sie auch hieß – mit dem Kraushaar und dem langen Messer in *Eine verhängnisvolle Affäre.*

Jessica hielt kein Messer in der Hand.

Jessica hatte einen Feuerhaken.

Den hatte sie aus einem kleinen Ständer neben dem Kamin gezogen, an dem jetzt noch ein Kehrblech und -besen hingen. Hinkend und auf einem Schuh näherte sie sich Michael, die Lippen zu schmalen Strichen verzogen, die überkronten Filmstar-Zähne glänzten vom Speichel, und ihre Augen funkelten. Er vermutete, sie war wütend, weil er sie zu Boden geworfen hatte.

Doch dann brachte Crandall Klarheit in die Situation.

»Vorsicht!« schrie er. »Er ist ein Mörder!«

In einem lichten Augenblick wurde Michael klar, daß Crandall entweder tatsächlich glaubte, er habe jemanden umgebracht, oder einfach eine verdammt gute Show abzog, um Jessica zu überzeugen – die anscheinend nicht unbedingt überzeugt werden mußte –, daß Michael ein bewaffneter und gefährlicher Mörder war und es daher ums bloße Überleben ginge. Das erklärte den verzweifelten Blick in Jessicas Augen und den überstürzten Angriff mit dem Feuerhaken. Doch es erklärte nicht, warum Crandall trotz einer Waffe in der Hand den Schwanz eingezogen hatte.

Michael hatte noch nie im Leben eine Frau geschlagen.

Als er das von Jenny und ihrem Filialleiter erfahren hatte, hatte er sich vorgenommen, sie zu verprügeln, doch dann hatte er sich gefragt, wozu das gut sei. Er hatte sie bereits verloren. James Owington hatte sie ihm bereits weggenommen. Was für einen Sinn hatte es also, sie zu schlagen? Würde es ihm nicht mehr weh tun als ihr? Das ewige Wissen darum, daß man eine Frau geschlagen hatte, die nur einssiebenundsechzig groß war und 55 Kilo wog? Die noch nicht einmal für den Vietcong arbeitete?

Jessica arbeitete auch nicht für den Vietcong.

Sie war bloß eine sensible Frau, die versuchte, ihr Leben zu retten. Sie hatte auch jemanden, der sie kräftig anfeuerte. Während sie sich Michael näherte, holte sie mit dem Feuerhaken aus, und Crandall flüsterte ihr ermutigende Worte zu, wie »*Schlag* ihn, *bring* ihn *um*!« Man konnte an ihrem Gesicht ablesen, daß sie kein Zureden brauchte. Crandall hatte sie gewarnt, daß Michael ein Mörder sei. Wenn sie ihn nicht erledigte, würde er wieder morden. Sie mußte ihn fertigmachen. Bevor er sie fertigmachte.

Was Michael tat.

Er schlug ziemlich kräftig zu.

Da lag nichts Befriedigendes drin, als seine Faust ihr Kinn traf. Er schlug gewissermaßen automatisch zu, seine Faust schoß nach oben, als verpasse er einem Seemann in einer Bar in Saigon einen Kinnhaken. Er wiederholte eine gefühllose Handlung, die er schon mindestens ein dutzendmal hinter sich gebracht hatte, war nicht überrascht, als er das Geräusch aufeinanderschlagender Zähne hörte, und auch nicht, als er sah, wie sie die Augen verdrehte. Er beobachtete, wie sie zusammenbrach. Noch vor einem Augenblick hatte sie mit leicht erhobenem Feuerhaken dagestanden, im nächsten Augenblick sackte sie auf dem Boden zusammen, als habe man sie ihrer Wirbelsäule beraubt.

Michael ging zu Crandall, der mit der Waffe in der Hand dastand.

»Verpiß dich, okay?« sagte er, nahm ihm die Waffe ab und lief zur Tür.

Jetzt hatte er zwei Knarren.

Wie ein Cowboy im Wilden Westen.

In jeder Manteltasche eine.

Er war froh, daß ihn die beiden uniformierten Cops nicht anhielten und durchsuchten, die ihm auf der Treppe entgegenkamen.

»Suchen Sie den Kerl, der seine Frau verprügelt?« fragte er.

»Nein, wir suchen Wales«, sagte einer der Cops.

»Das liegt in der Nähe von England, glaub' ich« sagte Michael und setzte seinen Weg nach unten fort.

Connie wartete draußen in der Limousine, der Motor lief.

»Ich glaube, es wird Zeit, nach Hause zu fahren«, sagte sie.

Sie fuhr die Limousine zu der Garage, die China Doll an der Canal Street benutzte. Dann machten sie sich auf den Weg zu ihrem Apartment an der Pell Street. Wie angekündigt, war die

Temperatur bereits gesunken. Michael schätzte, daß sie jetzt zwischen minus fünf und minus zehn Grad betrug. Trotz der Schneemassen und des stellenweise vereisten Bürgersteigs liefen sie ziemlich schnell und kämpften mit eingezogenen Köpfen gegen den Wind an. Connie hatte sich bei ihm untergehakt. Sie hatte die hochhackigen grünen Satinpumps aus dem Kofferraum geholt und unter den anderen Arm geklemmt. Die Straßen waren wie ausgestorben. Es war vier Uhr morgens am Weihnachtstag, und jeder lag zu Hause im Bett und wartete auf den Weihnachtsmann. Doch Michaels Gedanken überschlugen sich.

»Wir müssen unbedingt rausfinden, wo Charlie Nichols wohnt«, sagte er.

»Okay, aber nicht jetzt«, sagte Connie. »Ist dir nicht kalt?«

»Doch.«

»Ich meine, ist dir nicht *eiskalt*?«

»Doch. Aber das hier ist wichtig.«

»Es ist genauso wichtig, auf der Straße nicht an Erfrierungen zu sterben.«

»Man kann nicht an Erfrierungen sterben.«

»Zu deiner Information: Erfrierungen bedeutet, sich zu Tode frieren.«

»Nein, bedeutet es nicht.«

»Kann man sterben, wenn man sich zu Tode friert?«

»Ja.«

»Na also«, sagte sie.

»Connie, der springende Punkt ist, daß wir mit Nichols sprechen müssen. Denn wenn er der Charlie in Crandalls Kalender ist . . .«

»Bitte, beeil dich.«

»Dann kann er uns vielleicht sagen, wer Mama ist, oder warum Crandall neuntausend Dollar vom Konto abgehoben hat, *falls* er's war. Oder was er mit dem Geld gemacht hat, oder was für ein Zusammenhang zwischen den beiden, die meine Brieftasche leergeräumt haben, und demjenigen besteht, der meinen Wagen gestohlen hat.«

Beim Sprechen bildeten sich weiße Dampfwölkchen vor seinem Mund. Er sah aus, als sende er Rauchsignale aus. Die Schnallen an Connies Galoschen klapperten, als sie ihn durch ein weiteres Labyrinth führte – dieser gottverdammte Stadtteil Downtown war einfach unergründlich. Die Straßen waren hier nicht in einem übersichtlichen Gittermuster angelegt, sie kreuzten sich einfach, verliefen im Zickzack, schlängelten sich umeinander und waren nicht mit Nummern, sondern nur mit Namen gekennzeichnet, und ohne einheimischen Führer war man aufgeschmissen. Michael vermutete, daß Connie einer war. Und ein ziemlich schneller dazu. Sie hatte ein halsbrecherisches Tempo drauf, und heftig keuchend hielt Michael mit ihr Schritt, und beide stießen Rauchsignale aus. Er hoffte, daß sich in unmittelbarer Nähe keine feindseligen Sioux auf Ponys befanden. Obwohl es ihn nicht überrascht hätte. In dieser Stadt konnte ihn rein gar nichts mehr überraschen.

Schließlich erreichten sie ein chinesisches Restaurant namens *Shi Kai,* das direkt an der Mott, Ecke Pell Street lag. Das Restaurant war geschlossen, doch auf dem Schild im Fenster stand:

WEIHNACHTEN
WIE GEWÖHNLICH
ZUM FRÜHSTÜCK GEÖFFNET

Connie nahm einen Schlüssel aus ihrer Handtasche, schloß eine Tür links vom Restaurant auf, machte sie zu und schloß hinter sich ab, öffnete eine weitere Tür, die zu einer Treppe führte, und stieg hinauf. Im Flur roch es nach chinesischem Essen. Auf jedem Treppenabsatz hing eine nackte, trübe Glühbirne. Sie ging weiter nach oben. Er betrachtete ihre Beine von hinten. Ihre Galoschen klapperten. Er hoffte, sie würden niemanden wecken. Im zweiten Stock blieb sie vor der Tür Nummer 33 stehen, suchte im Dämmerlicht einen anderen Schlüssel am Bund, steckte ihn ins Schloß, schloß die Tür auf, stieß sie auf, knipste das Licht an und sagte etwas wie »Wahn yie« oder »Wong ying«, Michael wußte nicht, was.

»Das heißt auf chinesisch ›Willkommen‹«, sagte sie und lächelte.

»Danke«, sagte er und folgte ihr ins Apartment.

Vermutlich hatte er es sich so vorgestellt wie in *Der letzte Kaiser.* Paravents aus Sandelholz. Rote Seidenstoffe. Vergoldete

Decken. Brennende Räucherstäbchen. Ein kleiner Buddha aus Jade auf einem elfenbeinernen Podest.

Statt dessen stand an einer blaßviolett gestrichenen Wand ein langes, niedriges Sofa aus weißem Nappa, auf dem haufenweise Kissen in derselben Farbe wie die Wand lagen. Ferner gab es einen Sessel und einen Hocker aus schwarzem Leder, einen Teetisch mit Glasplatte, eine Hausbar befand sich an der angrenzenden Wand, und mehrere große, gerahmte abstrakte Drucke hingen an der Wand gegenüber vom Sofa.

Connie setzte sich, zog die Galoschen aus und ging dann auf Strümpfen zur Hausbar.

»War *das* eine Nacht«, sagte sie, verdrehte die Augen und klappte die Lamellentür der Bar herunter. »Ich hatte einen Mann, der sich auf dem Rücksitz übergeben hat, hast du das bemerkt?«

»Nein, hab' ich nicht.«

»Ich meine, ich habe dich vom Imbiß mit einer anderen Limousine abgeholt als die, mit der ich dich vor Crandalls Haus abgesetzt habe.«

»Nein, ich konnte keinen Unterschied feststellen.«

»Charlie war ziemlich sauer. Charlie Wong. *Mein* Charlie Wong. Über den Gestank im Auto.«

»Kann ich mir vorstellen.«

»Weißt du, wie man Martinis macht?« fragte sie.

»Ja, weiß ich«, sagte er.

»Warum mixt du uns nicht zwei sehr schöne, sehr trockene Martinis, während ich duschen gehe, danach kannst du duschen, und dann können wir unsere Martinis im Bett trinken. Würde dir das gefallen?«

»Ja«, sagte er.

Seine Stimme war ein wenig belegt.

Denn er dachte an das, was sie soeben gesagt hatte.

Nicht an das Mixen der Martinis oder das Duschen.

Sondern an das Trinken der Martinis.

Im Bett.

An diesen Teil.

»Einmal umrühren bitte«, sagte sie.

Wenn man durch die Schlafzimmertür ging, sah man zuallererst das Bett, dessen Kopfende sich an der gegenüberliegenden Wand zwischen zwei Fenstern befand, unter denen je ein Nachttischchen stand. Es war kein außergewöhnliches, sondern ein ganz normales Doppelbett, auf dem eine Tagesdecke mit Paisley-Muster lag. An der Wand rechts vom Bett war eine Frisierkommode, an der linken ein Bücherschrank und eine Tür, die ins Bad führte. An der Wand links neben der Eingangstür stand ein Sessel, dahinter eine Lampe und rechts vom Eingang ein mannshoher Spiegel, was er jedoch erst bemerkte, als sie ins Bett gingen.

Sie ließen die Tagesdecke auf dem Bett, da es so verdammt kalt war.

Alle paar Minuten kamen sie unter der Bettdecke hervor, um schnell an ihren Gläsern zu nippen, die sie danach schleunigst auf die Nachttischchen zurückstellten. Das machten sie so lange, bis die Gläser leer waren. Dann zogen sie sich die Decke bis unters Kinn und rückten dicht zusammen.

»Er dreht die Heizung jeden Abend um elf Uhr ab«, sagte Connie. »Niemand auf der ganzen Welt ist knausriger als ein Chinese.«

Unter der Decke schien die ganze Welt behaglich, warm und sicher.

Unter der Decke und mit Connie in den Armen fühlte er sich so, wie er sich vor ewig langer Zeit in Boston gefühlt hatte, als sein Vater noch lebte und sich um ihn kümmerte, und es überall im Haus nach der guten französischen Küche seiner Mutter duftete, und sie ihn nach dem Baden in ein großes, flauschiges weißes Handtuch wickelte, ihn abtrocknete, ins Bett brachte, die Decke unters Kinn zog und »Gute Nacht, träum' sacht, hab' vor den Wanzen acht« sagte und ihn auf die Wange küßte. Und er in der Dunkelheit lächelte und fast augenblicklich einschlief.

Nach Boston hatte er lange Zeit nicht besonders gut geschlafen. Das kam daher, weil die Hauptaufgabe der Vietcong darin bestand, die Amerikaner die ganze Nacht über wachzuhalten, sie jedoch nicht daran dachten, sie zu töten. Selbst wenn die Vietcong die Amerikaner wachhalten konnten, mußten auch sie schließlich irgendwann nach Hause, um mal richtig zu schlafen. Er war sicher, daß das ihre Strategie war. Sie funktionierte auch.

Selbst wenn man wußte, daß sie nicht dort draußen sein konnten, selbst wenn der Geheimdienst berichtete, sie wären fünfzig, hundert Meilen entfernt, hätten sich sogar *zurückgezogen,* stellte man sich vor, sie seien dort und machten sich über einen her, während man schlief. Also schlief man nie wirklich. Nie richtig. Man schloß die Augen, ja, und gelegentlich schlief man zehn Minuten hier, zehn Minuten da, manchmal schlief man sogar eine halbe Stunde tief und fest, bis man durch sein eigenes Schnarchen in einen angsterfüllten Wachzustand zurückgeholt wurde, mit kaltem Schweiß bedeckt aufsprang und das Gewehr auf den Dschungel richtete, noch bevor die Augen ganz geöffnet waren.

Als er nach Hause zurückkam . . .

Boston.

Nach Hause.

Jenny sagte ihm, er sei ihr Lebensinhalt.

Sie hatte gelernt, wie man Seelenbalsam verteilte.

Aus der *Cosmopolitan,* hatte sie gesagt.

Seine Mutter hatte seine gesamte Kleidung weggegeben.

Und sein Vater war krank und lag im Sterben.

Er war dorthin zurückgekommen, wo es sicher war – in das Boston, an das er sich erinnerte, in das Boston, nach dem er sich all die Monate gesehnt hatte, in das Boston, das im Gegensatz zum Dschungelalptraum die Realität war –, doch sein Vater war krank und lag im Sterben, und seine Mutter, die erst zweiundvierzig Jahre alt war, wirkte plötzlich alt, und nun hatte sich der Alptraum auch hierher verlagert, hierher, nach Boston, wo es eigentlich sicher sein sollte.

Sie beerdigten seinen Vater an einem kalten Novembermorgen.

Es regnete.

Er erinnerte sich, daß er das Gefühl hatte, er wäre nie wieder sicher.

Eines Nachts erzählte er seiner Mutter, sein Traum sei es, Jenny zu heiraten und irgendwo mit ihr hinzugehen, wo es das ganze Jahr über warm sei. Fast hätte er gesagt, warm und *sicher* das ganze Jahr über. Seine Mutter hatte ihn mit diesem traurigen, bekümmerten Blick angesehen, den sie jetzt immer hatte, und hatte dann bloß genickt. Er hatte sich gefragt, was sie dachte.

Dachte sie, es würde sich nicht auszahlen zu träumen, weil am Ende alle Träume starben? Sein Vater hatte davon geträumt, in ganz Neuengland eine Kette Eisenwarenläden zu besitzen. Doch als er vierundvierzig Jahre alt war, hatte der Krebs ihm den Garaus gemacht, und alles, was er hinterlassen hatte, waren das große alte Haus und der eine Laden. Gute Nacht, träum' sacht, hab' vor den Wanzen acht, und paß auf, daß sich die Vietcong im Schlaf nicht über dich hermachen. Wie konnte man träumen, wenn sie einen nicht schlafen ließen?

Seine Mutter brauchte zwei Jahre, um über den Tod seines Vaters hinwegzukommen. Am Ende dieser Zeit erzählte sie Michael, sie habe ein gutes Angebot für den Laden und wolle ihn verkaufen. Sagte, sie könne ihm das Geld für seinen Traum leihen. Zum üblichen Zinssatz. Sagte ihm, er solle sein warmes Irgendwo finden und mit seiner Jenny dorthin gehen. Er war sich nie darüber klar geworden, ob sie ihn einfach loswerden oder ihm helfen wollte. Er hatte das Gefühl, daß vielleicht . . .

Na ja, er hatte das mit dem Seelenklempner besprochen.

Daß seine Mutter *ihn* irgendwie für den Tod seines Vaters verantwortlich machte.

Denn dafür, daß sie so intensiv für Michaels sichere und wohlbehaltene Rückkehr gebetet hatte, hatten die Götter für sein Überleben einen Preis gefordert. Hatten sein Leben verschont und dafür das seines Vaters genommen.

Dafür haßte sie ihn.

Der Seelenklempner fragte sich laut, ob sie Michaels Sachen an dem Tag weggegeben habe, als sie erfahren habe, daß sein Vater Krebs habe.

Michael sagte, er wüßte es nicht.

In Vietnam hatte ihm Sergeant Mendelsohnn beigebracht, erst zu schießen und dann nachzudenken. Michael nahm das Geld, bat Jenny, ihn zu heiraten, und zog mit ihr nach Florida.

Wo er sich eine Zeitlang sicher gefühlt hatte.

Bis Jenny etwas mit James Owington von der Bank anfing.

Und danach, wissen Sie, glaubt ein Mann allmählich, daß *nichts* mehr einen Sinn hat. Man kämpft in einem dummen, beschissenen Krieg, in dem einen keiner schlafen läßt und alle, selbst die auf der eigenen Seite, versuchen, einen umzubringen, und man kommt auf dem Zahnfleisch kriechend aus der ganzen Sache raus, kommt nach Hause und findet seinen Vater sterbend vor, und die Mutter gibt einem die Schuld daran, und deine Freundin verteilt überall in Boston und Umgebung ihren Seelenbalsam, und du denkst allmählich, he, *Scheiiiiße,* wie Andrew es ausgedrückt hätte. Und wenn einem dann selbst im süßen Florida die Träume sauer aufstoßen, wenn der Feind, der einem den Schlaf raubt, jetzt ein fetter, beschissener Filialleiter ist, der sich am Slip deiner Frau zu schaffen macht, Mensch, hat dann überhaupt noch *irgendwas* Sinn?

Ein Teil seines Traumes . . .

Na ja, er wollte dort eine Familie gründen.

Ein kleines Mädchen, ein kleiner Junge. Zwei Kinder, das wäre schön gewesen.

Das Mädchen Lise nennen, nach seiner Mutter.

Na ja, vielleicht nicht.

Aber Mist, Mama, es war wirklich nicht meine Schuld, daß er gestorben ist.

Den Jungen auf jeden Fall Andrew nennen.

Doch wenn man nicht schlafen konnte, konnte man auch nicht träumen, und alle Träume waren ohnehin für immer – das hatte er gedacht – vor neun Monaten und sechs Tagen gestorben, jetzt vor *sieben* Tagen, aber wer zählte mit? Sämtliche Träume waren an jenem stürmischen Märztag im Golf von Mexiko zusammen mit seinem Kummer untergegangen.

Doch heute nacht . . .

Er konnte vom Bett aus durch das Fenster sehen, daß es draußen erneut anfing zu schneien. Dicke, duftige Flocken schwebten im Licht der Straßenlaterne herunter.

Er hielt Connie in den Armen.

Sie fühlte sich so klein und zart an.

Er drückte sie eng an sich und beobachtete den fallenden Schnee.

Und fast augenblicklich sank er in einen tiefen Schlaf.

Und zum erstenmal seit Jahren träumte er wieder.

9

Es war Weihnachten.

Vom Restaurant im Erdgeschoß zogen Essensgerüche die Treppe herauf, strömten durch die Tür und waberten durchs Apartment ins Schlafzimmer, wo er Connie Kee in den Armen hielt. Es schneite immer noch. Er schätzte, daß der Schnee draußen jetzt etwa zweieinhalb Meter hoch sein mußte. Vielleicht sogar drei Meter. Da draußen müßte es jetzt wie in Minnesota sein.

Er war sofort eingeschlafen, doch nun war er hellwach und hatte ein wenig Angst, Connie aufzuwecken, denn möglicherweise stellte sie fest, daß ein Fremder in ihrem Bett lag, und rannte dann nackt in den Schnee hinaus. Das letzte Mal hatte er mit einer Frau namens Zara, mit Z, Kaufman in Miami geschlafen, wo er einen Orangenzüchterkongreß besuchte. Das war im September gewesen, in Florida und in den Keys war noch Hurricane-Zeit. Seit der Scheidung im März hatte er mit keiner Frau mehr geschlafen. Doch dann war er dort, die Palmen schlugen gegen das Fenster des Motels, die Windgeschwindigkeit betrug vierzig Meilen pro Stunde, und eine fünfzigjährige Frau, die in Winter Haven Orangen anbaute, zeigte ihm ein paar Kniffe, die er in Saigon nicht gelernt hatte.

Zara, mit Z, Kaufman.

Eine äußerst liebenswerte Person.

Er hatte sie seit jener Nacht nicht wiedergesehen.

Nun lag er mit einem todmüden chinesischen Mädchen im Arm da und hatte Angst, es aufzuwecken, denn inzwischen lagen sie nicht zu zweit, sondern zu dritt im Bett, zählte man seinen Ständer mit, den Connie plötzlich in der rechten Hand hielt, was ihn wiederum vermuten ließ, sie habe überhaupt nicht geschlafen.

Sie küßten sich.

Es war genauso ein Kuß wie letzte Nacht unter den Sternen in dem verschneiten Hinterhof, wo Telefonmasten aus dem endlosen Weiß in den Himmel ragten und schneebedeckte Zäune sich ewig lang hinzogen. Sogar noch besser. Denn während letzte Nacht immerhin die Möglichkeit bestanden hatte, ihre Lippen könnten tatsächlich zusammenfrieren – ihm fiel auf, daß Kälte ihr anscheinend ständig zu schaffen machte –, war es heute glücklicherweise ziemlich warm unter der Bettdecke, die Heizkörper dampften tatsächlich, und niemand war am Erfrieren, nicht heute, wo auf der ganzen Welt Weihnachten war.

Und während sie letzte Nacht jemand aus seinem Fenster im dritten Stock gefragt hatte, was sie verdammt noch mal dort machten, und ihnen gedroht hatte, die Polizei zu rufen, was er oder sie – der Schweinehund – später tatsächlich getan hatte, gab es niemanden in diesem Zimmer, in dem der Heizkörper glukkerte und der Dampf zischte, der eine Drohung ausstieß oder die 110 wählte, um einen dringenden Notfall zu melden. In diesem Zimmer gab es keinen dringenden Notfall. Es sei denn, ihr brennendes gegenseitiges Verlangen konnte als so was wie ein Notfall – und ein dringender obendrein – bezeichnet werden. Er konnte sich nicht erinnern, eine Frau je so sehr gewollt zu haben wie diese. Noch konnte er sich daran erinnern, daß irgendeine Frau ihn je so sehr gewollt hatte, wie Connie ihn zu wollen schien.

Sie konnten nicht aufhören, sich zu berühren.

Sie konnten nicht aufhören, sich zu küssen.

Ihr schwaches Murmeln vibrierte unter seinen Lippen.

Seine Hände waren feucht von ihr.

Als er schließlich in sie eindrang –

»Oh, Himmel«, flüsterten sie gleichzeitig.

Es war Weihnachten.

Im Telefonbuch von Manhattan waren vier Charles Nichols verzeichnet, doch keiner hatte ein R als zweite Initiale.

Was bedeutete, daß keiner von ihnen der Charles R. Nichols war, der nicht mit dem großen Filmstar Jack Nichols verwandt war.

Charles R. Nichols, der vor Jahren *Mister Ed* gewesen war, und der einem Gespenst in Crandalls letztem, noch nicht freigegebenem Film *Eiseskälte* seine Stimme geliehen hatte.

Connie meinte, ihr Nichols könnte vielleicht statt dessen im Telefonbuch von Bronx, Brooklyn, Queens oder Staten Island verzeichnet sein. Jedenfalls könnten Michael und sie zur Penn Station laufen und dort die Telefonbücher durchforsten.

»Die Polizei wird die Bahnhöfe überwachen«, sagte Michael.

»Dann geh' ich allein.«

»Die Polizei weiß, wie du aussiehst, sie haben gesehen, wie du mit mir von Crandalls Büro weggefahren bist«, sagte er. »Connie ... ich sollte ...«

»Nein«, sagte sie.

»Was ich sagen will ...«

»Du willst sagen, daß du mich liebst.«

»Na ja ...«

»Und daß du dir Sorgen um mich machst. Das ist so schön, Michael. Du sagst wirklich die nettesten Sachen.«

»Connie, der Punkt ...«

»Aber ich habe keine Angst«, sagte sie. »Also mußt du dir keine ...«

»Ich *habe*«, sagte er.

Sie blickte ihn an.

»Angst«, sagte er.

Sie blickte ihn weiterhin an.

»Man hat Angst«, sagte er, »wenn man nicht weiß, was passiert. Und wenn man sich zu hilflos fühlt, um das zu verhindern, was *passiert.*«

»Dann müssen wir eben *rausfinden,* was passiert. Und *verhindern,* daß es passiert. Dann wirst du keine Angst mehr haben, und wir können uns die ganze Zeit einfach nur lieben.«

Er nahm sie in die Arme. Er drückte sie fest. Er schüttelte den Kopf. Er seufzte. Er drückte sie abermals.

»Wie hieß der andere Mann?« fragte sie.

»Welcher Mann?«

»Der, von dem Crandalls Frau dir erzählt hat. Derjenige, der das ganze Geld für seinen Kriegsfilm aufgebracht hat.«

»Oh. Ja.«

»Sie hat dir erzählt, er sieht aus wie ein Rabbi ...«

»Ja, groß, hager und behaart ...«

»Magruder!« sagte Connie.

»Nein.«

»Doch, Magruder!«

»Connie, es gibt keinen Rabbi namens Magruder.«
»Wer heißt dann Magruder?«
»Keine Ahnung. Aber so heißt *er* nicht.«
»Wie *heißt* er dann?«
»Ich erinnere mich nicht. Es hatte was mit dem Film zu tun.«
»Ja, er brachte das Geld für . . .«
»Ja, aber nicht für den. Irgend so was wie *Krieg und – Sollys* Krieg! Sein Vorname ist Solly! Nein, Solomon! *Solomon* Sowieso!«
»Magruder!«
»Nein!«
»Ich sag' dir, es ist Solomon Magruder!«
»Und ich sag' dir, das ist es nicht!«
»Was dann?«
»Ich weiß nicht.«
»Gruber!« rief sie.
»Ja!«
»Solomon Gruber!«
»Ja!«
»Das Telefonbuch!« sagte sie.
»Steh drin«, sagte er. »Bitte steh drin.«
Im Telefonbuch von Manhattan war kein Solomon Gruber verzeichnet. Es gab jede Menge S. Grubers, doch es war unmöglich herauszufinden, welcher von ihnen – wenn überhaupt – Solomon sein könnte. Im Verzeichnis waren jedoch eine Gruber Financial Group, Gruber International und Gruber Foundation aufgeführt, die wie Gesellschaften klangen, die zwölf Millionen Dollar in einen Film investiert haben könnten, der vor acht Jahren ein Flop gewesen war. Michael versuchte jede der drei Nummern. Niemand hob ab. Es war Weihnachten. Doch beim zweiten Durchsehen der Liste mit den S. Grubers –
»Sieh mal!« sagte Connie.
»Ich seh's.«
»*Dieser* S. Gruber hat dieselbe Adresse . . .«
»Ja.«
». . . wie die Gruber Financial Group.«
»Aber eine andere Telefonnummer«, sagte Michael. »Rufen wir ihn an.«
»Laß uns zuerst was essen«, sagte Connie.

Der S. Gruber, dessen Adresse mit der der Gruber Financial Group übereinstimmte, wohnte an der Washington Mews, einer schmalen Ausfallstraße, die ostwärts von der Hausnummer 10 der Fifth Avenue bis zum University Place verlief. Connie erklärte, sie befänden sich noch immer in dem Teil der Stadt, den sie für Downtown Manhattan hielt.

»Wenn du mich fragst«, sagte sie, »ist alles bis zur Zweiundvierzigsten Straße Downtown. Dann folgt *Midtown*. Wir sind hier im Sechsten Revier. Da ich mit 'ner Limousine rumfahre, weiß ich ganz gerne, in welchem Revier ich mich befinde, falls irgendein Durchgedrehter auf der Rückbank sitzt. Die Reviere in dieser Stadt sind komisch eingeteilt. Zum Beispiel beginnt das Erste im Norden an der Houston Street und endet im Süden am Battery Park. Das bedeutet, wenn du zum Beispiel an der Fulton Street umgebracht wirst, mußt du quer durch die ganze Stadt bis zum Ericsson Place laufen, um es zu melden. Auf jeden Fall ist das das Sechste, 'ne ziemlich wohlhabende Gegend.«

Sie gingen einen kopfsteingepflasterten Weg entlang, der sich in einem walisischen Dorf hätte befinden können. Auf beiden Seiten des Weges Türen, die aussahen, als seien sie frisch gestrichen, die Türklopfer und Klinken aus Messing glänzten in der Mittagssonne. Das Kopfsteinpflaster hatte man vom Schnee freigeräumt. In den Fenstern hingen Kränze mit elektrischen Kerzen. Hinter den durchsichtigen Gardinen sah man den Schein aufblinkender bunter Lichter an Weihnachtsbäumen. Klassische Musik drang durch ein nur einen Spalt geöffnetes ebenerdiges Fenster. Ein Crescendo von Violinen. Und jetzt eine Klarinette. Oder vielleicht eine Flöte. Langsam erstarb die Musik an diesem Weihnachtstag, der schon zur Hälfe vorüber war. Michael wünschte, er wüßte, um welches Stück es sich handelte. Oder wer es komponiert hatte. Es gab so viele Dinge, die er sich wünschte. In Sarasota las er immer die *New York Times* und hörte sich den Radiosender WUSF 89,7 an, einen öffentlich-rechtlichen Sender, doch er konnte nie das eine Stück klassischer Musik vom anderen unterscheiden. Für ihn klangen sie alle, als übe jemand.

»Ein Pfennig für deine Gedanken«, sagte Connie.

»Ich lege mir nur gerade was zurecht«, sagte Michael.

»Ich hoffe, daß du fertig bist«, sagte sie, »wir sind nämlich da.«

Eine schwarze Tür.
Mit einem Namensschild aus Messing.
Solomon Gruber war in Schreibschrift eingraviert.
Rechts neben der Tür im Türrahmen befand sich ein wuchtiger Klingelknopf aus Messing.
Michael drückte mit dem Zeigefinger darauf.
Drinnen erklang ein Glockenspiel, und man mußte nicht Harold Schoenberg oder Newgate Callendar sein, um die Melodie zu erkennen.
Es war die Melodie »Mary Had a Little Lamb«.
Sie hörten zu. Es klang schön in der frostigen Weihnachtsluft.
Als das Glockenspiel zur Stelle »fleece as white« kam, wurde die Tür geöffnet.
Der Mann im Türrahmen war nicht groß und hager und behaart, und er wirkte auch nicht wie ein Rabbi. Der Mann, der dort stand, trug einen roten Rollkragenpullover und eine schwarze Smokingjacke aus Samt. Er hatte einen sehr buschigen Knebelbart, weshalb Albetha Crandall vielleicht gedacht hatte, er wäre behaart. Ansonsten hatte er einen Bürstenschnitt, der ihn wie einen deutschen U-Boot-Kommandanten aussehen ließ. Warum sie gedacht hatte, er wäre groß und hager, blieb die große Frage. Vielleicht hatte sie das im Vergleich zu ihrem Mann gemeint, der klein und mollig war. Solomon Gruber, falls er sich als dieser erweisen sollte, war von durchschnittlicher Größe und Statur. Kompakt, könnte man sagen. Massig wie eine Bulldogge.
»Bitte?« sagte er.
Er schaute sie an, als erwarte er, daß sie gleich Weihnachtslieder singen würden. Er sah aus, als werde er ihnen die Tür vor der Nase zuschlagen, falls sie es täten. Oder nach oben aufs Dach laufen, um siedendes Öl auf sie zu gießen.
»Mr. Gruber?« fragte Michael.
»Bitte?« sagte er erneut.
»Mein Name ist Michael Bond, ich arbeite für die *New York Times,* ich möchte mit Ihnen über *Eiseskälte* sprechen. Das ist Constance Keene, meine Assistentin.«
Gruber blinzelte.
»Kommen Sie rein«, sagte er sofort und trat beiseite, um ihnen Eintritt zu gewähren. »*Mary!*« rief er. »Komm schnell, es ist die

New York Times! Kommen Sie rein, bitte, kommen Sie rein«, sagte er.

Michael überlegte, ob es ein Verbrechen war, sich für jemand von der *New York Times* auszugeben.

Grubers Stadthaus war so eingerichtet, wie Michael sein Haus in Sarasota eine Tages einzurichten hoffte, nun, da Jenny nicht mehr dort war, sondern bei ihrem verdammten Filialleiter lebte. In den letzten Monaten hatte er sich durch genügend Einrichtungszeitschriften gearbeitet, um zu wissen, daß die hochmodernen Möbel in Grubers Wohnzimmer entweder von Herman Miller oder Knoll stammten, alles aus Leder, Glas, Chrom und Holz. Das Haus in Sarasota stand am Ende einer unbefestigten Straße, die entlang der Plantage verlief. Hinter dem Haus war ein künstlicher See, der vom Vorbesitzer der Plantage angelegt worden war. Zur Seeseite hatte das Haus Schiebetüren aus Glas. Moderne Möbel würden sich in dem Haus gut machen. Er wußte, daß Connie Modernes mochte, da er gesehen hatte, wie ihr Apartment eingerichtet war. Jetzt überlegte er, ob ihr das Haus in Sarasota gefallen würde.

Auf den Wänden in Grubers Wohnzimmer war weißer Rauhputz, bis auf die Wand, wo sich der Kamin befand, der aus schwarzem Marmor war und ein verchromtes Gitter rund um die Feuerstelle hatte. An einer der weißen Wände hing ein Gemälde, das wie ein echter Matisse aussah. An der angrenzenden Wand hing ein anderes, das wie ein echter van Gogh aussah. In der hintersten Ecke des Raums, neben den Fenstern, durch die man auf den Weg hinaussehen konnte, stand ein Weihnachtsbaum. Eine Frau kam durch eine Schwingtür aus Rosenholz, die in die Küche führte. Sie trug ein langes rotes Kleid, das zu Grubers rotem Rollkragenpullover paßte. Sie war größer als Gruber und hatte blondes Haar – doch sie war nicht diejenige, von der Michael letzte Nacht in der Bar reingelegt worden war. Michael kam es vor, als gäbe es jede Menge Blondinen in New York. Genau wie es anscheinend jede Menge Charlies gab. Deswegen war er hier.

»Mr. Gruber«, sagte er, »ich . . .«

»Mary, das ist Michael Bond«, sagte Gruber, »und seine Assistentin Constance Keene.«

»Wie geht's Ihnen?« fragte Mary.

Deshalb ertönt beim Klingeln »Mary Had a Little Lamb«, dachte Michael.

»Kann ich Ihnen etwas zu trinken anbieten, Mr. Bond?« sagte Gruber.

»Einen Grog vielleicht?« sagte Mary.

Sie lächelte wie eine der Frauen in *Die Frauen von Stepford*. Michael fragte sich, wo sich in ihrem Innern Drähte und Lochstreifen befanden.

»Mary macht einen phantastischen Grog«, sagte Gruber.

Er lächelte wie ein Hai, der sich der Küste von Sarasota in der Hauptsaison näherte. Wahrscheinlich, weil sich die *New York Times* in seinem Wohnzimmer befand.

»Ich würde gerne einen Grog probieren«, sagte Connie. »Ich hab' noch nie einen getrunken.«

»Ein Grog, kommt sofort«, sagte Mary. »Mr. Bond, was möchten Sie?«

»Eine Coke Light, wenn Sie eine haben.«

»Darf's auch eine Pepsi Light sein?«

»Ja, danke.«

»Ein Grog und eine Pepsi Light, kommt sofort«, sagte sie und ging in die Küche.

»Soweit ich weiß«, sagte Michael, »hat die Gruber Group die gesamte Finanzierung für Arthur Crandalls neuen Film übernommen.«

»O Mann, o Mann, diese *New York Times*«, sagte Gruber kopfschüttelnd. »Und auch noch am *Weihnachtstag*. Nicht zu glauben, was ihr Jungs für Quellen habt.«

»Es stimmt also, nicht wahr?«

»Ja, die Gruber *Financial* Group – es ist die Gruber *Financial* Group, nicht die Gruber *Group*.«

»Ja, Sir, die Gruber *Financial* Group.«

»Vielleicht sollten Sie sich das notieren«, sagte Gruber.

»Ja, Sir, haben Sie einen Bleistift und etwas Papier?«

»Ich hab' was«, sagte Connie, griff in ihre Umhängetasche und zog einen Notizblock mit dem Aufdruck CHINA-DOLL-LIMOUSINEN heraus. Sie gab ihn Michael zusammen mit einem Kugelschreiber, an dessen Spitze Tabakkrümel klebten.

»Gruber Financial Group, ja, Sir«, sagte Michael und schrieb es auf den Block.

Mary kam aus der Küche. Sie trug ein Tablett, auf dem ein Becher und ein Glas standen. Aus dem Becher ragte eine Zimtstange wie das Periskop eines Miniatur-U-Bootes hervor.

»Das ist für Sie«, sagte sie und hielt ihnen das Tablett entgegen.

Connie nahm den Becher.

Michael nahm das Glas.

Mary stellte das Tablett ab und sagte: »Wir waren letztes Jahr in Japan, Miss Keene. Es ist ein entzückendes Land.«

»Danke, ich bin nie dort gewesen«, sagte Connie und nippte an dem Grog. »Er schmeckt sehr gut«, sagte sie. »Möchtest du mal probieren, Michael?«

»Nein, danke«, sagte Michael. »Mr. Gruber, kennen Sie einen Mann namens Charles Nichols?«

»Hä?« sagte Gruber.

»Charles R. Nichols.«

»Aus welchem Teil Japans stammt Ihre Familie?« fragte Mary.

»Ich bin Chinesin«, sagte Connie.

»Ach herrje«, sagte Mary.

Gruber warf ihr einen Blick zu, der sagte: *Jetzt* sieh dir an, was du getan hast, du hast eine Schlitzchinesin von der verdammten *New York Times* beleidigt! Mary begann zu schrumpfen, als habe man sie in der Waschmaschine zu heiß gewaschen. Michael hoffte, sie werde sich nicht gleich in Luft auflösen und nur das rote Kleid hinterlassen. Gruber wandte sich wieder an Michael.

»Machen Sie einen Bericht über *Charlie?*« fragte er. Seine Miene verriet, daß er die Vorgehensweise der *New York Times* nicht verstand. Charlie Nichols, der vor Jahren *Mister Ed* gewesen war und jetzt einem Gespenst in *Eiseskälte* seine Stimme geliehen hatte? Von allen Schauspielern in dem Film hatte die *New York Times* ausgerechnet *ihn* für einen Bericht ausgewählt? Unglaublich.

»Wissen Sie, wo wir ihn erreichen können?« fragte Michael.

»Ist das fürs Feuilleton?« fragte Gruber.

»Ja«, sagte Michael.

»So geh'n Sie an das Thema ran, hm?«

»Wir würden uns gern mit ihm unterhalten.«

»Ich meine . . . sehen Sie, ich will der *New York Times* sicherlich nicht vorschreiben, wie man an das Thema rangehen sollte. Davon bin ich weit entfernt. Aber *wonach* entscheiden Sie? Ich meine . . . warum ausgerechnet *Charlie*?«

»Wegen seiner Verbindung zu *Mister Ed*«, sagte Michael.

»Er war weder das Pferd noch sonst was«, sagte Mary.

»Das stimmt, danke, Mary«, sagte Gruber.

»Ich meine, er war nicht die Stimme des *Pferdes*, wissen Sie. Er war bloß ein gewöhnlicher Schauspieler.«

»Tatsächlich hatte er nur eine zweitklassige Rolle«, sagte Gruber.

»Dieses ganze Zeug ist sehr interessant«, sagte Michael und schrieb.

»Ist es das?« sagte Mary, die erstaunt wirkte.

»Nach 'ner Weile beginnt er zu wirken, nicht wahr?« sagte Connie und trank noch einen Schluck Grog.

»Sie sollten ihn umrühren«, sagte Mary. »Mit der Zimtstange.«

»Oh«, sagte Connie und begann zu rühren.

»Er spielt bloß ein Gespenst in *Kälte*«, sagte Gruber.

»Eine der Stimmen«, sagte Mary.

»Das sind Geisterstimmen«, sagte Gruber.

»Die versuchen, sie wahnsinnig zu machen.«

»Die Hauptperson.«

»Die Frau, die Jessica spielt.«

»Jessica Wales«, erklärte Gruber.

»Sie versuchen sie in den Wahnsinn zu treiben«, sagte Mary.

»Wie in *Das Haus der Lady Alquist*«, sagte Michael und nickte.

»Oh, *nein*!« sagte Gruber sofort.

»Nein, nein, nein«, sagte Mary. »Ganz und gar *nicht* wie in *Das Haus der Lady Alquist.*«

»Es ist ein absolut spannender Film über eine Frau an der Grenze zwischen Schrecken und Schwachsinn«, sagte Gruber und klang wie die Überschrift einer Werbeanzeige für den Film.

»Ist sie verrückt, oder ist sie einfach zu gesund?« sagte Mary und klang wie eine andere Überschrift.

»Davon werden die Finger klebrig, nicht wahr?« sagte Connie.

»Ein echter Durchbruch für Arthur«, sagte Gruber. »Ich weiß nicht, ob Sie *Krieg und Einsamkeit* gesehen haben, aber . . .«

»Nein, hab' ich nicht.«

»Ein schöner Film«, sagte Mary mit schmachtendem Blick.

»Wunderbar, der Mann ist ein Genie«, sagte Gruber. »Sicher, wir haben ein Vermögen verloren, aber schmälert das das Genie eines Mannes? Mindert *Der weiße Hai* Steven Spielbergs Genie?«

»*Der weiße Hai* hat aber kein Geld *verloren,* oder?« sagte Michael.

»Genau«, sagte Gruber. »Dieser schöne Film ist in der Versenkung verschwunden . . .«

»Aber doch nicht *Der weiße Hai.*«

»Nein, *Einsamkeit.* Wegen Vincent Canbys lausiger . . . entschuldigen Sie, ich hege keinen Haß gegen die *Times,* glauben Sie mir. Ich habe zwölf Millionen Dollar plus weitere zwei Millionen für Anzeigen- und Werbekampagnen verloren, doch Canby hat ein Recht auf seine Meinung. Würde ich einem Mann das Recht auf Meinungsfreiheit verwehren? Natürlich habe ich bemerkt, daß er acht Jahre später meint, *Platoon* sei ein Meisterwerk, doch hören Sie, vorbei ist vorbei, jetzt reden wir über *Eiseskälte* , hab' ich recht? Nichtsdestrotz hat man *Einsamkeit,* übrigens in Cannes, mit allen Ehren ausgezeichnet, und der *Cahiers* bezeichnete ihn als den besten Kriegsfilm, der je gedreht wurde. Das war acht Jahre *bevor* Mr. Canby beschloß, sich in *Platoon* zu verlieben. Arthur Crandall, ein Genie vor seiner Zeit, merken Sie sich meine Worte. Und *Kälte* ist ein noch besserer Film.«

»Man munkelt jedoch«, sagte Michael und sah plötzlich ein panisches Aufleuchten in Grubers Augen, »daß Crandalls letzter Film zwar Niveau hatte« – er zitierte Albetha – »der neue jedoch Schund sei, verzeihen Sie die . . .«

»Unsinn!« sagte Gruber.

»Warum wird er dann mit *Hitchcock* verglichen?« sagte Mary.

»Das stimmt, danke, Mary«, sagte Gruber.

»Hitchcock! Auf dem Höhepunkt seiner Karriere!«

»Zur Zeit von *Psycho*!«

»Zur Zeit von *Die Vögel*!«

»Warum haben dann die Leute von den Filmgesellschaften, als sie letzte Nacht dachten, Arthur wäre *tot* . . .«

»Dann haben Sie also davon gehört«, sagte Michael plötzlich alarmiert.

»Ja, natürlich, es lief überall im Fernsehen.«

»Wir waren *so* erleichtert, als er anrief«, sagte Mary.

»Um uns mitzuteilen, daß er lebt.«

»Wir konnten nicht glauben, daß er es war, der anrief. Er sollte tot sein. Doch er war am *Telefon*! Es war ein Wunder.«

»Glauben Sie mir«, sagte Gruber, »bei den Filmgesellschaften herrschte allgemeine Trauer, als . . .«

»Auch bei MGM«, sagte Mary.

»Als sein Mord . . .«

»United Artists, Columbia, Disney. Nicht nur bei Universal«, sagte sie.

»Als irrtümlicherweise über seinen Mord berichtet wurde. Echte und allgemeine *Trauer* um dieses *Genie*, das in seiner Blütezeit niedergemetzelt wurde, dieser neue Meister der . . . Entschuldigung, wie sagten Sie, ist Ihr Name?«

»Bond«, sagte Michael. »Michael Bond. Nicht verwandt.«

»Sie kommen mir nämlich bekannt vor.«

»Bestimmt nicht.«

»Hab' ich Sie schon mal in irgendwas gesehen?« fragte Mary.

»Nein, ich arbeite nur für die *New York Times*.«

»Genau das ist mein Standpunkt«, sagte Gruber. »Mr. Bond, ich glaube, Sie verstehen, was ich meine. Ich meine, es gibt überall auf der Welt Gier und Gehässigkeit, doch Aufrichtigkeit und Treue werden triumphieren wie der Schrei eines Neugeborenen.«

»Schreiben Sie für Glücksplätzchen?« fragte Connie.

»Verstehen Sie mich, Mr. Bond? Wer immer Ihnen erzählt hat, Arthur Crandalls neuer Film wäre . . . *was* sagten Sie, haben Sie gehört?«

»Ich habe gehört, er sei Schund.«

»Schund, ich kann's nicht fassen«, sagte Gruber.

»Der Mann ist ein verdammtes *Genie*«, sagte Mary.

»Schund«, sagte Gruber erneut und schüttelte den Kopf. »Wer hat Ihnen das erzählt?« fragte Gruber.

»Eigentlich seine Frau«, sagte Michael.

»*Diese* Hure!« sagte Mary. Ihr Mann warf ihr einen Blick zu, der sagte: Es handelt sich hier um die *New York Times*, also achte auf deine verdammte Ausdrucksweise.

»Eigentlich sagte sie«, erklärte Michael, »daß er beim Fernsehen Schund produziert hat ...«

»Völlig richtig«, sagte Gruber.

»... und dort aufgehört hat, um einen wirklich phantastischen Film ...«

»*Wahrhaftig* phantastisch!«

»... der nicht einen Cent eingebracht hat ...«

»Nicht einen Penny«, sagte Gruber.

»... und jetzt sei er wieder dabei, Schund zu machen.«

»Falsch«, sagte Gruber. »Wissen Sie, wieviel die Produktion dieses Films kostet?«

»Wieviel?« fragte Michael.

»Dreimal soviel wie *Einsamkeit* kostete.«

»Sechsunddreißig Millionen Dollar«, sagte Connie sofort. »Dieser Grog ist sehr gut. Warum nennt man ihn Grog?«

»Sechsunddreißig Millionen, richtig«, sagte Gruber, »plus der fünf oder sechs Millionen für Plakate und Werbung, die ich mitberechnen muß, kommt man alles in allem auf vierzig, fünfundvierzig Millionen. Nun sagen Sie mir, Mr. Bond, wie kann ein Fünfundvierzig-Millionen-Dollar-Film Schund sein? Können Sie mir das bitte verraten? Sie haben doch nicht vor, das zu *drukken*, oder? Die Bemerkung seiner Frau?«

»Ich meine, sie *ist* eine Hure«, sagte Mary kopfschüttelnd.

»Unsere Absicht war«, sagte Michael, »die Rezension dem zuständigen Kritiker zu überlassen ...«

»Wem?« fragte Gruber sofort. »Canby? Oder Maslin? Sagen Sie nicht Canby, oder ich krieg' einen Herzanfall.«

»Ich denke nicht, daß das schon feststeht.«

»Es steht noch nicht *fest*? Er läuft am Fünften an, wir hatten die ganze letzte Woche Pressevorführungen, und es steht noch nicht *fest*?«

»Soviel ich weiß, nicht. Doch die Sonntagssparte würde ...«

»Ich wette, es ist Canby«, sagte Gruber zu seiner Frau.

»*Dieser* Wurm«, sagte sie.

»Wir dachten, wir sollten mit Charlie Nichols reden, den indirekten Weg nehmen, um ...«

»Warum sprechen Sie nicht mit Jessica Wales? Sie ist der *Star* in diesem verdammten Ding«, sagte Gruber, »warum sprechen Sie nicht mir ihr?«

»Na ja, wir wollten einen ungewöhnlichen Weg . . .«

»Ich dachte, Sie hätten indirekt gesagt.«

»*Und* ungewöhnlich.«

»Wir haben ein paar herrliche Großaufnahmen von Jessica, die könnten Sie für den Artikel verwenden.«

»Die Szene, in der sie mit dem Messer auf sie losgehen, oooooh«, sagte Mary und schauderte.

»Die Gespenster«, sagte Gruber.

»Sie *glaubt,* es wären Gespenster.«

»Um Himmels willen, verrat doch nicht alles«, sagte Gruber.

»Keine Angst, es handelt sich nicht *wirklich* um Gespenster«, sagte Mary zu Michael, als versuche sie, einem sehr kleinen Kind die Angst zu nehmen.

»So ist's gut, erzähl's ihm«, sagte Gruber kopfschüttelnd. »Verrate ruhig die ganze verdammte Handlung.«

»Sind Sie wirklich ein Rabbi?« fragte Connie ihn.

»Was?« sagte er.

»Weil ich nicht wußte, daß Rabbis so reden.«

Gruber blinzelte.

Mary verdrehte die Augen und sagte: »*Was immer* Sie auch tun, erwähnen Sie nicht *Das Haus der Lady Alquist.*«

»Sehr gut, sag ihm, er soll *Das Haus der Lady Alquist* nicht erwähnen«, sagte Gruber. »Das ist genauso, als würde man jemandem sagen, er soll nicht auf die große Nase seines Nachbarn starren. Haben Sie den Film gesehen?«

»Nein«, sagte Michael.

»Den Film mit Martin?«

»Sheen?«

»Steve. Auf jeden Fall handelt es sich bei unserem Film nicht um *Das Haus der Lady Alquist,* sondern um eine ganz neue und originelle Form psychologischer Hochspannung. Für Jessica Wales ist das die entscheidende Rolle ihrer Laufbahn, und Arthur Crandall war nie . . .«

»Ich frage mich, Mr. Gruber, ob Sie mir vielleicht Charlie Nichols' Adresse geben könnten?«

»Sie haben beschlossen, dieses Interview mit Charlie zu machen, hm?«

»Das ist mein Auftrag, Sir.«

»Wer denkt sich diese verrückten Aufträge aus? Gussow?«

»Ich wette, es ist Canby«, sagte Mary.

»*Haben* wir überhaupt seine Adresse?« sagte Gruber. »Ich meine, er ist ein zweitklassiger Schauspieler. Warum zum Teufel wollen Sie *ihn* interviewen?«

»Ich befolge nur Anweisungen«, sagte Michael.

»Oh, sicher, jeder befolgt nur Anweisungen«, sagte Gruber.

»Die Nazis befolgten nur Anweisungen, Canby befolgt nur Anweisungen, *Sie* befolgen nur Anweisungen. Wo ist das Adreßbuch?« fragte er Mary.

»Ich hol's«, sagte sie, »reg dich nicht auf. Er regt sich immer so auf«, sagte sie zu Michael.

»Vielleicht sollte ich Arthur mal kurz anrufen, er hat die Adresse wahrscheinlich gleich parat . . .«

»Nein, ich glaube nicht, daß Sie das tun sollten«, sagte Michael.

»Warum nicht? Sie haben gesagt, Sie wollen mit Charlie sprechen . . .«

»Wir möchten Mr. Crandall überraschen.«

»Oh, er wird überrascht sein, in Ordnung, machen Sie sich keine Sorgen. Ein Interview mit Charlie Nichols? Oh, er wird sich in die Hose machen, glauben Sie mir. Wann wird die Sache in der Zeitung stehen?«

»Nächsten Sonntag.«

»Sie arbeiten eine Woche im voraus, hä?«

»Ja.«

»Hier ist sie«, sagte Mary und gab ihrem Mann das Adreßbuch.

Das Glockenspiel begann plötzlich »Mary Had a Little Lamb« zu spielen.

»Ich mag dieses Lied«, sagte Mary.

Gruber wartete bis zum Ende des Liedchens.

Dann sagte er: »Wer ist da?«

Und ein Mann antwortete: »Polizei.«

10

Es war, als habe jemand von der Kompanie »Charlie« geschrien.

Sein Herz setzte aus.

Fast hätte er sich flach auf den Boden geworfen. Doch der Boden war ein dicker weißer Teppich, über den Gruber jetzt zur Eingangstür lief. Rasch warf Michael Connie einen flüchtigen Blick zu. Connie lächelte geheimnisvoll zurück. Anscheinend hatte Marys kleiner Grog seine Wirkung getan.

Gruber öffnete die Tür.

Zwei Männer standen davor.

Beide trugen blaue Jacken mit gelb gerippten Ärmel- und Taillenbündchen.

»Mr. Gruber?« fragte einer der Männer.

Er hatte ungefähr Grubers Größe und Gewicht. Er hatte lockiges rotes Haar und blaue Augen, die zu seiner Jacke paßten.

»Ja?« sagte Gruber.

»Detective Harold Nelson vom Siebten Revier«, sagte er und drehte Gruber augenblicklich den Rücken zu. Auf der Rückseite der blauen Jacke standen in gelber Schreibschrift die Worte SIEBTES REVIER BOWLING TEAM. Er drehte sich wieder um und schaute Gruber an. »Ich habe vor 'ner Weile angerufen«, sagte er. »Das ist mein Partner, Detective Marvin Leibowitz.«

»Angenehm«, sagte Leibowitz. Er war größer als Nelson und hatte schwarzes Haar und braune Augen. Die beiden sahen aus wie in *Wagen 54, bitte melden* – nur daß sie Bowling-Jacken trugen.

»Marvin ist unser Chef«, sagte Nelson.

»Es ist mir eine Ehre, Sie kennenzulernen«, sagte Gruber.

»Nicht vom Revier«, sagte Nelson. »Vom Team.«

»Nach wie vor eine Ehre«, sagte Gruber. »Treten Sie bitte ein.«

Der Art nach zu schließen, wie Gruber sie behandelte, waren jede Menge Cops in New York während der Dreharbeiten zu diesem oder jenem wunderbaren Film von ihm bezahlt worden, schätzte Michael. Als er noch in Boston lebte, war dort ein Film mit dem Titel *Fuzz* gedreht worden, der von Cops handelte. Burt Reynolds spielte den Detective. Raquel Welch spielte auch mit, doch die beiden küßten sich nicht, denn Reynolds war bereits mit einer Frau verheiratet, die taubstumm war. Michael sah ihn sich später an und stellte fest, daß es ein lausiger Film war. Doch während der Dreharbeiten hingen dort so viele *echte* Cops herum, daß Michael sicher war, die gesamte Bostoner Polizei befände sich am Drehort. Plötzlich überlegte er, ob *Eiseskälte,* Arthur Crandalls neues Meisterwerk, in New York gedreht worden war.

»Wir sind hier, Sir, weil«, sagte Nelson, »wie ich am Telefon sagte, sind wir die Detectives, die wegen diesem Mord ermitteln, der in unserem Revier . . .«

»Ja, das ist mir klar«, sagte Gruber.

»Auch wenn man wegen der Jacken nicht unbedingt auf die Idee käme, oder?« sagte Leibowitz.

»Wir haben später ein Spiel«, erklärte Nelson.

»Gegen das Neunte«, erklärte Leibowitz.

»Wer führt?« fragte Connie.

Nelson und Leibowitz schauten sie an. Michael wünschte, sie würden sie nicht so ansehen. Sie lächelte noch immer geheimnisvoll, was ihrem Gesicht etwas Arrogantes verlieh. Für Cops bedeutete dieses Lächeln, daß jemand entweder geistig umnachtet war oder sich für ein ganz besonders schlaues Kerlchen hielt. Er konnte spüren, daß die beiden ihrem Lächeln mißtrauten. Ihnen kam nicht in den Sinn, daß sie zuviel Grog getrunken haben könnte. Sie sahen bloß diese überheblich lächelnde Asiatin und hielten sie für jemanden, der ihre Autorität anzweifelte. In Vietnam kam es manchmal vor, daß ein amerikanischer Soldat einen Einheimischen etwas fragte, der daraufhin den Blick senkte oder wegschaute, und der Soldat nahm an, derjenige habe etwas zu verbergen. Konnte er einem nicht direkt in die Augen sehen, dann mußte er lügen oder ähnliches. Sie verstanden nicht, daß es ein Zeichen von Respekt war, wenn man einem Höhergestellten nicht fest in die Augen blickte. In Vietnam entstanden dadurch große Schwierigkeiten. In Vietnam hatten viele Unschuldige ihr Leben verloren, weil sie einem amerikanischen Soldaten nicht in die Augen schauen wollten, als er ihnen Fragen stellte. Er wünschte, Connie würde aufhören zu lächeln.

»Gibt's war Komisches, Miss?« fragte Nelson.

»Ja«, sagte sie.

»Darf ich fragen, *was*?«

»Nein«, sagte sie und lächelte weiter.

Nelson fixierte sie mit eisigen blauen Augen, als versuche er, sie zur Salzsäule erstarren zu lassen. Leibowitz, der links hinter ihm stand, runzelte die Stirn. Plötzlich wirkten sie nicht mehr wie aus *Wagen 54*. Statt dessen sahen sie aus wie zwei fiese Detectives, denen Connies bloßer Anblick auf der Straße reichen würde, um sie nach Strich und Faden zu schikanieren.

»Auf *jeden* Fall«, sagte Nelson, wandte den Blick von ihr und kam wieder auf Gruber zurück, »dachten wir, da Sie ja sozusagen Mr. Crandalls Partner sind . . .«

»Ja, bin ich.«

»Der, wie wir zuerst glaubten, tot wäre, was er jedoch nicht ist . . .«

»Oh, Gott sei Dank«, sagte Mary, »so ein Genie.«

Nelson schaute sie an.

»Ich glaube nicht, daß mir die andern Personen bekannt sind, Sir«, sagte er zu Gruber.

»Meine Frau Mary«, sagte Gruber.

»Angenehm«, sagte Nelson.

»Ma'am«, sagte Leibowitz und berührte beinahe den Schirm einer Mütze, die er nicht mehr trug – ein Überbleibsel aus den Tagen, als er noch uniformierter Cop gewesen war.

»Mr. Bond und Miss Keene von der *New York Times*«, sagte Gruber.

Michael sagte: »Schön, Sie kennenzulernen.«

Connie lächelte geheimnisvoll.

»Was haben Sie vor?« fragte Nelson sie. »Darüber berichten, wie *inkompetent* die Cops in dieser Stadt sind?«

»Weil wir den Mörder noch nicht haben?« fragte Leibowitz.

»Sie kommen mir bekannt vor«, sagte Nelson zu Michael.

»Ich glaube nicht«, sagte Michael.

»Haben Sie schon mal 'ne Story über das Siebte Revier gemacht?«

»Nein, Sir, ganz bestimmt nicht.«

»Ich auch nicht«, sagte Connie.

»Ich könnte schwören, daß ich Sie kenne«, sagte Nelson. »Wie sieht's mit dem Sechsundzwanzigsten in Uptown aus? Haben Sie je was über das Sechsundzwanzigste geschrieben?«

»Nie.«

»Weil ich nämlich mal im Sechsundzwanzigsten gearbeitet habe.«

»Da bin ich noch nie gewesen.«

»In Harlem? In der Hundertsechsundzwanzigsten Straße?«

»Nein, Sir, bedaure.«

»Fünf-zwanzig West, Ecke Eins-sechsundzwanzig?«

»Nein.«

»Mensch, ich könnte schwör'n, ich hab' Sie schon mal irgendwo geseh'n.«

»Ich auch«, sagte Leibowitz und starrte ihn an.

»Mr. Gruber«, sagte Michael und streckte die Hand nach dem Buch aus, das Gruber wie ein Gebetbuch umklammerte, »wenn Sie mir nun die Adresse geben würden . . .«

»Wann *erwarten* Sie, ihn zu schnappen?« fragte Gruber.

»Barnes? Wer weiß? Der Mann ist aus Florida. Soweit wir wissen, ist er jetzt schon wieder dort.«

»Na ja, *Tatsache* ist«, sagte Michael beinahe trotzig, »soweit Sie wissen, hat er diese Person vielleicht *überhaupt* nicht umgebracht. Wer immer diese Person sein mag.«

»Oh, also *so* sieht die *Times* die Sache, hä?« sagte Nelson und nickte seinem Partner vielsagend zu.

»Natürlich«, sagte Leibowitz. »Die Polizei in dieser Stadt weiß nicht, ob Michael Barnes es *tatsächlich* getan hat . . .«

». . . und wir wissen *auch* nicht, wer umgebracht worden ist.«

»Wer *ist* umgebracht worden?« fragte Michael.

»Wir wissen's nicht«, sagte Nelson.

»Aber das heißt nicht . . .«

»Das heißt nicht, daß *Barnes* ihn nicht getötet hat«, sagte Nelson.

»Nun, ich bin sicher, Sie finden es raus«, sagte Michael. »Geh'n wir, Connie. Mr. Gruber, wenn Sie . . .«

»Okay, Michael«, sagte Connie.

». . . sie mir geben würden . . .«

»*Michael,* sagten Sie?« fragte Leibowitz.

Michael dachte: Oh-ho.
Leibowitz schaute ihn an.
»Mr. *Wer* sagten Sie?« fragte Nelson.
Auch Nelson schaute ihn an.
Beide versuchten sich zu erinnern, ob das der Mann war, den sie im Fernsehen gesehen hatten.
Das Führerscheinfoto.
Kein sehr gutes Foto, aber –
»Bond«, sagte Michael.
Doch das zog nicht.
»Mr. Bond«, sagte Nelson und griff unter seine Jacke nach der Waffe, die am Gürtel festgeschnallt war, »ich frage mich, ob Sie . . .«
Michael tat zwei Dinge beinahe gleichzeitig.
Eigentlich drei.
So schnell hintereinander, daß er sie genausogut gleichzeitig hätte tun können.
Er packte Connies Hand, er entriß Gruber das Adreßbuch und rammte Nelson mit der Schulter.
»Oh, mein *Gott*!« kreischte Mary.
»Halt, oder ich schieße!« schrie Nelson.
»Nicht!« schrie Gruber. »Die Bilder!«
Die Tür schien meilenweit entfernt.
Er schleppte sich durch den Dschungel, Andrew in den Armen, dessen Leben langsam versiegte. Die Rettungshubschrauber meilenweit entfernt. Der Dschungelpfad ein langer, dunkler Tunnel durch herabhängende grüne Blätter, grüne Ranken, alles triefte vor Grün, außer Andrew, aus dem es unaufhörlich rot sikkerte. Hinter Michael rief jemand: »Wir nich' woll' dir weh tun, nich' lauf' weg, Yankee, wir dir woll' helfen«, und er überlegte, warum jeder verdammte Soldat der vietnamesischen Armee in diesem Land wie ein Japs im Zweiten Weltkrieg klang –
Nelson schoß.
Er traf kein Gemälde.
Statt dessen traf er Michael.
In den linken Arm.
Er sagte: »Oh, Mist.«
Was Connie sofort ernüchterte. Oder vielleicht ernüchterte sie

auch der plötzliche Anblick von Blut. Sie riß die Tür auf, hob das Buch auf, packte Michaels unverletzten Arm und zog ihn durch die Eingangstür hinter sich her. Hinter ihnen gab Nelson – oder vielleicht Leibowitz – einen Schuß ab, der den Türrahmen splittern ließ.

Und wieder befinden wir uns in den Straßen von New Yorks legendärer Downtown, dachte Michael, und der Spaß fängt gerade erst an, Leute, denn mein Arm blutet ziemlich stark, und zwei Cops mit gezückten Waffen verfolgen uns, und ich kann nicht auf sie schießen, weil ich so unschuldig bin, wie der Tag lang ist, und der heutige ist bisher der längste meines Lebens.

Er sagte sich, er könne es sich nicht leisten, ohnmächtig zu werden, auch wenn sein Arm ihn umbrachte – wo war das Adreßbuch, hatte Connie es aufgehoben? Charlie Nichols stand in dem Buch, und Charlie wußte vielleicht, was zum Teufel hier vorging. Wenn es sich hier um einen Kriegsfilm handeln würde – diese Schießerei erinnerte einen allmählich stark daran –, hätte er der Chinesin, die ihn durch die feindlichen Linien schleuste, gesagt, er sei zu schlimm verletzt und schaffe es nicht. Oder wenn es ein Film über das Showgeschäft wäre, hätte er seiner chinesischen Tanzpartnerin geraten, das Angebot von Ziegfeld anzunehmen, da er nur ein zweitklassiger Berufstänzer sei und ihr nicht im Weg stehen wolle. Doch das hier war keineswegs ein Film, sondern das wirkliche Leben, und deshalb umklammerte er Connies Hand, als hinge er an einem Fenster im neunten Stock und sie sei der einzige Halt zwischen ihm und dem Bürgersteig. Hinter sich hörte er Nelson wie einen verdammten Japsen der vietnamesischen Armee schreien: »Wir woll'n Sie nicht verletzen, Barnes«, obwohl er Michael schon ziemlich übel zugerichtet hatte.

Jetzt hatten sie fast den Gehweg erreicht.

»Polizei!« schrie jemand. »Stehenbleiben!«

Sie bleiben auf der Stelle stehen.

Am Bordstein stand ein blau-weißer Wagen.

Der Schriftzug darauf lautete: SECHSTES REVIER.

Zwei uniformierte Cops in wattierten blauen Anoraks mit unechtem Pelzkragen rannten auf sie zu.

»Stehenbleiben!« rief einer von ihnen erneut.

»Polizei!«

Sie rannten noch immer auf sie zu.

»Runter mit den Waffen!« schrie einer von ihnen.

Was? dachte Michael.

Und dann wurde ihm klar, daß diese netten Polizisten Schüsse gehört hatten, ihren Wagen an den Bordstein gesteuert und gesehen hatten, wie ein blutender Mann und eine sympathische Chinesin aus dieser hübschen kleinen walisischen Gasse liefen und von einem bedrohlich wirkenden großen Kerl und einem ebenso bedrohlich wirkenden kleinen Kerl, die beide Blousons und Waffen trugen, verfolgt wurden.

Michael fragte sich, ob Nelson und Leibowitz sich umdrehen und den gelben Schriftzug SIEBTES REVIER BOWLING TEAM auf ihren Jacken vorzeigen würden.

Doch Connie drängte ihn aus der Gasse.

Diese Stadt war schon eine Stadt.

Da war ein Mann, der aus einer Schußverletzung am linken Arm blutete, und das Blut verfärbte den Ärmel seines Mantels – auch wenn der zugegebenermaßen dunkelblau war und sich das Blut nur als dunkelvioletter Fleck abzeichnete –, und ein großartiges chinesisches Mädchen drängte ihn in ein Taxi, und auf der Straße zuckte nicht mal jemand mit der Wimper. Michael wunderte sich darüber. In Sarasota wurde man schon gefeiert, wenn man in der Öffentlichkeit rülpste.

Der Taxifahrer sagte: »Was ist das da? Ist das Blut?«

»Ja, mein Mann ist einfach angeschossen worden«, sagte Connie.

»Klar, ha, ha«, sagte der Taxifahrer.

Michael wurde bewußt, daß sie ihn als ihren Mann bezeichnet hatte.

Er versuchte die Namen zusammenzusetzen: Mrs. Michael Barnes.

Constance Barnes.

Connie Barnes.

»Also, was ist *wirklich* passiert?« wollte der Taxifahrer wissen.

»Wir gingen die Straße entlang, und waren mit uns beschäftigt«, sagte Connie, »als uns dieser Mann mit einem Tiger an der Leine entgegenkam.«

»O Mann, o Mann«, sagte der Taxifahrer kopfschüttelnd und beobachtete sie im Rückspiegel.

»Also sagt mein Mann zu ihm, es ist doch wohl gegen das Gesetz, einen Tiger an der Leine zu halten . . .«

Wieder.

Sie hatte es wieder gesagt.

». . . und der Mann sagt: ›Faß ihn!‹«

»Zu dem Tiger?«

»Ja.«

»Jesses«, sagte der Taxifahrer. »Was für 'ne Stadt, hm?«

»Sie sagen es«, sagte Connie.

»Und was hat der Tiger gemacht? Muß ein dressierter Tiger gewesen sein, hm?«

»Oh, ja. Er hat meinen Mann angesprungen.«

»Ein wildgewordener Tiger, hm?«

»Oh, ja.«

»Hat ihm übel mitgespielt, wett' ich. Ihrem Mann.«

»Genauso ist's gewesen.«

»Jesses«, sagte der Taxifahrer erneut. »Wie hieß er?«

»Weiß ich nicht. Er war ein großer, dunkelhäutiger Mann und trug . . .«

»Nein, ich meine den Tiger.«

»Warum sollte ich wissen, wie der Tiger heißt?«

»Damit Sie's der Polizei melden können.«

»Ich glaube, ich habe seinen Namen nicht mitbekommen.«

»Wie wollen Sie ihn dann identifizieren? Alle Tiger sehen gleich aus, wissen Sie.«

»Ich weiß, aber . . .«

»Also müssen Sie seinen Namen wissen. Falls die Polizei Sie danach fragen sollte.

»Na ja, warum sollte sie? Ich meine, ich glaube nicht, daß es in dieser Stadt allzu viele Tiger an der Leine gibt, Sie etwa?«

»Wer weiß? Könnte sein.«

»Ich meine, haben *Sie* in dieser Stadt schon mal einen Tiger an der Leine gesehen?«

»Ich höre grade von einem, oder nicht?« sagte der Taxifahrer.

»Er hieß Stripe«, sagte Connie.

Michael dachte, daß in dieser Stadt alle verrückt waren.

»Das ist 'n passender Name für einen Tiger«, sagte der Taxifahrer. »Was ist das für 'ne Adresse in der Pell Street? Ein Arzt?«

»Nein, da wohn' ich«, sagte Connie.

»Meinen Sie nicht, Sie sollten einen Arzt aufsuchen?«

»Ich will's mir erst ansehen.«

»Sind *Sie* vielleicht Ärztin, Lady?«

»Nein, aber . . .«

»Wozu soll es dann gut sein, wenn *Sie* sich das anseh'n?«

»Falls es wirklich schlimm aussieht, kann ich *danach* noch einen Arzt rufen.«

»Am Weihnachtsfeiertag? Heute ist Weihnachten, Lady.«

»Ich rufe einen chinesischen Arzt.«

»Arbeiten *die* Weihnachten?«

»Ja, wenn's Buddhisten sind.«

»Hör'n Sie, machen Sie's, wie's Ihnen paßt, Lady«, sagte der Taxifahrer. »Sie woll'n 'nen buddhistischen Doktor, also geh'n Sie zu Ihrem buddhistischen Doktor.«

Für den Rest der Fahrt bis zu ihrem Apartment schwieg er. Michael schätzte, daß er beleidigt war. Als sie vor Connies Haus hielten, steckte er das Fahrgeld und ihr großzügiges Trinkgeld ein und sagte dann: »Die kriegen auch die Tollwut, wissen Sie, diese wildgewordenen Tiger.« Michael glaubte allmählich selbst, er sei tatsächlich von einem Tiger angegriffen worden. Als er aus dem Taxi stieg, schweifte sein Blick die Straße auf und ab, weil er sich vergewissern wollte, daß nicht noch mehr herumstreunten. Er blickte auch zum Dach hinauf, um sicherzugehen, daß von dort keiner auf die Straße sprang. Während er hochblickte, wurde ihm ein wenig schwindelig. Er wankte gegen Connie und fühlte sich plötzlich sehr schwach. Doch er wurde nicht ohnmächtig, bis sie im Apartment und in Sicherheit waren.

»Ah, ah, ah«, sagte der Doktor.

Er sah aus wie Fu Manchu.

Eine Vogelscheuche mit einem langen, widerspenstigen Bart und rahmenloser Brille. Er trug keine silbernen Gewänder oder ähnliches, sondern einen dunklen Anzug, ein weißes Hemd und eine Krawatte mit Senfflecken, doch an seinem Benehmen war etwas Majestätisches. Er hatte sich über Michael gebeugt und horchte mit dem Stethoskop am Herzen. Michaels Hemd war geöffnet. Der Verband, den Connie ihm um den Arm gewickelt hatte, bevor sie den Arzt rief, war blutdurchtränkt. Das Laken unter ihm war blutverschmiert. Der Doktor bewegte das Stethoskop. Er horchte Michaels Lunge ab.

»Sehr gut«, sagte er.

»Ja?« sagte Connie.

»Ja, die Kugel hat seine Lunge nicht getroffen.«

»Vielleicht, weil man ihm in den Arm geschossen hat«, sagte Connie höflich.

»Ah, ah, ah«, sagte der Doktor.

Er hieß Ling.

Er löste den Verband von Michaels Arm.

»Mmmh, mmmh, mmmh«, sagte er.

»Ist es schlimm?« fragte Connie.

»Jemand hat ihm in den Arm geschossen«, sagte Ling.

»Steckt die Kugel noch drin?« fragte Connie.

»Nein, nein«, sagte Ling, »es ist eine schöne, saubere Wunde.«

Gut, dachte Michael.

»Gut«, sagte Connie.

»In ungefähr einer Woche können Sie wieder Tennis spielen«, sagte Ling und kicherte. »Sind Sie Linkshänder?«

»Nein.«

»Dann können Sie morgen schon wieder Tennis spielen«, sagte er und kicherte abermals.

Michael beobachtete, wie Ling seinen Arm behandelte. Er fragte sich, ob Ling vorhatte, die Sache der Polizei zu melden. Er war sicher, daß man verpflichtet war, Schußverletzungen zu melden.

»Wie ist das passiert?« fragte Ling.

Er streute etwas auf die Wunde, was Michael für eine Art Sulfonamidpräparat hielt. Im Einsatz riß man einen Sulfonamidverband heraus und klebte ihn sofort auf die Wunde. Im Kampf wurde man dabei von den Leuten mit Blut bespritzt. Im

Kampf wurde jedermann zum Arzt. Man verlor jede Menge Patienten im Kampfeinsatz.

»Wir liefen die Straße entlang und waren mit uns beschäftigt«, sagte Connie, »als uns dieser Mann mit einer Waffe in der Hand entgegenkam.«

»Ah, ah, ah«, sagte Ling.

»Also sagte Michael zu dem Mann . . .«

»Entschuldigen Sie, aber ist das Ihr Mann?« fragte Ling.

»Noch nicht«, sagte Michael.

Connie sah ihn an.

Ling sah beide an.

»Sie müssen vorsichtig sein«, sagte Ling. »Ost-westliche Ehen bringen viele Probleme mit sich.«

»Welche zum Beispiel?« fragte Michael.

»Beispielsweise das Essen«, sagte Ling.

»Aber ich esse gern chinesisch«, sagte Michael.

»Genau«, sagte Ling.

»Ich verstehe«, sagte Michael.

»Also, was haben Sie zu dem Mann gesagt?«

»Zu welchem Mann?«

»Zu dem, der Sie angeschossen hat.«

»Oh.«

»Er sagte zu ihm«, sagte Connie, »er verstößt gegen das Gesetz, wenn er mit einer Waffe in der Hand auf der Straße herumläuft.«

Nicht in Florida, dachte Michael.

Heutzutage war Florida der Wilde Westen.

Wenn auch anscheinend nicht ganz so sehr wie New York.

»Deshalb hat ihn der Mann angeschossen«, sagte Connie.

»Tsch, tsch, tsch«, sagte Ling.

»Werden Sie das melden?« fragte Connie frei heraus.

Ling schaute sie an.

»Sind wir beide Chinesen?« fragte er.

»Ich bin nur leicht verletzt«, sagte Michael. »Und als Leichtverletzter darf man rumlaufen.«

Dr. Ling hatte ihm einen sauberen und straffen Verband angelegt, der Arm blutete nicht mehr, und die Gefahr einer Infektion konnte man ausschließen, es sei denn, Michael suhlte sich irgendwo im Dreck. Außerdem schmerzte er jetzt kaum noch, daher wollte Michael . . .

»Nein«, sagte Connie. »Wir werden folgendes machen: ich geh' runter und hole was zu essen, wir essen hier in der Wohnung, ich rufe Charlie Wong an und erzähl' ihm, daß es mir nicht gut geht und ich heute abend nicht arbeiten kann. Danach wirst du schlafen gehen und dich etwas . . .«

»Nein«, sagte Michael.

»Dr. Ling sagte, du mußt dich ausruhen.«

»Dr. Ling wird nicht wegen Mordes gesucht. Ich will diesen Charlie Nichols aufsuchen . . .«

»Nein. Wenn du willst, kannst du ihn anrufen, aber ich werde dich nicht . . .«

»Ich *will* ihn nicht anrufen. Jedesmal wenn ich mit jemand telefoniere, erscheint zehn Minuten später die Polizei. Ich werde wegen *Mordes* gesucht, Connie! Kannst du das nicht . . .?«

»Du schreist mich an«, sagte sie.

»Ja. Weil du dich benimmst wie eine . . .«

»Wir haben unsern ersten Streit«, sagte sie grinsend.

»Los, suchen wir Charlie Nichols auf«, sagte er.

Sie wollte Charlie Wong nicht um eine Limousine bitten, da sie ihn bereits angerufen hatte, um ihm zu sagen, sie sei krank. Sie wollte sich an keine Autovermietung wenden, da sie befürchtete, die Polizei habe diese bereits informiert und sie gebeten, nach dem gesuchten Desperado Michael Barnes Ausschau zu halten. Also ging sie zu Shi Kai, dem das Restaurant unten im Haus gehörte.

Mr. Shi hatte ein Auto, das er nur während der Sommermonate fuhr. Die übrige Zeit stand es nutzlos in einer Garage herum, die er an der Canal Street gemietet hatte. Der Grund dafür war, daß es sich um ein 1954er Oldsmobile Kabrio handelte, bei dem der Mechanismus des Verdecks in heruntergeklapptem Zustand gebrochen war. Mr. Shi gab Connie die Schlüssel und sagte, sie solle sich nicht zu Tode frieren. Michael begriff langsam, daß Connie jede Menge Freunde in der chinesischen Gemeinde von New York City hatte, die anscheinend alle bereit waren, ihr jeden erdenklichen Wunsch zu erfüllen. Vielleicht war das nur so, weil sie Chinesin war, doch er vermutete, es lag auch daran, daß sie ausgesprochen hübsch war.

Ihm gefiel es, wie sie mit ihrer Schönheit umging.

Seine Exfrau Jenny war auch schön, wenn man lange blonde Haare, grüne Augen und eine tolle Figur für schön hielt. Offenbar hatte dies nicht nur Michael für schön gehalten, sondern – während er in Vietnam war – auch das gesamte Harvard-Football-Team und dann der Filialleiter und Gott weiß, wer sonst noch im Sonnenküstenstaat. Doch Jenny *stellte* ihre Schönheit zur *Schau*, trug sie wie eine Miss Amerika, die sich sicher war, ihr Lächeln werde ihr Ruhm, Glück und einen guten Platz in der Van-Wezel-Hall bringen, die Sarasotas großer Beitrag zur Kultur Floridas war, was immer das auch sein mochte. Michael hatte es jedesmal krank gemacht, wenn Jenny die Hand sanft auf den Arm von jemand legte und sich zu ihm rüberbeugte, um ihn mit ihrem strahlenden Lächeln zu blenden, und die Person – männlich *oder* weiblich – zu einem verzückten Häufchen Dankbarkeit und Ehrfurcht dahinschmolz. Jenny wußte ganz genau, daß sie, egal, wo sie mit Michael hinging, die schönste Frau im Raum war. Das entsprach der Wahrheit. Eine unbestreitbare Tatsache. Man konnte das genausowenig anzweifeln, wie man den Lauf der Sonne und die Gezeiten in Frage stellen konnte. Jenny sah blendend aus. Daß sie es wußte und einsetzte, war kein besonders bewundernswerter Charakterzug.

Connie wußte anscheinend nicht, daß sie außergewöhnlich schön war.

Sie trug ihre Schönheit wie ein Paar Turnschuhe.

Oder Galoschen.

Ihr wäre es nie in den Sinn gekommen, daß Mr. Shi sich geehrt fühlte, wenn sie ihn bat, ihr das Kabrio mit dem Verdeck, das man nicht mehr hochklappen konnte, zu leihen. Sie kam zu ihm wie eine Bittstellerin, bat höflich um den Wagen, hielt die Augen respektvoll gesenkt, als sie mit der älteren Person sprach, und Mr. Shi – der die Schönheit, Anmut und Bescheidenheit dieser jungen Frau erkannte, die zu ihm kam, wie es eine pflichtbewußte Tochter getan hätte – gab ihr die Schlüssel und lehnte ihre Dankbarkeit ab und wies sie dann väterlich darauf hin, sie solle sich in der Kälte nicht den Tod holen.

Connie lächelte so strahlend, daß es Michael fast das Herz gebrochen hätte.

Er vermutete, er fing an, sie wirklich zu lieben.

»Das Schöne an einem Kabrio ist«, sagte Connie, »daß man alle Gebäude sehen kann.«

Michael dachte, daß man in dieser Stadt im tiefsten Winter in einem Kabrio mit aufgeklapptem Verdeck herumfahren konnte, ohne von jemandem beachtet zu werden. Das war angenehm in dieser Stadt, die Art, wie jeder das Privatleben des anderen respektierte. Gleichgültigkeit nannte man das.

Allmählich fand er sich in Downtown zurecht.

Er wußte beispielsweise, wenn man aus Chinatown raus wollte, mußte man nicht weit fahren, bis man in Little Italy war. Und wenn man aus Little Italy raus wollte . . .

»Das hier gehört alles zum Fünften Revier«, sagte Connie.

»Danke«, sagte er.

. . . fuhr man entweder östlich in Richtung East River oder westlich in Richtung Hudson River. Wenn man andererseits zu Charlie Nichols' Apartment im Knickerbocker Village wollte, fuhr man erst auf der Canal Street östlich, bog dann links in die Bowery ab und fuhr an den Confucius Plaza Apartments und der P. S. 124 vorbei bis zur Catherine, wo man erneut links abbog und rechts an der P. S. 1 und dann links an einer katholischen Kirche und Schule vorbeifuhr – es gab in dieser Stadt auf jeden Fall eine Menge Ausbildungsmöglichkeiten –, und dann bog man wieder links auf die Monroe ab, die eine Einbahnstraße war, und suchte sich einen Parkplatz.

Die ganze Innenstadt von Sarasota hätte in Knickerbocker Village gepaßt. Es gab noch einen Unterschied in dieser Stadt. Man durchquerte die Innenstadt, die wirklich nur ein verschwindend kleiner Teil von New York war, und konnte mehr Gebäude, mehr Restaurants, mehr Kinos und mehr Menschen sehen als in ganz Florida. Michael fand das erstaunlich. Plötzlich überlegte er, ob

Connie vorhatte, den Rest ihres Lebens in New York zu verbringen. Er hoffte es nicht.

Jetzt waren sie von hohen Ziegelsteingebäuden umgeben. Sie liefen auf Wegen, die von Schnee freigeschaufelt waren.

Der Abend war kalt und frisch. Connie trug Jeans, Leg-Warmers, Stiefel und den kurzen schwarzen Mantel, den sie letzte Nacht getragen hatte, als sie ihm aus der Glücksplätzchenbäckerei gefolgt war. Michael trug eine braune Bomberjacke aus Leder, die er von einem ihrer Freunde namens Louis Klein gekauft hatte, der einen Army-Shop an der Delancey Street besaß, den er eigens für Connie geöffnet hatte, obwohl es Weihnachten war und er am nächsten Morgen nach Puerto Rico abreisen wollte. Überdies hatte Michael bei ihm – mit Geld, das er von Connie geliehen hatte – eine Levi's Jeans, einen blauen Wollpullover, der von 64 Dollar auf 23 Dollar 95 heruntergesetzt war, und ein Paar weiße Wollsocken gekauft, »um die Füße warmzuhalten«, wie Klein väterlich gesagt hatte. Es war erstaunlich, wie Connie bei all den fünfzig-, sechzigjährigen Männern einen Beschützerinstinkt erzeugte. Als Klein mit der Zunge schnalzte und Connie fragte, wie ihr Freund sich den Arm verletzt habe, erzählte sie einfach und ehrlich, daß man ihn angeschossen habe. Klein sagte: »Diese Stadt, ich bin nicht überrascht«, und legte ein Paar Wollsocken extra dazu.

Sie hatte sich jetzt an seinem rechten Arm eingehakt, als sie durch die Anlage spazierten und den Schildern folgten, die die entsprechenden Gebäude bezeichneten. Irgendwie verspürte man in dieser klösterlichen Enklave kein Anzeichen von Eile. Es war jetzt fast fünf Uhr. Die Stadt war in Schweigen gehüllt. Die bereits leuchtenden Straßenlaternen warfen ein warmes Licht auf den entlang der Wege aufgehäuften Schnee. Rechteckige Fenster strahlten die Wärme der dahinterliegenden Räume aus. Christbaumkerzen leuchteten rot, blau, grün und weiß auf. Lichterketten entlang der Fenster und Balkone. Ein Fenster war mit einem riesigen weißen Stern dekoriert. Es war noch immer Weihnachten.

Sie fanden das Gebäude, in dem Nichols wohnte, und entdeckten seinen Namen unten im Haus auf dem Stillen Portier und nahmen den Fahrstuhl in den fünften Stock. Im Flur roch es nach Weihnachten. Geflügel und Fleisch, das man gebraten, Kuchen, den man gebacken hatte. Hinter einer der geschlossenen Türen hörte man Gelächter. Hinter einer anderen Musik. Sie gingen zu Nichols' Apartmenttür, und Michael drückte auf den Klingelknopf am Türrahmen. Er lauschte. Nichts. Er sah Connie an. Sie zuckte mit den Achseln. Er drückte wieder auf die Klingel. Keine Antwort.

»Er ist nicht da«, sagte er.

»Klopf an«, sagte sie.

Er klopfte an.

Keine Antwort.

Er klopfte erneut.

Er schüttelte den Kopf.

»Verdammt«, sagte er.

»Was machen wir jetzt?«

»Ich würde gern da reinkommen«, sagte er.

»Weißt du, wie man so was macht?« fragte sie.

»Wie was?«

»Eine Tür mit einer Kreditkarte öffnen?«

»Nein. Und außerdem hat man mir meine Kreditkarten *gestohlen.*«

Allmählich wurde er schon wieder wütend. Allein nur daran zu denken, was ihm seit gestern abend um sieben Uhr alles passiert war, machte ihn wütend. Nicht zu wissen, *warum* ihm diese Dinge passierten, machte ihn wütend. Nicht zu wissen, *wer* ihm diese Dinge antat, machte ihn wütend. Und daß Nichols jetzt nicht da war, machte ihn noch wütender.

»Hast *du* eine Kreditkarte?« fragte er.

»Ja, aber du hast doch gerade gesagt . . .«

»Ich kann dazulernen.«

Sie wühlte in ihrer Umhängetasche, fand ihre Brieftasche und nahm eine American-Express-Karte heraus. Er betrachtete die Karte, dann die Stelle, wo die Tür einschnappte, umschloß den Knauf mit der Hand, ließ die Karte zwischen Tür und Rahmen entlanggleiten, drehte den Knauf – und die Tür öffnete sich.

Er betrachtete die Tür.

Er betrachtete die Kreditkarte.

»Mensch«, sagte Connie, »du lernst *vielleicht* schnell.«

Er stieß die Tür ganz auf. Im Wohnzimmer brannte Licht. Und im Wohnzimmerfenster leuchtete ein Weihnachtskranz. Er winkte Connie herein und schloß die Tür. An der Tür befand sich ein Sicherheitsschloß, das nicht benutzt worden war. Was bedeutete, daß er mit der Kreditkarte kein Zauberkunststück vollbrachte hatte, da die Tür bereits geöffnet war. Er schloß ab. Die Verriegelung rastete mit einem kurzen, geschmierten Klicken ein, das in dem stillen Apartment wie ein Gewehrschuß klang.

»Das ist Hausfriedensbruch, weißt du«, sagte Connie.

Noch hielten sie sich im Eingangsbereich auf.

Im Wohnzimmer standen zwei Lampen auf Beistelltischchen, die warme Lichtkegel auf ein Sofa und zwei Sessel warfen. Der Kranz im Fenster leuchtete rot und grün. Es war mucksmäuschenstill im Apartment.

»Seh'n wir nach, ob wir irgendwo einen Schreibtisch finden«, flüsterte Michael.

»Warum einen Schreibtisch?«

»Um nachzuschauen, was drin ist.«

Sie liefen weiter, kamen an der Küche vorbei und entdeckten gleich darauf einen Raum, der vom Flur abging und wie ein Arbeitszimmer eingerichtet war. Ein großes Fenster an der Wand gegenüber der Tür. Bücherschränke und ein Sessel mit einer Leselampe davor an der rechten Wand. Ein Schreibtisch und ein Stuhl an der gegenüberliegenden Wand. Michael ging zum Schreibtisch und knipste die Schreibtischlampe an. An der Wand über dem Schreibtisch hingen gerahmte Fotos, die meisten in Schwarzweiß, und alle zeigten denselben Mann in verschiedenen Kostümen und Posen. Doch egal, in welcher Kostümierung oder Pose, er war eindeutig der Mann, der Michaels Wagen gestohlen hatte, und vermutlich der Mann, dessen Apartment das hier war: Charles R. Nichols. Es sah aus, als habe Nichols früher mal Sherlock Holmes gespielt, falls die Jagdmütze und die Pfeife etwas zu bedeuten hatten. Der Toga und dem Lorbeerkranz nach zu urteilen, auch Julius Cäsar. Und Napoleon oder Hercule Poirot, das war aufgrund des Fotos schwer zu sagen. Es gab auch Fotografien von ihm, die ihn anscheinend in Hauptrollen mit wechselnden Partnerinnen zeigten. Händchenhaltend stierte er den Damen in die Augen und grinste in blödsinnig jugendlicher

Manier. Es war immer wieder unangenehm, Fotos von einem durchweg reizlosen Mann zu sehen, der sich für schön hielt und wie ein Casanova posierte. Michael fand, daß er in einer Welt, in der es vor aufsehenerregend schönen Männern nur so wimmelte, ganz gut klarkam. Manchmal wünschte er sich, er besäße die Frechheit, um für Fotos wie die an Charlies Wand zu posieren.

»Wir suchen etwas über Crandall«, sagte er. »Oder Parrish oder Cahill.«

»Okay«, sagte Connie.

Sie zog die untere Schreibtischschublade heraus und setzte sich im Schneidersitz daneben auf den Boden. Michael setzte sich auf den Stuhl und begann, die Schublade unter der Schreibtischplatte zu durchsuchen.

»Hast du genug Licht?« fragte er.

»Ja«, sagte sie.

Ihm fiel auf, daß er die Art ihrer Zusammenarbeit mochte.

Sie arbeiteten gut zusammen.

Letzte Nacht, in Crandalls Büro, hatten sie zum allerersten Mal zusammen eine Wohnung durchwühlt. Nun, da sie als Team arbeiteten . . .

»Der Scheck«, sagte Michael.

»Welcher Scheck?«

»Den Crandall am Freitag ausgestellt hat. Über neuntausend Dollar.«

»Was ist damit?«

»Er ist um halb drei zur Bank gegangen. Falls er ihn dann eingelöst hat . . .«

»Aha.«

». . . hat er das Bargeld vielleicht Charlie gegeben . . .«

»Aha.«

». . . als er um halb vier ins Büro kam. Das steht alles in Crandalls Kalender, Connie. Die Bank, und daß Charlie ins Büro kommt.«

»Okay, also wonach suchen wir?« fragte sie. »Nach neuntausend Dollar in bar?«

»Na ja, ich schätze schon.«

»Und wenn wir sie finden? Was hat das zu bedeuten?«

»Ich weiß nicht«, sagte Michael und seufzte tief.

Sie fanden in Charlies Schreibtischschubladen keine neuntausend Dollar in bar.

Statt dessen fanden sie einen angelaufenen Pfennig in einer Schale, in der Gummis, Büroklammern, eine Rolle Tesafilm und eine Schere lagen. Das war das einzige Geld, das sie fanden.

Sie fanden jedoch ein Adreßbuch und einen Terminkalender.

Und für Freitag, den 23. Dezember, hatte Charlie einen Termin um 15 Uhr 30 in Crandalls Büro eingetragen.

Und für Samstag, den 24. Dezember ...

Gestern abend ...

Dem Abend, an dem diese ganze verdammte Sache angefangen hatte ...

Hatte Charlie in seinen Kalender geschrieben:

Mama anrufen

»Schon wieder Mama«, sagte Michael.

»Geh'n wir sein Adreßbuch durch.«

In einer Spalte von Charlies Adreßbuch war Arthur Crandall eingetragen.

Seine Büro- und Privatadresse.

Damit war zumindest *dieser* Zusammenhang eindeutig nachgewiesen.

Es gab keinen Eintrag über einen Parrish oder einen Cahill.

»Ist seine Mutter eingetragen?« fragte Connie.

»Warum seine Mutter?« fragte er.

»Mama«, sagte Connie achselzuckend.

»Warum sollte Crandall *Charlies* Mutter ›Mama‹ nennen?«

»Ich weiß nicht. Vielleicht ist sie 'ne große, fette Frau. Die Leute nennen große, fette Frauen ›Mama‹, selbst wenn sie die Mutter von sonstwem sind.«

»Ich nenne nicht mal *meine* Mutter ›Mama‹«, sagte Michael.

»Sophie Tucker war groß und fett, und sie war die letzte der Red Hot Mamas«, sagte Connie.

»Wer ist Sophie Tucker?« fragte Michael.

»Weiß ich nicht. Ich hab' mal jemand gefahren, der sich ein Stück über sie ansehen wollte.«

Michael sah unter Nichols nach.

Er fand einen Eintrag über eine Sarah Nichols in New Jersey.

»Versuchs' bei ihr«, sagte Connie.

Er überlegte.

»Wünsch ihr frohe Weihnachten und frag sie, ob sie vor kurzem mit ihrem Sohn gesprochen hat.«

Michael zögerte noch.

»Los doch«, sagte Connie.

Er dachte daran, daß das letzte Mal, als er mit einer fremden Frau telefoniert hatte – mit Albetha Crandall gestern abend –, im nächsten Augenblick die Polizei die Feuerleiter heraufgekommen war. Vielleicht weckte man beim Telefonieren mit fremden Frauen böse Geister. In Vietnam tat man alles mögliche, um böse Geister fernzuhalten. Böse Geister konnten einen umbringen. Man schrieb sich alle möglichen Zaubersprüche auf den Helm, man steckte sich Amulette und Glücksbringer an die Uniformjacke, irgend etwas, um sich die bösen Geister vom Leib zu halten, irgend etwas, um am Leben zu bleiben. Er wollte nicht, daß noch mehr Cops die Feuerleiter heraufkamen. Er wollte in dieser Stadt nicht noch mal von jemandem, ob gut oder böse, angeschossen werden. Doch wenn die Mama in Crandalls *und* Charlies Terminkalender tatsächlich Charlies Mutter *war,* dann konnte sie ihm vielleicht erklären, was hier vorging. Wenn er die Sache richtig anstellte. Wenn er die Finger kreuzte und ein bißchen Voodoo-Gefasel murmelte, um die bösen Geister fernzuhalten. In Vietnam hatte Andrew ihm einige Voodoo-Sprüche beigebracht. Andrew stammte aus New Orleans, wo man manchmal solchen Unsinn machte.

Er wählte die Nummer.

»Hallo?«

Eine Frauenstimme.

»Sarah Nichols?« sagte er.

»Ja?«

»Fröhliche Weihnachten«, sagte Michael.

»Wer ist da, bitte?« sagte Sarah.

»Ein Freund von Charlie.«

»Stimmt irgendwas nicht?« fragte sie sofort.

»Nein, nein. Ich versuche ihn ausfindig zu machen, haben Sie vielleicht vor kurzem mit ihm gesprochen?«

»Seit heute morgen nicht mehr«, sagte sie. »Er sollte eigentlich am frühen Abend zum Essen herkommen, ich hab' ihm gesagt, ein paar Freunde wären da, aber er ist nicht aufgetaucht. Na ja, Sie wissen ja, wie Charlie ist.«

»Oh, ja, Charlie«, sagte Michael und kicherte. »Um welche Zeit heute morgen?«

»Oh, gegen elf muß das gewesen sein. Sobald Charlie hört, daß ich ihn mit irgend 'nem Mädchen bekannt machen will, macht er sich aus dem Staub.«

»So ist Charlie eben, alles klar«, sagte Michael. »Und seitdem haben Sie nicht mehr mit ihm gesprochen, hm?«

»Nein. Möchten Sie Ihren Namen hinterlassen? Falls er *doch* auf einen Sprung vorbeikommt? Aber es ist schon ziemlich spät, ich bezweifle, daß selbst mein Bruder um halb zehn noch reinschneien würde.«

»Ihr Bruder, aha«, sagte Michael. »Sie glauben nicht, daß er bei Benny sein könnte, oder?«

»Wer ist Benny?«

»Ich weiß nicht, ich dachte, Sie wüßten es.«

»Nein, tut mir leid, weiß ich nicht.«

»Meinen Sie, Ihre Mutter könnte Benny kennen? Haben Sie eine Mutter?«

»Jeder hat eine Mutter.«

»Ich meine, sie ist nicht tot oder so, oder doch?«

»Nicht daß ich wüßte.«

»Wie nennen Sie sie?«

»Ich nenne sie . . . wer sagten Sie, sind Sie?«

»Nennen Sie sie Mama?«

»Manchmal.«

»Ist sie vital? Kommt sie viel herum?«

»Ja, sie ist ziemlich vital. Entschuldigen Sie, aber . . .«

»Wissen Sie zufällig, ob jemand namens Arthur Crandall sie gestern abend zu einem Treffen mit jemand namens Benny mitgenommen hat?«

»Ich habe keine Ahnung. Würden Sie mir bitte sagen, wer dran ist?«

»Michael.«

»Micheal wer?« fragte sie.

»Bond«, sagte er. »Nicht verwandt. Bitte sagen Sie Charlie, daß ich angerufen habe.«

»Mach' ich«, sagte sie. »Gute Nacht, Mr. Bond.«

»Gute Nacht«, sagte Michael.

Er legte den Hörer wieder auf.

Allmählich mochte er den Namen.

Vielleicht sollte er ihn als zweiten Namen benutzen.

Er war jedenfalls tausendmal besser als Jellicle.

»Seine Schwester«, sagte er.

»Hab' ich mir schon gedacht«, sagte Connie.

»Sehn' wir nach, ob irgendwas im Schlafzimmer ist«, sagte er.

Charlie Nichols war im Schlafzimmer.

Auf dem Bett.

Blutüberströmt.

11

Michael hatte in seinem kurzen Leben schon viele Tote gesehen, doch keiner war so unfachmännisch ins Jenseits befördert worden wie dieser. Wer immer auf Charlie geschossen und ihn ermordet hatte, schien Schwierigkeiten gehabt zu haben, ihn zu *treffen.* Einschußlöcher befanden sich im Kopfende, Einschußlöcher in der Wand hinter dem Bett und verschiedene Einschußlöcher in Charlie selbst. Wenn Preise für stümperhafte Morde verliehen würden, sollte derjenige, der Charlie erschossen hatte, allmählich seine Dankesrede vorbereiten.

Connie sah aus, als sei sie kurz davor, sich zu übergeben.

»Bist du in Ordnung?« fragte Michael.

Sie nickte.

Er blickte erneut auf die Leiche, ging zum Bett und beugte sich über sie, als Connie schrie: »Nein!«

»Was ist los?« sagte er.

»Faß ihn nicht an«, sagte sie.

»Warum nicht? Ist das ein chinesischer Aberglaube?«

»Nein, es ist kein chinesischer Aberglaube.«

»Was ist es dann?«

»Es ist ekelhaft.«

»Ich will bloß nachseh'n, ob er eine Brieftasche bei sich hat«, sagte Michael, suchte in der rechten Hosentasche und fand etwas, was nach verschiedenen Bergkristallen in einem Plastikröhrchen aussah.

»Die muß er wohl sammeln, hm?« sagte er und zeigte Connie das Röhrchen.

Connie schaute ihn an.

»Steine, meine ich«, sagte Michael.

»Crack, meinst du«, sagte Connie.

»Was?«

»Das ist Crack.«

»Aha, so?« Und er betrachtete das Röhrchen genauer. »Ich dachte, Kristallographie wäre vielleicht sein Hobby.«

»Kokain zu rauchen ist vielleicht sein Hobby.«

»Ich sag' dir was«, sagte Michael, »wenn sich das hier ebenfalls als 'ne gottverdammte *Drogengeschichte* erweist . . .«

»Ein einziges Röhrchen Kokain bedeutet nicht unbedingt . . .«

»Drogengeschichten stehen mir bis obenhin, ich mein's ernst. Heutzutage kann man nicht mehr ins Kino gehen, man kann den Fernseher nicht einschalten . . .«

»Es besteht kein Grund zu glauben, daß das hier mit einer *Drogengeschichte* zusammenhängt.«

»Was ist es dann?« fragte er und zeigte ihr wieder das Röhrchen.

»Das ist Crack.«

»Und ist Crack eine Droge?«

»Crack ist eine Droge.«

»Und ist dieser Mann tot?«

»Er scheint tot zu sein.«

»Na, also«, sagte Michael und rollte ihn herum.

»Igitt«, sagte Connie und hielt sich die Augen zu.

Michael klopfte die rechte Gesäßtasche ab. »Hier ist sie«, sagte er, griff in die Tasche und zerrte eine Brieftasche heraus.

Connie hatte noch immer die Hände vor den Augen.

»Du kannst jetzt gucken«, sagte er und öffnete die Brieftasche.

Zuallererst erblickte er einen Führerschein mit einem Foto von dem Mann auf dem Bett. Der Name auf dem Führerschein lautete Charles Robert Nichols.

»Nun, das ist er«, sagte Michael.

»Gut, gib ihm die Brieftasche zurück.«

»Schau'n wir nach, was sonst noch drin ist.«

Drei Kreditkarten waren in der Brieftasche.

Und eine Karte der Berufsgenossenschaft für Schauspieler.

Und eine Karte des Filmschauspielerverbandes.

Und eine Karte der Schauspielergewerkschaft.

Und drei Zweiundzwanzig-Cents-Briefmarken, mittlerweile ungültig für den Postversand.

Und ein Kalender des laufenden Jahres, klein, aus Plastik und bald ungültig.

Und eine TWA-Bonuskarte für Stammfluggäste.

Und ein Papierschnipsel mit etwas, das wie eine handgeschriebene Telefonnummer aussah.

»Das ist's, hier geht's lang«, sagte er.

»Gute Idee«, sagte Connie. »Los.«

»Was ist mir dir?«

»Mir behagt es nicht, zusammen mit dieser Person auf dem Bett hier zu sein.«

»Ist das eine New Yorker Nummer?« fragte er und zeigte ihr die Telefonnummer.

»Ja.«

»Probieren wir sie aus.«

»Nein. Gehen wir.«

»Connie . . .«

»Michael, dieser Mensch auf dem Bett ist tot.«

»Ich weiß.«

»Du wirst *bereits* wegen *eines* Mordes gesucht . . .«

»Ich weiß.«

»Du bist bereits *angeschossen* worden . . .«

»Ich weiß.«

»Dann laß uns hier verschwinden, okay? Bevor . . .«

»Zuerst versuchen wir's unter dieser Nummer.«

»Michael, jedesmal wenn du's mit einer Nummer versuchst . . .«

»Vielleicht haben wir diesmal Glück«, sagte er und zwinkerte.

Connie zwinkerte nicht zurück.

Statt dessen folgte sie ihm zögernd durch den Flur und wieder ins Arbeitszimmer. Er setzte sich auf den Schreibtisch, vor ihm die Wand mit den Schwarzweißfotografien, wählte die auf dem Papierschnipsel mit zittriger Handschrift gekritzelte Telefonnummer und wartete, und wartete, und wartete . . .

»Hallo?«

Eine Frauenstimme.

»Ja, hallo, ich rufe wegen Charlie Nichols an«, sagte er.

»Tut mir leid, er ist nicht hier«, sagte die Frau.

»Ich weiß, daß er nicht da ist, ich rufe *für* ihn an. Wer ist da bitte?«

»Judy Jordan«, sagte sie. »Wer ist dort?«

»Hallo?« sagte er.

»Hallo?« sagte sie.

»Hallo, Miss Jordan?«

»Ja, ich bin da.«
»Hallo?«
»Ich kann Sie versteh'n«, sagte sie.
»Ich muß noch mal anrufen«, sagte er und legte auf.
»Bist du unterbrochen worden?« fragte Connie.
»Nein«, sagte er.

Er war schon wieder dabei, Charlies Adreßbuch durchzusehen. Schnell durchblätterte er E, F, H . . .

»Hier ist es«, sagte er. »Jordan, Judy.«

Connie sah sich die Adresse an. »Das Siebte Revier«, sagte sie. »Wo man die Leiche in deinem Wagen gefunden hat.«

»Dann sollten wir lieber mal bei ihr vorbeischau'n«, sagte er.

»Warum?« fragte Connie.

Er schaute sie an.

Und kam sich plötzlich töricht vor.

Natürlich, sie hatte recht.

Er hatte eine Telefonnummer in der Brieftasche eines Toten gefunden und die Nummer gewählt, und die Frau, die ans Telefon gegangen war, hieß Judy Jordan.

Na und?

Warum zu ihr fahren?

Er war müde. Und hatte allmählich den Eindruck, vielleicht sei es nach alldem das beste, zum Polizeirevier zu laufen und denen zu erzählen, er sei der Mann, den sie suchten. Sie bitten, ob er seinen Anwalt, Mr. David Lang in Sarasota, Florida, anrufen könnte. Connie wußte, wo sämtliche Reviere waren, sie könnten mit Shi Kais defektem Kabrio zum nächstgelegenen fahren. Oder vielleicht sollte er zuerst Dave anrufen, ihn bitten, das nächste Flugzeug nach New York zu nehmen, sich bis zu seiner Ankunft in Connies Apartment verkriechen, und *dann* zur Polizei gehen, zusam . . .

»Judy *wer*, hast du gesagt?«

Das kam von Connie.

Die ihn vor nicht mal fünf Minuten gedrängt hatte, doch bitte, verdammt noch mal, hier rauszugehen. In deren Tonfall jetzt jedoch ein Anflug von neuerlichem Interesse mitklang.

»Jordan«, sagte er, wandte sich ihr zu und sah sie an.

Connie betrachtete die Wand.

Genauer gesagt, betrachtete sie ein Foto von Charlie Nichols und einem Mädchen im Teenageralter. Charlie war auf dem Foto viel jünger – Michael schätzte, daß man die Aufnahme vor mindestens fünfzehn Jahren gemacht hatte. Das Mädchen konnte nicht älter als sechzehn oder siebzehn sein. Sie trug einen weißen Pullover und einen dunklen Rock und blickte grinsend hoch in Charlies Gesicht. Charlie hielt ihre Hand mit seiner.

Quer über die vom Pullover bedeckten Brüste des Mädchens waren mit blauer Tinte die Worte *Für meinen geliebten Daddy, in Liebe* geschrieben und darunter die Unterschrift *Judy Jordan.*

Michael ging näher an die Fotografie heran.

Das junge Mädchen hatte langes, dunkles Haar.

Doch abgesehen davon, war sie eine Doppelgängerin von Helen Parrish.

»Außerdem«, sagte Connie, »muß es sich bei Benny unbedingt um eine *Person* handeln?«

»Was?« sagte Michael.

»Es gibt nämlich ein Lokal namens Benny's in Soho, und vielleicht ist Crandall da hingegangen, um Charlies Mutter zu treffen. Für den Fall sollten wir Crandalls Foto mitnehmen, falls sich vielleicht jemand nach dem gestrigen Abend an ihn erinnert, meinst du nicht?«

Michael küßte sie.

Der Barkeeper hieß Charlie O'Hare.

»Es gibt 'ne Menge Charlies in dieser Stadt, wissen Sie«, sagte er.

»Ja, ich weiß«, sagte Michael.

Sie saßen an der Bar. Das Lokal war ungewöhnlich voll für einen Weihnachtsabend, doch andererseits war Michael am Weihnachtsabend noch nie in einer Bar gewesen, und vielleicht waren alle so überfüllt. Es war eine absolut irische Bar. Ohne Schnörkel. Eine praktisch eingerichtete Kneipe, wie geschaffen für Trinker. Sägemehl auf dem Boden. Keine geschliffenen Spiegel, keine grünen Lampen wie im Lokal von gestern abend, wo man mit ihm ein abgekartetes Spiel gespielt hatte. Eine nette, gemütliche Eckkneipe mit einer Handvoll Leute, die in Nischen, auf Tischen oder an der Bar saßen, Käppis trugen und wie nette, freundliche IRA-Terroristen wirkten.

»Hier ist sein Bild«, sagte Michael und zeigte ihm den acht Jahre alten Zeitungsausschnitt aus Nizza. Er hatte ihn aus dem Rahmen genommen. Auf der Rückseite des Ausschnitts befand sich ein Artikel über einen Franzosen, der ins Mittelmeer gesprungen war, um einen deutschen Touristen zu retten, der eigentlich hätte wissen müssen, daß man im Mai nicht im Meer schwimmen geht. Auf der Fotografie lächelte Crandall.

»Er ist jetzt noch fetter«, sagte Michael.

»Nein, den kenn' ich nicht«, sagte O'Hare. »Ist das Französisch?«

»Ja.«

»Was heißt das hier unter dem Bild?«

»Arthur Crandall gestern nachmittag vor der Vorstellung seines Films *Krieg und Einsamkeit.*«

»Und was ist er, Schauspieler?«

»Nein, er ist Regisseur.«

»Jesses«, sagte O'Hare. »Und ist das 'n neuer Film?«

»Nein, ein alter.«

»Wie kommt's dann, daß man ihn gestern nachmittag gezeigt hat?«

»Man hat ihn vor acht Jahren gezeigt.«

»Den muß ich verpaßt haben.«

»Erkennen Sie ihn wieder?«

»Nein.«

»Sehen Sie sich das Bild noch mal an. Er hätte gestern abend um acht Uhr hier sein sollen.«

»Ich erinnere mich nicht, ihn geseh'n zu haben.«

»Haben Sie gestern abend gearbeitet?«

»Schon, aber ich erinner' mich nicht an diesen Typen.«

»Er hätte die Mutter von jemand treffen sollen.«

»Na ja, wir haben hier 'ne Menge Mütter, aber ich erinner' mich nicht, diesen Typen mit der Mutter von irgendwem geseh'n zu haben«, sagte O'Hare.

»Haben Sie allein an der Bar gearbeitet?«

»Ganz allein.«

»Er könnte also nicht an der Bar gesessen haben.«

»Nicht, ohne daß ich ihn bemerkt hätte.« O'Hare betrachtete abermals den Zeitungsausschnitt. »Ist das ein französischer Film?« fragte er.

»Nein, ein amerikanischer.«

»Warum ist das dann in Französisch geschrieben?«

»Weil er dort gezeigt worden ist.«

»Ich kann versteh'n, warum man ihn hier nie gezeigt hat. *Krieg und Einsamkeit,* das klingt wirklich bescheuert, nicht wahr. Würden Sie sich 'nen Film anseh'n, der *Krieg und Einsamkeit* heißt?«

»Man hat ihn hier gezeigt.«

»Hier? In New York?«

»Ich glaube, ja.«

»Ich hab' noch nie davon gehört. *Krieg und Einsamkeit.* Klingt bescheuert.«

»Da stimmen Ihnen 'ne Menge Leute zu«, sagte Michael.

»Spricht sie kein Englisch?« fragte O'Hare und wandte Connie ruckartig den Kopf zu.

»Ich spreche Englisch«, sagte sie.

»Ich dachte nämlich, Sie sprechen vielleicht nur Chinesisch, weil Sie wie 'ne Schaufensterpuppe dasitzen.«

»Ich habe nichts zu sagen«, sagte Connie.

»Sie sind 'ne ziemlich hübsche Lady«, sagte O'Hare.

»Danke«, sagte Connie.

»Sie ist ziemlich hübsch«, sagte O'Hare zu Michael.

»Danke«, sagte Michael. »Wer sollte gestern abend an den Nischen und den übrigen Tischen bedienen?«

»Molly.«

Michael schaute sich um. Er sah keine einzige Kellnerin im Lokal.

»Ist sie jetzt da?«

»Vor einer Minute war sie da«, sagte O'Hare.

Er reckte suchend den Hals.

Die Tür zur Damentoilette öffnete sich. Eine Frau, die aussah wie Detective O'Brien – außer, daß sie vollständig bekleidet war –, kam heraus und ging direkt auf eine der Nischen zu, von wo ihr jemand ein Zeichen gegeben hatte. Sie hatte flammend rotes Haar wie O'Brien, sie war klein und gedrungen wie O'Brien, und sie watschelte jetzt mit dem charakteristischen

Gang eines Cops auf die Bar zu, so daß Michael dachte, sie *wäre* vielleicht O'Brien in anderer Verkleidung.

»Zwei Red Eyes«, sagte sie. »Wasser zum Nachspülen.«

O'Hare nahm aus dem Regal hinter sich eine Flasche mit etwas, das wie hauseigener Whiskey aussah, doch das Etikett war Michael unbekannt. Er schenkte großzügig in zwei Gläser ein, füllte zwei größere Gläser mit Wasser und stellte alles auf Mollys Tablett.

»Wenn du 'nen Augenblick Zeit hast«, sagte er, »würde dieser Herr gern 'n paar Worte mit dir wechseln.«

Molly musterte Michael von oben bis unten.

»Klar«, sagte sie und watschelte zu der Nische.

»Molly war mal Ringerin in Jersey«, sagte O'Hare.

»Wirklich?«

»Man nannte sie die Rote Gefahr.«

»Ich verstehe.«

»Wegen ihrer roten Haare.«

»Ja.«

»Die übrigens echt sind«, sagte O'Hare und zwinkerte.

Molly kam wieder an die Bar.

»So«, sagte sie. »Was jetzt?«

Michael zeigte ihr den Zeitungsausschnitt.

»Schon mal diesen Mann gesehen?« fragte er.

»Sind Sie 'n Cop?« fragte Molly.

»Nein«, sagte Michael.

»Sind Sie sicher?«

»Absolut.«

»Weil ich dran gedacht hab', die Bullen anzurufen.«

»Nein, ich glaube, wir brauchen keine . . .«

»Gestern abend, mein' ich. Als ich mitgekriegt hab', worüber diese zwei geredet haben.«

»Wen meinen Sie?«

»Mr. Crandall. Und dieser Spanier, der bei ihm war.«

»Wollen Sie damit sagen, daß Sie ihn kennen?«

»Nein, ich *kenn'* ihn nicht. Ich erkenn' ihn bloß wieder.«

»Arthur Crandall?«

»Ich weiß nicht, wie er mit Vornamen heißt. Ich weiß bloß, daß er Mr. Crandall ist.«

»Wie kommen Sie darauf?«
»Durch den Anruf.«
»Was für ein Anruf?«
»Der Anruf, der dort drüben in der Telefonkabine einging. Für Mr. Crandall.«
»Der sich als der Mann auf diesem Foto rausstellt, hab' ich recht?«
»Ja.«
»Arthur Crandall.«
»Wenn das sein Vorname ist.«
»Das ist sein Vorname.«
»Dann ist er derjenige welcher.«
»Was ist mit diesem Anruf?«
»Hetzen Sie mich nicht. Das war später. Vorher haben sie da drüben am Tisch gesessen«, sagte sie und machte eine vage Geste, »und da hab' ich sie reden hör'n.«
»Um wieviel Uhr war das?«
»Ungefähr um Viertel nach acht.«
»Und Sie sind sicher, das ist der Mann?« fragte Michael und zeigte ihr abermals den Ausschnitt.
»Jawohl, das ist er ganz eindeutig. Obwohl er jetzt fetter ist.«
»Und Sie sagten, er war mit 'nem andern *Mann* da? Nicht mit einer Frau?«
»Es sei denn, sie hatte einen dicken schwarzen Schnurrbart«, sagte Molly.
»Warum wollten Sie die Cops rufen?« fragte Connie.
»Wer ist das?« sagte Molly und musterte sie von oben bis unten.
»Connie Kee«, sagte Michael.
»Ist sie Chinesin?«
»Ja.«
»Dachte ich mir«, sagte Molly. »Ist es okay, vor ihr zu sprechen?«
»Ja, völlig.«
»Weil Chinesen komisch sind, wissen Sie«, sagte Molly.
»Wieso komisch?« fragte Connie ehrlich interessiert.
»Die brüllen immer so«, sagte Molly.
»Das ist wahr«, sagte Connie. »Das kommt daher, weil sie die

Sprache nicht sicher beherrschen. Sie glauben, wenn sie brüllen, versteht man sie besser.«

»Na ja, ich wünschte, sie würden nicht dauernd brüllen.«

»Ich auch«, sagte Connie.

»Ich komme mir dann immer vor, als hätt' ich was falsch gemacht.«

»Die Japaner brüllen nie, haben Sie das bemerkt?« sagte O'Hare.

»Entschuldigen Sie«, sagte Michael, »aber warum *wollten* Sie . . .?«

»Ja, die sind sehr ruhig und höflich«, sagte Molly.

»Warum wollten Sie . . .?«

»Na ja, das sind zwei ganz verschiedene Kulturen«, sagte Connie.

»Oh, sicher«, sagte Molly. »Die Koreaner auch. Und auch die Vietna . . .«

»Entschuldigen Sie«, sagte Michael, »aber warum wollten Sie die Polizei rufen?«

»Was?«

»Gestern abend.«

»Oh. Na ja, wegen dem, worüber die *geredet* haben, weswegen sonst?«

»Worüber haben sie gesprochen?«

»Über eine *Leiche*«, sagte Molly und senkte die Stimme. »Eine *Leiche.*«

»Wer?« fragte Michael.

»Die beiden in der Nische. Mr. Crandall und dieser Spanier mit dem Schnurrbart.«

»Ich meine die Leiche. Wer war sie?«

»Haben sie nicht gesagt.«

»Na ja, was haben Sie gehört . . .?«

»Der Spanier sagte, er hätte die Leiche schon. Da hätte ich dann fast die Polizei gerufen.«

»Aber Sie taten's nicht.«

»Nein. Weil ich mir dachte, der Mann muß Leichenbestatter sein.«

»Aha.«

»Oder einer von den Leuten, die im Krankenhaus Autopsien vornehmen.«

»Aha.«

»Doch dann sagte Mr. Crandall, wenn Charlie lie . . .«

»Charlie!« schrie Michael und wäre beinahe vom Stuhl gesprungen.

»Himmel, Sie haben mich zu *Tode* erschreckt«, sagte Molly und wich zurück.

»Haben Sie *Charlie* gesagt?«

»Was zum Teufel stimmt denn nicht mit Ihnen?«

»Was *ist* mit Charlie?«

»Ich glaube, dieser Kerl ist verrückt«, sagte Molly zu O'Hare.

»Nö, er is' in Ordnung«, sagte O'Hare und ließ mit einem Achselzucken durchblicken, daß er in seinem Leben als Barkeeper schon sehr, sehr viele Verrückte bedient hatte, die jede Menge Stuß verzapften.

»Erzählen Sie mir von Charlie«, sagte Michael.

Molly seufzte und verdrehte die Augen.

»Er sagte, wenn Charlie liefern könnte, was sie brauchten . . .«

»Sagte das Crandall?«

»Ja. Er sagte, wenn Charlie liefern könnte, was sie brauchten, dann könnten sie den steifen Freund vor Mitternacht an Ort und Stelle bringen.«

»Den steifen Freund an Ort und Stelle bringen.«

»Er meinte die Leiche.«

»Aha.«

»Er meinte, sie könnten die Leiche vor Mitternacht begraben.«

»Das glauben *Sie*«, sagte Connie wissend.

»Da hätt' ich dann beinah' wieder die Cops gerufen«, sagte Molly. »Denn selbst wenn der Mann ein Leichenbestatter *war*, warum sollte er jemand um Mitternacht beerdigen? Und dann noch am Weihnachtsabend.«

»*Vor* Mitternacht«, verbesserte O'Hare.

»Richtig«, sagte Molly, »am *Weihnachtsabend.* Aber dann sagte dieser Spanier zu Mr. Crandall, daß keine Eile bestände, die Leiche würde sich halten, die läg' auf Eis. Also hab' ich schließlich angenommen, er wär' tatsächlich Leichenbestatter.«

»Haben Sie zufällig seinen Namen aufgeschnappt?«

»Nein.«

»Das hatte wohl zu bedeuten«, sagte O' Hare, »daß der spanische Leichenbestatter auf Charlie wartete, der den Anzug des Toten bringen sollte, die Unterwäsche oder was immer, seine *Sachen,* Sie wissen schon, damit sie ihn vor der Beerdigung fein machen konnten.«

»Das glauben *Sie*«, sagte Connie erneut.

»Das ist eine andere Sache, die ich an Chinesen nicht mag«, sagte Molly.

»Was denn?« fragte Connie, erneut ehrlich interessiert.

»Die halten sich für so verdammt schlau«, sagte Molly.

»Ja, das ist wahr«, sagte Connie.

»Das kommt daher, weil sie so verdammt schlau *sind*«, sagte O'Hare.

»Auch das ist wahr«, sagte Connie.

»Verzeihung«, sagte Michael, »aber hat einer von denen gesagt, was Charlie liefern sollte?«

»Deinen Personalausweis natürlich«, sagte Connie.

»Wenn sie also die Leiche mit *Crandalls* Personalausweis an Ort und Stelle gebracht haben . . .«

»Konnten sie *auch* was verlieren . . .«

»Weißt du, wovon die zwei sprechen?« fragte Molly O'Hare.

»Sicher«, sagte O'Hare.

»Wovon?«

»Von der Hundemarke der Leiche.«

»Welche Hundemarke?«

»Die man ihr in den Mund steckt. Der Leiche.«

»Ich glaube, *du* bist auch verrückt«, sagte Molly kopfschüttelnd.

»Was haben sie noch gesagt?« fragte Michael.

»Mr. Crandall sagte, er möchte endlich loslegen und wünschte, Charlie würde sich beeilen und tun, was er zu tun hat.«

»Hat er Charlies Nachnamen erwähnt?« fragte Michael.

»Nein.«

»Er hat nicht Charlie Nichols gesagt?«

»Ich hab' Ihnen doch grade gesagt, er hat seinen Nachnamen nicht erwähnt, warum fragen Sie mich also, ob's Charlie X war oder Charlie Y? Was ist mit diesem Typ *los*?« fragte sie O'Hare.

»Er ist in Ordnung«, sagte O'Hare und ließ mit einem Achselzucken durchblicken, daß er in all den vielen Jahren als Barkeeper manch einem Übergeschnappten begegnet war, der aus irgendeiner Irrenanstalt ausgebrochen war.

»Wieder deutet alles direkt auf Charlie hin«, sagte Michael zu Connie. »Und das Pärchen, das mit ihm zusammenarbeitet. Der falsche Cop und . . .«

»Sie sollten wissen, daß *alle* Cops falsch sind«, sagte O'Hare.

»Erzählen Sie mir von dem Anruf«, sagte Michael.

»Das Telefon in der Kabine klingelte, ich ging ran, und eine Frau am andern Ende . . .«

»Eine *Frau*!« rief Michael.

»Hör'n Sie, wenn Sie weiter so schreien . . .«

»Tut mir leid. Hat sie ihren Namen genannt?«

»Nein.«

»Helen Parrish«, sagte Michael zu Connie.

»Ich hab' Ihnen doch grade gesagt, daß sie ihren Namen nicht genannt hat«, sagte Molly.

»Oder Judy Jordan«, sagte Connie.

»Wer ist Judy Jordan?« fragte Molly.

»Erzählen Sie mir bitte ganz genau, was sie gesagt hat«, sagte Michael.

»Sie wollte Mr. Crandall sprechen. Also hab' ich nach einem Mr. Crandall gebrüllt, und der Kerl auf Ihrem Bild steht auf und geht zur Telefonkabine.«

»Was dann?«

»Dann hat dieser Spanier noch 'n Bier bestellt.«

»Und was dann?«

»Danach kommt Mr. Crandall breit grinsend an den Tisch zurück und sagt diesem Spanier, alles wär' in Ordnung, sie hätten's.«

»Hätten *was*?« fragte Michael.

»Deinen Führersein und deine Kreditkarten«, sagte Connie.

»Wann war das?« fragte Michael.

»Ungefähr um halb neun«, sagte Molly.

»Gleich nachdem Crandall meinen Wagen gestohlen hat«, sagte Michael.

»Das hat sie ihm wahrscheinlich auch gesagt. Daß sie auch deinen Wagen hätten.«

»Folglich konnte dieser Spanier dann die Leiche in meinen Wagen legen . . .«
»Zusammen mit Crandalls Personalausweis . . .«
»Und meinen Sachen . . .«
»Und das ganze Ding ins Rollen bringen.«
»Welches ganze Ding?« fragte O'Hare.
»Davon krieg' ich Kopfschmerzen«, sagte Molly und ging weg.

Die wirklichen Kopfschmerzen begannen an diesem Abend um acht Uhr, als sie sich Connies Haus näherten.

Das war, als die Schüsse fielen.

In Vietnam hatte Michael einen sechsten Sinn entwickelt – wenn man das nicht tat, überlebte man nicht. Man lernte zu erkennen, wenn sich etwas anbahnte, man hörte dieses winzige, geschmierte Klicken irgendwo draußen im Dschungel und wußte, daß jemand abgedrückt hatte und in der nächsten Sekunde eine Salve – oder ein Dutzend, man wartete nicht solange, bis man das herausfand – aus einem Gewehrlauf kam, und warf sich flach auf den Boden. In Vietnam sagte man, die einzigen Frontschweine, die überlebten, seien diejenigen, die es verstünden, sich hinter Erdhügeln zu verkriechen. Michael hatte überlebt.

An diesem Sonntagabend gab es an der Pell Street keine Erdhügel zum Verkriechen, es gab nur jungfräulichen weißen Schnee in rauhen Mengen, den man auf beiden Straßenseiten an den Bordsteinen aufgehäuft hatte. Die Schneepflüge waren durchgefahren, und die Schneehügel, die sie hinterlassen hatten, waren einen bis einen Meter zwanzig hoch. Connie und Michael liefen im glänzenden Mondlicht mitten auf der Straße, die besser geräumt war als der Gehweg, und wollten gerade über den Schneehügel vor ihrem Haus klettern, als Michael das Klicken hörte.

Dasselbe geschmierte Klicken, das er im guten alten Vietnam kennen- und liebengelernt hatte, ein Klicken, das vielleicht nur ein abgerichteter Hühnerhund gehört hätte, so leise und so schwach war es, doch er wußte sofort, was dieses Klicken zu bedeuten hatte.

In Vietnam hätte er nur an seine eigene Haut gedacht.

Hörst du das Klicken, verkriech dich hinter dem Erdhügel.

Hier gab es auch noch Connie.

Er warf sich seitwärts gegen sie, stieß sie um und *runter*, Mann, der Kugel oder den Kugeln aus dem Weg, die sie binnen einem Hundertstel einer –

Da!

Ein scharfes Krachen in der Luft.

Und noch eins.

Erst das Klicken und dann das Krachen.

Wenn man das Klicken nicht gehört hatte, hörte man auch das Krachen nicht mehr, denn bis dahin lag man schon mausetot auf dem Boden.

Für ein großes, schlankes Mädchen fiel Connie um wie ein nasser Sack. Bumm, mit dem Rücken in den Schnee, die Beine flogen hoch. »He!« schrie sie, wurde wütend. Noch ein Krachen, und dann wieder eins, Schnee spritzte aus dem Schneehaufen über ihren Köpfen, lieber *Schneespritzer* als *Blutspritzer*, Charlie.

»Bleib unten!« schrie er.

Sie versuchte aufzustehen, fluchte auf chinesisch.

Er hielt sie am Boden.

Lauschte.

Nichts.

Doch warte . . . warte . . . warte . . .

»Bist du verrückt?« sagte sie.

»Ja«, sagte er.

Warte . . . warte . . .

Er wußte, der Schütze war noch dort oben. Spürte es mit jeder Faser seines Körpers.

»Bleib hier«, sagte er. »Und bleib unten. Da oben ist jemand, der uns umzubringen versucht.«

»Was?«

»Auf dem Dach. Heb ja nicht den Kopf. Ich bin gleich zurück.«

»Michael«, sagte sie. Sanft.

»Ja?« sagte er.

»Ich liebe dich, Michael, aber du bist verrückt.«

Das war das erste Mal, daß sie das gesagt hatte.

Daß sie ihn liebte.

Er lächelte.

»Ich liebe dich auch«, sagte er.

Die Straße verlief wie ein breiter Graben zwischen den mondbeschienenen Schneehügeln. Connie hatte sich eng an den Hügel auf der Nordseite der Straße gepreßt, so daß man sie vom Dach aus nicht sehen konnte. Dort oben befand sich der Schütze. Michael robbte auf dem Bauch die Straße entlang, benutzte die Ellbogen und zog die Beine nach. Er arbeitete sich zur Pell, Ecke Mott Street vor, wo er beabsichtigte, sich nach rechts aus der Schußlinie zu bewegen. Dann würde er auf diese Dächer dort oben gelangen und sehen, was es dort zu sehen gab.

Es war so eine schöne Nacht.

Long Foot Howell, der einzige Indianer in der Kompanie – ein *amerikanischer* Indianer, dessen Ur-Urgroßvater mit Sitting Bull durch die Prärie geritten war –, hatte gesagt: »Heute ist ein guter Tag zum Sterben.«

Seine Leute lebten in einem Reservat irgendwo im Westen. Vielleicht in Arizona, Michael konnte sich nicht erinnern.

Long Foot hatte ihm erzählt, seine Leute hätten das immer gesagt, bevor sie in die Schlacht ritten.

Heute ist ein guter Tag zum Sterben.

Das hieß soviel wie: Nur Gott allein wußte, was geschehen würde.

Wenn man schon sterben mußte, konnte man das genauso gut an einem schönen wie an einem miesen Tag tun.

Oder vielleicht bezog es sich auf den Feind. Ein guter Tag, um den *Feind* umzubringen. Ein guter Tag für den *Feind,* um zu sterben.

Oder vielleicht handelte es sich um eine besondere Zauberformel. Die indianische Art, sich Glück zu wünschen. Wenn er sagte, heute sei ein guter Tag zum Sterben, dann würde er vielleicht nicht getötet. Vielleicht würde ein Gott oder einer der Götter, den die Indianer anbeteten, seine Worte hören und ihn verschonen. Wenn das so war, dann hatte die Zauberformel bei Long Foot nicht besonders gut gewirkt.

An einem wunderschönen Tag in Vietnam, als strahlender Sonnenschein auf sein glänzendes schwarzes Haar fiel, wurde Long Foot von einem absolut tödlichen Treffer erwischt und traf in hundert Einzelteilen bei seinen Vorfahren ein.

Es war eine wunderschöne Nacht.

Aber nicht zum Sterben.

Nicht hier und nicht jetzt.

So sehr derjenige auf dem Dach sich das vielleicht auch wünschte.

Michael hatte jetzt die Ecke erreicht, wo sich die beiden engen Straßen so kreuzten, wie seiner Vorstellung nach die Landstraßen in England, wo er noch nie gewesen war. Hier waren die Hecken jedoch aus Schnee und hoch genug, um Michael vor dem Heckenschützen auf dem Dach zu verbergen, der immer noch dort oben war, sich ruhig verhielt und wartete.

Auf Händen und Knien kroch Michael um die Ecke.

Im Erdgeschoß des Gebäudes gleich rechts von ihm war das unvermeidliche China-Restaurant, rechts davon eine blaue Tür. An der Tür hing ein Schild, auf dem TAIWAN NUDELFABRIK stand. Michael schätzte, daß die Tür zu einem Geschäft am Weihnachtstag verschlossen war. Sobald er über den Schneehügel auf den Gehweg geklettert war, konnte ihn der Heckenschütze sehen, der sich dort oben auf dem Dach herumtrieb, und er konnte es sich nicht leisten, an einer verschlossenen Tür herumzufummeln.

Er kroch zu einer Stelle, die parallel zum nächsten Gebäude lag.

Hob schnell den Kopf.

Sah eine grün gestrichene Tür.

Duckte sich.

Wartete.

Hob ihn wieder. Erblickte Ziffern über der Tür, sonst nichts, kein Schild, gar nichts. Ein Apartmenthaus. Was bedeutete, daß es eine Treppe aufs Dach gab. Hoffte er.

Duckte sich wieder.

Wartete.

Er kroch an einigen Gebäuden entlang, hielt sich nahe an den Schneehügeln, holte dann tief Luft, zählte bis drei, hechtete über den Hügel, als sei er ein fiktiver Hügel in Vietnam, abgesehen davon, daß er dort eine Handgranate in der Hand gehabt hätte. Er landete auf den Füßen und rannte sofort auf die grüne Tür zu, die, wie er jetzt sah, nur leicht angelehnt war, und preßte sich rechts neben der Tür an das Gebäude. Er warf einen kurzen, fast unbewußten Blick zum Dach, konnte im Mondlicht nichts erkennen und stieß die Tür ganz auf.

Die Eingangshalle war dunkel und kalt.

Er schloß die Tür hinter sich.

Oder versuchte es zumindest. Irgendwas stimmte mit dem Scharnier nicht, die Tür fiel nicht von selbst ins Schloß. Er gab es einfach auf, lief zur Zwischentür, gleich hinter den Türklingeln und Briefkästen, und versuchte den Türknauf zu drehen. Die Tür war verschlossen. Sofort tat er einen Schritt zurück, hob das Knie und trat kräftig gegen eine Stelle direkt unter dem Türknauf.

»Au!« schrie er. »Verdammtes *Mistding*!«

Die Tür hatte sich keinen Zentimeter bewegt.

Noch immer fluchend ging er zu den Türklingeln, die unter den Briefkästen angebracht waren. Auf gut Glück wählte er die Klingel für Apartment 2A aus, klingelte, wartete und wartete und wartete, und nichts passierte. Seine Fußsohle sandte pulsierende Schmerzsignale aus. Er überlegte, ob man sich die Fußsohle brechen konnte. Er drückte auf eine andere Klingel. Augenblicklich ertönte eine Stimme aus dem Lautsprecher an der Wand. Die Stimmt sagte etwas auf chinesisch. Michael sagte: »Polizei, bitte öffnen Sie die Tür.« Sofort summte der Türöffner. Selbstzufrieden öffnete Michael die Tür und machte sich auf den Weg zur Treppe, als sich am Ende eines Ganges rechts neben dem Treppenhaus noch eine Tür öffnete. Ein kleiner, ziemlich fetter Chinese im Netzunterhemd, schwarzer Hose und schwarzen Slippern trat in den Flur, schielte zu Michael und schrie: »Wassis los?«

»Nichts«, sagte Michael.

»Du Polizei?« schrie der Mann.

»Ja.«

»Ich Ausmeista.«

»Geh'n Sie wieder schlafen«, sagte Michael. »Das ist bloß Routine.«

»Wo dein Malke?«

»Ich bin Geheimagent«, sagte Michael.

Der Mann blinzelte.

»Was wolln hiel?« fragte er.

»Auf dem Dach ist ein Heckenschütze«, sagte Michael.

»Ich hol' Schlüssel«, sagte der Mann nickend.

»Welchen Schlüssel?«

»Fül Dach«, sagte der Mann und ging ins Apartment zurück.

Michael wartete. Er wollte keinen Partner. Andererseits schmerzte der Fuß immer noch, und er wollte nicht noch mal eine Tür eintreten. Plötzlich fragte er sich, ob es im wirklichen Leben möglich war, eine Tür einzutreten, wie es die Detektive in Filmen und im Fernsehen taten. Er wußte, daß es im wirklichen Leben nicht möglich war, mit einem Auto in ein anderes zu rasen und so zu tun, als wäre nichts gewesen. Teenager sahen im Film eine Autokarambolage, dachten sich: He Klasse, ich kann einen richtigen Crash bauen und gegen Brückenpfeiler rasen und pralle dran ab wie ein Flummi, das müßte Spaß machen. Der gleiche Teenager kippt einen oder zwei Drinks und beschließt, ein Großstadtdetektiv in einer Autokarambolage sein zu wollen. Er rammt mit seinem Wagen einen Bus, erwartet, daß entweder der Bus umkippt oder aber sein Auto, wie im Film, daran abprallt, und als nächstes sieht man, wie ihm ein reales Lenkrad den Brustkorb zerquetscht oder er mit dem Kopf durch eine reale Windschutzscheibe fliegt. Michael überlegte plötzlich, ob Sylvester Stallone je in Vietnam gewesen war.

»Okay, ich hab' Schlüssel«, sagte der Mann, kam in den Flur und schloß die Tür seines Apartments hinter sich. Zu Michaels Entsetzen hatte der Mann seine Slipper ausgezogen und sich Socken und Schnürstiefel angezogen, die wie Springerstiefel aussahen. Überdies hatte er sich ein Hemd und eine dicke Wolljacke angezogen und eine Wollmütze aufgesetzt.

Sie stiegen die Treppen zum dritten Stock hinauf und dann eine kurze Treppenflucht bis zu einer Metalltür. Er nickte, gestikulierte mit den Händen, fuchtelte mit dem Schlüssel in der Luft herum und ahmte mit der anderen Hand eine Pistole nach. Michaels Führer und Partner gab ihm zu verstehen, daß dies tatsächlich die Tür zum Dach war, und daß er diese Tür zum Dach nun öffnen würde, so daß Michael, wenn er ein echter Cop war und sich draußen ein echter Heckenschütze befand, vielleicht besser eine Waffe oder sonst was hervorholen sollte. Gezwungenermaßen zog Michael eine Waffe. Die er Crandall weggenommen hatte und die sich bei genauer Betrachtung als ein Revolver vom Kaliber .32 Harrington & Richardson, Modell 4, erwies.

»Ahhhhhh«, sagte der Mann und nickte. Die Waffe gefiel ihm. Er zeigte Michael erneut den Schlüssel, steckte ihn in das Vorhängeschloß, das an einer Haspe an der Metalltür hing, und als führe er einen Zaubertrick vor, drehte er den Schlüssel um und öffnete das Vorhängeschloß, grinste und nickte Michael zu. Michael nickte zurück. Der Chinese nahm das Vorhängeschloß von der Haspe und trat dann beiseite. Wenn sich da draußen wirklich ein Heckenschütze befand, wollte er nicht der erste sein, der aufs Dach ging. Er bugsierte Michael fast hinaus.

»Sie bleiben hier«, sagte Michael.

»Mehl Cops«, sagte der Mann und nickte. »Ich hol' mehl Cops.«

»Nein!« sagte Michael. »Keine Cops mehr. Das ist geheim.«

Der Mann schaute ihn an.

»Wie heißen Sie?« sagte Michael.

»Petel Chen«, sagte der Mann.

»Mr. Chen, ich danke Ihnen sehr«, sagte Michael, »die Stadt ist stolz auf Sie. Aber Sie können wieder runtergehen, danke«, sagte Michael. »Auf Wiedersehen, Mr. Chen, vielen Dank.«

»Ich komm' mit«, sagte Chen.

Michael schaute ihn an.

Chen lächelte.

Michael seufzte, öffnete die Tür und trat schnell aufs Dach hinaus. Er hielt einen Moment inne, um sich zu orientieren, um herauszufinden, wo Connies Haus war, auf dem der Heckenschütze lag. Wenn das erledigt war, wäre der Rest einfach. Die Gebäude grenzten hier direkt aneinander, man mußte nicht über Schächte springen, man brauchte bloß über die Mauern zu hüpfen, die das eine Haus vom anderen trennten. Wenn also die Kreuzung *hier* war, dann befand sich Connies Straße *dort,* und er mußte über dieses Dach laufen und dann an der nächsten Ecke . . .

»Was mach' Sie?« fragte Chen.

»Ich denke nach.«

»Ahhhhh.«

– und sich dann nach links wenden und weiter über die Dächer, bis er irgendwo zur Mitte des Blocks kam. Lange vorher, in einer ebenso klaren, mondhellen Nacht wie heute, hätte er den Heckenschützen gesehen. Der Trick dabei war, es so zu machen, daß der Heckenschütze *ihn* nicht sah. Oder seinen neuen Freund Chen, der jetzt ganz dicht hinter ihm stand, als er über das Dach ging und in Richtung –

»Ich seh' niemand«, sagte Chen.

»Warten Sie's ab«, flüsterte Michael. »Und bleiben Sie unten.«

An einigen Stellen gab es Schneeverwehungen, die bis ein Meter zwanzig hoch waren. Es war fast unmöglich zu sagen, wo das eine Dach endete und das andere begann. Er entdeckte die erste Mauer nur dadurch, daß er dagegen lief. Er kletterte über sie hinweg, Chen dicht hinter ihm, und bahnte sich mühsam einen Weg durch den Schnee zu der Ecke, wo die Gebäude im rechten Winkel aufeinandertrafen, als er vor sich –

Er machte mit der Hand ein Zeichen, die Handfläche bewegte sich nach unten.

Chen verstand die Geste sofort und warf sich augenblicklich flach in den Schnee.

Michael hob den Kopf.

Dort.

Er blickte angestrengt in die Ferne. Jemand in Schwarz. Der sich hinter der Mauer zur Straße geduckt hatte. Mit einem Gewehr in der Hand.

»Bleiben Sie hier«, flüsterte er Chen zu.

Chen nickte.

Michael kroch vorwärts.

Er wollte niemanden umbringen. Er hielt Crandalls 32er in der rechten Hand und hatte Frankie Zeppelins 45er in der rechten Innentasche seiner Bomberjacke, doch er wollte keine dieser Waffen benutzen, um jemanden damit zu töten. Man beschuldigte ihn bereits, *eine* Person umgebracht zu haben, und er wollte dem nicht noch einen *wirklichen* Mord hinzufügen. Es war natürlich ziemlich übel, daß die Person, die dort vorn auf dem Dach lag, mit einem Gewehr bewaffnet war und damit bereits auf Michael gefeuert hatte. Denn wenn diese Person Michael umbringen wollte – und es sah ganz danach aus –, dann würde sie das Gewehr sicherlich nicht einfach weglegen und wie ein braver kleiner Junge herunterkommen. In diesem Fall bliebe Michael nichts anderes übrig, als auf ihn zu schießen. Ihn vielleicht zu töten. So, wie er Leute in Vietnam umgebracht hatte, wo es anscheinend nicht so darauf angekommen war. Töten oder getötet werden. Wie heute abend. Vielleicht.

Plötzlich fragte er sich, warum diese Person ihn töten wollte.

Als er durch den Schnee robbte – näher und näher, wobei er den Mann im Auge behielt, während er sich stetig auf ihn zubewegte, bereit zu schießen, wenn er mußte, falls er entdeckt wurde, falls der Mann das Gewehr auf ihn richtete –, nahm diese Frage in seinem Hirn immer mehr an Bedeutung zu.

Warum will mich diese Person umbringen?

Und eine andere Frage folgte auf dem Fuße, so übermächtig in ihrer Intensität, daß Michael abrupt innehielt.

Wer ist die Person, die sie bereits umgebracht haben?

Die Leiche war auf keinen Fall Crandall, selbst wenn man Crandalls Ausweis bei ihr gefunden hatte.

Doch es *gab* zweifellos eine Leiche, die Polizei vom Siebten Revier hatte in Michaels Mietwagen eine Leiche gefunden – wer war also der Mann?

Vielleicht wußte der Mann in Schwarz dort drüben die Antwort auf *beide* Fragen.

Michael bewegte sich weiter auf ihn zu.

Er konnte den Mann jetzt deutlich im Mondlicht erkennen. Ungefähr vierzig Meter von ihm entfernt. Schwarze Strickmütze. Schwarze Lederjacke. Schwarze Jeans. Schwarze Stiefel. Schwarze Handschuhe. Hatte sich hinter der Mauer zur Straße geduckt, hielt ein Gewehr im Anschlag; was für eines konnte Michael aus dieser Entfernung nicht erkennen. Mit einem Zielfernrohr.

Plötzlich stand der Mann auf.

Michael erstarrte.

Jeden Moment würde der Mann ihn entdecken und sein Gewehr auf ihn richten.

Jeden Moment würde Michael ihn erschießen müssen.

Aber nein, der Mann –

Hä?

Der Mann nahm das Zielfernrohr vom Gewehr. Er legte Gewehr und Zielfernrohr in einen Gewehrkoffer. Er ließ die Verschlüsse zuschnappen. Gott sei Dank, er machte Schluß! Gab die ganze Sache wie einen vermasselten Job auf!

Er lehnte den Gewehrkoffer an die Mauer. So, daß das breite Ende auf dem Schnee stand, das Ende mit der Mündung nach oben zeigte. Er griff in seine Jackentasche. Nahm eine Schachtel Zigaretten heraus. Zündete sich eine an. Eine schöne Mondnacht, genau richtig, um eine Zigarette zu genießen, während man auf Downtown New York hinuntersah. Mit dem Rücken zu Michael. Blickte über die Lichter der Stadt hinweg. Er genoß seine kleine Zigarettenpause. Er hatte also den Job verpfuscht, na und? War noch genug Zeit, um sich den blöden Orangenzüchter später zu schnappen.

Es sei denn, der blöde Orangenzüchter hatte ein Wörtchen mitzureden.

Es war nicht einfach, sich auf dem schneebedeckten Dach zu bewegen. Geräuschlosigkeit war der einzige Vorteil, den der Schnee Michael verschaffte. Er blickte kurz hinter sich, um sicherzugehen, daß Chen sich keinen Zentimeter von der Stelle gerührt hatte und außer Sichtweite war. Er konnte den kleinen, fetten Chinesen nicht sehen. Der Mann in Schwarz genoß nach wie vor seine Zigarette im Mondschein, mit dem Rücken zu Michael, ein Fuß auf der Mauer, das Knie angewinkelt, den Ellbogen auf das Knie gestützt. Jetzt trennten sie keine zwei Meter mehr. Michael hoffte, seine Zigarette sei extra lang.

Plötzlich schnippte der Mann die Zigarette über den Rand des Daches.

Und griff nach dem Gewehrkoffer.

Und wollte sich umdrehen, als sich Michael auf ihn stürzte.

Er fiel den Mann von hinten an, zerrte an seinem Jackenkragen, versuchte ihn nach hinten in den Schnee zu ziehen, doch er war so schnell und zu wendig für Michael. Er drehte sich um, sah die Waffe in Michaels Hand, wußte, daß seine Waffe bereits eingepackt und damit völlig unnütz war, und benutzte statt dessen das Knie, genauso, wie Michael es gestern abend bei Charlie Wong eingesetzt hatte, zielte auf den Geldbeutel, traf ihn aber nicht ganz, erwischte Michael am Oberschenkel statt zwischen den Beinen und wirkte verdutzt, als Michael ihm einen Faustschlag verpaßte und nicht auf ihn schoß.

Michael hatte es auf die Nase abgesehen, so wie er es gestern auf Charlie Wongs Nase abgesehen hatte, da ein Schlag auf die Nase größere Schmerzen verursacht als irgendwo anders – selbst Haie mögen es nicht, wenn man ihnen auf die Nase schlägt, fragen Sie einen Hai. Der Mann ganz in Schwarz sah aus wie ein Junge von ungefähr sechzehn Jahren, doch Michael hatte vierzehnjährige vietnamesische Soldaten getötet, und das Alter dieses Jungen interessierte ihn einen Dreck. Hier zählte nur eines: Vor knapp zwanzig Minuten hatte er versucht, Michael umzubringen. Zartes, ovales Gesicht, mandelförmige blaue Augen, eine sehr feine Michael-Jackson-Nase, die wahrscheinlich nicht mehr so fein aussah, nachdem er sie blutig geschlagen hatte, was ein weiterer schöner Effekt war, wenn man auf die Nase zielte. Nasen bluten schnell, verpaßt man dagegen einem Kerl einen Kinnhaken mit derselben Kraft, blutet es überhaupt nicht.

Der Junge wich dem Schlag aus.

Bückte sich tief, sprang zur Seite und wich dem Schlag aus.

Michaels Schwung führte beinahe dazu, daß er stürzte.

Er grapschte nach dem Jungen, versuchte sein Gleichgewicht zu halten, griff nach der Schulter des Jungen, und das war der Moment, als der Junge ihn richtig erwischte, und diesmal hundertprozentig an den Eiern. Michael ließ den 32er fallen. Schnappte vor Schmerz nach Luft. Der Junge drehte sich um, wollte auf die Tür zum Dach zurennen. Michael griff nach ihm, grapschte nach seiner Jacke, seinem Kopf, irgendwas, erwischte statt dessen die schwarze Strickmütze, spürte, daß er sonst nichts in der Hand hielt, und der Junge war weg und sprang leicht wie eine Gazelle durch den tiefen Schnee.

Michael sank vor Schmerzen auf die Knie.

Griff sich an die Eier.

Stöhnte.

Versuchte nicht mal den 32er zu suchen, der einen halben Meter von ihm entfernt im Schnee versunken war.

Versuchte nicht mal, an den 45er in seiner Jackentasche zu kommen.

Die Person, die vor ihm über das Dach rannte, war nicht Helen Parrish.

Auch nicht Jessica Wales.

Sie war jedoch eine große, langbeinige und schlanke Frau mit blondem Haar, das wie Gold im silbernen Mondlicht schimmerte, jetzt, da es nicht mehr unter der schwarzen Strickmütze verborgen war, die Michael noch immer zusammengeknüllt an seinen Eiern in der Hand hielt.

Vielleicht versuchte er nicht auf sie zu schießen, weil er große Schmerzen hatte.

Oder vielleicht hatte er auf zu viele Frauen geschossen und sie getötet.

In Vietnam.

Wo jeder im schwarzen Kampfanzug Charlie war.

Die Tür zum Dach knallte hinter ihr zu.

Und er war mit seinem Schmerz allein im Mondlicht.

12

»Bist du sicher, daß sie blond war?« fragte Connie.

Sie fragte wegen Helen Parrish.

»Ja, sie war blond«, sagte Michael.

»Aber Charlies Tochter hat *dunkle* Haare.«

»Sie sind ein und dieselbe Person, glaub's mir.«

Sie befanden sich auf dem Weg zu der Adresse in Charlie Nichols Buch. Judy Jordans Adresse. Judy Jordan, die zugleich Helen Parrish war und deren geliebter toter Daddy Charlie Nichols war. Gestern abend in der Bar hatte Helen Parrish ihm erzählt, sie sei zweiunddreißig. Was ungefähr hinkam, wenn das Foto in Charlies Arbeitszimmer vor fünfzehn Jahren gemacht worden und sie damals siebzehn gewesen war.

Draußen war es sehr kalt, wenn man so im Freien fuhr. Die Uhr am Armaturenbrett funktionierte nicht, was in einem Kabrio mit defektem Dach nicht weiter verwunderte. Michael blickte erst auf seine Armbanduhr, als sie unter einer Straßenlaterne an einer Ampel anhielten. Es war fast 22 Uhr.

Er war sehr gespannt darauf, Miss Helen Parrish wiederzusehen.

Die *falsche* Helen Parrish, die in Wirklichkeit –

Na ja, das mußte nicht unbedingt stimmen.

Es war durchaus möglich, daß Judy Jordan jetzt verheiratet war, auch wenn Helen Parrish ihm gestern abend in der Bar erzählt hatte, sie sei nicht verheiratet, nicht geschieden, sondern einfach Single. Na ja, sie hatte ihm so viel erzählt. Doch falls sie verheiratet *war,* und falls Helen Parrish tatsächlich ihr richtiger Name war – sie mußte wahnsinnig gewesen sein, als sie ihm den gegeben hatte –, dann *könnte* ihr Mädchenname Judy Jordan gewesen sein, das Mädchen mit den langen braunen –

Aber nein.

Charlie Nichols war ihr Vater.

Hatte sie das nicht auf das Foto geschrieben?

Für meinen geliebten Daddy.

Warum hatte sie dann mit Judy Jordan unterschrieben?

»Was ich gern wissen möchte«, sagte Connie, »wenn Judy Jordan Helen Parrish ist, wie kommt es dann, daß sie nicht Judy Nichols heißt, wenn Charlie Nichols ihr Vater ist oder war?«

»Ich liebe dich«, sagte Michael und küßte sie ungestüm.

Bei den Amalgamated Dwellings, Inc., handelte es sich um Genossenschaftswohnungen an der Grand Street Nummer 504, doch der Eingang zu dem Komplex befand sich um die Ecke, an einer Straße namens Abraham Kazar – nicht verwandt mit ... Über etliche niedrige, gepflasterte Stufen gelangte man in einen Innenhof mit Bögen und Türmchen und einem schneebedeckten kleinen Park mit Bäumen und Sträuchern und einem zugefrorenen Springbrunnen, der einem englischen Schloß alle Ehre gemacht hätte. Die mit Buchstaben gekennzeichneten Gebäude – A, B, C und so weiter – waren rund um diese geheimnisvolle Enklave gruppiert. Judy Jordan wohnte in E. Unten auf dem Briefkasten stand J. Jordan.

»Frauen, die das machen, sind blöd«, sagte Connie. »Benutzen einen Anfangsbuchstaben und keinen Namen. Wenn man das macht, weiß ein Triebtäter sofort, daß da eine Frau allein lebt. Du kannst wetten, daß auf *meinem* Briefkasten nicht C. Kee steht.«

»Was *steht* auf deinem?«

»Charlie Kee.«

»Der Name kommt in dieser Stadt ziemlich oft vor«, sagte Michael. »Charlie.«

»Deswegen steht er auf meinem Briefkasten«, sagte Connie und nickte.

»Warum?«

»Damit ein Triebtäter denkt, daß es sich da oben um einen ganz gewöhnlichen Mann namens Charlie Kee handelt.«

»Was ist mit dem Briefträger?«

»Mr. Di Angelo? Ein Triebtäter? Mach dich nicht lächerlich!«

»Ich meine, woher weiß er, wo er Post mit der Anschrift Connie Kee zustellen soll?«

»Das ist *sein* Bier«, sagte Connie.

Michael schaute erneut auf den Namen am Briefkasten.

J. Jordan.

»Ich geh' allein rauf«, sagte er. »Du gehst zurück zum Wagen.«

»Wenn diese Blondine so schön ist, wie du sagst . . .«

»Sie ist vielleicht auch gefährlich.«

»Darauf wette ich.«

»Connie, bitte geh und warte im Wagen auf mich, in Ordnung?«

»Ich geb' dir zehn Minuten«, sagte sie. »Wenn du bis dahin nicht zurück bist, komm' ich nach.«

»Okay. Gut.«

Er küßte sie flüchtig.

»Ich meine immer noch, daß ich mitkommen sollte«, sagte sie.

Doch sie verließ bereits den Hof.

Michael drückte auf den Klingelknopf von Judy Jordans Apartment.

»Ja?« sagte eine Frauenstimme.

Er konnte nicht sicher sagen, ob es Helen Parrishs Stimme war oder nicht. Tatsache war, daß er völlig vergessen hatte, wie Helen Parrishs Stimme geklungen hatte.

»Miss Jordan?« sagte er.

»Ja?«

»Charlie Nichols hat mich geschickt«, sagte er.

»Hören Sie«, sagte sie, »das ist ein ungünstiger Moment. Ich war gerade dabei, mich anzuziehen, um . . .«

»Ich würde gern mit Ihnen reden, Miss Jordan, wenn . . .«

»Oh, na ja, in Ordnung, kommen Sie rauf«, sagte sie und ließ ihn rein.

Er ging zum zweiten Stock hoch, fand ihr Apartment gleich links vom Treppenabsatz und wollte gerade auf die Klingel drükken, als er plötzlich zögerte.

Wenn Judy Jordan tatsächlich Helen Parrish sein sollte, oder umgekehrt, dann war die Frau im Apartment auch die Person, die den ganzen Schwindel in Gang gebracht hatte, der MacGuffin, wie man sie in einem Alfred-Hitchcock-Film bezeichnet hätte. Sollte er einfach anklopfen und warten, daß ihm der MacGuffin öffnete und vielleicht noch mehr Leid zufügte? Michael hielt das für keine besonders gute Idee. Er griff in die linke Tasche seiner neuen Bomberjacke und zog den 32er heraus, den er Arthur Crandall abgenommen hatte. Er hielt die Waffe am Lauf und klopfte mit dem Griff an die Tür. Zweimal. Klopf. Klopf. Und lauschte.

»Wer ist da?« sagte eine Frau. Dieselbe Stimme, die unten aus dem Lautsprecher ertönt war.

»Ich«, sagte er.

»Wer ist ich?«

»Hab' ich Ihnen schon gesagt. Charlie hat mich geschickt.«

»Wenn es wegen des Geldes ist, ich hab's immer noch nicht«, sagte die Frau, die jetzt irgendwo hinter der Tür stand. In der Tür befand sich ein Spion. Wahrscheinlich sah sie zu ihm heraus. Er konnte noch immer nicht sicher sagen, ob es Helen Parrishs Stimme war.

»Ich würde gern mit Ihnen sprechen, wenn ich darf«, sagte er, senkte den Kopf und versuchte das Gesicht zu verbergen, damit sie ihn nicht so gut sehen konnte, falls sie Helen Parrish *war.*

»Einen Moment«, sagte sie, »ich bin noch halbnackt.

Er überlegte, ob es sich tatsächlich um Helen Parrish handelte, die da drinnen halbnackt war. Er dachte an den Anfang ihrer gemeinsamen Beziehung zurück, an ihr freundliches, unkompliziertes Geplauder, daran, wie sie Händchen gehalten und einander tief in die Augen geblickt hatten. Er fand es jammerschade, daß sie sich als ein MacGuffin entpuppt hatte, doch vielleicht erwiesen sich früher oder später alle schönen Frauen als MacGuffin. Er hoffte inständig, bei Connie sei dies nicht der Fall.

Er schaute auf seine Uhr.

Was zum Teufel machte sie so lange da drinnen?

Wieder klopfte er mit dem Pistolenknauf an die Tür.

Dreimal.

Klopf. Klopf. Klopf.

»Miss Jordan?« rief er.

Keine Antwort.

»Miss . . .«

»Hände hoch, Mr. Barnes.«

Eine Männerstimme.

Hinter ihm.

»Hoch!« sagte der Mann. »Los!«

Das Ding in Michaels Rücken fühlte sich sehr nach einer Mündung an.

Michael hob die Hände über den Kopf, den 32er in der rechten Hand. Der bandagierte linke Arm schmerzte, als er ihn hob. Beinahe hätte er »Autsch« gesagt.

»Lassen Sie die Waffe einfach fallen«, sagte der Mann. »Öffnen Sie einfach die Hand und lassen Sie sie fallen.«

Er öffnete die Hand. Die Waffe fiel. Fiel auf den Boden. Schlug mit einem kräftigen Klack auf.

»Danke«, sagte der Mann. »Und jetzt bitte ruhig stehenbleiben.«

Er kniete nieder, um sich die Waffe zu schnappen, vermutete Michael. Als sie vom Steinfußboden aufgehoben wurde, gab es ein schwaches Scharren. Eine Hand tastete ihn ab. Sämtliche Hosentaschen. Dann die rechte Jackentasche, und dann –

»Tja, tja, noch eine«, sagte der Mann.

Frankie Zeppelins 45er wurde aus Michaels Tasche geholt.

»Mr. Barnes?« sagte der Mann.

Und schlug ihm mit mindestens einer Waffe auf den Hinterkopf.

Er hörte Stimmen.

Eine Männerstimme. Eine Frauenstimme.

». . . blasen die ganze Sache ab«, sagte der Mann.

». . . keine andere Wahl, oder?«

Er öffnete die Augen.

Eine Stuckdecke.

Der Seelenklempner, zu dem er in Boston gegangen war, hatte eine Praxis mit einer Stuckdecke. Gewöhnlich hatte Michael auf der Couch gelegen und die Schnörkel an dessen Stuckdecke betrachtet. Jetzt lag er auf keiner Couch. Er lag auf einem Bett. Einem ungemachten Bett. Das Bett roch, als habe jemand reingepinkelt. Er überlegte, ob das Bett einem Kind gehörte. Als er den Kopf hob, konnte er sehen, daß das Fußende des Bettes aus Metall war. Aus weiß bemaltem Schmiedeeisen. Er lag mit gespreizten Armen und Beinen auf dem Bett, die Knöchel ans Fußende, die Arme ans Kopfende gefesselt, das ebenfalls aus weiß bemaltem Schmiedeeisen war.

Den Raum hatte er noch nie gesehen.

Das Zimmer sah aus, wie er sich Zimmer in billigen Hotels vorstellte, wo Nutten und Drogenhändler unterkrochen. Er vermutete, daß es sich um eine Drogengeschichte handeln mußte. Warum sonst sollte ihn ein Mann, der wußte, daß er Michael Barnes war – oder zumindest Mr. Barnes –, mit seiner eigenen Pistole niederschlagen und an ein Bett in einem heruntergekommenen Zimmer fesseln? Ganz bestimmt eine Drogengeschichte. Die Farbe blätterte von den Wänden. Ein Stapel schmutziger Wäsche lag in einer Zimmerecke. Keine Vorhänge oder Jalousien am Fenster, das zur Feuertreppe führte. Und an der Wand neben dem Fenster hing schief ein gerahmter und verblaßter Druck mit einem Indianer auf einem scheckigen Pony. Michael war ziemlich überrascht und enttäuscht über dieses völlig beschissene Dealer-Zimmer, weil das Gebäude an sich von außen so schön ausgesehen hatte und die Flure so sauber und gepflegt waren. Was einmal mehr bewies, daß man den Inhalt nicht immer nach der Verpackung beurteilen konnte.

Wieder hob er den Kopf.

Eine geschlossene Tür. Dahinter Stimmen.

». . . irgendwo in eine Mülltonne«, sagte die Frau.

». . . zum Beispiel hinter einem McDonald's.«

». . . die Cops durchdrehen lassen.«

Drei Personen im anderen Zimmer. Zwei Männer und eine Frau. Keiner klang wie jemand, den er schon mal getroffen hatte. Jetzt lachten alle drei. Sie fanden das witzig. Die Cops durchdrehen zu lassen.

»Oder wir bringen ihn um und lassen ihn einfach *hier*«, sagte einer der Männer. »In Ju-Jus Bett.«

Das fanden sie noch witziger. Ihn umzubringen und hier in Ju-Jus Bett liegenzulassen. War es Ju-Jus Bett, an das er gefesselt war? Das nach Pisse stank? War Ju-Ju ein Kosename für Judy Jordan? War dies womöglich Judy Jordans Schlafzimmer? War Judy Jordan Bettnässerin? Im anderen Raum erklang hysterisches Gelächter. Es wirkte ansteckend. Michael hätte fast selbst gelacht. Er mußte sein Lachen unterdrücken.

Michael überlegte, wer Ju-Ju war.

Michael haßte Filme mit Tausenden von Darstellern.

»Warten wir lieber, bis Mama kommt«, sagte die Frau.

Wieder Mama.
Die Mutter der *Frau.*
Oder nannte sie *jeder* Mama?
Vielleicht hatte Connie recht. Vielleicht war Mama eine dicke, fette Frau, die jeder –
Connie!
Sie hatte gesagt, wenn er in zehn Minuten nicht zurück sei, käme sie hoch und hole ihn. Wieviel Zeit war vergangen, seit er sie unten verlassen hatte? Fünf Minuten, bis er im zweiten Stock war, weitere drei Minuten, die er im Flur gewartet hatte, während die nackte Frau ihr –
Es klingelte.
O Gott, dachte er. Connie!
Oder vielleicht Mama.
Wie auch immer, das Klingeln konnte nur noch mehr Ärger bedeuten.
Denn falls die Person, die klingelte, Connie war, würden sie ihr auf den Kopf schlagen und sie neben ihm ans Bett fesseln.
Und wenn schließlich Mama einträfe, bedeutete dies für sie beide das Aus. Sie beide erschießen und in Ju-Jus Bett liegenlassen, ha, ha. Oder sie erschießen und in eine Mülltonne hinter McDonald's werfen, was fast genauso amüsant wäre. Michael fand nichts daran akzeptabel. Denn wenn sie schon jemanden erschießen wollten, dann zöge er es vor, wenn nur er dran wäre und man Connie aus der ganzen Sache raushielte. Es klingelte weiter. Er wünschte inständig, jemand ginge zur Tür und die dicke, fette Mama stände dort. Hallo Kinder, ich bin's.
»Wer ist da?« schrie einer der Männer.
»Pizzeria Abruzzi«, schrie jemand zurück.
Michael lauschte.
Jemand betrat das Apartment.
»Ham Sie 'ne große Pizza bestellt?«
Ein Lieferant.
»Das ist richtig.«
Die Frau. Offensichtlich hatte sie den Auftrag erteilt.
»Halb Sardellen, halb Peperoni?«
»Richtig.«
»Drei Cola?«

»Drei Cola, richtig.«

»Hier sind die Servietten, das macht dreizehn Dollar einundzwanzig Cents.«

»Das ist 'ne ganze Menge«, sagte einer der Männer.

»Wie kommen Sie drauf, daß es 'ne ganze Menge ist?« fragte der Lieferant.

»Für 'ne Pizza und drei lausige Cola? Dreizehn Dollar und 'n paar Zerquetschte?«

»Jawohl, aber es ist 'ne große mit Sardellen und Peperoni.«

»Bloß *eine* Hälfte mit Sardellen und *eine* Hälfte mit Peperoni.«

»Die kostet neun Dollar und fünfundneunzig Cents. Die große mit Sardellen und Pepperoni.«

»Und wieviel kosten drei Cola?«

»Eine fünfundsiebzig Cents.«

»Das scheint mir auch ziemlich teuer.«

Knausriger Mistkerl, dachte Michael.

»Wie kommen Sie drauf, daß es teuer ist?« fragte der Lieferant.

»Für eine lausige Cola? Fünfundsiebzig Cents?«

»Jawohl, aber da ist ein Viertelliter drin.«

»Das ist trotzdem teuer. Das macht ja drei Dollar für einen Liter!«

»Jawohl, aber ein Liter *kostet* nun mal so viel«, sagte der Lieferant. »Fünfundsiebzig Cents für einen Viertelliter.«

»Wie kommst du dann auf dreizehn Dollar und einundzwanzig Cents?«

»Die Steuer beträgt achteinviertel Prozent. Seh'n Sie, hier auf der Rechnung? Die Steuer beträgt einen Dollar. Wenn Sie also einen Dollar zu den neun fünfundneunzig für die Pizza und den zweieinviertel Dollar für die Cola dazuzählen, macht das dreinzehn einundzwanzig. Seh'n Sie, hier?«

»Wer hat das ausgerechnet?«

»Die Kassiererin.«

»Wie heißt sie?«

»Mary. Warum?«

»Sie hat sich um einen Penny verrechnet.«

»Was meinen Sie damit?«

»Siehst du das hier? Rechne's mal selber zusammen. Neun fünfundneunzig für die Pizza, zwei fünfundzwanzig für die

Cola, und ein Dollar für die Steuer macht dreizehn Dollar und *zwanzig* Cents, nicht dreizehn Dollar und *einundzwanzig* Cent.«

»Jesses«, sagte der Laufbursche.

»Sag's Mary.«

»Mach' ich.«

Knausriger Mistkerl, dachte Michael erneut.

»Hier sind fünfzig Dollar«, sagte der Mann. »Behalte den Rest.«

Michael hörte, wie die Tür wieder geöffnet und geschlossen wurde.

Plötzlich hing der Duft von Käse, Knoblauch, Tomaten, Peperoni und Sardellen im Zimmer, in dem Michael ans Bett gefesselt war.

In diesem Augenblick wollte er nichts weiter im Leben als ein Stück Pizza.

Wenn sie ihm sagten, sie würden ihn töten, sobald Mama käme, wäre sein letzter Wunsch ein Stück Pizza.

»Die Pizza ist ziemlich gut«, sagte die Frau.

Ein Klopfen ertönte am Fenster.

Abrupt wandte er den Kopf zur Seite.

Ein Mann, der sich von der Nase bis zum Kinn mit einem schwarzen Seidentaschentuch maskiert hatte, stand auf der Feuertreppe. Er legte den Zeigefinger dahin, wo unter dem Taschentuch die Lippen sein mußten, und gab Michael zu verstehen, er solle ruhig bleiben.

Michael schaute ihn an.

Der Mann trug ein schwarzes Käppi, das zum schwarzen Taschentuch paßte. Und eine schwarze Jacke, die mit Nieten übersät war. Passend zu seiner Kleidung war auch der Mann schwarz oder zumindest das, was man heutzutage als Schwarz *bezeichnete*, selbst wenn seine entblößten Hände nicht die Farbe seiner Kleidung hatten. Tatsächlich hatten seine Hände die Farbe von kolumbianischem Kaffee.

Der Mann hievte etwas aufs Fensterbrett.

Ein schwarzes Köfferchen.

Er öffnete das Köfferchen und nahm irgendein schwarzes Werkzeug heraus.

Phantastisch, dachte Michael. Ein Einbrecher.

Im Nebenzimmer begannen sie sich über die Pizza zu unterhalten.

Einer der Männer behauptete, eine Pizza mit dünnem Boden sei die beste. Die Frau entgegnete, sie ziehe Pizza mit dickem Boden vor. Der andere Mann sagte, das Geheimnis bestehe aus einer Extraportion Käse.

Sie waren sich einig, daß eine Extraportion Käse auf einer Pizza wünschenswert sei.

Michael starb fast vor Hunger.

Der Schwarze bearbeitete das Fenster mit dem schwarzen Werkzeug, das Michael für ein Stemmeisen hielt.

»Wenn wir mit der Pizza fertig sind«, sagte einer der Männer, »sollten wir ihn kaltmachen, würd' ich sagen. Ob Mama nun hier ist oder nicht.«

Michael vermutete, daß sie über ihn sprachen.

Darüber, *ihn* kalt zu machen.

»Sardellen auf einer Pizza find' ich nicht grade spitzenmäßig«, sagte die Frau.

»Ich auch nicht, Alice«, sagte der andere Mann.

Alice.

Die Frau hieß Alice.

»Die sind zu salzig«, sagte sie.

»Gegenüber den anderen Zutaten schmeckt man sie zu stark raus«, sagte der Mann zustimmend.

»Denn je länger dieser Mann am Leben bleibt, desto gefährlicher wird er für uns«, gab der erste Mann zu bedenken.

»Ich meine, wir sollten auf Mama warten«, sagte Alice.

»Es war Mama, die dich am Anfang auf ihn angesetzt hat«, sagte der andere Mann.

»Das weiß ich, Larry.«

Larry. Noch ein erinnernswerter Name.

»Also, wenn Mama wollte, daß er heute abend um acht tot ist«, sagte er, »warum sollte das jetzt anders sein?«

»Weil es jetzt halb elf und nicht acht ist«, sagte Alice.

»Was du übrigens vermasselt hast«, sagte der erste Mann. »Das Ding auf dem Dach.«

»Nein, das hab' ich übrigens *nicht* vermasselt. Ich bin in einen *Hinterhalt* geraten, Silvio.«

Also war Alice die Blondine, die vom Dach herunter geschossen hatte.

»Ist auch egal«, sagte Silvio, »solang wir die Sache *diesmal* richtig erledigen.«

»Das klingt *immer* noch so, als hätte ich's letztes Mal falsch gemacht«, sagte Alice.

»Ich weiß bloß, was Mama mir erzählt hat. Barnes war bei Benny's und hat Fragen über Arthur Crandall gestellt. Also mußte Barnes weg. Darum bist du losgeschickt worden, um ihn kaltzumachen, und du hast ihn *nicht* kaltgemacht, deswegen ist er jetzt hier ans Bett gefesselt. Und wenn du mir jetzt sagst, wir sollen auf Mama warten, dann weiß ich nicht, warum.«

»Weil ich es sage«, entgegnete Alice.

»Und ich sage, wir machen ihn kalt und lassen ihn in Ju-Jus Bett liegen«, sagte Silvio, und wieder brachen sie in Gelächter aus.

Während der nächsten paar Minuten waren sie still.

Sie aßen.

»Was mich betrifft«, sagte Alice, »besteht die beste Mischung aus Würstchen und Peperoni.«

»Meinst du, auf 'ner Pizza?« fragte Larry.

»Nein, auf einem Piano«, sagte Alice. »*Natürlich* auf einer Pizza. Wir *reden* von Pizza, oder nicht?«

»Ich dachte, wir reden von 'nem Sandwich«, sagte Larry.

»Wenn's euch nichts ausmacht«, sagte Silvio, »rede *ich* davon, daß wir jetzt diese gottverdammte *Pizza* aufessen und danach den Mann *kaltmachen,* okay?«

»Ich dachte, du hättest 'ne Stulle gemeint«, sagte Larry. »'ne Stulle mit Würstchen und Peperoni.«

»Nein, 'ne Pizza«, sagte Alice. »Eine Hälfte Würstchen, eine Hälfte Peperoni.«

Michael hoffte, der Einbrecher würde sich beeilen und das Fenster öffnen. Dann konnte er den Mann vielleicht dazu überreden, ihn von den Fesseln zu befreien. Bevor sie mit der Pizza fertig waren und hereinkamen, um ihn kaltzumachen. Doch der Einbrecher schien ziemlich neu in dem Gewerbe zu sein. Er hatte das erste Werkzeug in das Köfferchen zurückgelegt und ein anderes herausgenommen, doch auch damit schien er nicht mehr

Glück zu haben. Währenddessen schrumpfte die Pizza im Nebenzimmer. Michael war froh, daß sie wenigstens eine große bestellt hatten.

»Wer will das letzte Stück?« fragte Alice.

»Mach schon, nimm du's«, sagte Larry.

»He, *warte* mal«, sagte Silvio, »wenn's dir nichts ausmacht, sei gefälligst nicht so verdammt großzügig mit *meiner* Pizza.«

»Wenn du's willst, nimm es«, sagte Alice.

»Los, Silvio, nimm's«, sagte Larry.

»Wenn Alice will, kann sie's haben«, sagte Silvio.

»Nein, auf dem Stück sind bloß Sardellen«, sagte Alice.

»Deswegen will ich's ja nicht«, entgegnete Silvio.

»Ich dachte, du *wolltest* es«, sagte Alice.

»Nein, ich hab' bloß gesagt, er soll's nicht so schnell vergeben, *falls* ich's doch will.«

»Na ja, ich will's nicht«, sagte Alice. »Da sind bloß Sardellen drauf.«

»Ich will's auch nicht«, sagte Larry.

»Dann zum Deibel damit«, sagte Silvio. »Wirf's in den Müll, und dann machen wir ihn kalt.«

Nein, dachte Michael. *Jemand* soll es essen. Bitte.

»Na ja, wenn's keiner will«, sagte Alice, »nehm' ich es.«

»Genau, teilen wir's«, sagte Larry.

»In drei Teile«, sagte Silvio.

Das Fenster öffnete sich einen Spalt. Kalte Luft strömte ins Zimmer. Und etwas, das nach Fisch roch. Der ganz in Schwarz gekleidete Schwarze schob das Fenster weiter hoch, und noch mehr kalte Luft und der ganz eindeutige Gestank von Fisch zogen herein. Er kletterte über das Fensterbrett ins Zimmer. Kam direkt zum Bett. Riß sich das Taschentuch vom Gesicht, beugte sich dicht an Michaels Ohr herunter und flüsterte: »Connie hat mich geschickt.«

»Binden Sie mich los«, flüsterte Michael.

Im Nebenzimmer sagte Silvio: »Es ist eine Sünde, gutes Essen vergammeln zu lassen.«

»Das ist ziemlich schwer zu schneiden«, sagte Larry.

»Halt's mit der Gabel fest«, sagte Alice.

Der Schwarze begann, die Fesseln zu lösen. Losbinden konnte

er nicht besser als Einbrechen. Im Nebenzimmer war es jetzt ganz still. Michael vermutete, daß sie sich auf das Teilen des Pizzastücks konzentriert hatten, was wahrscheinlich schwieriger war, als einen ans Bett gefesselten Mann loszubinden. Hoffte er jedenfalls. Er wünschte, sie würden etwas sagen. Die Stille war irgendwie unheilschwanger. Vielleicht hatten sie das Stück Pizza bereits geteilt und gegessen. Vielleicht luden sie genau in diesem Augenblick ihre Pistolen, statt –

»Hören Sie«, flüsterte er, »haben Sie kein *Messer* in dem Köfferchen?«

»Das dauert bloß 'nen Moment«, flüsterte der Schwarze.

Endlich hatte er das erste Handgelenk losgebunden.

Blieben noch zwei Knöchel und ein Handgelenk übrig.

»Übernehmen Sie die Knöchel«, sagte Michael. »Ich versuch's mit dem andern Handgelenk.«

»Hast du grade eben was gehört?« fragte Larry.

Stille.

O Himmel, dachte Michael.

»Nein«, sagte Silvio. »Was hast du gehört?«

»Als ob einer geredet hätte«, sagte Larry.

»Wo?«

»Ich weiß nicht. Vielleicht nebenan.«

Sie lauschten abermals.

Der Schwarze hatte Michaels linken Knöchel losgebunden und machte sich jetzt am rechten zu schaffen. Michael zerrte an dem verknoteten Strick, mit dem man sein linkes Handgelenk ans Kopfende gefesselt hatte. Er stellte sich vor, daß er in etwa zwei Minuten ein toter Mann war.

»Ich hör' *immer noch* nichts«, sagte Silvio.

»Wollt ihr nun eure Cola austrinken, oder was?« fragte Alice.

»Ich bin fertig«, sagte Larry.

»Ich auch«, sagte Silvio.

»Ich auch«, flüsterte der Schwarze.

Michael ebenfalls.

Er zog die linke Hand aus der Fessel, schwang die Beine über die Bettkante und lief augenblicklich zum Fenster. Der Schwarze befand sich direkt hinter ihm. Als sie auf der Feuertreppe waren, hörte Michael Silvio sagen: »Los, geh'n wir und machen ihn kalt.«

Der Schwarze hieß Gregory Washington.

Der Club hieß *Green Garter.*

Gregory erzählte ihm, daß Connie gesagt habe, sie würden sich dort treffen.

Die zahlreichen Frauen, die an der Bar standen, in den Nischen oder an Tischen saßen, trugen anscheinend nur Unterwäsche, Strapse, Höschen, Seidenstrümpfe mit Naht, Bodystockings, Negligés und extrem hochhackige Schuhe, so daß sie aussahen wie die rothaarige Polizistin namens O'Brien, die ihn fälschlicherweise für einen billigen Gauner gehalten hatte, oder die rothaarige Nutte namens Hannah, die ihn fälscherlicherweise für den Mann in den Carvel-Werbespots gehalten hatte. Michael fragte sich, ob Frankie Zeppelin schon jemanden gefunden hatte, der Isadore Onions umbrachte. Er fragte sich, auf wessen Oberschenkel die Hand von Isadores Freundin jetzt lag. Er fragte sich, ob in New York City alle Frauen an Weihnachten in Unterwäsche herumliefen.

»Du hast einen entzückenden Hintern«, sagte Gregory. »Hat dir das schon mal jemand gesagt?«

Allmählich hatte Michael den Verdacht, daß Gregory schwul und der *Green Garter* das war, was man als Homobar bezeichnete, und daß all die leicht bekleideten Damen in Wirklichkeit Herren waren.

Eine von ihnen zwinkerte ihm zu.

»Oh, sieh an«, sagte Gregory. »Phyllis hat ein Auge auf dich geworfen.«

Er klang wie Eddy Murphy als Schwuler in *Beverly Hills Cop.* Er wirkte sogar ein wenig wie ein jüngerer Eddy Murphy, falls es so was wie einen jüngeren Eddy Murphy gab. Michael kam es vor, als gäbe es heutzutage keine männlichen Filmstars mehr in seinem Alter. Alle männlichen Filmstars waren zwanzig Jahre alt und liebten splitternackte Frauen, die mindestens Mitte Dreißig sein mußten. Michael hielt jedoch nur die zwanzigjährigen Filmstars in Kriegsfilmen für glaubwürdig, da in Vietnam fast jeder zwanzig Jahre alt oder jünger gewesen war. Die einzigen über zwanzig waren Sergeants gewesen.

Phyllis zwinkerte ihm erneut zu.

Phyllis trug eine blonde Perücke, eine rote Seidenbluse, einen grünen Seidenrock und hochhackige Pumps. Michael fiel auf, daß sich die meisten Leute im Raum zu Ehren der Weihnachtszeit rot oder grün gekleidet hatten, andere trugen Hakenkreuze, Ketten, Jeans und schwarze Lederjacken, die mit Metallnieten oder -dornen gespickt waren. Sie wirkten härter und fieser als jeder Mann, den Michael je gesehen hatte, doch er schätzte, daß auch sie schwul waren, denn was machten sie sonst hier?

Genau dafür hielt Phyllis, die eine Rasur nötig hatte, wahrscheinlich auch ihn.

»Wann hat Connie gesagt, wollte sie hier sein?« fragte er.

»Sobald sie erledigt hat, was sie erledigen muß«, sagte Gregory.

»Was muß sie erledigen?« fragte Michael.

»Rausfinden, wer die Leiche ist.«

»Und wie will sie das anstellen?«

»Im Leichenschauhaus des Gouverneur Hospitals«, sagte Gregory. »In der Henry Street. Da die Leiche im Siebten Revier gefunden wurde und es das einzige Krankenhaus im Siebten ist, meinte Connie, daß man sie dort hingebracht hat. Sie kennt da einen Mann, der mit den Leichen arbeitet.«

»Also da ist sie jetzt«, sagte Michael.

»Die Glückliche«, sagte Gregory und grinste.

»Entschuldige«, sagte Michael, »aber wie paßt *du* ins Bild?«

»Oh, ziemlich gut«, sagte Gregory und schaute sich im Raum um. »Ich komme seit der Eröffnung hierher.«

»Ich meine, wie bist du dazu gekommen, mich zu retten?«

»Oh, Connie hat mich gebeten, da raufzuklettern.«

»Warum dich? Bist du Einbrecher?«

»Nein, ich bin Tänzer.«

»Ich verstehe noch immer nicht, woher Connie wußte, daß ich in Schwierigkeiten stecke.«

»Na ja, soweit sie *mir* erzählt hat, hat sie draußen vor dem Haus gewartet und gesehen, wie dieser Mann dich aus dem Gebäude geschleppt hat. Bewußtlos. Du, nicht der Mann. Also ist sie seinem Wagen bis zu diesem Lagerhaus beim Fulton-Markt gefolgt. Dem *Fischermarkt.* In der Fulton Street. Und daher kommt es, daß du jetzt mit mir hier sitzt, Puppe.«

»Connie ist dir einfach so über 'n Weg gelaufen, ja? Und hat dich gebeten ...«

»Nein, sie hat mich angerufen.«

»Und du bist mit deinem Köfferchen angetrabt . . .«

»Ich hab' mir das Köfferchen von meinem Schwager geliehen.«

»Ist der auch Tänzer?«

»Nein, *der ist* Einbrecher. Aber er ist ein Weißer, und man sollt' nich' *meinen*, er wär' nich' cool.«

»Connie hat dich also angerufen . . .«

»Richtig, und mich gebeten, ich soll sie an diesem Lagerhaus treffen, vor dem sie gewartet hat.«

»Woher wußte sie, in welchem Apartment ich war?«

»Das ist kein Apartmenthaus, das ist 'n Lagerhaus. Sie hat drauf geachtet, wie hoch der Aufzug gefahr'n ist. Und ich bin über die Feuertreppe bis zum vierten Stock hochgestiegen, wo ich dich gefunden hab', freust du dich nicht?«

»Du willst mir erzählen, Connie hat einfach zum Hörer gegriffen, und du bist gleich los, um sie zu treffen?«

»Ich schulde ihr was«, sagte Gregory und beließ es dabei.

»Na ja, ich bin dir dankbar.«

»*Wie* dankbar?« sagte Gregory und legte die Hand auf Michaels Oberschenkel, als Phyllis sich dazu gesellte.

»Willst du mich nicht vorstellen, Greg?« sagte sie.

»Michael, das ist Phyllis«, sagte Gregory und zwickte Michael direkt überm Knie.

»Lust zu tanzen, Michael?«

Michael konnte sich Schlimmeres vorstellen.

»Kommst du oft her?« fragte Phyllis.

Sie war eine ziemlich gute Tänzerin.

Die Musikbox spielte »It Happened in Monterey«. Frank Sinatra sang.

»Das erste Mal«, sagte Michael.

»Du hast einen entzückenden Hintern«, sagte Phyllis. »Hat dir das schon mal jemand gesagt?«

»Um ehrlich zu sein, ja«, sagte Michael.

»Meine Güte, sie ist sogar anständig«, sagte Phyllis.

Ihr Bart kratzte an Michaels Wange.

»Bist du verheiratet?« fragte Phyllis.

»Geschieden«, sagte er.

»Oh, gut«, sagte Phyllis.
»Aber ich bin fest mit jemand liiert«, sagte Michael schnell.
»Ach, Mist«, sagte Phyllis.
»Darf ich bitte abklatschen?« fragte jemand.
Dieser Jemand war Connie.
»Green *Garden,* hab' ich gesagt«, sagte sie.

13

Alle drei saßen in einer Nische.

Connie war verärgert, weil Gregory Michael zum *Green Garter* statt zum *Green Garden* gebracht hatte, das ein vegetarisches Restaurant an der Orchard Street war und viel näher am Governeur Hospital lag als die Greenwich Avenue.

»Es kommt immer bloß aufs Revier an«, sagte sie. »Das Sechste Revier ist *nicht* das Siebte Revier. Wenn ich das Green *Garter* im *Sechsten* Revier gemeint hätte, hätte ich nicht das Green *Garden* im *Siebten* ausgesucht.«

»Ich bin untröstlich«, sagte Gregory.

Er klang nicht sarkastisch, sondern so, als täte ihm der Irrtum wirklich sehr leid. Außerdem – erinnerte Michael Connie – war er derjenige, der für die Befreiung verantwortlich war, als –

»Na ja, nicht unbedingt *verantwortlich*«, sagte Gregory bescheiden.

»Aber Michael hat recht«, sagte Connie. »Tut mir leid, daß ich dich angeschrien habe.«

»Das macht der Gestank im Leichenschauhaus«, sagte Gregory. »Warst du schon mal in 'nem Leichenschauhaus?« fragte er Michael.

»Noch nie.«

»Vor ungefähr zwei Jahren«, sagte Gregory, »ist 'n Freund von mir an 'ner Überdosis Heroin gestorben, und ich mußte ins Leichenschauhaus, um ihn zu identifizieren. Da drin hat's wirklich gestunken. Da drin kann man Kopfschmerzen kriegen. Und man kann große Angst kriegen. All die Toten, die da in Schubladen zum Rausziehen gestapelt sind.«

»Erinnere mich nicht dran«, sagte Connie.

Michael dachte daran, daß der Gestank in Vietnam manchmal unerträglich gewesen war. Er konnte sich nicht vorstellen, daß irgendein Leichenschauhaus auf der Welt mehr stinken konnte als eine Lichtung im Dschungel, auf der drei Tage alte Leichen lagen.

»Er *sah* nicht mal *aus* wie Crandall«, sagte Connie.

»Du hast ihn gesehen?« fragte Michael.

»Ja. Ein großer, dünner Mann. Pockennarben im Gesicht. Tätowierung auf dem Arm.«

»Ein Weißer?«

»Ja. Aber das ist die einzige Ähnlichkeit.«

»Wie alt war er?«

»Mein Freund im Leichenschauhaus schätzt ihn auf ungefähr vierzig, fünfundvierzig.«

»Wie heißt er?«

»Max Feinstein. Ich kenn' ihn aus der Zeit, als er Krankenwagen fuhr . . .«

»Nein, ich meine die Leiche.«

»Oh. Julian Rainey. Sie haben ihn schließlich aufgrund seiner Fingerabdrücke identifiziert. Er hat ein ellenlanges Register.«

»Ja, er ist Dealer«, sagte Gregory und nickte.

»*War* Dealer«, verbesserte Connie. »Heißt das, du *kennst* ihn?«

»Oh, ja, er versorgt ganz Downtown.«

»*Versorgte*«, verbesserte Connie.

Eine Drogengeschichte, dachte Michael. Ich wußte es.

»Ein rotes Herz, hab' ich recht?« sagte Gregory. »Die Tätowierung.«

»Ja«, sagte Connie.

»Am linken Arm.«

»Am linken Arm, ja.«

»Und im Herz steht Ju-Ju, hab' ich recht?«

»Ich weiß nicht, was im Herz steht.«

»Ju-Ju. Das ist sein Spitzname.«

»*War* sein Spitzname«, verbesserte Connie.

Michael blickte die beiden an.

»Ich glaube, wir müssen noch mal zum Lagerhaus fahren«, sagte er.

»Ohne mich«, sagte Gregory.

Es war kurz vor Mitternacht, als sie dort ankamen.

Weihnachten war fast vorbei.

Nirgendwo im Gebäude war Licht zu sehen.

»Das kommt daher, weil hier keiner wohnt«, erklärte Connie.

»Das ist ein *echtes* Lagerhaus, keins von den Gebäuden, die überall in der Stadt als Lofts vermietet werden. Hier werden tatsächlich Waren gelagert.«

»Was glaubst du, hat Ju-Ju hier gelagert?« fragte Michael.

»Dreimal darfst du raten«, sagte Connie.

Michael schaute an der Fassade des Gebäudes hinauf. Es war sechs Stockwerke hoch und hatte fünf gleich große Fenster in jeder Etage. Vom vierten Stock an verkündeten riesige weiße Buchstaben unter den Fenstern den eigentlichen Zweck des Gebäudes, dokumentierten seine Vergangenheit wie ein riesiges Plakat, das den East River überragte.

LAGERHAUS
Groß- und Einzelhandel
BÜROMÖBEL
Ausstellungsräume: Broad Street
NEW YORK-MIAMI-LOS ANGELES

Die ganze Gegend roch nach Fisch.

»Wir sind bloß 'n paar Straßen vom Markt entfernt«, sagte Connie.

Die Eingangstür aus Metall war verschlossen.

»Vorher war sie offen«, sagte Connie. »Es ist im vierten Stock. Ich hab' die Fahrstuhl-Anzeige beobachtet.«

Allmählich konnten sie beide ziemlich gut über Feuertreppen klettern. Michael vermutete, falls sie je zusammen in einem brennenden Gebäude gefangen wären, wüßten sie innerhalb einer Minute, wie sie rauskämen. Er hielt es für gut, solche Dinge zu wissen. Im vierten Stock entdeckten sie das Fenster, durch das Gregory eingebrochen war. Jetzt war es verschlossen. Michael schätzte, daß die drei Pizzaesser es geschlossen hatten, nachdem sie ins Zimmer gekommen waren und Ju-Jus Bett leer vorgefunden hatten. Er hoffte, daß die Pizzaesser nicht noch drin waren. Er glaubte nicht, daß sie's waren: nirgendwo brannte Licht. Aber man konnte nie wissen – in Vietnam konnte Charlie im Dunkeln sehen.

Er machte das Fenster auf.

Lauschte.

Kein Geräusch.

Er kletterte über das Fensterbrett und half dann Connie ins Zimmer.

Sie warteten, bis die Augen sich an die Dunkelheit gewöhnten, und langsam verlieh das Mondlicht den Gegenständen Konturen ...

Zuerst dem Bett mit dem weißen, schmiedeeisernen Kopf- und Fußende ...

Dann dem Stapel Wäsche in der Ecke ...

Und dann dem Indianer auf seinem gescheckten Pony.

Sonst nichts.

»Ich glaube, jemand hat ins Zimmer gepinkelt«, flüsterte Connie.

Jetzt bemerkte Michael, daß es eigentlich gar kein *Zimmer,* sondern nur ein durch eine Trennwand geteilter Raum war. Die Tür zur anderen Seite der Trennwand war nur angelehnt. Kein Licht dahinter. Er ging zur Tür und lauschte. Hörte nichts. Er nickte Connie zu und öffnete die Tür weiter. Gemeinsam betraten sie den Nebenraum. Und warteten wieder eine Weile, bis sich ihre Augen an das scheinbar noch tiefere Schwarz gewöhnt hatten, das die gewaltige Größe des Raumes bewirkte. Als Michael sicher war, daß sie allein waren, tastete er die Wand nach einem Lichtschalter ab, stieß auf einen und knipste das Licht an.

Falls er eine Kokainfabrik erwartet hatte, wurde er enttäuscht.

Angesichts des Inventars auf dieser Seite der Trennwand käme man nie auf den Gedanken, daß Ju-Ju Rainey ein Dealer war. Hier sah es aus wie in einem erstklassigen Warenhaus, vollgestopft mit Fernsehern und Kameras, Plattenspielern, Pelzmänteln und Juwelen, Telefonen –

»Ein Hehlernest«, sagte Connie. »Viele Dealer tauschen Drogen gegen Ware.«

Doch eine Drogengeschichte, dachte Michael.

Von den Fenstern aus blickte man auf die Straße. Das Licht einer weit entfernten Ampel färbte die Scheiben abwechselnd rot und grün. Noch immer war Weihnachten, aber nur grade so. An der Wand gegenüber den Fenstern hing eine Reihe Uhren. Sie tickten gleichmäßig wie eine riesige Zeitbombe kurz vor der Explosion. Zum Ticktack der Standuhren, deren Pendel hin und her schwangen, kam das leise Ticken kleinerer Uhren auf Regalen und erfüllte den riesigen, stillen Raum.

Rechts in der Ecke, nahe der Metalltür, stand ein Tisch, auf dem ein tomatenbefleckter leerer Pizzakarton und drei leere Colaflaschen lagen. An der Wand neben einer Tür, die zur Toilette führte, stand ein grüner Metallaktenschrank, auf der anderen Seite der Tür ein riesiger schwarzer Safe, auf dessen Frontseite das Wort MOSLER prangte.

Michael ging zum Aktenschrank und zog die oberste Schublade auf. Ein kurzer Blick auf einen der Aktendeckel sagte ihm, daß Ju-Ju Rainey hier seine Inventarlisten aufbewahrte. Ein ordnungsliebender Hehler. Die unterste Schublade war verschlossen.

»Weißt du, wie man so was macht?« fragte Connie.

»Was?«

»Ein Schloß knacken?«

»Nein«, sagte Michael.

»Sehen wir nach, ob jemand 'n paar Werkzeuge mit reingeschleppt hat«, sagte Connie.

Sie stöberten in der heißen Ware herum, als wären sie beim Winterschlußverkauf. Es war irgendwie nett. Fast konnte man dabei vergessen, daß etliche Leichen im Spiel waren. Wie damals im Dschungel. Mit dem Baby. Keine Spur von Gefahr, Charlie war Hunderte von Meilen entfernt. Man zog einfach durch den Dschungel. Die Vögel zwitscherten in den Baumwipfeln. Andrew rauchte eine Zigarette, als plötzlich das Baby –

Er verdrängte jeden Gedanken an das Baby.

Klick.

Einfach abschalten.

Connie war vor einem Kleiderständer stehengeblieben, an dem mindestens hundert Pelzmäntel hingen.

Das Baby weinte.

Klick.

»Der ist phantastisch«, sagte Connie.

Sie betrachtete einen langen Rotfuchsmantel.

Michael entfernte sich von ihr, drang weiter in das Gebäude vor, das wie eine kleinere Ausgabe des Lagerhauses in *Citizen Kane* wirkte. Er stieß auf einen behelfsmäßigen Ladentisch auf

Böcken mit Brettern, der mit Walkman-Radios überhäuft war. Auf dem Tisch lagen mindestens tausend Walkman-Radios. In allen Größen und Farben. Michael fragte sich, ob all diese Radios von einem einzigen eifrigen Dieb stammten. Oder hatten tausend weniger ambitionierte Diebe je eines gestohlen? Ein anderer Tisch war mit Büchern überladen. Er sah aus wie der Ladentisch in einer Buchhandlung. Sehr dicke und bedeutende Bücher wie *Kriegstage, Frauenarbeit* und *Wirbelwind* waren auf dem Tisch gestapelt. Michael konnte sich gut vorstellen, warum jemand diese kostbaren Bücher stehlen sollte und warum Ju-Ju bereit war, sie gegen Dope einzutauschen. Wahrscheinlich wollte er sie später an einen jener »Buchhändler« weiterverkaufen, die auf einer Wolldecke auf dem Bürgersteig vor Saks an der Fifth Avenue hockten.

Connie konnte sich nicht von dem Kleiderständer mit den Pelzmänteln losreißen. Jetzt probierte sie sogar einen der Mäntel an. Er hoffte nur, sie habe nicht vor, ihn zu stehlen. Die Versuchung, einen Dieb zu bestehlen, war in der Tat groß. Im Grunde genommen gehörten die Waren ja nicht dem Dieb. Deshalb konnte der Dieb nicht rechtmäßig – oder zumindest nicht gerechterweise – geltend machen, daß man ihn bestohlen hatte, da die Waren bereits jemand anderem gestohlen worden waren. Überdies war die Transaktion – der Tausch von gestohlenen Waren gegen verbotene Substanzen – illegal, so daß der Dieb erst recht keine Gnade erwarten konnte. Und schon gar nicht, wenn er, wie es bei Ju-Ju Raincy der Fall war, nicht mehr lebte. Wenn es einerseits aber in Ordnung war, die von einem toten Dieb gestohlene Ware zu stehlen, dann war es andererseits vielleicht auch in Ordnung, wenn man den Tod des Diebes *verursacht,* der Leiche dann die Papiere eines anderen zugesteckt und die ganze Schuld einem Dritten aufgeladen hatte, der wiederum zufällig Michael war. Alles war eine Frage von Moral, vermutete er.

Der Mantel, den Connie anprobierte, war ein sehr dunkler, knöchellanger Zobel.

Der Mantel schrie: »Klau mich, klau mich!«

Er hoffte, sie würde es nicht tun.

Das Baby schrie.

Klick.

»So einen Mantel hätte ich unheimlich gern«, sagte Connie.

Michael stand jetzt vor einem Tisch, auf dem massenweise Musikinstrumente lagen: Geigen, Bratschen, Celli, Baßgeigen und sogar Leiern. Pikkoloflöten, Oboen, Saxophone, Klarinetten, Englischhörner, Fagotte und Flöten. Eine Orgel. Akustikgitarren, E-Gitarren, Banjos, Mandolinen, eine Steel-Guitar, ein Synthesizer, eine Sitar und ein Becken. Ein Schlagzeug. Drei Dudelsäcke. Vierzehn Mundharmonikas und ein Buch mit dem Titel *Die Mundharmonika im Jazz,* das sich offenbar vom Büchertisch hierher verirrt hatte. Trompeten, Sousaphone, Tuben, Waldhörner, Flügelhörner, Signalhörner und sechsundsiebzig Posaunen. Michael schätzte, es mußte sich lohnen, Musikinstrumente zu stehlen.

Der nächste Tisch war mit Werkzeugen überhäuft. Mehr Werkzeuge, als er je in seinem Leben auf einem Haufen gesehen hatte. Er schätzte, es mußte sich ebenso lohnen, Werkzeuge zu stehlen. Wahrscheinlich lohnte es sich immer, *irgendwas* zu stehlen. Hier gab es Hämmer und Hobel, Stemmeisen und Schlegel. Es gab Zangen und Schraubenschlüssel, Handsägen und Bohrer, Ahlen und Raspeln, Meißel und Feilen, Kreis- und Laubsägen, elektrische Schleifmaschinen und Kettensägen. Michael suchte sich eine elektrische Bohrmaschine und ein Plastikkästchen mit Bohrern aus und ging damit zu Connie, die jetzt vor einem Tisch mit Waffen stand.

»Schau dir die ganzen Waffen an«, sagte sie.

»Ja«, sagte er.

Es gab Revolver und automatische Pistolen jeder Größe, jeden Kalibers und jeder Machart. Smith & Wesson, Colt, Browning, Walther, Ruger, Harrington & Richardson, Hi-Standard, Iver Johnson – was immer man wollte, es war da. Ferner gab es Gewehre und Schrotflinten – Remington, Winchester, Mossberg, Marlin, Savage, Stevens & Fox. Des weiteren diverse Militärwaffen, die Michael als AK-47-Sturmgewehre und AR-15-Halbautomatik identifizierte. Rambo hätte sich an diesem Tisch wie zu Hause gefühlt. Rambo hätte sich hier sein komplettes Waffenarsenal zusammenstellen können.

»Hiermit können wir, glaub' ich, das Schloß aufbohren«, sagte Michael.

»Ist es ein Verbrechen, gestohlene Ware zu stehlen?« fragte Connie.

»Ja«, sagte er.

»Das dachte ich mir«, sagte sie.

Er ging an ihr vorbei zum Aktenschrank an der Wand. Er öffnete das Plastikkästchen und suchte nach einem Bohrer, mit dem er das Metallschloß am Schrank aufbohren könnte, als Connie, die Hände in den Taschen des kurzen, schwarzen Mantels, zu ihm kam. Michael wählte einen Bohrer aus, steckte ihn ins Bohrfutter, zog ihn mit dem Bohrfutterschlüssel fest, entdeckte eine Wandsteckdose neben dem Schrank, kniete sich hin, um den Stecker einzustecken, prüfte, ob Strom da war, und ging wieder zum Schrank. Connie stand noch immer mit den Händen in den Taschen da. Einen Moment lang betrachtete er das Schloß und machte sich dann ans Werk.

Der Bohrer fraß sich ins Metall.

Es gab einen hohen, wimmernden Ton.

Dort drüben, ein Baby, hatte Andrew gesagt.

Wo?

Dort drüben. Es weint.

Spiralförmige Metallspäne traten aus dem Bohrloch aus.

Das Schloß löste sich in seine Einzelteile auf.

Michael riß die Schublade auf.

Sie erblickten einen offenen Schuhkarton, der zwei Plastikröhrchen mit Crack enthielt.

»Muß sein ganzes Dope eingesetzt haben, um die Waren hier zu bezahlen«, sagte Michael.

»Entweder das, oder irgendwo anders ist noch *mehr* Dope.«

»Wo zum Beispiel?«

»Wo würdest *du* denn einen ganzen Haufen Crack lassen?«

Michael schaute zum Safe.

»Weißt du, wie man so was macht?« fragte Connie.

»Nein«, sagte Michael.

»Hab' ich mir gedacht.«

»Aber ich hab' 'ne Frage.«

»Ja?«

»Würdest du einen Aktenschrank verschließen, in dem nur zwei Röhrchen Crack sind?«

Connie schaute ihn an.

»Ich auch nicht«, sagte er.

Er kniete sich neben den Schrank, hob den Schuhkarton hoch, drehte ihn um und sah ihn sich an. Nichts. Er fuhr mit den Händen am Boden und an der Rückseite der Schublade entlang, dann an beiden Seiten, zurück zur Vorderseite und dann am Innern der Vorderseite entlang und –

»Hier ist es«, sagte er.

Er beugte sich über die Schublade und schaute hinein.

Ein Papierstreifen war mit Tesafilm auf die Innenseite geklebt. Er war so angebracht, daß die Schrift auf dem Kopf stand und von oben leicht zu lesen war. Auf dem Zettel stand:

4 L 28
3 R 73
2 L 35
Langsam R öffnen

»Du bist so klug«, sagte Connie. »Weißt du, daß es fast Mitternacht ist?«

»Wirklich?«

»Nur noch eine Minute.«

Er blickte auf seine Uhr.

»Ja«, sagte er.

»Und dann ist Weihnachten vorbei. Um genau zu sein, in vierzig Sekunden.«

»Ja.«

»Erinnerst du dich daran, was wir letzte Nacht um diese Zeit gemacht haben?«

»Ja, ich erinnere mich.«

»Ich glaube, wir sollten es wieder tun, meinst du nicht auch?« sagte sie und legte die Arme um seinen Hals. »Machen wir's zur Tradition.«

Ihre Lippen trafen sich.

Und so, wie Glocken erklungen waren, als sie sich letzte Nacht in Crandalls Büro geküßt hatten, und so, wie Glocken erklungen waren, als Michael den Mazeltov-Imbiß verlassen hatte, so erklangen auch jetzt Glocken. Diesmal war es jedoch kein klingelndes Telefon, und die Glocken waren auch nicht am Auslösemechanismus eines Notausgangs, sondern es waren die Glocken und die Gongs und die Glöckchen einer Unzahl gestohlener Uhren, die an der Wand gegenüber dem Fenster aufgereiht waren. Es war ein Glockenkonzert. Das Glockengeläut dröhnte in die Weite des Lagerhauses hinein, flutete über die vielen Reihen gestohlener Güter, hallte in der staubigen Luft wider und brach über Connie und Michael herein, die sich neben einem gestohlenen Apple-IIe-Computer in den Armen lagen. Während ihre Lippen wie verschweißt waren, machten die Glocken *bong bong,* die Glöckchen *ting ting* und alle Uhren zusammen *bing bang bong,* verkündeten das Ende der Weihnacht, läuteten den Beginn des sechsundzwanzigsten Dezembers ein, eines strahlend neuen Montagmorgens in einer Welt voll unendlicher Reichtümer, legten Zeugnis ab von all den glänzenden neuen Waren im Lagerraum des verstorbenen Ju-Ju Rainey. Und plötzlich verstummten die Glocken. Nicht alle gleichzeitig, da die Uhren nicht völlig synchron liefen, doch sie wurden immer schwächer, ein schweres *Bong* erklang, ein Glöckchen klingelte schwach, hier ein disharmonisches *Bing,* dort ein widerwilliges *Ting* und dann Stille.

»Heute ist Boxing Day, weißt du«, sagte sie.

»Wußte ich nicht«, sagte er.

»Ja«, sagte sie. »Der Tag nach Weihnachten wird Boxing Day genannt.«

»Ich verstehe.«

»Ich weiß es, weil man ihn in Hongkong feiert, das noch immer eine britische Kolonie ist.«

»Warum nennt man ihn Boxing Day?«

»Weil an dem Tag Preisboxkämpfe stattfinden. Überall im britischen Empire.«

»Ich verstehe«, sagte er.

Sie standen immer noch dicht beieinander. Er fragte sich, ob Connie je auf einem Tisch mit gestohlenen Küchenutensilien geliebt worden war.

»Hör mal«, sagte sie.

Ihm fiel ein, daß Connie ein ausgezeichnetes Gehör besaß.

»Der Fahrstuhl«, sagte sie. »Jemand benutzt den Fahrstuhl.«

Er lauschte.

Er konnte den Fahrstuhl quietschen hören.

Das Baby saß direkt neben dem Pfad.

Es weinte.

Der Fahrstuhl hielt an.

Er hörte, wie sich die Tür öffnete.

Schritte im Flur.

Stimmen direkt vor der Metalltür zu Ju-Jus Einkaufsparadies für besonders preisgünstige Waren.

Wenn man in der Unterzahl war, suchte man sich eine höher gelegene Stellung. Hier war der Kleiderständer, an dem all die teuren Pelzmäntel hingen, die höchste Stellung. Er nahm Connies Hand und führte sie schnell und lautlos durch den Raum, vorbei an einem Tisch, auf dem ein Sextant, ein Außenbordmotor, ein Anker, ein Kompaß und ein Paddel lagen, und dann an einem anderen Tisch, auf dem sich ...

Ein Schlüssel drehte sich im Türschloß.

... sieben Baseballschläger, drei Handschuhe, ein Fängerhandschuh und eine Fängermütze, ein Lacrosse-Schläger und ein Paar Turnschuhe befanden ...

Der Riegel gab mit einem kurzen Klicken nach.

... bis sie schließlich zum Ende des Kleiderständers kamen, an dem ein Robbenpelzmantel mit Waschbärkragen hing.

Die Tür öffnete sich.

»Wer hat das Licht angelassen?« sagte die Frau.

Michael kannte die Stimme.

Er konnte sie zwar nicht sehen, da er sich hinter einer Jacke zusammengekauert hatte, die anscheinend aus Luchs war, doch es war Alice die Pizzamaid, die Dame, der auch der Mannlicher-Schoenauer-Karabiner mit dem Kahle-Zielfernrohr gehörte, mit dem sie heute – oder eigentlich gestern – abend vom Dach aus auf sie gefeuert hatte. Die Waffe, die jetzt samt Koffer in Connies Schlafzimmerschrank verstaut war, in dem er selbst gerne wäre. Denn die nächste Stimme, die er hörte, war Silvios. Derjenige, der es für lustig gehalten hatte, Michael umzubringen und ihn ihn Ju-Jus nach Pisse stinkendem Bett oder irgendwo in einer Mülltonne hinter McDonald's zu hinterlassen. Und die nächste Stimme gehörte Larry, und beide Männer stritten hartnäckig ab, das Licht angelassen zu haben.

»Wenn das so ist«, wollte Alice wissen, »warum *ist* dann das Licht an?«

Es herrschte Totenstille.

Michael überlegte, ob Connie und er sich vielleicht besser im Badezimmer hätten verstecken sollen.

»Überprüft die Toiletten«, sagte Alice.

Gut, dachte er, daß sie sich nicht im Badezimmer versteckt hatten.

Stille.

Das Geräusch von Metallringen, die über die Stange des Duschvorhangs kratzten, als dieser zurückgeschoben wurde.

Weiterhin Stille.

»Und?« fragte Alice.

»Keiner drin.«

»Überprüf die ganze Etage«, sagte Alice.

Und plötzlich hörte man noch mehr Stimmen.

Ein Mann sagte: »Das ganze Zeug soll weg, hä?«

»Alles«, sagte Alice.

»Das Klavier auch?« sagte ein zweiter Mann. »Wir machen nämlich keine Klaviertransporte, wissen Sie.«

»Das ist gut«, sagte Silvio, »denn es ist kein Klavier.«

»Was ist es dann, wenn's kein Klavier ist?«

»Das ist 'ne Orgel.«

Ein dritter Mann sagte: »Okay, wo soll das ganze Zeug hin?«

Ein vierter Mann sagte: »Sieh dir bloß mal diesen Kasten an, ja? Was ist das, ein Billigwarenhaus?«

Ein fünfter Mann sagte: »Soll das Zeug in Kisten verpackt werden?«

»Was zerbrechlich ist«, sagte Alice. »Und auch in Papier einwickeln.«

»Was ist das?« fragte der dritte Mann. »Ein *Klavier*?«

»Ich hab's ihnen schon gesagt«, sagte der zweite Mann.

»Wir transportieren nämlich keine Klaviere«, sagte der dritte Mann.

»Das ist 'ne Orgel«, sagte Silvio.

»Mein Vater hat Schlagzeug gespielt«, sagte der fünfte Mann.

Der erste Mann sagte: »Warum zieht Mama nicht wie jeder normale Mensch tagsüber um?«

Larry sagte: »Warum ziehst du nicht los und machst das mit Mama ab, okay?«

»Nein, danke«, sagte der Mann.
»Dann mach dich an die Arbeit«, sagte Larry.
»Wo ist die Kombination?« fragte Alice jemanden.
»Ich hab' sie«, sagte Silvio.
»Wenn er dir die Kombi sowieso geben wollte«, sagte Larry, »was glaubst du, warum er dann ins Bett gepinkelt hat?«
Alle lachten.
Sogar die Möbelpacker.
»Wenn man ins Bett pinkelt«, sagte Silvio lachend, »dann wird man nicht erschossen.«
»Das ist 'ne Zauberformel«, sagte Alice lachend. »Pinkelt man ins Bett, dann geh'n die bösen Typen weg.«
»Das war das erste Mal, daß mir einer ins Bett gepinkelt hat, bevor ich ihn erschossen habe«, sagte Silvio noch immer lachend.
»Gib mir die Kombi«, sagte Alice.
»Ich sag' dir«, sagte einer der Möbelpacker, »wenn's nicht um Mama ging, würd' ich nicht mal in die Nähe von diesem Klavier geh'n.«
»Du könntest dir an dem Klavier 'nen Bruch heben«, sagte ein anderer Mann.
»Das ist 'ne *Orgel*«, sagte Silvio, doch seine Stimme klang gedämpft. Michael schätzte, daß er vor dem Safe stand und ihnen den Rücken zugekehrt hatte. Mittlerweile fühlte er sich, während er sich mit Connie hinter den Pelzen verborgen hielt, wie Cary Grant in *Aufstand in Sidi Hakim*, in der Szene, wo die drei sich im Tempel verstecken und die ganzen Irren »Kali!« brüllen.
»Lies es mir vor«, sagte Alice.
»Vier links nach achtundzwanzig«, sagte Silvio.
»Sieh dir das an, ja?« sagte der Möbelpacker. »Rollschuhe, Schlittschuhe, Zielscheiben, ein Tisch für Pool-Billard . . .«
»Diesen Billardtisch heb' ich nicht, das kann ich dir sagen.«
»Der ist schwerer als das Klavier.«
»Das ist 'ne Orgel«, sagte Silvio über die Schulter hinweg. »Drei rechts nach dreiundsiebzig.«
»Was is'n *das* für 'n Ding?«
»Ein Toboggan.«
»Was macht man damit?«
»Zwei links nach fünfunddreißig«, sagte Silvio.

»Ich hab' noch nie im Leben soviel Zeug geseh'n.«

»Und das ist *nach* Weihnachten übriggeblieben, vergiß das nicht.«

»Langsam nach rechts, bis er sich öffnet«, sagte Silvio.

Stille.

Dann:

»Gute Güte!«

Das war Larry.

Weiterhin Stille.

»Das Dope muß mindestens eine Million Dollar wert sein«, sagte Alice.

Jawohl, dachte Michael. 'ne Drogengeschichte.

»Ich dachte, Mama hat gesagt, Ju-Ju wär' bloß 'n kleiner Fisch«, sagte Silvio.

»Mama lag falsch«, sagte Larry.

»Oder hat gelogen«, sagte Alice, und erneut kehrte Stille ein.

Diesmal eine längere. Eine nachdenkliche. Eine bedeutungsschwangere. Die Stille, in der sich Gauner überlegen, ob ein anderer Gauner sie reingelegt hat. Es war eine interessante Stille, eine, in der alles möglich war. Michael wartete. Connie drückte seine Hand. Auch sie hatte die Stille kapiert.

»Vielleicht wußte Mama nicht, daß soviel Stoff in dem Kasten ist«, sagte Larry.

»Vielleicht«, sagte Alice.

Sie klang nicht überzeugt.

Wieder Stille.

Alle drei versuchten dahinterzukommen.

»Hört mal, diesen Billardtisch fassen wir nicht an«, sagte einer der Möbelpacker. »In dem Tisch sind Backsteine, der wiegt 'ne Tonne.«

»Schön«, sagte Alice.

»Verflucht noch mal«, sagte der Möbelpacker.

Stille, bis auf das Geräusch von Zeitungen, die zerknüllt wurden, Kartons, die aufgeklappt wurden, Arbeitsschuhen, die über den Boden stapften, Männern, die stöhnten, als sie die schweren Gegenstände hoben.

»Man hat uns bezahlt«, sagte Larry.

Ein Zittern in seiner Stimme.

»Aber sind wir *ausreichend* bezahlt worden?«

Das war Alice.

»Unsere Abmachung besagte, daß wir Ju-Ju liefern«, sagte Larry. »Das haben wir gemacht.«

Er versuchte Frieden zu stiften.

Doch er stand am Safe und schaute hinein auf das, was Alice als Dope im Wert von mindestens einer Million Dollar bezeichnet hatte.

»Das war die *eigentliche* Abmachung«, sagte Larry.

»Die Abmachung hat sich gestern geändert«, sagte Alice.

»Die Abmachung hat sich insoweit geändert, als wir auch noch Barnes kaltmachen sollten.«

»Und Ju-Jus Laden ausräumen.«

»So hat sich die Abmachung geändert.«

»Aber wußte Mama von dem ganzen Zeug in Ju-Jus Schrank?«

Erneut waren alle still.

»Die Antwort lautet nein«, sagte Alice.

Stille.

»Denn ich sag' dir, warum.«

Michael war höchst interessiert daran zu hören, warum.

»Denn wenn *du* Mama wärst«, sagte Alice, »würdest *du uns* dreien Dope im Wert von einer Million Dollar anvertrauen?«

Alle lachten.

Michael nickte zustimmend.

»Klar, lacht nur«, sagte einer der Möbelpacker. »Ihr drei hebt euch ja keinen Bruch.«

»Was ich meine«, sagte Alice, »ich meine, die Lastwagen können die ganze schöne Ware bei Mama abliefern . . .«

»Wie abgemacht«, sagte Silvio.

»Aber *wir* drei nehmen uns, was in dem Schrank liegt, wie hört sich das an?«

»Für mich hört sich das gerecht an«, sagte Silvio.

»Mehr als das«, sagte Larry.

»Aber wer hat das Licht angelassen?« fragte Alice.

14

Michael gefiel es überhaupt nicht, daß sie sich hinter den Fellen toter Tiere versteckten. Viel lieber hätte er sich hinter dem Tisch mit den Waffen versteckt. Denn Alice und ihre beiden Kumpane waren über die gesamte Etage des Lagerhauses ausgeschwärmt und wollten unbedingt herausfinden, wer das Licht angelassen hatte.

Wahrscheinlich, so schätzte er, war es eine reine Frage des Aussortierens.

Wahrscheinlich sagten sie sich: Jesses, *wir* haben das Licht nicht angelassen, und die Möbelpacker können's auch nicht gewesen sein, also muß es jemand anders gewesen sein. Und vielleicht ist derjenige noch hier. Vielleicht hat er sich hinter dem Tisch da drüben versteckt, auf dem sechs Tandberg-UKW-Tuner, drei Nakamichi-Kassettendecks und ein Denon-Plattenspieler mit Direktantrieb stehen.

Eine Frau kam jetzt um den Tisch herum.

Alice.

Ohne Zweifel.

Dieselbe Frau, die vom Dach aus auf sie geschossen hatte.

Das lange blonde Haar, die mandelförmigen Augen, die feine Michael-Jackson-Nase, die vornehme Blässe ihres ovalen Gesichts. In ihrer Hand eine Waffe, die ausländisch aussah. Sie hätte einen russischen Killer in einem James-Bond-Film darstellen können. Dabei war es schon schlimm genug, daß sie ein amerikanischer Killer in einem echten Drama war, in dem Michael Barnes und Connie die Hauptrollen –

Ihm fiel auf, daß Connie nicht mehr an seiner Seite war.

Bevor er Zeit hatte, sich zu fragen, wie und wann sie verschwunden war, sah er, wie ein kleiner, untersetzter Mann um den Ärmel eines Chinchillamantels am anderen Ende des Kleiderständers herumkam. Von seiner gebrochenen Nase abgesehen, ähnelte der Mann Tony Orso, dem Bären, oder Charlie Bonano, die beide wiederum wie der Schwager von Rocky aussahen. Er hatte eine Waffe in der Hand. Michael hielt ihn für Silvio.

»He!« brüllte Silvio, falls er es war, und Michael schlüpfte sofort zwischen einen sibirischen Hermelinmantel und einen Persianer, er zwängte sich durch die Pelze und arbeitete sich durch den Kleiderständer zur anderen Seite vor, wo ein großer, hagerer blonder Mann mit markantem Gesicht, der wie Sterling Hayden in *Der Pate* aussah, um einen Tisch herumkam, auf dem ein leerer Sarg stand.

Michael vermutete, daß er bald selbst in diesem Sarg aufgebahrt sein würde, der aus feinem Mahagoniholz gemacht, mit weißer Seide ausgeschlagen und mit Bronzegriffen versehen war.

Wenn der andere Silvio war, dann war der hier Larry.

Silvio kämpfte sich also auf der anderen Seite durch den Ständer mit den Pelzen vor und tauchte zwischen einem mexikanischen Ozelot und einem mongolischen Murmeltier wieder auf, und hier stand Larry, der Michael jetzt entdeckte und ebenfalls »He!« schrie. Und Alice war auch da, kam um den Tisch mit den Hi-Fi-Geräten herum und grinste Michael an wie eine afrikanische Löwin, die sich auf ein Warzenschwein zum Frühstück freut. Michael dachte, das war's dann wohl. Die Karten waren verteilt, die Asse bereits ausgespielt.

»Keine Bewegung!« sagte eine Stimme.

Sie klang wie die von Detective O'Brien.

Doch es war Connie.

Stand da mit einer Waffe in jeder Hand.

Hinter Alice und Larry, die den Spruch wahrscheinlich schon öfter gehört hatten und keinen Finger mehr rührten, als sie ihn jetzt hörten. Silvio tauchte, links und rechts von Pelzen umhüllt, auf und rührte sich ebenfalls nicht mehr. Connie wirkte wie die Drachendame. Kühl, schön und tödlich. Bereit, jeden umzulegen, der ihr nicht zu Willen war. Die Waffen waren lediglich Revolver vom Kaliber .22, doch in ihren zarten Händen wirkten sie wie große, überschwere Kanonen.

»Helft uns doch!« schrie Alice den Möbelpackern zu, doch auch die hatten die Waffen in Connies Händen und den Blick in ihren Augen gesehen, und sie hatten ihr »Keine Bewegung!« gehört, das wie ein chinesischer Fluch durch den widerhallenden Raum dröhnte. Als ihnen klar wurde, daß nicht sie diejenigen waren, die sich nicht bewegen sollten, kamen sie dem Entschluß, es sei eine gute Gelegenheit, hier zu verschwinden, bevor sie doch noch ein Klavier schleppen mußten. Alles raste in Richtung metallener Eingangstür, die mit einem Mal zu eng wurde, um den plötzlichen Ansturm zu bewältigen. Die Möbelpacker drängten sich im Durchgang wie Fußballer im Strafraum, verkeilten sich einen chaotischen Moment lang ineinander, entwirrten sich wieder und stürzten dann ins Treppenhaus.

Larry schüttelte entsetzt den Kopf, als er hörte, wie sich der Fahrstuhl in Bewegung setzte. Er schüttelte noch immer den Kopf, als er die Waffe fallenließ und auf seine Uhr blickte – wahrscheinlich fragte er sich, ob Johnny Carson noch auf Sendung war. Silvio hob die Hände über den Kopf. Er sah aus, als müsse man ihm nicht erst erzählen, daß die Chinesen den Leuten Bambusspitzen unter die Fingernägel schoben. Besonders die Chinesinnen. Vielleicht machten das ja auch die Japaner. Egal, er wollte mit der ganzen Sache nichts mehr zu tun haben.

Nur Alice schien unentschlossen.

Michael hatte auch seine Zweifel.

Deswegen bewegte er sich so rasch auf Connie zu.

Denn so zu tun, als sei es das Selbstverständlichste auf der Welt, mit einer Waffe umzugehen und jemanden zu erschießen, war eine Sache. Doch eine Waffe so zu *halten*, als habe man noch nie zuvor eine in der Hand gehabt, war eine andere. Connie hielt die Revolver so, wie Crandall gestern abend den 32er gehalten hatte. Sie waren beide Amateure. Michael erkannte das sofort, denn wenn es um Orangen oder Waffen ging, war er ein Profi. Genau wie Alice. Und in genau dreißig Sekunden würde sie erkennen, daß Connie einen Abzug nicht von einem Entsicherungshebel unterscheiden konnte. Ihrem Blick konnte er entnehmen, daß sie gerade eben zu dieser Erkenntnis gelangte, und er wußte, daß er sich eine von Connies Waffen schnappen mußte, bevor Alice zum Zug kam.

Sie bewegte sich früher, als er erwartet hatte.

Sagte kein Wort.

Feuerte einfach auf Connie.

Und verfehlte sie.

Und zielte erneut, um nochmals zu schießen, als Michael klar wurde, daß dies nicht der Zeitpunkt für ein Duell in der Sonne war, sondern für entschlossenes Handeln – sich zum Beispiel auf sie werfen. Er stürzte sich seitwärts auf sie, hoffte, sie aus dem Gleichgewicht zu bringen, und bemerkte einen Augenblick zu spät, daß er sie mit der verletzten Schulter angriff, mit der bandagierten Schulter und dem Arm, den die *Wagen-54*-Cops vom Siebten Revier verletzt hatten – wo waren sie jetzt, da man sie brauchte? Er stieß einen schrecklichen Schrei aus, ähnlich dem *»Aiii-iiiiii!«*, das er vor so vielen Jahren am Weihnachtsabend Detective O'Brien entgegengebrüllt hatte. Doch jetzt stieß er ihn unfreiwillig aus, denn als er Alice berührte, schoß ihm der Schmerz vom Arm bis in den Schädel. Ein weiterer Schuß fiel, und er dachte: *Oh, Himmel, nein!*, und dann schrie Alice, und er dachte, daß sein Schrei sie genauso erschreckt hatte, wie er zuvor O'Brien erschreckt hatte. Doch seine Hände, mit denen er Alice gepackt hatte, waren plötzlich feucht und klebrig, und auf einmal wurde ihm klar, daß Connie tatsächlich die Waffe *abgefeuert* hatte, Connie hatte tatsächlich auf Alice *geschossen*, die jetzt rückwärts taumelte, während er vorwärts taumelte. Er sagte so was wie: »Au, Backe« oder »Oh, Kacke«, und Alice sagte ganz *eindeutig*: »Oh, Kacke«, und dann fielen sie beide schmerzhaft übereinander.

Blitzschnell war Connie bei ihnen.

Die Beine gespreizt.

Beide Waffen auf Alices Kopf gerichtet.

»Keine Bewegung«, sagte sie.

»Werd bloß nicht dramatisch«, sagte Alice und warf ihre Waffe zu Boden.

Sie blutete an der Schulter.

»Sie ist losgegangen«, erklärte Connie.

»Das seh' ich«, sagte Michael.

»Erinnerst du dich, als ich dich fragte, ob es ein Verbrechen wäre, gestohlene Waren zu stehlen? Da hab' ich sie gestohlen. Vom Tisch. Denn wer für Vorrat sorgt, braucht später nicht zu darben.«

»Besorgen Sie mir einen Arzt«, sagte Alice.

Michael überlegte, ob Dr. Ling auch in dieser Gegend Hausbesuche machte.

»Wer ist Mama?« fragte er.
»Fick dich ins Knie«, sagte Alice.
»Tsch«, sagte Larry und verdrehte die Augen.
Silvio hielt immer noch die Hände hoch.
»Kann ich die Hände runternehmen, Lady?« fragte er. »Oder soll *ich* mich auch ins Knie ficken?«
»Sie können sie runternehmen«, sagte Connie.
»Versprechen Sie mir, daß Sie mich nicht mit Bambus traktieren«, sagte Silvio.
»Was?« sagte Connie.
»Und keine Gehirnwäsche«, sagte Larry. »Von Gehirnwäsche krieg' ich immer Kopfschmerzen.«
»Lassen Sie die Hände oben«, sagte Michael. »Wer ist Mama?«
»Quien sabe?« sagte Silvio.
»Sind Sie Spanier?« fragte Michael.
»Nein, ich bin Italiener. Aber jeder weiß, was *quien sabe* heißt.«
»Klar«, sagte Larry. »So sagt Tanto zum Lone Ranger.«
»Wir jedenfalls«, sagte Alice gereizt, »wissen nicht, wer Mama ist, und nun besorgen Sie mir bitte einen gottverdammten Arzt.«
»Warum haben Sie versucht, uns umzubringen?« fragte Michael.
»*Wir* sollen versucht haben, *Sie* umzubringen?« sagte Alice. »Diese Asiatin hat *mir* fast den Arm abgeschossen, und *wir* sollen versucht haben, *Sie* umzubringen?«
»Das ist wirklich komisch, ehrlich«, sagte Larry und schüttelte verwundert den Kopf.
»Kann ich die Hände runternehmen?« fragte Silvio.
»Nein«, sagte Michael. »Wer ist Mama?«
»Rufen Sie einen Arzt«, sagte Alice.
»Nein. Wer ist sie?«
»Rufen Sie auch die Polizei. Ich will Anzeige gegen diese illegale Einwanderin erstatten.«
»Ich bin legal«, sagte Connie.
»Klar. Mama auch.«
»Mach weiter, erzähl's ihnen«, sagte Larry und schüttelte erneut den Kopf.
»Ich hab' ihnen gar nichts erzählt.«
»Du hast ihnen gesagt, Mama wär' 'ne illegale Einwanderin.«

»Nein, *du* hast's ihnen grade gesagt.«

»*Ich* habe gesagt, Mama wär' illegal?«

»'ne illegale Einwanderin, *genau* das hast du gesagt.«

»Hab' ich das gesagt?« fragte Larry und drehte sich zu Silvio um.

»Wie kommt's, daß alle die Hände runternehmen dürfen, bloß ich nicht?« fragte Silvio.

»Wenn ich hier verblute, wird man Sie ausweisen«, sagte Alice zu Connie.

»Versuchen wir's mit einem Deal«, sagte Michael. »Angenommen, Sie hätten einen sehnlichen Wunsch, der in Erfüllung gehen könnte, wenn Sie uns sagen, wer Mama ist. Welcher Wunsch wäre das?«

»Kann ich bitte die Hände runternehmen?« sagte Silvio.

»Ja«, sagte Michael.

»Du hast grade deinen Wunsch vertan, du Hornochse«, sagte Larry.

»Das war nicht mein Wunsch«, sagte Silvio und schüttelte die Hände aus. »Das war bloß 'ne höfliche Bitte.«

»Ich möchte bloß einen Arzt«, sagte Alice.

»Ist das Ihr Wunsch?«

»Ich wünsche mir, daß meine Mutter nach Palermo zurückgeht«, sagte Silvio.

»Ich wünsche mir, daß sie *meine* Mutter mitnimmt«, sagte Larry, und beide Männer brachen in Gelächter aus.

Alice lachte auch.

Blut tröpfelte von ihrer linken Schulter, doch plötzlich stimmte sie in das Lachen ihrer Kumpane ein. Michael dachte, es könnte durchaus lustig sein, mit den dreien zusammenzuarbeiten, wenn sie nur keine Killer wären. Michael versuchte sich zu erinnern, ob ihm in Vietnam irgendwas Spaß gemacht hatte. Mit den Killern dort zusammenzuarbeiten. Vielleicht, so schätzte er, hatte dort irgendwas Spaß gemacht. Vor dem Baby.

Was zum Teufel macht das da draußen? fragte Andrew.

Das Baby schrie.

Muß aus dem Dorf gekrabbelt sein, sagte der Funker.

»Wer ist Mama?« sagte Michael.

»Woll'n Sie uns alle umbringen?« fragte Larry.

»Ich sag' Ihnen, was ich machen werde«, sagte Michael. »Ich werde *mir* was für *Sie* wünschen, okay? Ich wünsche mir, daß ich nicht zum Telefon dort drüben an der Wand gehe, die Polizei anrufe und denen erzähle, sie sollen herkommen und Sie mitnehmen.«

»Erstes Revier«, sagte Connie. »Die Nummer steht in meinem Adreßbuch.«

»Los, rufen Sie sie«, sagte Alice.

»Ich hab' die Nummern von sämtlichen Revieren griffbereit«, sagte Connie. »Falls mir mal 'n Verrückter begegnet. Ich kenne hier alle Sergeants am Empfangsschalter.«

»Kennst du Tony Orso?« fragte Michael.

»Nein. Ist er ein Sergeant am Empfangsschalter?«

»Nein.«

»Dann kenn' ich ihn nicht.«

»Tony Orso, der Bär.«

»Nein.«

»Ich kenne ihn«, sagte Silvio.

»Ich auch«, sagte Larry.

»Kennst du Detective Daniel Cahill?« fragte Michael.

»Los, rufen Sie doch die Cops an, warum tun Sie's nicht?« fragte Alice. »Erzählen Sie denen, daß Ihre kleine Schlitzchinesin versucht hat, mich umzubringen.«

»Wie würde Ihnen eine auf den Mund gefallen?« fragte Connie liebenswürdig.

»Weiter so, schlagen Sie mich. Auch das macht sich gut in Ihrer Akte.«

»Detective Cahill?« sagte Michael. »Na, klingelt's?«

»'n Cop in Sing Sing hieß Cahill«, sagte Larry.

»Nein, das war Cromwell«, sagte Silvio.

»Oh, ja doch«, sagte Larry, nickte und lächelte, als hege er liebevolle Erinnerungen an Sing Sing.

»Wie steht's mit Ihnen, Alice?« fragte Michael.

»Was steht wie mit mir? Ich verblute hier, so steht's mit mir.«

»Kennen Sie jemand namens Cahill?«

»Nein.«

»Wie steht's mit Helen Parrish?«

»Nein.«

»Charlie Nichols?«
»Nein.«
»Haben Sie Charlie Nichols umgebracht?«
»Wie hätte ich jemand umbringen sollen, den ich nicht mal kenne?«
»Charlie Nichols. Mama hat Sie beauftragt, ihn zu töten, nicht wahr?«
»Der Mann ist taub«, sagte Alice. »Ich sag' Ihnen, ich *kenne* niemand mit dem Namen.«
»Charlie Nichols. Ein Schauspieler.«
»Ist er mit Charlie Belafonte verwandt?«
»Du meinst *Harry* Belafonte«, sagte Larry. »Ich weiß das, weil sein Name fast wie meiner ist.«
»Kannst du ›Day-O‹ singen?« fragte ihn Silvio.
»Charlie Nichols?« sagte Michael. »Nettes kleines Apartment im Knickerbocker Village?«
»Wo ist das? Im Westchester County?
»Im Fünften Revier«, sagte Connie.
»Los doch, rufen Sie die Cops«, sagte Alice.
»Wie steht's mit Judy Jordan?« fragte Michael.
»Rufen Sie die auch an.«
»Kennen Sie sie?«
»Ich kenne *keinen* von denen. Los, rufen Sie die gottverdammten Cops. Aus reiner Bosheit werd' ich tot sein, bis die kommen.«
»Gut«, sagte Connie.
»Sie kennen keinen von denen, hm?« fragte Michael.
»Sie sind taub, hab' ich recht?« sagte sie und drehte sich zu Larry um. »Er ist taub.«
»Mein Onkel in Chicago ist auch taub«, sagte Larry mitfühlend.
»Und ich schätze, Sie wissen auch rein gar nichts darüber, was mir am Weihnachtsabend passiert ist«, sagte Michael.
»Das erste Mal hab' ich Sie durchs Zielfernrohr gesehen. Man hat mich beauftragt, Sie aus dem Weg zu räumen, weil Sie bei Benny's rumgeschnüffelt haben, und mehr weiß ich nicht. Mama mag ordentliche, saubere Sachen.«
»Sie ist also eine ordentliche und saubere illegale Einwanderin, hm?« sagte Michael.

Alice sagte nichts.

»Warum wäre die Sache ordentlich und sauber, wenn man *mich* umbringt?« fragte er.

»Geh'n Sie und fragen Sie Mama.«

»Mach' ich. Wo find' ich sie?«

Alice schüttelte den Kopf.

»Wo ist sie?«

Erneut schüttelte Alice den Kopf.

»Soviel Angst haben Sie vor ihr, hm?«

Alice sagte nichts.

»Sagen Sie mir, wo ich sie finde.«

Sie starrte ihn bloß an.

»Dann also die Cops, richtig?« sagte er. »Sie wollen, daß ich die Cops anrufe, richtig?«

»Klar«, sagte sie. »Rufen Sie sie an.«

Als Michael das erste Mal in diesem Flur vor Judy Jordans Apartmenttür gestanden hatte, war er allein gewesen. Und irgend jemand, entweder Larry oder Silvio, hatte sich von hinten an ihn herangeschlichen und ihn niedergeschlagen. Diesmal stand Connie ihm zur Seite. Wenn Connie bei ihm war, versetzte man ihm vermutlich nicht wieder einen Schlag auf den Kopf. Man *schoß* höchstens auf ihn.

Er fragte sich, ob die Polizei je zuvor in ein Lagerhaus voller gestohlener Ware gekommen war, wo sie dann einen Safe mit Crack im Wert von einer Million Dollar und drei Diebe vorfand, die in Pelze gehüllt und mit Elektrokabeln diverser Haushaltsgeräte gefesselt waren. Er glaubte nicht, daß Alice – trotz ihrer Warnungen oder vielleicht Versprechungen – bis zur Ankunft der Polizei verblutet sein könnte. War doch sonnenklar, daß jemand nicht innerhalb der nächsten zehn Minuten starb, wenn er vorher noch lachen konnte. Er wünschte sich jedoch, Alice hätte ihm gesagt, wer Mama war.

Er war darüber beunruhigt, daß es irgendwo da draußen in dieser wunderbaren Stadt eine Frau gab, die genug Macht besaß, um erst den Mord an Ju-Ju Rainey und dann den an Michael in die Wege zu leiten, eine Frau, die so viel Furcht verbreiten konnte, daß drei ausgewachsene Ganoven es vorgezogen hatten, der Polizei in die Hände zu fallen, statt preiszugeben, wer oder wo sie war. Michael war nicht sicher, ob er Mama *überhaupt* treffen *wollte*. Er wußte jedoch intuitiv, daß die Sache erst ausgestanden war, wenn er ihr von Angesicht zu Angesicht gegenüberstand und sie nach dem Wieso und Weshalb fragte. Er versuchte, sich ein Bild von ihr zu machen.

Sie war bestimmt fett, das wußte er. Eine Frau namens Mama *mußte* fett sein, hatte Connie jedenfalls behauptet. Fett und aufgedunsen und bleich wie eine Wand, eine Frau, deren Atem nach Schießpulver und Pisse stank. Sicher hatte sie Brüste wie Euter, und die würde sie vor ihm entblößen und ihn damit zu stillen drohen, wenn er nicht täte, was sie befahl. Wenn er vor Mama stehen würde, würde er in ihrem leicht verschlagenen Blick nach Anzeichen von gesundem Menschenverstand, Vernunft und Zurechnungsfähigkeit forschen, doch er würde nichts dergleichen finden. Die Pistolen vom Kaliber .22, die er in den Taschen seiner Bomberjacke bei sich trug, würden ihm nichts nutzen. Er würde in den finstersten Winkel des Bösen starren, und das wäre sein Verhängnis. Er wollte Mama nicht finden, wollte sich dem Unvermeidlichen nicht stellen, falls sich das Ganze je klären sollte – doch er wußte, daß er es mußte. Mama war sein Schicksal. Wenn man eine Verabredung am Nordpol hatte, fuhr man eben nicht zum Südpol.

Doch den Anfang hatte Judy Jordan gemacht.

Oder Helen Parrish, wenn man so wollte.

Und um zum Ende zu kommen, mußte man zum Anfang zurück.

Und man betete, daß sich irgendwo auf dem Weg –

Zuerst wirkte das Dorf verlassen. Keine Seele in Sicht.

Michael klopfte an die Apartmenttür.

»Cops lauschen erst«, sagte Connie.

Etwas verspätet legte er das Ohr an die Tür und lauschte.

Er hörte nichts.

»Keiner zu Hause«, sagte er.

Charlie mußte abhauen, sagte Sergeant Mendelsohnn.

Michael klopfte erneut an die Tür. Und wartete. Keine Antwort. Er betrachtete eingehend die Türschlösser. Vier Stück, eins unter dem anderen. Um in das Apartment zu gelangen, benötigte man einen Rammbock. Er überlegte, ob sie es wieder über die Feuertreppe versuchen sollten. Doch wie viele Feuertreppen konnte man hinaufsteigen, bevor jemand »Feuer« schrie?

Vorsichtig, sagte Andrew.

Ein alter Mann war im Eingang einer der mit Stroh gedeckten Hütten aufgetaucht. Er nickte. Lächelte. Machte sich vor Angst in die Hose. Sechs Automatikgewehre waren plötzlich auf ihn gerichtet.

»Gehen wir lieber«, sagte Michael.

Gib mir Deckung, sagte Mendelsohnn.

Es fing an zu regnen. Nieselregen. Alles wirkte so grün. So frisch. Sie warteten im Regen. Das sanfte Klatschen des Regens. Mendelsohnn redete leise auf den alten Mann ein. Ein paar Brokken Vietnamesisch, ein paar Bröckchen Französisch und ein bißchen Englisch. Weitere Schlitzaugen spähten aus den Eingängen, überwiegend Frauen. Und ein paar alte Männer. Schauten ernst drein. Wirkten verängstigt. Da standen die großen amerikanischen Befreier mit ihren Waffen im Regen. Keiner war über zwanzig, doch sie erschreckten Frauen und alte Männer zu Tode.

Er sagt, Charlie ist vor drei Tagen durchmarschiert, sagte Mendelsohnn.

Jeder lauschte gespannt.

Hat den ganzen Reis mitgenommen, sagte Mendelsohnn. Muß mittlerweile meilenweit entfernt sein.

»Vielleicht solltest du noch mal anklopfen«, sagte Connie.

»Nein«, sagte Michael. »Gehen wir.«

Schau dir mal die da drüben im Blauen an, sagte der Funker.

Yeah, sagte Andrew.

Wirft uns heiße Blicke zu.

Zeig ihr 'nen großen Indianerschwanz, sagte Long Foot.

Zieh'n wir ab, sagte Mendelsohnn.

Es nieselte immer noch.

Eine leichte Brise wehte von den Reisfeldern her.

Als sie die Treppe hinunterstiegen, hörte Michael unten Schritte. Sie kamen herauf. Sie näherten sich ihnen. Ein Mieter, dachte er. Oder vielleicht – aber nein, das wäre zuviel Glück auf einmal. Doch warum nicht? Judy Jordan kam nach Hause. Ihren

Worten zufolge war sie das letzte Mal, als er da war, nackt gewesen und wahrscheinlich dabei, sich anzuziehen und auszugehen, denn es war erst zehn gewesen. Also hatte sie ein Kleid übergeworfen, in den Hausflur gespäht und niemanden entdeckt. Diese Stadt steckte voller Geheimnisse. Danach hatte sie sich fertig angezogen und war ausgegangen. Doch urplötzlich war die Nacht vorbei, und es war ein Uhr morgens am Boxing Day, und da war sie, Leute, endlich einmal wieder in heimischen Gefilden, stieg die Treppe zum ersten Stock hoch und war in genau dem Moment am Absatz, als Michael und Connie vom zweiten Stock herunterkamen, die Hand auf dem Treppengeländer, hallo, Judy, lange nicht –

Doch es war nicht Judy Jordan.

Oder Helen Parrish.

Statt dessen war es –

»Sie!« schrie Michael.

Der Mann schaute ihn an. Der Kiefer klappte ihm runter, die Augen waren weit aufgerissen.

»Sie!« brüllte Michael erneut.

Und der Mann drehte sich um und rannte die Treppe hinunter.

Michael raste hinter ihm her.

Die Straßen lagen wie ausgestorben da. Unmöglich, ihn aus den Augen zu verlieren, denn er trug einen gelben Skianorak, der wie ein Warnsignal wirkte, was Michael als sehr rücksichtsvoll empfand. Für einen kräftigen Mann war er schnell, doch Michael war schneller – er hatte sich vor zwei Nächten in Form gebracht, als er von der U-Bahnstation an der Franklin bis zur Glücksplätzchenbäckerei irgendwo in Chinatown hinter Charlie Wong hergerannt war –, und er hatte den Eindruck, als sei er seitdem nur gerannt. Er wollte diesen Hurensohn im gelben Skianorak unbedingt zu fassen kriegen, und daher rannte er so schnell, wie er noch nie in seinem Leben gerannt war, mit weitausholenden Arm- und Beinbewegungen, die Brille beschlug ein wenig, doch er konnte den gelben Anorak noch immer sehen. Der Abstand zwischen ihnen verringerte sich, noch waren es drei Meter, zwei Meter fünfzig, zwei Meter, ein Meter, und Michael sprang wie ein Trapezkünstler in die Luft, segelte ohne Netz durch den Raum, die ausgestreckten Arme griffen nicht nach einer auf ihn zukommenden Trapezschaukel, sondern nach den Schultern von Detective Daniel Cahill, der ihn als Dieb bezeichnet hatte, nachdem er Michaels Geld, Führerschein, Kreditkarten und obendrein noch seinen Büchereiausweis gestohlen hatte.

Ungestüm umklammerte er mit den Händen Cahills Hals, und Gewicht und Schwungkraft seines Körpers ließen den Mann vorwärts taumeln und um Gleichgewicht ringen. Cahill fiel, mit Michael auf dem Rücken, auf den Bürgersteig; der kräftige Mann versuchte Michael abzuschütteln. Michael war es leid, in dieser sagenhaften Stadt herumgeschubst zu werden, er war es leid, hin- und hergerissen und abgeschüttelt zu werden. Doch jetzt ließ er sich einen Moment lang abschütteln. Er rollte sich weg, stand augenblicklich auf, packte Cahill und zog ihn vom Bürgersteig hoch. Er krallte sich am Reißverschluß des gelben Skianoraks fest, schleuderte Cahill gegen die Wand des Gebäudes, zog ihn von der Wand weg, schleuderte ihn erneut dagegen und knallte ihn gezielt immer wieder an die Ziegelsteine.

»Machen Sie halblang«, sagte Cahill.

»Ich mach' dich halblang, du Hurensohn!«

»Sind Sie verrückt oder was?«

»Ja!« brüllte Michael.

»Au!« schrie Cahill.

»Detective Daniel Cahill, hä?«

»Verdammt, Sie tun mir weh!«

»Und jetzt marschier'n wir zum Revier, hm?«

»Au! Verdammt, das war mein *Kopf*!«

Michael zog ihn von der Wand weg.

»Machen Sie endlich den Mund auf«, sagte er.

»Sie sind 'n ziemlich gewalttätiger Mensch«, sagte Cahill.

»Ja. Wie heißen Sie?«

»Felix. Und Ihr Geld hab' ich nicht, falls Sie sich *deswegen* wie 'n Irrer aufführen. Und auch *sonst* nichts, was Ihnen gehört.«

Felix. Ein großer, kräftiger Mann mit harten blauen Augen und einer Frisur wie ein Marineinfanterist. Am Weihnachtsabend hatte er einen Dreitagebart wie in *Miami Vice* getragen, doch jetzt – um kurz nach eins am Boxing Day – war er glattrasiert. Am Weihnachtsabend hatte er einen Tweedmantel getragen, war mit einer blau emaillierten Polizeidienstmarke herumgelaufen und hatte wie ein knallharter New Yorker Cop geklungen. Heute nacht trug er einen gelben Skianorak und einen braunen Rollkragenpullover und klang wie ein verängstigter Mann, der lauthals protestierte, er habe Michaels –

Wußte er denn nicht, daß man Michaels Ausweis neben Ju-Ju Raineys Leiche gelegt hatte?

»Felix wie?« fragte Michael.

»Hooper. Und das ist die Wahrheit. Ich hab' alles Judy gegeben. Und die hat mich übrigens immer noch nicht bezahlt. Ich meine, ich finde es demütigend, wenn man um ein Uhr morgens zum Apartment eines anderen kommen und um sein Geld bitten muß, finden Sie nicht?«

»Ich nehme an, Sie meinen Judy Jordan.«

»Ja, *natürlich* Judy Jordan. Ihre Freundin Judy Jordan, die mir tausend Dollar schuldet.«

»Wie haben Sie sie kennengelernt?«

»Wir haben früher zusammengearbeitet.«

»Beim Stehlen?«

»Ha, ha«, sagte Felix.

Michael schaute ihn an.

»Ich bin *Schauspieler,* Sir«, sagte Felix stolz und ein wenig entrüstet. Er versuchte sich zu voller Größe aufzurichten, doch das war etwas schwierig, da Michael noch immer seinen Hals und den Anorakkragen umklammerte. »Ich wurde gebeten, einen Detective zu spielen«, sagte Felix. »Ich hatte noch nie einen gespielt. Ich dachte, die Rolle wär' 'ne Herausforderung.«

»Sie dachten, der Diebstahl meiner . . .«

»Oh, nicht doch, das war für 'nen guten Zweck.«

»'nen guten . . .«

»Sie sollten sich wirklich darüber freuen.«

»Freuen? Wissen Sie, was Judy mit den Sachen *gemacht* hat? Mit meinen Kreditkarten und meinem Führerschein und meinen . . .?«

»Ja, sie hat sie auf Posterformat vergrößert.«

»Sie hat *was*?«

»Für Ihre Geburtstagsparty.«

»Meine *was*?«

»Muß fürchterlich sein«, sagte Felix.

»Was?«

»Am Weihnachtstag geboren zu sein. Meinen Sie, Sie könnten meinen Kragen jetzt loslassen?«

»Geboren am . . .?«

»Es ist, als würde einem das Christuskind die Schau stehlen, nicht wahr?« sagte Felix. »Ich glaube, Sie klemmen mir eine Ader ab oder so. Mir wird allmählich schwindelig.«

Michael ließ den Kragen los.

»Danke«, sagte Felix.

»Das hat sie Ihnen also erzählt. Judy.«

»Ja.«

»Daß ich am Weihnachtstag Geburtstag hätte . . .«

»Na ja, daß ihr Freund Geburtstag hätte. Sie hat mir Ihren Namen nicht gesagt.«

»Und sie wollte meine Kreditkarten auf Posterformat vergrößern.«

»Ja, und Ihren Führerschein auch. Um sie an die Wand zu hängen. Für die Party.«

»Deswegen sind Sie mit ihr zu dieser Bar gegangen . . .«

»Ja. Und ich hab' auf ihr Zeichen gewartet.«

»Ihr Zeichen.«

»Sie sagte, sie würde mir ein Zeichen geben, wenn ich reinkommen soll.«

»Ich verstehe.«

»Sie würde Ihnen die Hand entgegenstrecken, mit der Handfläche nach oben.«

Als sie den Ring zurückforderte, dachte Michael.

Den Ring. Bitte, ich will keinen Ärger.

»Und dann sollten Sie rüberkommen und Ihre Detective-Cahill-Rolle spielen?«

»Ja.«

»Woher haben Sie die Plakette?«

»Eine Marke. Wir sagen Marke dazu. Ich hab' sie in einem Antiquitätenladen an der Third Avenue gekauft.«

»Sie waren sehr überzeugend.«

»Danke. Das fand ich auch. Hat's Ihnen gefallen, als ich sagte: ›Dieses Individuum ist ein Dieb?‹ So reden Polizisten, wissen Sie.

Die bezeichnen einen nicht als *Menschen,* sondern immer nur als Individuum.«

»Ja, das war sehr gut.«

»Danke.«

»Aber warum haben Sie mein Geld gestohlen? Wenn Judy wollte . . .«

»Ich weiß nicht, warum sie das Geld wollte. Sie sagte, Ihr Geld und alle Papiere. Mehr hab' ich nicht genommen.«

»Mehr war nicht in meiner Brieftasche.«

»Na ja, das war meine Aufgabe.«

»Die Sie für tausend Dollar erledigt haben.«

»Ja, aber ich hab' im Moment andere Engagements. Wie war die Party?«

»Mr. Hooper, wissen Sie, wo der ganze Kram gelandet ist?«

»Nein. Ich weiß bloß, daß ich mein Geld noch nicht habe.«

»Der Kram ist bei einem Toten gelandet.«

»Jammerschade«, sagte Felix. »Aber ich bin sicher, es hatte nichts mit meinem Auftritt zu tun.«

»Wissen Sie, wer Mama ist?«

»Nein. Ist das 'n Rätsel?«

»Hat Judy Jordan mal eine Frau namens Mama erwähnt?«

»Nein. Mama wer?«

»Sie hat nicht gesagt, daß *Mama* den Kram haben wollte, den man aus meiner Brieftasche genommen hat, oder?«

»Nein.«

»Hat sie mal einen Mann namens Arthur Crandall erwähnt?«

»Arthur Crandall? Den *Regisseur*? Den Mann, der *Krieg und Einsamkeit* gemacht hat? Was sagen Sie da?«

»Hat sie Ihnen erzählt, es wäre Crandall, der meine . . .?«

»Oh, mein Gott, war das 'n Probeauftritt für *Crandall*?«

»Nein, das hab' ich nicht gesagt. Ich versuche rauszufinden, ob . . .«

»Crandall, o *Gott,* ich werd' ohnmächtig.«

»Wissen Sie zufällig, ob . . .?«

»Warum haben Sie mir das nicht *gesagt*? Ich meine, ich war so gut wie gar nicht *vorbereitet*! Ich meine, mein Auftritt war völlig aus dem Stegreif. Wenn ich gewußt hätte, daß das für *Crandall* gewesen ist . . .«

»Na ja, das versuche ich . . .«

»Ich bring' sie um, das schwör' ich bei Gott! Warum hat sie mir diese Geschichte mit der Geburtstagsparty erzählt? *Crandall,* ich fang' gleich an zu weinen.«

»Nein, nicht weinen, einfach . . .«

»Ich sterbe, ich bring' sie um, ich bring' sie jetzt gleich um.«

»Können Sie nicht, sie ist nicht zu Hause.«

»Wo ist sie denn?«

»Ich weiß nicht, wo sie . . .«

»Im *Theater*!« schrie Felix.

15

Das Theater war an der Thirteenth Street, Ecke Seventh Avenue. Es war ein Haus mit neunundneunzig Plätzen, das einst als katholisches Pfarrhaus gedient hatte. Die Kirche wurde noch benutzt, wenn auch das Theater – laut Felix – davon kaum profitierte. Die Laternen auf beiden Straßenseiten hatten Vandalen zerschlagen, und die einzige Lichtquelle morgens um zwanzig vor zwei war ein Scheinwerfer, der die Fassade der Kirche in Licht tauchte, so daß sie wie ein Zufluchtsort für Quasimodo, den Glöckner, wirkte. An einem handgemalten Schild an einem Steinpfeiler an der Nordwestseite der Kirche stand, wenn man dem Pfeil unten auf dem Schild folge, komme man zu den Cornerstone Players.

»Sie studieren ein mittelalterliches Stück ein«, sagte Felix, »eine Art Allegorie.«

Michael fand es ungewöhnlich, daß eine Schauspielertruppe um diese Zeit probte. Aber andererseits hatte er auch keine Ahnung von Allegorien. Vielleicht mußte man eine Allegorie mitten in der Nacht einstudieren.

»Die Premiere hätte eigentlich kurz vor Weihnachten stattfinden sollen«, sagte Felix, »doch die Frau des Regisseurs ist mit 'ner andern durchgebrannt, und sie mußten Ersatz auftreiben. Die können froh sein, wenn sie's vor Jahresende schaffen. Selbst *mit* all diesen Sonderproben.«

Er führte sie ortskundig den beleuchteten Weg an der Kirche entlang und war jetzt, da Michael ihn nicht mehr an die Wand stieß, ziemlich aufgekratzt. Als sie im offenen Kabrio nach Downtown gefahren waren, hatte er ihnen erklärt, er freue sich wirklich darauf, Judy Jordan umzubringen. Michael bezweifelte, daß er sie tatsächlich umbringen würde, auch wenn er alleine bei der Aussicht darauf ernsthaft und zugleich erfreulich optimistisch klang. Offensichtlich war ein Vorsprechen bei Arthur Crandall eine gewichtige Sache. In einem Film von Arthur Crandall mitzuwirken konnte der Karriere eines Schauspielers enorm nützen, selbst wenn der Film kein Geld einspielte. Felix war denn auch so aufgebracht, weil Judy ihm nicht erzählt hatte, daß es sich bei der Detective-Rolle um ein Vorsprechen gehandelt hatte. Michael versicherte Felix, es habe sich um nichts dergleichen gehandelt, doch Felix glaubte, er wolle ihn nur besänftigen, da Judy Jordan eine gute Freundin vom ihm sei und ihn sogar mit einer Geburtstagsparty habe überraschen wollen. Michael hielt Felix für noch verrückter als die Leute, denen er in den letzten Tagen begegnet war. Doch Felix war Schauspieler; vielleicht *spielte* er bloß verrückt.

Hinter der Kirche befand sich ein Torbogen, laut Felix der Eingang zum Theater. Doch er ging daran vorbei und um die Ecke, bis er unter einem kleineren Bogen auf eine Metalltür stieß. Ein Schild besagte, hierbei handele es sich um den Bühneneingang, und die Besucher wurden gebeten, sich anzumelden. Felix drückte auf den Knopf unter der Sprechanlage. Eine Frauenstimme sagte: »Ja?«

»Felix Hooper«, sagte er.

»Moment«, sagte die Frau.

Ein Summen ertönte. Felix griff nach dem Türknauf, drehte ihn herum und führte sie in einen Raum, der wie ein riesiges Klassenzimmer mit Schulbänken, einem Lehrerpult, einem Klavier in der einen und einer amerikanischen Flagge in der anderen Ecke wirkte. Eine dunkelhaarige Frau, die einen weiten Rock mit Blümchenmuster und eine schwarz glänzende Gymnastikhose trug, betrat den Raum mit einem Klemmbrett in der Hand.

»Hallo, Felix«, sagte sie.

»Hallo. Ist Judy da?«

»Auf der Bühne«, sagte sie.

Michael bemerkte, daß sie barfuß war.

»Ich bin Anne Summers, die Inspizientin«, sagte sie.

»Ich bin Connie Kee, die Fahrerin«, sagte Connie.

Michael stellte sich nicht vor, da er noch immer wegen Mordes gesucht wurde, auch wenn es sich um den Mord an einem Drogendealer und Hehler handelte.

»Sie kommen mir bekannt vor«, sagte Anne.

»Das sagt jeder«, sagte Michael.

»Kann man reingehen?« fragte Felix.

»Klar.«

»Ich hab' nämlich vor, Judy umzubringen«, sagte Felix und lächelte.

»Kenny auch«, sagte Anne und drehte sich zu Michael um. »Kenny Stein, der Regisseur«, erklärte sie.

Michael vermutete, daß im Theater jeder einen Titel hatte. Er überlegte, ob er Kenny Stein kennen sollte. Anne blickte ihn erwartungsvoll an.

»Jesses«, sagte Michael.

»Ihr solltet euch lieber ganz nach hinten setzen«, sagte sie zu Felix. »Kenny hat gern viel Platz um sich. Sind Sie sicher, daß ich Sie nicht kenne?« fragte sie Michael.

»Absolut«, sagte Michael und folgte Felix zu einem Durchgang, vor dem ein schwarzer Vorhang hing. Felix schob den Vorhang beiseite, flüsterte: »Bleiben Sie dicht hinter mir«, und schritt durch den Durchgang. Connie folgte ihm. Anne beobachtete Michael. Er lächelte sie an. Sie lächelte zurück.

Hinter dem Vorhang herrschte Dunkelheit.

Und eine Männerstimme erklang.

»Machen wir's von Judys Auftritt an noch mal.«

Und dann eine Stimme, an die Michael sich gut erinnerte.

»Kenny, würdest du mich bitte als Königin ansprechen?«

Das war Judy Jordan. Die Frau, die sich am Weihnachtsabend Helen Parrish genannt hatte, wollte am Boxing Day Königin genannt werden.

»Denn wenn ich mich weiter in die Rolle versetzen soll . . .«

»Ja, ja«, sagte der Mann geduldig.

». . . und du mich dauernd mit *Judy* ansprichst . . .«

»Wie du ja auch heißt.«

»Nicht in diesem *Stück*«, sagte Judy. »In diesem *Stück* bin ich die *Königin,* und ich möchte, daß du mich so ansprichst.«

»Ja, Ihre Majestät«, sagte der Mann. »Können wir's bitte noch mal vom Auftritt der Königin an probieren?«

»Danke«, sagte Judy.

Michael ging hinter Felix und Connie den Seitengang des kleinen Theaters entlang und drehte sich ab und zu um, um einen flüchtigen Blick auf die beleuchtete Bühne zu werfen, auf der Judy Jordan mit drei Männern stand. Er stolperte, fand das Gleichgewicht aber wieder und konzentrierte sich dann völlig darauf, Felix zu folgen, der jetzt die letzte Reihe des Theaters erreicht hatte und auf die Sitze zuging.

»Wo ist das Problem?«

Erneut die Männerstimme. Kenny Stein, der Regisseur.

»Gibt's Probleme, Ihre Majestät?«

»Wolltest du's vom Beginn des Aktes oder von meinem Auftritt an?« fragte Judy.

»Ich sagte, von deinem Auftritt an, oder nicht?«

»Das ist fast am Anfang, ich dachte . . .«

»Von deinem Auftritt an, bitte.«

Michael, der inzwischen Platz genommen hatte, wandte nun seine ganze Aufmerksamkeit der Bühne zu. Das Bühnenbild stellte anscheinend ein ultramodernes Apartment in Manhattan dar, ging man von der Silhouette der Stadt hinter den geöffneten Balkontüren aus, die auf eine Terrasse führten. Doch die Darsteller – Judy und die drei Männer – hatte man in mittelalterliche Kostüme gesteckt. Judy trug eine Krone und ein knöchellanges Kleid mit einer Halskrause. Einer der Männer trug einen schwarzen Helm, der Kopf und Gesicht völlig bedeckte. Ein anderer hielt ein offenbar echtes Schwert in der rechten Hand. Der dritte, jünger als die anderen beiden, trug hohe, mit Lederriemen geschnürte Gamaschen und einen witzigen Hut mit einer Feder; er sah wie ein Bauer aus.

»Sie proben mit dem Bühnenbild eines Stückes, das schon läuft«, flüsterte Felix und beugte sich zu Connie hin, die zwischen ihnen saß.

»Es ist erst zwei Uhr morgens«, sagte Kenny geduldig, »laßt euch ruhig Zeit.«

»Wir wollen uns bloß vergewissern, daß wir die richtige Stelle haben«, sagte der Mann mit dem Schwert.

»Die richtige Stelle ist Judys Auftritt«, sagte Kenny.

»Ab meinem Text?«

»Ja, dein Text wäre prima.«

»Der Weiße Ritter? Zu Ihren Diensten, holde Maid?«

»Ja, das ist dein Text«, sagte Kenny. »Können wir jetzt bitte anfangen?«

»Danke«, sagte der Mann mit dem Schwert. »Judy, bist du soweit?«

»Nenn mich bitte nicht Judy«, sagte sie.

»Na ja, bis jetzt weiß ich ja noch nicht, daß du die Königin bist. Du bist noch nicht reingekommen.«

»Ja, bitte komm rein«, sagte Kenny. »Sag einfach deinen Text, Hal, und Judy tritt ein.«

»Das Stück heißt *Schachmatt*«, erklärte Felix.

Auf der Bühne sagte der Mann mit dem Schwert: »Der Weiße Ritter. Zu Ihren Diensten, holde Maid.«

»Ich bin keine Maid«, sagte Judy. »Ich bin eine Königin.«

Der Weiße Ritter kniete sich sofort hin. »Ihre Hoheit«, sagte er. »Vergebt mir.«

Judy wandte sich dem Mann zu, der wie ein Bauer aussah. »Wer bist *du*?« fragte sie.

»Ich bin der Knappe des Weißen Ritters«, sagte er, »ein einfacher Bauer, Ihre Majestät.«

»Und diese arme Kreatur?« fragte sie und deutete auf den Mann mit dem schwarzen Helm.

»Ein hilfloser Diener der Königin, Ihre Majestät, befehlen Sie ihm, sein Schwert wegzustecken!«

»Gib ihn frei«, sagte Judy.

»Er ist ein gefährlicher Mann, Ihre Majestät.«

»Gib ihn frei, sage ich.«

Der Weiße Ritter und sein Knappe ließen den Mann mit dem schwarzen Helm sofort los.

»Nimm den Helm ab«, sagte Judy. »Ich will dein Gesicht sehen.«

»Nein«, sagte der Mann unter dem Helm.

»Ich bin die *Königin*!« sagte Judy. »Tu, was ich dir befehle!«

»Sie sind nicht *meine* Königin, werte Dame«, sagte der Mann unter dem Helm, drehte sich augenblicklich um und schaute in den Zuschauerraum. »Kenny«, sagte er, »ich kapier' das nicht, wirklich nicht. Vor einer Minute hab' ich sie noch ›Ihre Majestät‹ genannt, und jetzt sag' ich ihr, sie wär' nicht meine Königin.«

»Das kommt daher, weil du sie jetzt zum erstenmal richtig sehen kannst«, sagte Kenny geduldig.

»Warum kann ich sie vorher nicht sehen?«

»Weil sie im Dunkeln steht. Und dann bewegt sie sich auf

das Feuer zu. Bei ›Ich bin die *Königin*‹ bewegt sie sich auf das Feuer zu, und du kannst ihr Gesicht im Feuerschein sehen und sagst dann: ›Sie sind nicht *meine* Königin, werte Dame‹.«

«Wessen Königin ist sie dann?« fragte der Mann unter dem Helm.

»Das ist nicht der springende Punkt, Jason. Der springende Punkt ist . . .«

»Weißt du, ich glaube, Judy hat recht. Du solltest uns nicht mit unseren richtigen Namen ansprechen, wenn wir jemand anders sein sollen.«

»Es wäre etwas umständlich, dich ›Schwarzer Ritter‹ zu nennen«, sagte Kenny.

»Dann nenn mich ›Sire‹«, sagte der Schwarze Ritter.

»Mich auch«, sagte der Weiße Ritter.

»Und wie möchtest *du* gern genannt werden, Jimmy?«

»Ich bin der Bauer«, sagte der junge Mann in der bäuerlichen Kleidung mit verdutztem Blick.

»Ja, der Autor hat dir diesen Namen gegeben, der Bauer ist ein Teil der Metapher. Der Schachmetapher. Aber soll *ich* dich ›Bauer‹ nennen, wenn ich dich meine?«

»Ja, das wär' prima, Kenny«, sagte der junge Mann.

»Also gut. Sire, würdest du bitte mit deiner Verleugnungs-Textstelle beginnen?«

»Ich?« fragte der Weiße Ritter.

»Nein, der *andere* Sire, bitte.«

»Mit *welcher* Textstelle?« fragte der Schwarze Ritter.

»Die Stelle, wo du die Königin verleugnest. Wenn du so freundlich wärst.«

»Oh.«

»Danke«, sagte Kenny.

Michael überlegte, ob Allegorie oder Metapher ein und dasselbe waren. Was immer es war, das Stück war jedenfalls ziemlich verworren, zumindest der Teil, den sie einstudierten. An einem bestimmten Punkt dachte er, er würde den Sinn allmählich begreifen – der Schwarze Ritter als Verkörperung der schwarzen Rasse –, doch dann schweifte das Stück in eine andere Richtung ab, und er war ziemlich sicher, daß er sich irrte. Er war verwirrt und verlor allmählich das Interesse, bis –

»Ich kann mich noch an den Tag erinnern, da Arthur starb«, sagte der Schwarze Ritter.

»Oh, ja, natürlich«, sagte die Königin, »die ganze *Welt* erinnert sich daran.«

»Ich durchstreifte mit einem Freund die Wälder«, sagte der Schwarze Ritter. »Es war ein herrlicher, klarer Novembertag, der Wald erfüllt mit Leben, wir liefen über knisternde Blätter und atmeten den Tannenduft. Und als wir aus dem Wald kamen, saß eine Bettlerin am Straßenrand, rang die Hände und weinte, und wir fragten sie: ›Warum weinst du, alte Frau?‹, und sie antwortete: ›Arthur ist tot.‹ Und wir glaubten ihr nicht. Arthur konnte nicht tot sein. Doch als wir auf der Straße weiterzogen, begegneten wir immer mehr Leuten, die sagten: ›Arthur ist tot‹, und da glaubten wir es. Und die Sonne verschwand, und ein Wind kam auf, und unser Land war nicht mehr von Leben erfüllt, sondern vom Klang gedämpfter Trommeln.«

Er spricht von John F. Kennedy, dachte Michael.

Die Königin erschauderte und sagte: »Ihr seid morbide, Herr.«

»Er war ein guter König«, sagte der Schwarze Ritter.

»Ja, doch irgendwann muß jeder von uns gehen, wißt Ihr.«

»Wäre er noch am Leben, die Dinge stünden anders«, sagte der Schwarze Ritter. »Er hatte eine Vision, dieser Mann, man konnte es an seinen Augen sehen, man wußte, daß er einen *Traum* in diesen, seinen Händen hielt. Und wenn ein Mann so heftig träumen kann, so möchte man ihm folgen, man möchte zu ihm gehen und sagen: ›Ja, Daddy, nimm mich mit, wohin du auch gehst, ich bin *bei* dir, Daddy, schreien wir's hinaus in die Welt.‹ Dieser Mann war kein Aufschneider. Ich liebte ihn.«

Jetzt spricht er von Martin Luther King, dachte Michael.

»Ihr redet zuviel«, sagte die Königin, »und über zuviel Falsches. Und ich verabscheue Gottlosigkeit. Und falls es Euch interessiert, ich finde Euch allmählich langweilig und ein wenig finster.«

Das ist *Alice im Wunderland,* dachte Michael.

»Überdies trau' ich keinem maskierten Mann«, sagte die Königin. »Niemand tut das.«

Die ganze Stadt ist wie *Alice im Wunderland,* dachte Michael.

»Das ist keine Maske!« rief der Schwarze Ritter.

»Was ist es denn?«

»Mein *Kopf* ist in diesem schwarzen Käfig«, rief der Schwarze Ritter. »Mein *Hirn* ist hier drin, ich *denke* hier drin, ich *fühle* hier drin, es ist keine *Maske«!*

»Ihr macht mir angst«, sagte die Königin. »Seht, das Feuer erlischt.«

»Das Feuer erlosch an dem Tag, da Arthur starb«, flüsterte der Schwarze Ritter.

»Sehr gut«, sagte Kenny, »wirklich, sehr schön. Machen wir zehn Minuten Pause, und dann will ich die Drachenszene probieren, die Wasserstoffbombenszene.«

»O Gott, *das* ist es?« sagte der Weiße Ritter.

»Sire?«

»Der Drachen steht für die Wasserstoffbombe?«

»Ja, Sire, das ist die Metapher«, sagte Kenny.

»Ich bin froh, daß ich das weiß. Weil, ich hab' mich, ehrlich gesagt, schon gefragt, warum ich vor dem kleinen Drachen soviel Angst habe. Ich soll ein erfahrener Ritter sein, aber ich fürchte mich vor einem kleinen Drachen. Jetzt, wo du mir sagst, daß es sich um eine Wasserstoffbombe handelt . . .«

»Das ist die Metapher, ja.«

»Na ja, das ist 'ne Riesenerleichterung, das kann ich dir sagen. Wußtest du, daß die Wasserstoffbombe gemeint war, Jason?«

»Oh, klar«, sagte der Schwarze Ritter, und beide Männer liefen von der Bühne. Der Bauer folgte ihnen mit leicht verwirrtem Blick. »Zehn Minuten, bitte«, rief Kenny ihnen nach und verließ dann das Theater durch den Vorhang, hinter dem sich das riesige Klassenzimmer befand.

Judy Jordan saß allein auf der Bühne.

Sie saß auf einem Holzbrett, das auf ein paar verkohlten Baumstümpfen lag.

Sie hatte den Kopf geneigt und studierte ihr Textbuch.

Sie war blond und schön und wirkte gelassen und ganz und gar majestätisch.

»Ich will sie zuerst«, sagte Felix und stand auf.

»Nein«, sagte Michael.

Er sagte es ganz sanft.

Er flüsterte es fast.

Felix hatte keinen Grund, ihm zu gehorchen.

Doch er setzte sich sofort hin.

Michael lief über den schmalen Gang zum vorderen Teil des Theaters. Er stieg die Treppe zur Bühne hinauf. Judy war in das Textbuch vertieft und versuchte wahrscheinlich, alle darin enthaltenen Metaphern und Allegorien ausfindig zu machen. Er ging direkt auf sie zu.

»Ich suche einen guten Strafverteidiger«, sagte er.

Ihr Kopf schnellte hoch.

»Denn man wirft mir vor, ich hätte jemand umgebracht«, sagte er.

Sie wollte aufstehen.

Er legte ihr die Hände auf die Schultern und drückte sie auf die behelfsmäßige Sitzgelegenheit aus Brett und Baumstümpfen zurück, was zweifellos eine Metapher für eine mittelalterliche Bank war.

»Erinnern Sie sich an mich?« sagte er.

»Ja«, sagte sie. »Hallo.«

Sie spielte eine Frau in einem Film über die französische Résistance. Sie war eine Spionin der Nazis, und er war der verwundete amerikanische Soldat, der sich in sie verliebt hatte und von ihr verraten worden war. Nun war es seine qualvolle Pflicht, sie den Behörden zu übergeben. Er war gekommen, um sie mitzunehmen. Sie liebte ihn noch immer. Sehnsüchtig schaute sie mit großen blauen Augen zu ihm auf.

»Wie ist es Ihnen ergangen?« fragte sie.

»*Comme ci, comme ça*«, sagte er auf französisch, was er in Vietnam gelernt hatte. »*Et toi?*«

»Nicht so gut«, sagte sie. »Ich hab's im Fernsehen gesehen.«

»Oh. Und was haben Sie gesehen, Miss Parrish?«

»Ich heiße Judy Jordan«, sagte sie.

»Ich weiß.«

»Tut mir leid«, sagte sie. »Ich habe nicht damit gerechnet, daß das passieren würde.«

»Womit haben Sie denn gerechnet?«

»Charlie sagte, er wollte einem seiner Freunde einen Streich spielen.«

»Charlie . . .«

»Charlie Nichols.«
»Sie nennen Ihren Vater beim Vornamen, nicht wahr?«
»Meinen Vater?«
»Ja, Charlie. Sie nennen Ihren Vater ›Charlie‹?«
»Nein, ich nenne meinen Vater ›Frank‹.«
Michael schaute sie an.
»Es stimmt doch, daß Sie Charlie ›Daddy‹ nennen?« fragte er.
»Nein, ich nenne Charlie ›Charlie‹.«
»Sehen Sie, Miss Jordan, zufällig *weiß* ich, daß Charlie Nichols Ihr *Vater* ist. Also, bitte keine . . .«
»Nein, Frank Giordano ist mein Vater, daher stammt der Name Jordan, von Giordano, und ich weiß wirklich nicht, wovon *Sie* sprechen!«
»Ich spreche von einem Foto von Ihnen und Charlie Nichols . . .«
»Oh.«
»Ja, oh. Mit der Widmung ›Für meinen geliebten Daddy, in Liebe‹ und der Unterschrift Judy Jordan, und das sind *Sie*, Miss Jordan, Miss Parrish, Miss Giordano, *wer* immer zum Teufel Sie auch sind!«
Judy nickte und sagte etwas, das wie »Mama – Geheimnis einer Mutter« klang.
»Gut«, sagte Michael sofort. »Wer ist sie?«
»*Wer?*« sagte Judy. »*I remember Mama – Geheimnis einer Mutter* ist ein Bühnenstück. Ich hab' in einer Wiederaufführung die Christine gespielt. Und Charlie den Papa.«
»Was?«
»Ja. In dem Stück. Meinen Vater.«
»In einem Stück?«
»Ja. ›*I remember Mama – Geheimnis einer Mutter*‹. Und am Ende der Spielzeit signierte ich ein Foto . . .«
»Für meinen geliebten Daddy . . .«
»Ja, in Liebe.«
»Das bezog sich auf . . .«
»Ja, die Charaktere im Stück. Und es war 'n Scherz für Eingeweihte, da Charlie und ich zu der Zeit miteinander schliefen.«
»Ich verstehe.«
»Ja. Charlie war mein erster Liebhaber.«

»Ich verstehe.«

»Ja. Ich war siebzehn. Und ich war damals noch Jungfrau.«

»Also war er nicht Ihr Vater.«

»Nein, das wär' ja Inzest gewesen. Und mein Vater hätte ihn erschossen, wenn er's rausgefunden hätte.«

Michael überlegte, ob ihr Vater Charlie nun mit Verspätung so unfachmännisch erschossen hatte. Er überlegte auch, ob Judy überhaupt *wußte*, daß Charlie tot war. Er beschloß, es nicht zu erwähnen. Da er jede Menge Krimis gesehen hatte, wußte er, daß dies ein alter Polizistentrick war. Man erwähnte nicht, daß jemand tot war. Man wartete, bis der andere von allein in die Falle tappte, denn sobald derjenige erwähnte, er habe Soundso am Donnerstag das letzte Mal lebend gesehen, schrie man: »Aha, woher wissen Sie, daß er *tot* ist?«

»Es tut mir wirklich leid«, sagte Judy. »Als ich im Fernsehen gesehen habe, daß man Ihnen vorwirft, Sie hätten Arthur Crandall umgebracht . . .«

»Oh, das haben Sie gesehen, ja?«

»Oh, ja. Ich war *schockiert*!«

»Aber ich habe Crandall *nicht* umgebracht, wissen Sie.«

»Na ja, *natürlich* haben Sie das nicht.«

»Ich habe überhaupt *niemanden* umgebracht.«

»Na ja, *da* bin ich mir nicht so ganz sicher.«

»Ich gebe Ihnen mein Wort darauf. Und bitte, versuchen Sie nicht abzulenken. Die Polizei *glaubt*, ich hätte Rainey umgebracht . . .«

»Wen?«

». . . weil Sie und Felix Hooper meinen gottverdammten Ausweis gestohlen haben und . . .«

»Ja, aber das war doch bloß ein Streich.«

»Was für ein Streich? Was meinen Sie?«

»Der Streich, den Charlie seinem Freund spielen wollte.«

»Welchem Freund?«

»Hat er nicht gesagt.«

»Was *hat* er gesagt?«

»Er hat gesagt, er bräuchte den Ausweis von jemandem, um einem seiner Freunde einen Streich zu spielen. Er hat gesagt, es wäre eigentlich kein Diebstahl . . .«

»Oh, *wär's nicht*, hm?«

»Denn er würde das Zeug dem rechtmäßigen Besitzer zurückgeben, sobald er alles hinter sich hätte.«

»Und wie wollte er das anstellen?«

»Er sagte, er würde alles mit der Post zurückschicken.«

»Und Sie haben ihm geglaubt, hm?«

»Nicht ganz. Aber tausend Dollar sind 'ne Menge Geld.«

»Was heißt das?«

»Charlie hat jedem von uns tausend Dollar für den Job gezahlt.«

»Ihnen und Felix.«

»Ja.«

Was erklärte, wofür zweitausend Dollar von dem Scheck verwendet worden waren, den Crandall am Freitag eingelöst hatte. Doch wo waren die restlichen siebentausend geblieben?

»Ich war diejenige, die Felix für die Rolle ausgesucht hat«, sagte Judy. »Er war wirklich gut, finden Sie nicht?«

»Ja, ausgezeichnet«, sagte Michael.

»Ja, er ist 'n ziemlich guter Schauspieler. Ich schulde ihm die Tausend immer noch, aber Charlie hat noch nicht gezahlt.«

Wird er wahrscheinlich auch nicht, dachte Michael.

»So, wie ich das verstehe«, sagte er, »sollten Sie meinen Ausweis stehlen . . .«

»Na ja, ihn leihen, ja. Und Ihr Geld auch.«

»Warum das Geld? Wenn Sie doch bloß meinen . . .«

»Falls Sie zur Polizei gehen sollten. Dann hätte es nicht so ausgesehen, als wären wir hinter Ihrem Ausweis hergewesen. Das war wirklich die beste Impro, die Felix und ich je zusammen gemacht haben.«

»Die beste was?«

»Improvisation. Einen Fremden in einer Bar auflesen und dann . . .«

»Sie meinen, ich bin *zufällig* ausgewählt worden?«

»Na ja, nicht ganz. Charlie gab mir den Wink.«

»Welchen Wink?«

»Weiterzumachen.«

»Weiterzumachen?«

»Ja. Er saß an der Bar und hörte sich alles an, was wir sagten . . .«

»Ja, das weiß ich.«

»Und dann gab er mir das Okay, bloß ein kurzes Nicken, wissen Sie – erinnern Sie sich, als ich an der Bar entlangblickte?«

»Nein.«

»Na ja, ich hab's getan. Um seine Zustimmung zu bekommen. Das Nicken.«

»Sie meinen, damit er Ihnen erlaubte, den *Diebstahl* meines gottverdammten . . .«

»Na ja, es war ja bloß zum Spaß, wissen Sie.«

»Ein *Mord* wurde begangen!«

»Na ja, das tut mir leid, aber Felix und ich hatten nichts damit zu tun.«

»Wie paßt Crandall da rein?« fragte er.

»Ich hab' keine Ahnung, aber er ist 'n ziemlich guter Regisseur, und ich bin froh, daß Sie ihn nicht umgebracht haben.«

»Ich habe *niemanden* umgebracht, Herrgott noch mal!«

»Ich verabscheue Gottlosigkeit«, sagte sie sofort »Und falls es Sie interessiert, ich finde Sie allmählich langweilig und ein wenig finster. Wenn die Polizei einen Fehler gemacht hat, dann sollten Sie sich an *die* wenden und das klarstellen, statt jemanden zu unterbrechen, der versucht, eine komplizierte Rolle zu meistern.«

»Das war sehr gut«, sagte er aufrichtig. »Das klang absolut königlich.«

»Meinen Sie wirklich?«

»Ganz majestätisch. Besser als Bette Davis in *Günstling einer Königin . . .*«

»Ehrlich?«

»Sogar besser als die Hepburn in *Der Löwe im Winter.*«

»Meine Güte«, sagte sie.

»Aber kennen Sie zufällig eine Bar namens Benny's?«

»Nein. Ich agiere nicht *zu* überzogen, oder? Vielleicht sollte ich mein Temperament etwas zügeln.«

»Nein, ich finde, Sie haben genau die richtige Ausgewogenheit, wirklich. Am Weihnachtsabend hat Crandall bei Benny's einen Mann getroffen, den jemand namens Mama geschickt hatte. Wissen Sie zufällig, wer Mama ist?«

»Na ja, natürlich.«

»Sie wissen's?«

»Mady Christians, hab' ich recht?«

»Wer?« sagte er.

»Das war in der Originalfassung von 1944, na klar. Als *wir* das vor fünfzehn Jahren spielten, war eine Frau namens . . .«

»Ja, aber *diese* Mama ist eine illegale Einwanderin. Kennen Sie jemand . . .?«

»Oh«, sagte sie. »*Die* Mama.«

»Er hielt den Atem an.

»Charlies Crack-Dealer«, sagte sie. »Ich hab' sie nie kennengelernt, aber er redet immerzu von ihr.«

»Wissen Sie, wo sie wohnt?« fragte Michael.

Auf dem Briefkasten stand nur ihr Nachname.

Rodriguez.

Das Streichholz, das Michael festhielt, erlöschte.

Wieder war es im Hauseingang dunkel.

»Hier hat jemand hingepinkelt«, sagte Connie.

Michael hielt es für sehr gefährlich, bei Mama zu klingeln und dann hinaufzugehen. Er überlegte, ob sie es wieder über die Feuertreppe versuchen sollten. Apartment 2C. Das stand unter dem Namen Rodriguez auf dem Briefkasten.

Michael drückte auf den Klingelknopf von Apartment 3B.

Kein Summen.

Er versuchte 4D.

Keine Reaktion.

»Ist das ein unbewohntes Haus?« fragte er Connie.

»Ist mir nicht aufgefallen«, sagte sie. »Warum trittst du nicht einfach die Tür ein?«

Er wollte sich nicht wieder den Fuß verletzen, indem er erneut eine Tür einzutreten versuchte. Und er wollte auch nicht mit der Schulter gegen die Tür rammen, denn der Arm schmerzte noch von der Schußverletzung und dem Zusammenprall mit Alice. Er überlegte, ob es in diesem fast unbewohnten Haus einen Arzt gab.

Was ist los, Kleines? fragte Andrew.

Ein süßes kleines Mädchen, acht Monate alt und keinen Tag älter. Weinte sich die Augen aus dem Kopf. Saß da, wie Asiaten sitzen. Kauerte regelrecht auf den angewinkelten Beinen, die Füße nach hinten gestreckt. Brüllte wie am Spieß. Im Dschungel zwischerten die Vögel. Das Dorf lag etwa fünfhundert Meter hinter ihnen. Ganz friedlich. Charlie hatte es vor drei Tagen verlassen, hatte der alte Mann Mendelsohnn erzählt. Nahm den ganzen Reis und zog ab. Mußte mittlerweile meilenweit entfernt sein. Das Baby schrie.

Komm zu Papa, Schätzchen.

Andrew ging zu dem Baby.

Michael trat genau über dem Schloß gegen die Tür. Sie sprang auf, was ihn überraschte und aus dem Gleichgewicht brachte. Er stolperte vorwärts durch die geöffnete Tür in ein schmales, ebenerdiges Rechteck, direkt vor eine Treppenflucht. Connie war sofort hinter ihm.

»2C«, sagte er.

Sie nickte.

Sie stiegen die Treppe hinauf.

Vier Apartments im ersten Stock. 2A, B, C und D. Sie blieben vor der Tür von 2C stehen. Er legte das Ohr an die Holztür und lauschte, wie es laut Connie die Cops machten. Er konnte absolut nichts hören. Er nahm die 22er aus der linken Innentasche seiner Bomberjacke. Er überlegte, ob er beide Waffen brauchte. Angenommen, Mama Rodriguez schlief da drin mit einem 357er Magnum unterm Kopfkissen? In Vietnam schlief man – *während* man schlief, *falls* man schlief – mit dem Gewehr in den Händen. Doch manchmal . . .

Andrew hatte sich das Gewehr umgehängt.

Die Arme dem Baby entgegengestreckt.

Los doch, Kleines.

Das Baby blinzelte ihn an.

Es hatte aufgehört zu regnen.

Sonnenlicht umflutete das Baby und ließ es wie ein heiliges Wunder erscheinen.

»Da drin hör' ich gar nichts«, sagte Michael.

Vögel zwitscherten im Dschungel. Die Blätter waren immer noch naß. Wasser tropfte auf den Boden. Das Baby hatte aufgehört zu weinen. Dicke, tränenverschmierte Wangen. Schaute Andrew mit weit geöffneten Augen an, als dessen Hände seinen Körper umfaßten, mit gespreizten Fingern hob er es hoch, hob es hoch –

Michael war plötzlich schweißgebadet.

Hatte wieder schreckliche Angst.

So schreckliche Angst, wie er sie an jenem Tag gehabt hatte, als Andrew das Baby hochhob.

Angst vor dem, was hinter der Tür sein könnte. Angst, das Apartment hinter der Tür zu betreten. Denn hinter der Tür lauerte das Unbekannte. Mama. Eine Frau namens Mama, die befohlen hatte, ihn umzubringen. Da drin war die fette Mama Rodriguez. Abwartend und tödlich. Wie das Baby.

Ist ja gut, Liebling, sagte Andrew.

Das Baby in Andrews gespreizten Händen richtete sich auf, die Vögel verstummten plötzlich, als –

Michael wollte nicht wissen, was sich hinter dieser geschlossenen Tür verbarg.

Hinter dieser Tür befand sich etwas unaussprechlich Schreckliches, etwas Tiefergehendes als Angst, etwas, das in die dunkelsten Ecken des Unterbewußtseins drang. Das Baby zerbarst in hundert Einzelteile, Arme und Beine wirbelten durch die Luft, Knochenfragmente, Gewebe und Blut, als die Bombe explodierte. Einen Augenblick zu spät brüllte Long Foot: Es ist *verdrahtet*!, und Andrew zog eine erstaunte Miene, als die Metallsplitter seinen Körper durchbohrten und Blut aus seiner Brust strömte. Ein Teil des toten Babys befand sich noch immer in seinen Händen. Die Hände hielten, was einst der Brustkorb des Babys gewesen war. Doch die Hände hingen nicht mehr an Andrews Armen. Die Hände lagen auf dem Pfad, drei bis vier Meter entfernt von ihm. Und aus den Stümpfen, wo die Handgelenke endeten, spritzte Blut. Und aus Hunderten qualmender Wunden in seiner Jacke spritzte Blut. Oh, lieber Gott, sagte Michael und sank neben Andrew in die Knie. Der Funker sagte: Barnes, die . . ., und der Dschungel erbebte unter Getöse und Verwirrung. Sie waren rechts und links von Charlie umzingelt. Charlie hatte das Baby verdrahtet, hatte ein Baby aus dem Dorf gestohlen, es verdrahtet und am Wegrand zurückgelassen, damit die dämlichen Amerikaner es fanden. Los doch, Liebling, ist ja schon gut, und die Explosion des Babys war das Signal zum Zuschnappen der Falle. Andrew hob es vom Boden hoch und löste dadurch die Bombe aus.

Und in diesem Augenblick setzte sich das wirkliche Grauen

des Krieges ein für allemal fest. Das Grauen und die Sinnlosigkeit – sie hatten ein Baby verdrahtet. Und die Erkenntnis des Grauens – sie hatten ein *Baby* verdrahtet –, erfüllte Michael jäh mit schrecklicher Angst. Als er mit Andrew in den Armen durch den Dschungel rannte und die Vietcong ihm im Singsang ihres Pidgin-Englisch versicherten, sie wollten ihm nicht weh tun, und das Blut des Babys Andrews Gesicht verschmierte, und Andrews Blut aus seinem Mund quoll, oh, lieber Gott, seine *Hände* waren weg, sie hatten ein *Baby* verdrahtet – da verspürte Michael nichts als schiere, blinde Panik. Plötzlich existierten weder Logik noch Sinn, sondern nur noch ein verdrahtetes Baby, das in den Händen eines lieben Freundes explodiert war, und der Freund lag im Sterben, das Blut des Freundes wurde in immer schwächer werdenden Stößen aus seinem Körper gepumpt, er war, oh, Gott, lieber Gott, lieber Andrew, *bitte,* und er fing an zu weinen. Aus schierem Horror und vor Trauer. Eine Trauer, die er nie zuvor verspürt hatte. Ein Trauern um Andrew und sich und um jeden Amerikaner hier an diesem Ort, wo er nicht sein wollte und nie freiwillig hätte sein wollen, und eine Trauer um ein Volk, das ein Baby auf diese Art und Weise benutzte, denn nichts auf der Welt war es wert, daß man so etwas Entsetzliches machte. Doch hinter ihm redete Charlie weiter: Ist schon okay, Yankee, kein Grund zur Sorge, Yankee, keiner wird dir weh tun, Yankee.

Andrew war bereits eine halbe Stunde tot, als Michael auf den Rettungshubschrauber stieß.

Er wollte nicht zulassen, daß man ihm die Leiche wegnahm.

Er hielt den Körper ohne Hände noch immer fest, wiegte ihn hin und her.

Los, Mann, sagte der schwarze Arzt. Gib dir 'nen Ruck.

Michael drehte sich zu ihm um und knurrte ihn an.

Wie ein Hund.

Fletschte die Zähne.

Das Knurren kam tief aus der Kehle.

Der Arzt wich zurück.

Später kam ein Colonel zu ihm.

Geh'n wir, Soldat, sagte er, wir haben noch viel zu tun.

Ficken Sie sich ins Knie, Sir, sagte Michael.

Und knurrte auch ihn an.

Klick.

Rechts von ihm ein Geräusch. Angsterfüllt wirbelte er herum.

Die Tür von Apartment 2B wurde geöffnet. Ein Mädchen mit zimtfarbener Haut stand im Türrahmen. Sie trug nur einen Tanga-Slip. Sonst nichts. Von der Hüfte aufwärts war sie nackt. Sie starrte mit dumpfem Blick in den Hausflur.

»Sucht ihr Mama?« fragte sie.

»Ja«, antwortete Connie.

»Versucht's im Club«, sagte das Mädchen.

Michael verspürte eine ungeheure Erleichterung.

Mama war im Club.

Sie war nicht hinter dieser verschlossenen Tür.

Er mußte ihr jetzt noch nicht ins Gesicht blicken.

Er steckte die Waffe wieder in die Tasche.

»In welchem Club?« fragte er.

Er wollte es nicht wissen.

Er hoffte, das Mädchen würde es ihm nicht sagen.

Total bedröhnt, wie sie war, war sie vielleicht nicht in der Lage, sich an den Namen des Clubs zu erinnern. Sie war nicht älter als sechzehn und stoned bis zum Vergessen. Denselben glasigen Blick hatte er in Vietnam gesehen. Junge Amerikaner gingen stoned in den Kampf, um dem gesichtslosen Feind und dem namenlosen Horror gegenüberzutreten. Für Michael bestand der Horror hier und jetzt, in diesem Hausflur in Downtown-Manhattan, aus einer unsichtbaren, unbekannten Frau namens Mama, und er wollte diesem Horror nicht erneut gegenübertreten. Denn diesmal würde der Horror ihn zerstören. Diesmal würde der Horror in *seinen* Händen explodieren, und er würde weinend bis nach Boston rennen, und aus seinen Stümpfen würde Blut spritzen – und alles nur, um zu erfahren, daß *seine* Mama sogar seine gute blaue Jacke weggegeben hatte. Es gibt keinen Grund dazu, dachte er. Keinen Grund auf der Welt.

»Oz«, sagte das Mädchen.

»Durch ganz Downtown«, sagte Connie. »Bis runter zum Fluß.«

Es gibt keinen Grund, dachte Michael immer noch.

»Bist du in Ordnung?« fragte sie ihn.

»Ja«, sagte er. »Mir geht's gut.«

16

Oz war eine Diskothek auf einer Halbinsel neben der Ausfahrt zum Battery Tunnel. Sie befand sich an der Greenwich Street, nicht an der Greenwich *Avenue* in Uptown, und es war nicht ganz klar, ob sie näher an der Edgar oder an der Morris lag, was Straßen und keine Leute waren. Jedenfalls war der Club so weit unten in Downtown, daß die Westseite plötzlich und überraschend und von einer Sekunde zur anderen zur Ostseite werden konnte. Oder besser und noch genauer, die Westseite konnte zur *Südseite* werden, da man sich hier am untersten Zipfel der Insel befand, wo sich die West Street um den Battery Park schlängelte und zur South Street wurde.

»Das ist alles ziemlich verwirrend«, erklärte Connie, »aber nicht so verwirrend wie in Brooklyn.«

Sie hatten das offene Kabrio in einem durchgehend geöffneten Parkhaus am Broadway abgestellt und waren, als sie zwei Straßen weit in Richtung Süden und eine in Richtung Westen zur Diskothek gelaufen waren, an etlichen jungen Mädchen vorbeigekommen, die in kurzen Webpelzjacken, mit hochhackigen Schuhen und Spitzenunterwäsche in der Kälte zitterten. Michael überlegte sich, ob er eins dieser Mädchen zuvor auf der Weihnachtsparty gesehen hatte, wo er Frankie Zeppelin kennengelernt hatte. Er glaubte nicht, daß sich Detective O'Brien darunter befand.

Um drei Uhr morgens standen mindestens hundert Leute auf dem gelb gepflasterten Gehweg vor dem *Oz*. Keiner schien über zwanzig zu sein, und die meisten waren wie Darsteller aus *Das wunderbare Land* gekleidet. Ein gutes Dutzend Blechmänner, halb so viele Vogelscheuchen, sechs Ängstliche Löwen, acht Böse Hexen des Westens, eine Handvoll Glendas, drei oder vier Zauberer, massenhaft Leute mit Affenmasken im Gesicht und Flügeln auf dem Rücken, ein paar kleinere Leute, die mit hohen Stimmen schwatzten und Wichtel darstellten, und eine Menge Dorothys in kurzen Röcken, roten Schuhen und mit roten Schleifen im Haar standen in der eisigen Kälte in der Schlange. Michael fühlte sich in Jeans und Bomberjacke ein wenig deplaziert.

Der Gehweg vor der Disko war nicht einfach gelb *angestrichen,* sondern *tatsächlich* aus gelben Pflastersteinen. Das Gebäude war ein ehemaliges Parkhaus und hatte die Form eines Bügeleisens, so daß es sich der Umgebung auf der Halbinsel anpaßte. Die alte Ziegelsteinfassade war jetzt mit einer dicken Plastikverschalung verkleidet, die man so gegossen, angebracht und von innen angestrahlt hatte, daß sie den vielen Facetten eines grün funkelnden Smaragds ähnelte, der vom Gehweg aufragte. Der Name des Clubs war mehrere Male in auseinandergezogenen Neonbuchstaben in noch intensiverem Grün gleich unter dem Dach an der Front und an den Seiten des Gebäudes angebracht. Eingangstüren waren nicht zu sehen. Nur die gelben Pflastersteine führten zu diesem riesigen, grün funkelnden Kristall, der scheinbar aus dem Gehweg wuchs.

Die Jungen und Mädchen, die draußen in der Schlange standen, unterhielten sich lautstark und versuchten ob ihrer Chancen, in das Lokal zu kommen, möglichst selbstbewußt zu wirken. Der Türsteher war etwa zwei Meter groß, und Michael schätzte ihn auf mindestens hundertundvierzig Kilo. Er hatte buschige schwarze Augenbrauen, lockige schwarze Haare, breite Schultern, schmale Hüften und Hände wie ein Schlachter. Trotz der Kälte trug er nur einen weißen Rollkragenpullover, ein schwarzes Jackett, schwarze Halbschuhe, weiße Socken und eine graue Hose, die zu kurz war. Michael hörte, wie ihn eins der Bälger in der Schlange mit Curly ansprach.

Plötzlich gab es ein aufgeregtes Gemurmel, als sich die scheinbar nahtlos zusammengefügte Fassade des Gebäudes zwischen zwei grünen Paneelen teilte, die als Eingangstüren dienten. Hellgrünes Licht fiel auf den Gehweg. Man hörte das Dröhnen von Heavy-Metal-Rock. Zwei Kids kamen heraus – das Mädchen war offenbar als frühreife Dorothy verkleidet und hatte einen Faltenrock an, unter dem ein weißes Höschen und der halbe Hintern hervorguckten, der Junge trug einen grauen Anzug und einen Trichter auf dem Kopf. Dem Grinsen auf ihren Gesichtern nach hatte man ihnen gestattet, den Zauberer zu treffen, der all ihre Wünsche in Erfüllung gehen ließ.

Die Blicke in der Schlange richteten sich erwartungsvoll auf Curly, der jetzt wie ein Preisrichter bei einer Hundeschau über den Gehweg stolzierte. Er wählte nach dem Zufallsprinzip zwei Leute aus, drückte auf einen Knopf, wodurch die Türen erneut aufschnappten, und ließ sie mit einem unfreundlichen Nicken eintreten. Das Mädchen war wie ein Wichtelmännlein gekleidet und hatte blondes Kraushaar. Der Junge trug Bluejeans und einen langen Mantel wie ein Kavallerieoffizier. Folglich war der Zutritt zum Club offenbar nicht davon abhängig, ob man wie eine Filmfigur gekleidet war. Die Türen schnappten wieder zu. Die Musik wurde vom Pfeifen des Windes abgelöst, der heftig vom Hudson herüberblies. Keiner in der Schlange beschwerte sich, nicht mal die Kids, die ganz vorne standen. So war's eben. Curly entschied, wer rein durfte, Curly entschied, wer draußen in der Kälte stehen mußte. Außerdem konnte man unmöglich feststellen, nach welchen Kriterien er seine Wahl traf. Entweder wartete man auf sein zustimmendes Nicken, oder man ging samt seiner Träume wieder nach Hause. Das war's, und so war *Oz*. Nimm's wie's ist, oder laß es!

Michael nahm Kurs auf Curly, der verächtlich über die Menge hinwegstarrte.

»Mama erwartet mich«, sagte er.

Curly sah an ihm vorbei.

»Erwartet *wen*?« sagte er.

»Silvio«, sagte Michael.

»Silvio wer?«

»Sag einfach Silvio.«

»Mama ist noch nicht da.«

»Ich warte. Drinnen.«

Curly zögerte.

»Drück auf den Knopf«, sagte Michael.

Curly zuckte mit den Achseln. Doch er drückte auf den Knopf.

Die Paneele sprangen auf. Connie und Michael traten gemeinsam ins Innere des Juwels und wurden augenblicklich vom Artilleriefeuer eines wummernden Sounds und smaragdgrünem Licht umflutet. Das Lokal barst förmlich vor Blechmännern, Ängstlichen Löwen, Fliegenden Affen, Dorothys, Bösen Hexen, Wichtelmännlein, Zauberern, Glendas, Vogelscheuchen und sogar stinknormalen Leuten. Grüner Nebel waberte durch die Luft. Körper verrenkten sich auf der kleinen Tanzfläche. Auf einem

Podest spielten fünf blonde Männer in schwarzen Lederhosen, pinkfarbenen Netzhemden und langen Goldketten Gitarre und Synthesizer. Vor ihnen stand eine junge Schwarze am Mikrofon und schmetterte ein Lied, das anscheinend nur aus den Worten »Do me Baby, do me right« bestand, was sie ständig wiederholte. Sie hatte die laute, kräftige Stimme einer Gospelsängerin. Sie trug hochhackige braune Stiefel und eine Art Toga aus Tierfell. Das Hämmern der Baßgitarren klang wie feindliches Trommelfeuer auf die vorderen Grabenstellungen. Der Raum vibrierte vor Lärm, flirrte vor grellem Licht. Aus dem ohrenbetäubenden Gedröhne der Musik, dem blitzenden grünen Licht und dem dichten Nebel tauchte ein junger Mann in einem roten Jackett auf.

»Sir?« fragte er. »Hat John Sie reingelassen?«

Er machte einen ziemlich verwirrten Eindruck. War das System irgendwie zusammengebrochen?

»Mama erwartet mich«, sagte Michael.

»Wer ist Mama?« fragte der junge Mann.

Michael zwinkerte ihm zu.

»John weiß Bescheid«, sagte er.

»Es ist bloß so, daß ich keinen Tisch mehr habe«, sagte der junge Mann. Er war anscheinend kurz davor, in Tränen auszubrechen.

»Wir warten an der Bar«, sagte Michael.

»Aber wie soll *ich* Sie erkennen?« fragte er.

»Keine Sorge«, sagte Michael und zwinkerte abermals.

Er nahm Connie am Ellbogen und führte sie zur Bar, wo rotierende grüne Scheinwerfer hingen, die wie Marsmenschenaugen ruhelos den Raum absuchten, die Tische rund um die Tanzfläche in Licht tauchten, wo es wie Wassermelonen zerbarst und wie gehetzt weiterhuschte. In Michaels Kopf lief ein Film ab, der rücksichtslos Sinnbilder und Metaphern durcheinanderbrachte: die tastenden grünen Suchscheinwerfer bei einem Luftangriff auf London, die über den Himmel zuckenden grünen Strahler vor Graumann's Chinese Theatre, grüne Leuchtspurgeschosse auf einem umkämpften grünen Schlachtfeld – doch in Wirklichkeit waren die Geschosse gelb und rot gewesen, und die Welt von *Oz* war grün und laut und irgendwie erschreckend durch das grelle Kolorit. Sie setzten sich neben einen jungen Mann, der als

Ängstlicher Löwe verkleidet war und dessen Mähne durch die Deckenstrahler grün wie vertrockneter Spargel wirkte.

Er drehte sich zu Michael um und sagte: »Du bist im falschen Film.«

Genau das hatte Michael seit dem Weihnachtsabend ständig gedacht.

»Als was gehst du? *Der Kommandeur*?« fragte der Löwe.

»Als *Ein Kerl namens Joe*«, sagte Michael.

»Sie geht als *Die Welt der Suzie Wong*, hab' ich recht?«

»Als *Im Banne von Schanghai*«, sagte Connie.

»Was darf's sein?« fragte der Barkeeper.

»*Das verlorene Wochenende*«, sagte der Löwe und stieß Michael mit dem Ellbogen an.

Michael dachte bei sich, man sollte in diesem herrlich grünen Lokal entweder einen Crème de Menthe oder einen Chartreuse bestellen.

»Wissen Sie, wie man einen steifen Grog macht?« fragte Connie.

»Ich bitte Sie, Lady«, sagte der Barkeeper.

»Dann einen Beefeater-Martini«, sagte sie, »auf Eis, mit zwei Oliven. Grünen.«

»Tonic mit Limone«, sagte Michael. »'ner grünen.«

»Ein Tonic macht drei Dollar.«

»Gut«, sagte Michael.

»Hallo, Liebling«, sagte eine Stimme hinter ihm. »Du bist ja nicht kostümiert.«

Er drehte sich um.

Glenda, die Gute Fee des Ostens, stand in einem durchsichtigen blauen Kleid da. Sie hatte Flügel an den Schultern und schwang einen Zauberstab. Eigentlich war sie ein *Er*, da Glenda sich als Phyllis aus dem *Green Garter* entpuppte, mit der Michael in dieser Nacht bereits getanzt hatte. Oh, wie klein war *Oz*, um nicht zu sagen, wie klein war New York City. Phyllis war mit einer Vogelscheuche da, die sich unter dem Stroh als Gregory entpuppte, der Michael vor den bösen Buben gerettet und dann seinen Hintern bewundert hatte. Es wurde immer seltsamer.

»Eine Pink Lady, bitte«, sagten Glenda oder Phyllis oder beide zum Barkeeper.

»Und 'nen Whisper, bitte«, sagte Gregory.

Der Raum war unerträglich heiß. Michael zog die Bomberjacke aus und hängte sie über die hohe Rückenlehne des Barhokkers. Die Musik war noch immer ohrenbetäubend, doch der Rhythmus war langsamer geworden, damit man *Dirty Dancing* tanzen konnte. Die Baßgitarrenakkorde jaulten durch den Raum wie das markerschütternde Quietschen von Sprungfedern in einem billigen Hotel, die Gospelstimme des schwarzen Mädchens drang bis unters Dach, wo die Luft hoch über dem giftgrünen Raum dünn und klar war, und ließ einen erzittern wie einst die Flößer daheim in Mississippi, wo sie Michaels Meinung nach im Kirchenchor gesungen hatte.

»Tanz mit mir«, sagte Connie.

In den nächsten Sekunden hatte er das sichere Gefühl – und Connie vielleicht ebenso –, daß sie die beiden schönsten Menschen an diesem Ort, vielleicht in der ganzen Stadt waren, strahlend durch ein inneres Licht, gegen das die smaragdgrüne Märchenwelt verblaßte und das sie so intensiv leuchten ließ, als wiese ihnen ein Suchscheinwerfer den Weg zur Tanzfläche. Im Film wären sie Ginger und Fred gewesen, er im eleganten Frack statt in Levi's und Pullover, sie im langen hellen Kleid statt in Jeans, Legwarmern und langärmeliger Bluse. Und im Film würden sie über eine überfüllte Tanzfläche gleiten – so wie hier, wo sich massenhaft Leute aneinanderpreßten, aneinander auf und ab bewegten, schwitzten und sich zum Gitarrengedröhne und der Engelsstimme abreagierten –, und die Menge würde Platz machen, wenn Fred zu tanzen anfing und Ginger ebenfalls. Diese ersten anmutigen Schritte würden den einfachen Tänzern zeigen, daß sie es hier nicht mit *Tänzern*, sondern mit WIRKLICHEN TÄNZERN zu tun hatten! Und die Tanzfläche würde sich sofort leeren, und endlich wären sie allein, ein himmlischer Dunst würde unter ihren Füßen aufsteigen, und sie würden göttlich auf den Wolken tanzen, oh, so beschwingt, oh, so wunderbar schwerelos, heiter und unglaublich losgelöst, so, wie Michael und Connie jetzt tanzten.

Die schwarze Sängerin aus Mississippi ließ den schmutzigen Text des Liedes auf der Zunge zergehen, als habe sich der Teufel ihrer kleinen Kirche bemächtigt und nicht nur die Geistlichen, sondern auch die gesamte Gemeinde verdorben. Die Zweideutigkeit des Liedes war so subtil wie ein Leichensack aus Gummi, damit auch die Stumpfsinnigsten verstanden, worum es ging. Doch dank Ginger und Fred verwandelte sich dieses Lied in eine Cole-Porter-Komposition, zu der sie mit zuvor undenkbarem Feingefühl und Können tanzten.

Oh, wie sie auf dieser meergrünen Tanzfläche dahinglitten, oh, wie sie in ihren Tanzfiguren leichtfüßig dahintrieben, oh, wie sie mit ausgeklügelten Schritten um und durch die staunenden Zuschauer schwebten, die sie mit Ehrfurcht und Neid, mit offenem Mund und weit aufgerissenen Augen beobachteten, hier ein schwarzer Teenager mit gestutzter Afro-Frisur und als Vogelscheuche verkleidet, dort eine staunende Brünette im superkurzen grünen Minikleid mit Zöpfen und roten Pumps mit Pfennigabsätzen, da ein schlaksiger Kerl, der an den jungen Ray Bolger erinnerte, und hier eine schöne, langbeinige Frau mit kurzem blonden Haar und großen braunen Augen, die noch größer wurden, als er und Connie vorüberschwebten – guter Gott!

Es war Jessica Wales.

Verkleidet als Böse Hexe und in einem hautengen schwarzen Kleid. Sie hatte hochhackige rote Schuhe an und ein zartes weißes Make-up und blutroten Lippenstift aufgelegt und tanzte mit –

Arthur Crandall.

Der behäbig und aufgeblasen wirkte und sich offenbar wie ein Schneekönig freute, ein Eindruck, den wahrscheinlich die meisten dicken Männer machen, wenn sie eine aufsehenerregende schlanke Blondine im Arm halten.

»Lange nicht gesehen«, sagte Michael.

Das selbstzufriedene Lächeln verschwand. Vielleicht hatte Crandall erwartet, daß Michael mittlerweile in Handschellen in irgendeinem netten Polizeirevier der Stadt in Untersuchungshaft saß. Oder vielleicht hatte er erwartet, Michael befände sich in einer Mülltonne hinter irgendeinem dieser vielen kleinen McDonald's-Lokale, wo Alice ihn liegengelassen hätte, wenn's nach ihr gegangen wäre. Doch wo immer er ihn vermutet hatte, hier, in dieser verräucherten Diskothek namens *Oz* am Boxing Day um zwanzig nach drei Uhr ganz bestimmt nicht.

Er wurde sofort bleich.

Aber nicht, weil er glaubte, Michael sei ein Mörder.

Oh, nein.

Das wäre schon Grund genug, um bleich zu werden, oh, ja. Ein rücksichtloser Mörder hier in diesem netten, lauten Club, ein kaltblütiger Mörder hier in diesem Juwel von Lokal, Grund genug, daß Crandalls Augen vor Angst hervortraten. Doch nachdem Michael Crandalls kleine Vorstellung im Apartment an der Spring Street am Weihnachtsmorgen miterlebt hatte – »*Vorsicht! Er ist ein Mörder!*« –, wußte er jetzt bei weitem zuviel, um darauf abermals hereinzufallen. Grünes Licht traf auf sein rundes, schweißbedecktes Gesicht, Crandall wurde sich gerade darüber klar, daß Michael hier auf Mamas Spur gestoßen war. Was bedeutete, daß er durch Mama auch ihm auf die Schliche gekommen war.

»Darf ich abklatschen?« sagte eine Stimme, und Michael befand sich plötzlich in den Armen eines kleinen, dünnen und gemein aussehenden Mannes mit dickem schwarzen Schnurrbart, der einen grau glänzenden Anzug aus Seide trug und dadurch wie ein Blechmann wirkte.

»Das ist ein Messer«, sagte er, und plötzlich vernahm Michael den leichten spanischen Akzent und war sich sofort darüber klar, daß es sich um den illegalen Einwanderer handelte, der nach Mamas Wunsch am Weihnachtsabend Crandall treffen sollte. Das Messer befand sich in der linken Hand des Mannes. Die Messerspitze war auf Michaels Rippen gerichtet. Mit dem rechten Arm, den er um Michaels Rücken geschlungen hatte, zog ihn der Mann dicht ans Messer heran. Der Mann übernahm die Führung, und sie entfernten sich tanzend von Connie, die verwirrt stehenblieb, als sie von einem Schwarm Dorothys, Ängstlicher Löwen und Böser Hexen umgeben war, die sie in dem undurchdringlichen grünen Nebel umschwirrten. Michael fiel plötzlich ein, daß seine Bomberjacke über der Rückenlehne des Barhockers hing. So weit weg nützten ihm die Waffen überhaupt nichts. Der Mann lächelte unter dem Schnurrbart.

»Ich bin Mario Mateo Rodriguez«, sagte er.

»Sie tanzen göttlich«, sagte Michael.

»Danke.«

»Ich frage mich jedoch, ob . . .«

»Der Kürze halber Mama«, sagte der Mann.

Michael schaute ihn an.

»Mama«, sagte der Mann. »Für Mario Mateo.«

»Sie sind ein *Mann*?« sagte Michael.

»Niemand ist vollkommen«, sagte Mama.

Michael zuckte zusammen. Nicht weil Mama gerade den besten Schlußsatz sämtlicher Filme, die er je gesehen hatte, ausgesprochen hatte, sondern weil dieser Satz von einem kurzen Stich mit dem Messer begleitet wurde. Michael war plötzlich schweißgebadet. Er wußte nicht, ob Mama vorhatte, ihn hier auf der Tanzfläche, unter all diesen flirrenden grünen Lichtern umzubringen, oder ob er beabsichtigte, ihn mit der Messerspitze zu durchbohren, während er mit ihm nach draußen, auf die gelb gepflasterte Straße bis zum Hudson River tanzte, wo er ihn ganz leicht loswerden konnte, wenn er ihn erst mal erstochen hatte. Doch das waren sinnlose Fragen. Crandall und sein böses Flittchen des Westens waren im grünen Nebel verschwunden. Connie ebenso. Jetzt existierten nur noch Michael, Mama, das Messer, die hämmernde Musik, die flirrenden grünen Lichter und die Rauchschwaden, und alles lief darauf hinaus, daß er sich in den Krallen des Todes befand, obwohl es dafür weder einen Grund noch einen verdammten Anlaß gab.

»Darf ich?« fragte eine Stimme.

Die Stimme gehörte Phyllis im blauen Glenda-Kleid mit durchscheinenden Flügeln. Er hielt seinen Zauberstab in der linken Hand, und mit der rechten drängte er Mama sanft zurück und von Michael weg. Er versuchte abzuklatschen, der reizende Junge, was Michael für wesentlich vorteilhafter hielt, als aufgeschlitzt zu werden.

Eine schweißtreibende, unsichere und unangenehme Situation entstand.

Mama wehrte sich in so einem kritischen Moment natürlich gegen jegliche Einmischung.

Phyllis war natürlich fest zum Tanz entschlossen.

Michael wollte natürlich am Leben bleiben.

Der Schrei machte der Unentschlossenheit ein Ende. Hoch und schrill und kreischend drang er durch den Lärm und machte seinem Namen alle Ehre.

»Messer!«

Irgend jemand hatte das Messer entdeckt.

»Er hat ein Messer!«

Mama blieb wie angewurzelt stehen.

Plötzlich und unvorbereitet im Mittelpunkt des Interesses, lächelte er entschuldigend, machte einen altmodischen, doch eleganten Diener, richtete sich sofort wieder auf, drehte sich um und rannte weg. Phyllis stand direkt hinter ihm. Mama versetzte ihm einen Stoß mit der Schulter, worauf er nach hinten fiel, seine Flügel beim Aufprall brachen, er mit dem Kopf auf den gebohnerten Parkettboden knallte, die Beine in die Luft flogen und unter dem Glenda-Rock blaue Strümpfe mit Strapsen zu sehen waren. Mama kämpfte sich energisch durch eine Gruppe schnatternder Zwerge, die nicht als Wichtelmännlein, sondern als Blechmänner verkleidet waren. Sie quiekten empört, als er sie beiseite schubste. Mittlerweile hatten noch mehr Leute das Messer entdeckt. Irgend jemand schrie Mama an, während er sich von der Tanzfläche drängelte und auf dem Weg zum Ausgang Tische und Stühle umstieß. Er fluchte auf spanisch, als er sich das Knie am Servierwagen eines Aushilfskellners anstieß, und fuchtelte wütend mit dem Messer in der Luft herum. Michael war direkt hinter ihm.

Er fragte sich, warum er das tat.

Er jagte gewissermaßen dem Tod nach.

Er wußte nur, daß er Mama folgen mußte, wenn er wieder zu sich selbst finden wollte. Er mußte ihm durch den grünen Nebel, die grünen Türen in die kalte Nacht hinaus folgen, mußte an Curly und der zuversichtlich wartenden Menge vorbei, mußte ihm über den gepflasterten Bürgersteig an der Greenwich Street folgen, dessen Gelb so abrupt in Dunkelgrau endete wie ein geplatzter Traum. Mit schweren Schritten folgte er Mama, lief an der Rector Street und einem Mädchen vorbei, das in Unterwäsche unter einem rotgrünen Neonschild mit der Aufschrift GEORGE'S LUNCH stand, dann an der Carlisle, wo ein Mann ohne Arme unter einer eleganten weißen Markise mit dem Aufdruck HARRY'S AT THE AMERICAN EXCHANCE stand, dann links an der Albany – der Straße, nicht der Stadt –, dann rechts an der Thames – der Straße, nicht dem Fluß –, und wieder an einer

Markise, diesmal in Beige und Braun – PAPOO'S ITALIAN CUISINE & BAR – und dann an O'HARA'S PUB an der Cedar, Ecke Greenwich. Die Namen der Lokale vermischten sich mit den Straßennamen, bis schließlich die Greenwich an der Liberty endete und auf der linken Seite das World Trade Center in die Nacht ragte. Michael atmete schwer, schwitzte, doch nicht mehr aus Angst, sondern weil er jetzt die Gewißheit hatte, daß er Mama bis in den Tod folgte. Das war's, worum's hier ging. Michaels Tod.

Da.

Gleich da vorn.

Ein schwarzer Cadillac.

Ein China-Doll-Wagen, dachte er.

Connie, dachte er.

Doch nein, es war Arthur Crandall, der mit einer Waffe in der Hand aus dem Wagen stieg. Und plötzlich erinnerte die Limousine an einen Leichenwagen.

»Leisten Sie uns Gesellschaft«, sagte Crandall.

Michael glaubte, Crandall wüßte *noch immer* nicht, wie man mit einer Waffe umging. Doch als er auf ihn zuging, tauchte Mama plötzlich wieder aus der Nacht auf, und das Messer befand sich noch immer in seiner Hand, und außerdem konnte Michael jetzt sehen, daß Connie im Auto saß.

Mama grinste.

»Ja?« sagte er.

Michael nickte.

Die Limousine war ziemlich komfortabel.

Mama und Michael saßen auf Notsitzen gegenüber von Connie links, Crandall in der Mitte und rechts Jessica. Crandall hielt immer noch die Waffe in der Hand. Mama hatte Michael das Messer an die linke Seite, zwischen der dritten und vierten Rippe, gedrückt. Ungefähr dort mußte das Herz sein, schätzte Michael. Jessica machte einen ziemlich verwirrten Eindruck. Er fragte sich, ob sie wußte, was hier gespielt wurde. Glaubte sie immer noch, er habe jemanden umgebracht? Was für ein Lügenmärchen hatte Crandall ihr aufgetischt? Ihr Blick wanderte zwischen Crandalls Waffe und Mamas Messer hin und her.

»Das ist Mama Rodriguez«, sagte Crandall.

»Ja, wir hatten bereits das Vergnügen«, sagte Michael und registrierte dann, daß Crandall ihn Jessica vorstellte. Was bedeutete, daß sie ihm vor dieser Nacht noch nie begegnet war. Er fragte sich erneut, wieviel sie von der Sache wußte. Und er fragte sich, wieviel er *selbst* von dieser Sache wußte.

»Angenehm«, sagte Jessica.

Offenbar war sie jetzt noch verwirrter, nachdem sie erfahren hatte, daß der Mann Mama hieß. Ein Mann mit dickem schwarzen Schnurrbart? Mama? Ihr Blick wanderte von dem Messer in seiner Hand zum Schnurrbart unter seiner Nase.

»Mama?« sagte Jessica.

»Für Mario Mateo«, sagte Mama und lächelte sie an wie einer der drei Banditen in *Der Schatz der Sierra Madre.*

»Ich verstehe«, sagte sie.

Sie machte nicht den Eindruck, als habe sie irgend etwas verstanden. Sie blickte genauso fassungslos drein, wie Goldie Hawn in einem Heißluftballon über Pittsburgh, Pennsylvania. Mama trommelte mit den Fingern auf dem Messergriff, als könne er es nicht mehr erwarten, das Messer zu benutzen. Das war vielleicht ein toller Streifen, hier hinten im Fond der Limousine. Ein schönes Chinesenmädchen, das großartig und schockiert zugleich wirkte. Eine schöne Blondine, die wie ein dummes Flittchen wirkte, was sie wahrscheinlich war – da hatte Albetha recht gehabt. Ein fetter Filmregisseur mit einem Phi-Beta-Kappa-Schlüssel über dem dikken Bauch und einer Waffe, die in seiner Hand wie eine Luger wirkte. Ein kleiner mexikanischer Bandit, der ein offenes Klappmesser in *seiner* Hand hielt, als ob er entweder auf Humphrey Bogarts spitze Schuhe oder die rot glänzenden der Blondine scharf sei. Und schließlich auf einem der Notsitze der Bauerntölpel aus Sarasota, Florida, der todesmutige Orangenzüchter, der nach der Tet-Offensive im Jahr 1968, als er gerade achtzehn war –

»Ich will Ihnen sagen, was meiner Meinung nach passiert«, sagte er.

»Nein, ich will Ihnen sagen, was passiert«, sagte Crandall. »Jessica und ich werden am St. Luke's Place aussteigen, und dann wird Mama mit Ihnen und Ihrer niedlichen kleinen Freundin . . .«

»Ich bin einsfünfundsiebzig«, sagte Connie.

». . . irgendwo nach Long Island fahren . . .«

»Und ich will nicht nach Long Island fahren«, sagte sie.

»Um diese Jahreszeit weht am Meer 'ne hübsche Brise«, sagte Mama. »Jones Beach wird dir gefallen.«

»Warum bringst du sie nach Long Island?« fragte Jessica verwirrt. »Warum bringen wir sie nicht zur Polizei? Dieser Mann ist ein Mörder!«

»Keine Sorge«, sagte Crandall.

»Was soll das heißen, keine Sorge? Diese Person hat jemanden *umgebracht*!«

»Auf Long Island gibt's auch 'n Polizeirevier«, sagte Crandall. »Keine Sorge.«

»Warum haben Sie das getan, Mr. Barnes?« fragte sie und wandte sich ihm zu. »Wie Sie wissen, bin ich Schauspielerin . . .«

»Ja.«

»Deswegen frage ich mich immer noch, was Ihr Motiv war. Sind Sie verrückt? Ja?«

»Fragen Sie Ihren Regisseur«, sagte Michael. »Fragen Sie ihn, warum er zu Charlie gegangen ist und ihn gebeten hat, zwei Schauspieler zu engagieren . . .«

»Suchst du Schauspieler für einen neuen Film?« fragte Jessica.

»Nein, es hat sich nicht um einen Film gehandelt«, sagte Michael. »Es ging um den Weihnachtsabend in einer Bar – warum hat mir Nichols Ihre Karte gegeben?« fragte er und wandte sich plötzlich Crandall zu, der lächelnd und kopfschüttelnd da saß, als sei Michael geistesgestört.

Jessica aber lächelte nicht.

Jessica versuchte zu verstehen, was zum Teufel hier vorging.

Vielleicht war sie letztlich doch kein so dummes Flittchen.

»Sie haben damit *gerechnet*, daß ich zur Polizei gehen würde, nicht wahr?« sagte Michael.

»Er weiß schon alles über die verdammte Sache«, sagte Mama plötzlich.

Jessica schaute ihn an.

Michael meinte tatsächlich, schon alles über die verdammte Sache zu wissen.

Doch das hier war kein Film. Das war keine Szene, in der der miese Typ sagte: In Ordnung, Charlie, da wir dich sowieso innerhalb der nächsten fünf Minuten umbringen, können wir dir auch alle unsere Übeltaten beichten – du kannst eh keinen Schaden mehr anrichten. Und es war auch keine Szene, in der der Held Zeit schinden wollte, indem er, bis die Polizei die Tür eintrat, den miesen Typen genau erklären konnte, warum sie all diese grauenhaften Morde begangen hatten. Das hier war das wirkliche Leben, so wie's war, hier im Fond der Limousine – und wie Michael die Lage einschätzte, war Mama bereit, aufs Ganze zu gehen.

Trotz der Einwände des dummen blonden Flittchens war Mama dazu bereit. Selbst wenn es hieße, die Blondine mit untergehen zu lassen. Die Blondine bedeutete Mama nichts. Mama wollte freie Bahn. Mama hatte sich auf das hier eingelassen, um zwei Fliegen mit einer Klappe zu schlagen: sich gegen Bezahlung einen Konkurrenten vom Hals zu schaffen und dessen Geschäfte zu übernehmen. Jetzt hatte er beide Fliegen in der Tasche und ein Klappmesser in der Hand, und das einzige, was zwischen ihm und seinem Vermögen stand, war dieser dämliche Idiot aus Sarasota, Florida. Und seine schlitzäugige Freundin. Deswegen mußten die beiden natürlich auch beseitigt werden. So dachte Rodriguez. So hatte man in Amerika Erfolg. Und wenn die Blondine zufällig Zeugin von etwas wurde, was sie nicht hätte sehen sollen, warum sollte man die Blondine dann nicht auch beseitigen? Mama würde ihre roten Schuhe später *seiner* Mama geben. Wie Michael ihn einschätzte, war er Geschäftsmann. Und Geschäft war Geschäft. Und man mußte die Feste feiern, wie sie fielen.

Andererseits steckte Crandall jetzt bis über beide Ohren mit drin. Michael nahm an, daß Mama seinen Job erledigen und danach wieder in der Unterwelt verschwinden sollte. Er sollte Crandall eine Leiche beschaffen, das war alles. Charlie Nichols mußte ihm erzählt haben, er kenne jemanden, der ihnen eine Leiche besorgen könne. Sein Crack-Dealer. Ein Mann namens Mario Mateo Rodriguez, vertraulich Mama genannt. Fragen wurden nicht gestellt. Sechs Riesen, und er würde eine Leiche beschaffen. Crandall gehörte zu der Sorte Männer, die nicht wissen wollen, woher die Leiche stammt. So lief der Deal. Er brauchte einen Toten. Und damit basta! Von Mord wollte er nichts wissen. Er glaubte nur zu gern, Mama werde einen toten Obdachlosen in einem Hausflur in der Bowery Street finden. Oder in einer Mülltonne hinter McDonald's. Kein großer Verlust für die Stadt. Hier ist das Geld, das Charlie versprochen hat, sechstausend Dollar von den neuntausend, die ich vorsichtshalber von der Bank abgehoben habe, keine weiteren Fragen, die anderen dreitausend haben Charlie und seine Schauspielerkollegen bereits für ihre Mitwirkung bekommen. War nett, Sie nicht kennengelernt zu haben, Mama, leben Sie wohl und viel Glück.

»Mr. Crandall?«

Die Stimme des Chauffeurs kam über den Lautsprecher.

Crandall drückte auf einen Schalter.

»Ja?«

»Wir nähern uns der Houston, Sir. Möchten Sie und die Lady noch immer am St. Luke's Place abgesetzt werden?«

»Ja, bitte«, sagte Crandall.

In Vietnam hatte es Michael einfach gesteckt. Er hatte zu diesem Colonel gesagt, ficken Sie sich ins Knie, Sir, und es auch so gemeint. Er hatte den Dienst quittiert. Denn nachdem Andrew auf diese Weise ums Leben gekommen war, war es sinnlos geworden, diesen schwachsinnigen, verdammten Krieg weiterzuführen. In diesem ganzen Krieg war es nur darum gegangen, den anderen und sich selbst unbeschreiblich schreckliche Dinge anzutun. Wäre er derjenige gewesen, der dieses Baby hochgehoben hätte, wäre er derjenige gewesen, der eine Sekunde vor Andrew die Arme nach dem kleinen Mädchen ausgestreckt hätte, dann wären *seine* Hände abgerissen worden, wäre *seine* Brust zerfetzt worden, hätte Andrew *ihn* durch den Dschungel getragen, und wäre *er* derjenige gewesen, den man im Leichensack in diesen Rettungshubschrauber geladen hätte – tot. Die ganze Geschichte war gemein, ein verdammtes Lotteriespiel, und Michael wollte nichts mehr damit zu tun haben.

Hiermit wollte er auch nichts mehr zu tun haben.

Doch am Weihnachtsabend war er ohne Grund und Anlaß zufällig für eine weitere Gemeinheit ausgewählt worden. Für die Werbung für einen gottverdammten *Film*.

Deswegen griff er nach Mamas Messer.

17

Eine Menge Leute wurden in dem Auto verletzt. Einschließlich des Fahrers, der sich nicht einmal in Reichweite des Messers aufhielt. Ein paar Leute wurden auch *außerhalb* der Limousine verletzt. Passiert war das, als er sie in einer dieser engen Einfahrten an der Houston Street zwischen zwei Häusern an eine Ziegelsteinwand gedrückt und die Hand unter ihrem Rock hatte und beide schwer atmeten, als urplötzlich ein Quietschen ertönte und Lichter aufblitzten. Zuerst dachte er, er hätte vielleicht einen Orgasmus, denn er war erst dreizehn Jahre alt, oder *sie* hätte vielleicht einen, denn sie war erst zwölf, oder *beide* hätten sie einen gleichzeitig, denn in dem Augenblick erbebte die Erde. Doch statt dessen war es bloß ein riesiges schwarzes Monster von Cadillac, das sich in der Kurve überschlug, auf den Bürgersteig geriet und kurz vor der Einfahrt zum Stehen kam, wodurch er auf sie fiel, die Hand noch immer unter ihrem Rock, wobei er sich die Hand brach und sie ihre Unschuld verlor, und ihre beiden Anwälte sagten, sie könnten aufgrund dieser Verletzungen mit hohem Schmerzensgeld rechnen.

Das erzählte Tony der Bär Orso Michael in seinem Krankenzimmer im St. Vincent's Hospital. Noch immer war Boxing Day. Acht Uhr morgens. Vom Fenster aus konnte Michael einen Weihnachtsbaum auf einem Dach sehen, dessen Zweige sich im Wind bogen. »Es war ein schrecklicher Unfall, Sir«, sagte Orso. »Der Fahrer hat mir erzählt, auf dem Rücksitz hätte jeder geschrien, um sich getreten, auf spanisch und chinesisch rumgebrüllt, nach Knarren und Messern gegrapscht und gegen die Trennscheibe hinter ihm gekickt. Deswegen hat er natürlich die Kontrolle verloren, so wie's Ihnen und mir ergangen wäre.«

»Natürlich«, sagte Michael.

»Wenn jemand mit einem scharfen Gegenstand rumfuchtelt«, sagte Orso, »kann der Rücksitz von einer Limousine ziemlich eng werden.«

Es hatte sich in der Tat um einen scharfen Gegenstand gehandelt.

Als Michael aus der Narkose erwacht war, hatte ihm der Arzt erzählt, man habe ihm achtzehn Stich- und Schnittverletzungen zugefügt. Er sagte, es sei ein Wunder, daß Michael noch lebte, da eine der Schnittwunden gefährlich nah an der Kehle liege und eine weitere beinahe die Luftröhre durchtrennt habe.

»Ist Connie in Ordnung?« fragte Michael ihn.

Der Arzt wußte nicht, wer Connie war. Er dachte, Michael phantasiere, und bat die Schwester, ihm ein Beruhigungsmittel zu verabreichen.

»Ist Connie in Ordnung?« fragte Michael Orso.

»Ja, sie ist 'ne tapfere Chinesin«, sagte Orso. »Als sie sah, daß Mama Sie wie 'ne Weihnachtsgans tranchiert, hat sie sich gleich auf ihn gestürzt. Sie hat zwar auch einen Schnitt an der Hand abgekriegt, aber sie ist okay.«

»Wo ist sie?«

»Ich weiß nicht, wo sie jetzt ist, Sir. Ich hab' in der Notaufnahme mit ihr gesprochen.«

»Weiß sie, wo ich bin?«

»Ich weiß nicht, ob sie weiß, wo Sie sind oder nicht sind. Sie hat Sie das letzte Mal zu Gesicht bekommen, als man Sie zum OP hochgekarrt hat. Sie blutete, und man war grade dabei, Crandalls Kopf zu verbinden, während die Blondine ihn immer noch anschrie. Das war vielleicht 'n Chaos, Sir.«

»Ja«, sagte Michael.

»Ja. Aber jetzt sind alle in Ordnung, einschließlich Mama. Wenn Sie den umgebracht hätten, Sir, hätte die Stadt für Sie 'ne Parade mit Konfettiregen auf der Fifth Avenue veranstaltet. Und die ist, wie Sie wohl wissen, Sir, in *Uptown.*«

»Wo ist er jetzt?«

»Mama? Auf diesem Flur, mit 'nem Polizisten vor der Tür. Nicht, daß er irgendwo hingehen könnte. Er ist durch die Scheibe marschiert.«

»Welche Scheibe?«

»Die den hinteren Teil der Limousine vom Fahrer trennt. Ist kopfüber durchgeflogen, als sich der Wagen in der Kurve überschlagen hat und fast die beiden Kids in der Einfahrt überrollt hätte. Sie sollten ihn sehen, Sir. Er sieht aus wie die Mumie, steckt von Kopf bis Fuß in 'nem Verband.«

»Gut«, sagte Michael.

»Jawoll, geschieht dem Scheißkerl recht«, stimmte Orso zu.

Auf dem Dach tanzte der Weihnachtsbaum im Wind.

»Warum hat man Crandalls Kopf verbunden?« fragte Michael.

»Weil die Blondine mit einem ihrer roten Schuhe auf ihn eingeschlagen hat.«

»Das kann sie gut«, sagte Michael.

»Ja, ziemlich gut. Sie hat ihm zwei Löcher am Kopf verpaßt, als hätte sie mit 'ner Spitzhacke und nicht mit 'nem hochhackigen Schuh rumgefuchtelt.«

»Hat sie gesagt, warum?«

»Weil ihr plötzlich ein Licht aufgegangen ist«, sagte Orso.

»Was für ein Licht?«

»Daß irgendwas faul war, aber sie wußte nicht, was. Sie wußte bloß, daß Crandall eine Waffe in der Hand hatte, Mama dabei war, Sie in Stücke zu schneiden, Blut durchs Auto spritzte, das chinesische Mädchen sich auf Mama stürzte und irgendwas brüllte, das wie Anweisungen an die Küche klang. Also glaubte sie, sie müßte ebenfalls ihren Schuh ausziehen und damit auf Crandalls Kopf rumhämmern. Sie ist nicht besonders helle, wissen Sie.«

Michael nickte.

»Ich hab' hier was«, sagte Orso, »das ich wahrscheinlich auf Ihrem Bett vergessen werde und weswegen ich später zurückkommen muß. Das ist 'ne Kopie von dem Verhör mit Crandall, den wir aufs Revier gebracht haben, nachdem man ihm den Kopf verbunden hatte. Mama, diese kleine Kakerlake, hätte uns nichts erzählt, das ist 'n Profi, dieser Hurensohn, der kennt seine Rechte. Er hat doch tatsächlich damit gedroht, uns wegen Freiheitsberaubung zu verklagen, der kleine Mistkerl. Aber Crandall hat alles ausgespuckt. Sogar ohne daß 'n Anwalt dabei war. *Er* dachte, er wäre so aalglatt und glitschig wie Babyscheiße gewesen, aber er hat uns genug erzählt, daß wir ihn hängen können. Ich dachte, wenn ich das hier auf Ihrem Bett vergesse, Sir – schließlich bin ich ja immer so geistesabwesend –, und Sie zufällig 'nen Blick drauf werfen sollten, werden Sie das Crandall gegenüber sicherlich nicht erwähnen, denn dann würde sein Anwalt sagen, man hätte seine Rechte verletzt. Jeder Anwalt in dieser Stadt sucht nach 'ner Lücke im Gesetz. Da hat man's mit 'nem Kerl zu tun, der seine Großmutter, seinen Großvater, seine Zwillingsschwestern, seine Mutter, seinen Onkel und seinen Lieblingsgoldfisch erschossen hat, und der Anwalt sucht nach 'ner Lücke im Gesetz. Ach, dabei fällt mir ein, Sir, Charlie Bonano läßt grüßen.«

»Wo ist er jetzt?«

»Selbstverständlich gegen Kaution auf freiem Fuß. Er hat in der Zeitung alles über Ihren Mord an Crandall gelesen, mich angerufen und gesagt, falls wir Sie schnappen, soll ich Ihnen ausrichten, daß Sie die zehn Dollar vergessen sollen. Außerdem hat er gesagt, Sie könnten's nicht getan haben, was ich sowieso schon wußte.«

»Woher wußten Sie das?«

»Weil keiner so dämlich ist, nach 'nem Mord die Visitenkarte des Opfers zur Polizei zu bringen, nicht mal jemand aus Florida. Das ist keine Beleidigung, Sir. Aber Crandall rechnete damit ... na ja, das steht alles hier drin. Wenn ich schon die Kopie in meiner Geistesabwesenheit vergesse, sollten Sie sie rein zufällig durchlesen, bevor's mir auffällt, und ich deswegen in zehn, fünfzehn Minuten zurückkomme.«

»Danke«, sagte Michael.

»Ich seh' mich draußen mal nach Connie um, falls sie im Krankenhaus rumirrt und nach Ihnen sucht. Das ist 'n großes Krankenhaus.«

»Danke«, sagte Michael abermals.

»Huch, ich wette, ich werd' dieses verdammte Frage-und-Antwort-Spiel vergessen«, sagte Orso, warf einen blauen Schnellhefter aufs Bett und verließ das Zimmer.

Michael griff nach dem Schnellhefter.

Sein rechtes Handgelenk war bandagiert. Er fragte sich, ob die Wunde unter dem Verband genäht war. Er fragte sich, ob man ihn wie Frankensteins Monster zusammengeflickt hatte. Er fragte sich, wie sein Gesicht wohl aussah. Er fragte sich, ob Mama ihn im Gesicht getroffen hatte. Wenn ja, dann fand Connie ihn hoffentlich noch immer ganz passabel.

Er öffnete den blauen Schnellhefter.

Ein Bündel kopierter maschinengeschriebener Seiten lag darin. Michael fing an zu lesen. Das Verhör hatte im Büro eines gewissen Lieutenant James Curran im Ersten Revier in den frühen Morgenstunden, genau um zwölf Minuten vor sechs, stattgefunden. Anwesend waren der Lieutenant, Detective/Second Grade Anthony Robert Orso, Detective/Third Grade Agnes O'Brien und eine stellvertretende Staatsanwältin namens Leila Moscowitz. Der Lieutenant wies Crandall auf seine Rechte nach den Verfahrensklauseln von Miranda-Escobedo hin und ließ danach die stellvertretende Staatsanwältin die Vernehmung durchführen.

F: Mr. Crandall, ich würde gern einige der Punkte klären, die Sie bereits mit den beiden Detectives besprochen haben, die am Unfallort anwesend waren, nämlich ... äh ... Detectives ... äh ...
A: (von Detective Orso) Orso. Anthony Orso.
F: Ja, und Miss O'Brien.
A: (von Detective O'Brien) *Mrs.* O'Brien.
F: Verzeihung, Mrs. O'Brien. Können wir fortfahren, Mr. Crandall? Ist soweit alles in Ordnung?
A: Ja, sicher.
F: Also gut. So, wie ich das sehe, waren Sie im Besitz einer Walther P-38, neun Millimeter Parabellum Automatik-Pistole, als die Detectives Orso und O'Brien am Unfallort eintrafen, ist das richtig?
A: Nicht im Besitz.
F: Aber Sie hielten sie in der Hand, oder nicht?
A: Na ja, ja. Wenn Sie spitzfindig werden wollen.
F: Ist das die Pistole, die Sie in der Hand hielten?
A: Ja, die sieht so aus wie die Pistole.
F: Ist das Ihre Pistole?
A: Das ist eine Pistole, die ich zur Zeit des Unfalls in der Hand hatte.
F: Haben Sie einen Waffenschein für diese Pistole?
A: Nein, habe ich nicht.
F: Wie sind Sie zu dieser Pistole gekommen, Mr. Crandall?
A: Ich habe keine Ahnung. Ich wurde mit einem hochhackigen Schuh auf den Kopf geschlagen, und da war die Pistole in meiner Hand.

F: Wollen Sie damit sagen, daß Sie nicht wissen, wie sie in Ihre Hand gelangt ist?
A: Mr. Rodriguez muß sie mir in die Hand gedrückt haben.
F: Hat Ihnen die Pistole in die Hand gedrückt?
A: Ja.
F: Mit Mr. Rodriguez meinen Sie Mr. Mario Mateo Rodriguez, alias Mama Rodriguez?
A: Na ja, ich bin nicht sicher, ob er's schätzen würde, daß Sie das Wort »alias« benutzen.
F: Aber Mama *ist* sein Pseudonym, oder nicht?
A: Haufenweise Leute legen sich aus beruflichen Gründen Namen zu, zum Beispiel Schauspieler, Autoren und gelegentlich Zahnärzte. Sie suchen sich diese Namen nicht aus, um . . .
F: Zahnärzte?
A: Oh, ja.
F: Aber Mr. Rodriguez ist kein Schauspieler oder Zahnarzt, er ist ein Verbrecher.
A: Oh, davon weiß ich nichts.
F: Er hat ein Strafregister in seinem Heimatland Kolumbien, und in den Vereinigten Staaten wurde er zweimal wegen Verstoßes gegen das Betäubungsmittelgesetz verhaftet.
A: Davon weiß ich auch nichts.
F: Nun, als Sie ihn beauftragten, wußten Sie nicht . . .?
A: Ihn *beauftragt*? Ho, ho, ho, machen Sie mal halblang, ja? *Ich* habe Rodriguez beauftragt?
F: Das haben Sie doch den Detectives Orso und O'Brien erzählt?
A: Da war ich noch ganz benommen. Das war bloß ein paar Minuten nach dem Unfall.
F: Nein, das war heute morgen um Viertel nach vier. Vierzig Minuten *nach* dem Unfall.
A: Das kann ja sein, aber . . .
F: Und jetzt ist es zehn Minuten vor sechs.
A: Meine Güte, wie die Zeit vergeht.
F: Mr. Crandall, ich erinnere Sie daran, daß das Gespräch, das Sie mit den Detectives Orso und O'Brien führten . . .
A: Ich darf vielleicht hinzufügen, daß es sich meiner Meinung nach für eine Polizistin nicht schickt, während einer Verneh-

mung in Reizwäsche dazusitzen. Ich möchte, daß das in der Akte vermerkt wird, wenn Sie so freundlich wären.
F: Es wird in der Akte vermerkt. Aber ich sagte, daß das Gespräch ...
A: Besonders für eine Polizistin, die's vertragen könnte, ein paar Pfund abzuspecken.
F: Ich sagte, daß das Gespräch, das Sie mit ihnen führten – und das war Ihnen bewußt, Mr. Crandall, Sie haben Ihr Einverständnis gegeben –, aufgezeichnet wurde. So wie *dieses* Gespräch jetzt aufgezeichnet wird. Wiederum mit Ihrem Einverständnis.
A: Meine Güte, wie förmlich wir jetzt werden.
F: Und ich habe die maschinengeschriebene Abschrift, die von dem Band gemacht wurde, Mr. Crandall, ich halte sie gerade in der Hand. Und in dieser Abschrift steht, daß Sie den Detectives erzählt haben, Sie hätten Mr. Rodriguez mit der Beschaffung – das sind Ihre genauen Worte, Mr. Crandall – mit der Beschaffung eines Toten für Sie beauftragt. Ein Toter. Eine Leiche. Haben Sie ihnen das nicht erzählt?
A: Na ja, ja.
F: Dann *haben* Sie ihn beauftragt.
A: Nein, Charlie hat ihn beauftragt. Hören Sie, wenn wir jetzt *hier* zu Spitzfindigkeiten übergehen ...
F: Ja, tun wir.
A: Dann *sollte* ich mir vielleicht einen Anwalt besorgen.
F: Wenn Sie einen Anwalt haben möchten ...
A: Wozu brauche ich einen Anwalt? Ich kann selbst ganz gut auf mich aufpassen, danke.
F: Wenn Sie einen Anwalt wollen, haben Sie das Recht dazu. Sagen Sie einfach die ...
A: Dickens hatte recht, wir sollten zuerst alle Anwälte umbringen.
F: Das war Shakespeare. Ich bin auch Anwältin, Mr. Crandall.
A: Ich will immer noch keinen.
F: Gut. Könnten wir bitte fortfahren?
A: Bitte.
F: Haben Sie oder haben Sie Mama Rodriguez nicht beauftragt ...?

A: Charlie Nichols hat ihn beauftragt.
F: Können Sie mir sagen, wie es dazu kam?
A: Das Ganze war Charlies Idee. Wir unterhielten uns darüber, wie schön es wäre, wenn über den Film ein paar Spalten im Feuilleton erscheinen würden . . .
F: Über den Film . . .?
A: Meinen neuen Film. *Eiseskälte.*
F: Ja?
A: Ein paar Spalten im Feuilleton, um nach dem Kinostart den vielleicht ungünstigen Kritikerreaktionen, die wir befürchteten, entgegenzuwirken – die Ähnlichkeit mit *Das Haus der Lady Alquist,* wissen Sie, was die Kritiker in ihrer abgrundtiefen Unwissenheit als Ähnlichkeit mit *Das Haus der Lady Alquist* bezeichnen könnten.
F: Ja?
A: Und Charlie erinnerte an den Zwischenfall, der schon ein paar Jahre zurückliegt, als diese Frau vom Dach fiel und dabei ein Exemplar von Meyer Levins Roman *Der Kuß der Spinnenfrau* in der . . .
F: Das war *Ira* Levin. Und der Roman hieß *Der letzte echte Kuß.*
A: (von Detective O'Brien) Bitte, entschuldigen Sie, aber ich glaube, es war *Kuß vor dem Tode,* und Carol Landis hat in dem Film mitgespielt.
A: (von Detective Orso) Sie meinen *Fahr zur Hölle, Liebling* von Dashiell Hammond.
A: (von Lieutenant Curran) »Es war einfach.« Das ist die letzte Zeile im Buch.
A: (von Detective O'Brien) Welches Buch ist das, Loot?
A: (von Lieutenant Curran) Das, in dem er der Nutte in den Bauch schießt.
A: (von Mr. Crandall) Sie werden entschuldigen, aber weder Titel *noch* Autor haben das geringste mit dem springenden Punkt meiner Geschichte zu tun.
F: Was *ist* der springende Punkt Ihrer Geschichte?
A: Der springende Punkt ist, daß die Frau im Roman vom Dach gestoßen werden soll, und in der Realität *ist* tatsächlich eine Frau mit einer Kopie des Romans in der Hand vom Dach *gefallen,* und das hat im ganzen Land Schlagzeilen gemacht. Daher sagte Char-

lie: »Wär's nicht großartig, wenn so was bei *Eiskälte* passieren würde?« Und ich sagte: »Tja, das wär 'n Zufall«, und Charlie antwortete: »Warum muß es ein *Zufall* sein?« Und so kam die ganze Sache ins Rollen.

F: Welche ganze Sache?

A: Rodriguez zu beauftragen. Er versorgte Charlie mit Crack, und Charlie meinte, der wüßte, wo man eine Leiche auftreiben könnte.

F: Und hat er eine aufgetrieben?

A: Ja.

F: Julian Raineys Leiche, war's nicht so?

A: Ich habe keine Ahnung, wer der Tote war. Mama hat die Leiche besorgt.

F: Und Sie haben den Ausweis besorgt, damit man ihn neben den Toten legen konnte.

A: Na ja, das gehörte zu unserm Plan.

F: Erzählen Sie uns, was noch zu Ihrem Plan gehörte.

A: Es sollte so aussehen, als hätte mich jemand umgebracht. Danach sollte ich quicklebendig auf der Bildfläche erscheinen und die ganze Sache abstreiten. Und das Rätselraten sollte bis zum Fünften, dem Kinostart des Films, weitergehen. Um Werbung dafür zu machen, verstehen Sie.

F: Aber Mr. Rodriguez hat natürlich nicht einfach eine Leiche *gefunden*, oder?

A: Ich habe keine Ahnung, woher er . . .

F: Er *ließ* jemanden *umbringen*, nicht wahr?

A: Ich weiß nicht, wie Sie auf die Idee kommen.

F: Das haben wir von einer Frau namens Alice Chaffee. Man hatte sie mit einem Rotfuchsmantel und der Schnur eines Dampfbügeleisens gefesselt, und wir haben sie in einem Lagerhaus in Downtown aufgegriffen.

A: Oh.

F: Wo wir einen geöffneten Mosler-Safe mit Crack im Wert von ungefähr einer Million Dollar entdeckt haben.

A: Oh.

F: Und gestohlene Waren im Wert von ungefähr fünfhunderttausend Dollar.

A: Verstehe.

F: Sie erzählte uns, daß Mr. Rodriguez sie beauftragt habe, Julian Rainey umzubringen.
A: Na ja, damit habe *ich* ihn nicht beauftragt.
F: Ich dachte, Charlie Nichols habe ihn beauftragt.
A: Na ja, ja. Ich meine, indirekt. *Ich* habe ihn nur gebeten, einen Toten *aufzutreiben.*
F: Wo? Auf der Straße? Im Park . . .?
A: Wo immer Tote *sind.*
F: Auf Bäumen? In einer Mülltonne hinter McDonald's?
A: Es freut mich, daß Sie das so amüsant finden, Miss Moscowitz.
F: *Mrs.* Moscowitz. Und ich finde, das ist eine ziemlich ernste Angelegenheit. Wessen Idee war es, Michael Barnes den Mord in die Schuhe zu schieben?
A: Meine. Aber ich habe mir nichts Böses dabei gedacht. Es diente bloß dazu, die Sache in Gang zu halten und weiterhin für Schlagzeilen zu sorgen. Wenn er mit seiner Geschichte, er wäre ausgeraubt worden, zur Polizei ginge – und denen auch noch meine *Visitenkarte* zeigte –, hätte es wieder überall Schlagzeilen gegeben. Und weitere, während man gegen ihn ermittelte. Und wenn seine Unschuld bewiesen worden wäre, hätte das auch wieder für Schlagzeilen gesorgt. Und währenddessen wäre der Film angelaufen, und es wäre egal, *was* die Kritiker darüber sagen.
F: Deshalb haben Sie sich Mr. Barnes als Sündenbock ausgesucht . . .
A: Oh, er mußte es nicht sein. Es hätte *irgend jemand* anders sein können. Er hat sich quasi selbst angeboten.
F: Er ist, sozusagen, einfach aufgetaucht.
A: Na ja, ja.
F: Und weigerte sich dann, den kürzeren zu ziehen.
A: Na ja.
F: Deswegen hat Mr. Rodriguez auch *seine* Ermordung in die Wege geleitet.
A: Davon weiß ich nichts.
F: Alice Chaffee aber.
A: Das ist *ihr* Problem. *Und* Mamas, würde ich sagen.
F: *Ihr* Problem ist es, daß Sie den *ersten* Mord in die Wege geleitet haben, Mr. Crandall. Sie sind derjenige, der die ganze Sache angezettelt hat . . .

A: Ich habe keinen *Mord* in Auftrag gegeben. Ich habe eine *Leiche* bestellt! Und überhaupt, es war Charlies Idee. Er hat sich mit Mama in Verbindung gesetzt. Ich hatte nichts damit zu tun.
F: Alice Chaffee sagt, Mama hätte ihr viertausend Dollar für den Job bezahlt. Wer hat Mama das Geld gegeben?
A: Ich habe keine Ahnung.
F: Hat Charlie Nichols ihm das Geld gegeben?
A: Muß er wohl.
F: Warum? Es ging um *Ihren* Film, warum sollte Charlie . . ?
A: Von all dem weiß ich gar nichts. Charlie hatte eine gute Idee. Und er setzte sie in die Tat um. Wenn jemand aufgrund von Charlies Machenschaften umgebracht worden ist, bin ich sicherlich nicht dafür ver . . .
F: Das Ganze war Charlies Idee, hm?
A: Ja. Ich hatte nichts mit irgendeinem Mord zu tun! Ich habe versucht, meinen Film zu retten. Wenn Charlie noch am Leben wäre, würde er . . .
F: Ja?
A: Nichts.
F: Würde er was?
A: Nichts.
F: Ist Charlie *tot,* Mr. Crandall?
A: Ich weiß nicht, was Charlie ist.
F: Nun, er *ist* tatsächlich tot, Mr. Crandall. Aber woher wußten Sie das?
A: Ich weiß überhaupt nichts über Charlies Verfassung, ob tot oder lebendig.
F: Dann wissen Sie also nicht, daß er mit einer Walther P-38 neun Millimeter Parabellum Automatik-Pistole umgebracht worden ist.
A: Ich habe nichts mehr zu sagen.
F: Ich bin sicher, die Ballistiker haben dazu noch was zu sagen.
A: Das Ganze war Charlies Idee. Falls Charlie tot ist, dann ist es sehr schade, aber . . .
F: Ich dachte, Sie hätten nichts mehr zu sagen.
A: Ich muß nur nochmals betonen, daß es Charlies Idee war.
F: Außer Michael Barnes den Mord anzuhängen. Das war *Ihre* Idee.

A: Ja.
F: Warum haben Sie die Vorgabe geändert, Mr. Crandall?
A: *Warum?*
F: Bitte erklären Sie uns das.
A: Weil ich *Regisseur* bin!
F: Oh.
A: Ja.

Michael spürte ihre Anwesenheit, bevor er aufblickte.

Er wußte, sie war da.

Sie stand im Türrahmen.

Ihr rechtes Handgelenk, wo Mama sie geschnitten hatte, war verbunden. Sie lächelte. Sie betrat das Zimmer. Sonnenstrahlen fielen schräg auf den Boden. Das Licht umschmeichelte ihr Haar und ihr Gesicht.

»Sie haben dich als tot eingetragen«, sagte sie. »Aber Detective Orso sagte mir, daß du's nicht bist.«

»Ich bin froh, daß ich's nicht bin«, sagte er.

»Ich auch«, sagte sie und kam zum Bett.

Er mußte seine Mutter anrufen und ihr mitteilen, daß er noch lebte, und ihr sagen, daß er ein wunderbares chinesisches Mädchen kennengelernt hatte, das er heiraten wollte. Mom? Bist du da, Mom? Bitte reg dich wieder ab, Mom.

»Laß mich mal dein niedliches kleines Gesicht ansehen«, sagte Connie, setzte sich auf die Bettkante, umfaßte sein Gesicht mit den Händen und drehte es prüfend von einer Seite zur anderen. »Ich hatte solche Angst, daß er dein Gesicht zerschnitten haben könnte«, sagte sie. »Aber du siehst wunderschön aus. Darf ich dich küssen?«

»Wir müssen die Schwester fragen«, sagte er.

»Nein, ich glaube, das müssen wir nicht«, entgegnete sie.

Mom? würde er sagen. Ich lebe, Mom.

Ich lebe wieder.

Bitte beachten Sie
die folgenden Seiten

Schwarze Serie

»James Ellroy ist der derzeit härteste und beste Mann auf dem Krimimarkt.«

LUI

Browns Grabgesang (10359)
Heimlich (10364)
Blut auf dem Mond (10374)
In der Tiefe der Nacht (10464)
Hügel der Selbstmörder (10485)
Die schwarze Dahlie (10654)
Stiller Schrecken (22057)
Blutschatten (22178)

James Ellroy

Ullstein
Kriminalroman

Harte Bücher von Tödlichen Damen

LIZA CODY

Video-Piraten (10403)
Schlechte Gesellschaft (10420)
Jäger-Latein (10432)
Kopf kaputt (10457)
Ungesetzlich geschützt (10571)

DOROTHY DUNNETT

Dolly und der Singvogel (10404)
Dolly und der Lockvogel (10414)
Dolly und der Todesvogel (10426)
Dolly und der Nachtvogel (10452)
Dolly und der Eisvogel (10468)
Dolly und der Paradiesvogel (10477)

SUE GRAFTON

A wie Alibi (10446)
B wie Bruch (10451)
C wie Callahan (10531)
D wie Drohung (10560)
E wie Eigennutz (10606)

CAROLINE GRAHAM

Der Neid eines Fremden (10526)

CHARLOTTE JAY

Bis auf die Knochen (10428)

RUTH RENDELL

Der Herr des Moors (20993)

Ullstein
Kriminalroman

Ullstein Kriminalromane

»Bestechen durch ihre Vielfalt«
(Westfälische Rundschau)

Bill Granger
Mitten im Winter (10689)

James Lee Burke
Blut in den Bayous (10692)

Angus Ross
Ein Kontrakt in Burgos (10693)

Michael Collins
Der blutrote Alptraum (10694)

Ed McBain
Priester, Tod und Teufel (10695)

Donald Goines
Kenyatta schlägt zu (10697)

Alan Scholefield
Makler des Todes (10698)

Andrew Vachss
Bluebelle (10699)

Charles Willeford
Die Kunst des Tötens (10706)

Donald Goines
Kenyattas Todesliste (10701)

James H. Chase
Die Kanaille (10696)

Geoffrey Homes
Ein Mörder für Goliath (10702)

James Lee Burke
Black Cherry Blues (10704)

Angus Ross
Ein Drama in Congleton (10705)

Charles Willeford
Die Kunst des Tötens (10706)

Michael Collins
Bittere Arznei (10707)

A. W. Gray
Bino (10708)

Angus Ross
Hasard in Hamburg (10709)

Charles Willeford
Sperrstunde (10593)

Loren D. Estleman
Killer in Detroit (10594)

Robert B. Parker
Spießgesellen (10595)

Donald Goines
Kenyattas Flucht (10596)

Loren D. Estleman
Ein harter Schnüffler (10597)

Geoffrey Homes
Aller bösen Dinge sind drei (10598)

Willi Voss
Die Nacht, der Tod (10599)

A. W. Gray
Texanisches Roulett (10600)

Ed McBain
Stirb, Kindchen, stirb (10710)

James Hadley Chase
Miss Callaghan muß Trauer tragen (10711)

Geoffrey Homes
Der Selbstmord-Mann (10712)

James Melville
Der falsche Buddha (10713)

ein Ullstein Buch